CHRISTINA BEUTHER

Konfetti im Herz

AF872290

Christina Beuther, geboren 1975, ist Lehrerin und lebt mit ihrem Mann und ihren drei Kindern in Heidelberg.

Anne steht vor einer Zeit voller Herausforderungen und Überraschungen. Plötzlich alleinerziehend, jongliert sie den turbulenten Alltag mit drei lebhaften Kindern, während ihr Ex-Mann bereits ein neues Leben mit seiner schwangeren Freundin beginnt. Doch das Chaos endet hier nicht: Ihre überkritische Mutter, der Umzug in eine neue Wohnung und der stressige Job als Lehrerin an einer Kölner Hauptschule stellen Anne auf eine harte Probe. Und dann sind da noch Ben, Emma und Theo, die Annes Welt ordentlich durcheinander wirbeln.

Das Chaos erreicht neue Höhen, als Hannes, der junge Referendar an ihrer Schule, und Tom, der neue Nachbar mit seiner Hilfsbereitschaft, in Annes Leben treten. Während Hannes mit seinem unwiderstehlichen Charme Anne um den Finger wickelt, erweist sich Tom als unerwarteter Fels in der Brandung.

In einem Wirbel aus Familienchaos, beruflichen Herausforderungen und den komplizierten Gefühlen zwischen Hannes und Tom, muss Anne sich fragen: Was will sie wirklich? Und wer ist der richtige Mann, um mit ihr diesen neuen Lebensabschnitt zu teilen?

CHRISTINA
BEUTHER

Konfetti im Herz

ROMAN

more
Immer mit Liebe

MIX
Papier | Fördert
gute Waldnutzung
FSC® C083411

ISBN 978-3-98751-063-2

More ist eine Marke der Aufbau Verlage GmbH & Co. KG

1. Auflage 2024
© Aufbau Verlage GmbH & Co. KG, Berlin 2023
www.aufbau-verlage.de
10969 Berlin, Prinzenstraße 85
Der Verlag behält sich das Text- und Data-Mining
nach § 44b UrhG vor, was hiermit Dritten ohne Zustimmung
des Verlages untersagt ist.
Umschlaggestaltung U1berlin, Patrizia Di Stefano
unter Verwendung eines Motivs von © Rohappy / shutterstock
Innenabbildung © c_bell / iStockphoto
Satz LVD GmbH, Berlin
Druck und Binden CPI books GmbH, Leck, Germany

Printed in Germany

1.

Das war es also. Ich betrachtete mich im Spiegel. Die Augen verheult und rot, die Wimperntusche verlaufen. Meine Ehe am Ende. Aus und vorbei. Endgültig. Ich schniefte, und wieder schossen mir Tränen in die Augen. Hier stand ich nun, Anne Hansen, fünfunddreißig Jahre, drei Kinder und bald geschieden, im Badezimmer unseres Reihenmittelhauses in Köln-Nippes, das in naher Zukunft nicht mehr unser Zuhause sein würde, und war fürchterlich wütend.

Was war ich blöd gewesen. Ich hätte es doch wissen müssen. Aber nein, Alex hatte es geschafft, mich zu verwirren. An unserem zehnten Hochzeitstag hatte er mich zum Mittagessen ins *Pauls* eingeladen, ein schickes Restaurant, von dem gerade jeder in Köln sprach, weil dem Koch ein Michelin-Stern verliehen worden war. Selbst zum Heiratsantrag hatte er mich nicht in ein solch nobles Restaurant ausgeführt, da hatte ich mich schon gefragt, ob diese Einladung eine tiefere Bedeutung haben könnte. Würde er um einen Neuanfang bitten?

Eigentlich hatte ich es mir nicht vorstellen können und dazu war ich mir nicht sicher gewesen, ob ich ihm überhaupt eine neue Chance geben wollte. Und trotzdem war ich beim Friseur gewesen und hatte die naturblonden Haare frisch naturblond färben lassen, ein neues Kleid gekauft, organisiert, dass die Kinder nach der Schule zu Melli gingen, mir schnell ein kleines

Schönheitsprogramm mit Gesichtsmaske gegönnt und die hohen roten Riemchenpumps angezogen, die für mich eigentlich zu hoch waren, es heute aber unbedingt sein mussten.

Was dann geschah, lief später in Endlosschleife wie ein Film vor meinem inneren Auge ab, mein Film: Ich trat aus dem Haus, und alles stimmte: Das Kleid saß perfekt, die Haare fielen sanft gelockt über meine Schultern, und das Wetter machte Lust auf Frühsommer. Typisches Aprilwetter war gestern, heute schien die Sonne. Gut gelaunt radelte ich ins Belgische Viertel. Als ich mein Rad an einen Baum vorm *Pauls* anschloss, wusste ich, dass Alex schon auf mich warten würde, schließlich war er immer fünf Minuten zu früh. Jemand kam aus dem Lokal, ein Mann, recht groß, er hielt mir die Tür auf und lächelte mich an. »Danke schön.« Unsere Blicke trafen sich. Einen kleinen Moment hing ich an seinen tiefblauen Augen, die mich von oben bis unten musterten, was sich sehr gut anfühlte; seltsam, dass ich mich jetzt daran erinnerte. Mein Film lief weiter: Ich trat ins Lokal und sah Alex sofort. Er saß an einem der Tische am Fenster, stand auf und kam auf mich zu. Er sah einfach gut aus – groß, mit kurzen blonden Haaren und sonnengebräunt. Er trug eine edle, dunkelblaue Hose, ein feines hellgraues Hemd und seine guten italienischen Schuhe. »Hallo, Anne.« Zur Begrüßung küsste er mich auf die Wange, und ich roch sein Aftershave. Der vertraute Duft, der so Alex war.

»Schön siehst du aus«, sagte er und schob mir den Stuhl zurecht.

»Danke. Du auch.«

Er hatte sich wieder gesetzt, und wir lächelten uns an. Ein Ober kam an den Tisch. »Was möchtest du trinken?«, fragte Alex. »Ein Glas Champagner als Aperitif?«

Champagner? Ich war erstaunt, sonst war ihm Champagner immer zu teuer gewesen. Aber Champagner? Warum nicht. Ich nickte. »Und du?«

»Nichts, danke, ich bleibe beim Wasser. Ich bin mit dem Auto da.«

Alex schien angespannt, und ich hatte kurz überlegt, ihn jetzt gleich und direkt zu fragen, warum er mich hierher eingeladen hatte, doch ich verwarf den Gedanken beim Blick in die Karte. Die Namen der Gerichte klangen köstlich. Während des Essens würde es genug Zeit geben, sich zu unterhalten.

»Haben Sie bereits entschieden?« Der Ober war unauffällig hinzugetreten und blickte zu mir.

»Ja, auch wenn die Auswahl wirklich schwerfällt. Als Vorspeise hätte ich sehr gerne das Tatar vom Kalbsfilet mit gegrillten Riesengarnelen und als Hauptgang die Goldbrasse mit Korianderpesto an Ofenpaprika. Und was das Dessert betrifft, Aprikosenparfait in Baumkuchenmantel, Blaubeer-Käsetörtchen oder Crème Brûlée mit Orange und Vanille, darüber muss ich wirklich noch nachdenken. Ich entscheide mich später.«

»Eine sehr gute Wahl«, sagte der Ober und wandte sich an Alex. »Und der Herr?«

»Ich hätte gerne das Erbsenschaumsüppchen, das wäre dann alles, danke.«

»Möchtest du nicht auch noch einen Hauptgang?«, fragte ich überrascht. »Das klingt doch alles so phantastisch.«

»Nein danke, ich habe gerade keinen richtigen Appetit.« Der Ober nickte und ging.

Gut, dann also vor dem Essen.

»Alex, jetzt sag mir bitte, was los ist. Warum hast du mich hierher eingeladen?«

Er rang offensichtlich mit sich und schien nach den richtigen Worten zu suchen. In mir kamen alle Gefühle des letzten Jahres wieder hoch. Der Schmerz und die Wut nach seiner Beichte, mich betrogen und sich neu verliebt zu haben. Die maßlose Enttäuschung, von ihm so hintergangen worden zu sein, und die Sehnsucht, aber auch das Gefühl, es inzwischen ganz gut alleine zu schaffen, das Leben wieder im Griff zu haben und auch wieder glücklich zu sein. Waren da noch Gefühle für Alex? Liebe? Vor einem Jahr hatte ich ihn aus dem Haus geworfen. Wollte ich ihn wirklich zurückhaben? Ich war mir nicht sicher. Ja, die Kinder vermissten ihn schrecklich, aber vermisste ich ihn auch?

»Ich möchte dich um etwas bitten.«

Alles an ihm war so vertraut, der verlegene Blick in diesem Moment, genau wie Theo guckte, wenn er etwas ausgefressen hatte. Fünfzehn gemeinsame Jahre. Drei wunderbare Kinder … Vielleicht vermisste ich ihn auch. Ein bisschen.

»Anne, ich möchte die Scheidung.«

Es hatte eine kleine Ewigkeit gedauert, bis ich seine Worte wirklich verstanden hatte. Bis sie bei mir angekommen waren.

»Du lädst mich an unserem zehnten Hochzeitstag in dieses sündhaft teure Restaurant ein, um mich um die Scheidung zu bitten?« Ich war fassungslos.

»Ist das so?« Alex hob die rechte Augenbraue, so wie er es immer machte, wenn er etwas Wichtiges zu sagen hatte. »Dann tut es mir wirklich leid, dass ich ausgerechnet diesen Tag für unser Treffen vorgeschlagen habe« – er atmete tief ein – »aber Naomi bekommt ein Kind, und wir wollen heiraten.«

Ich lachte bitter. Da saß ich hier und hatte abgewogen, ob ich uns eine neue Chance geben würde. Ein erbärmlicher Versuch, zu verdrängen, was ich eigentlich wusste. Naomi besiegelte das, was ich nicht hatte wahrhaben wollen, auch wenn es offensichtlich gewesen war. Unsere Ehe hatte keine Chance. Sie hatte ab dem Moment, als Alex sich in Naomi verliebt hatte, keine Chance. Und jetzt war Naomi schwanger. Die Einsicht traf mich wie ein Schock. Es war aus und vorbei. Endgültig. Und wieder war ich diejenige, die zuguckte, während Naomi Tatsachen schaffte. Ich wurde wütend. Auf ihn. Und auf mich.

Alex nahm meine Hand, doch ich zog sie weg und stieß dabei mein Glas Champagner um. »Es tut mir leid … Wir sind Eltern und werden auch gemeinsam Eltern bleiben, das heißt aber nicht, dass wir ein Paar sind. Anne, ich liebe dich als gute Freundin, als die Mutter unserer drei Kinder, als jemanden, den ich schon sehr lange kenne und mit dem mich unendlich viel verbunden hat. Doch mehr ist da nicht, es tut mir leid.«

Während er sprach, kümmerte sich der Ober um mein Missgeschick, und ich bereute es, den guten Champagner vergossen und nicht in das Gesicht meines Gegenübers geschüttet zu haben.

»Schau, Anne, ich bin vor knapp einem Jahr ausgezogen, und mein Anwalt hat gesagt, dass das Trennungsjahr ab diesem Moment berechnet wird, was bedeutet, dass die Scheidung in vier Wochen über die Bühne gehen kann.« Er trank einen Schluck Wasser.

»Dein Anwalt? Du hast schon einen Anwalt?!« Ich war im Gegensatz zu ihm ein kleines bisschen lauter geworden.

»Warum nicht?«, fragte er und schüttelte irritiert den Kopf.

»Anne, wir sind seit fast einem Jahr getrennt. Ich liebe Naomi, und wir bekommen ein Kind. Ich habe ein neues Leben. Unser gemeinsames Leben war schön, es hat nur nicht für immer gereicht. Vielleicht haben wir uns einfach zu früh kennengelernt? Ich weiß es nicht. Ich weiß nur, dass wir drei wunderbare Kinder zusammen haben und uns darum in dieser Sache vernünftig verhalten sollten.«

»In dieser Sache!?!!!« Andere Mittagsgäste sahen sich um.

»Anne. Bitte nicht so laut. Lass uns vernünftig bleiben und das Ganze wie Freunde regeln.«

Angesichts der Öffentlichkeit, in der wir uns befanden, konzentrierte ich mich darauf, meine Fassung zu wahren, keine Szene zu machen oder ihm gegen das Schienbein zu treten. Alex deutete meine Stille als stummes Einverständnis. »Da ist noch etwas … Wäre es für dich in Ordnung, wenn sich in der kommenden Woche jemand das Haus ansehen kommt?«

»Das Haus …?« Meine Stimme überschlug sich.

»Ich habe im letzten Jahr mehr Geld an die Kinder und dich überwiesen, als ich gemusst hätte, das weißt du. Ich kann es mir auf Dauer einfach nicht leisten, das Haus weiterhin für dich zu finanzieren.«

»Du kannst uns doch nicht so einfach auf die Straße setzen!«

»Das will ich doch nicht. Einer meiner Kollegen hat großes Interesse und würde das Haus kaufen. Wir wären die gemeinsamen Schulden los und könnten beide neu anfangen.«

»Aber es ist doch unser Zuhause …« Passierte das hier gerade wirklich?

»Es war unser Zuhause. Naomi und ich haben eine Wohnung in London in der Nähe ihrer Eltern gefunden. Und auch du wirst bestimmt eine schöne und passendere Wohnung finden.«

»London …« Ich erstarrte. »Und was ist mit den Kindern?«

»Ich werde natürlich weiterhin ein guter Vater sein, ob ich nun in London oder in Frankfurt wohne. Ich kann meine Flüge so legen, dass ich über Köln fliege und sie mit zu uns nehme. Und unsere Wohnung ist groß genug. Wenn Ben, Emma und Theo zu Besuch kommen, haben sie ein eigenes, gemeinsames Zimmer. Die Kinder werden Naomi bestimmt sehr gerne haben, wenn sie sie erst einmal kennengelernt haben. Naomi ist unkompliziert, offen und mag Kinder über alles. Sie würde auch dich gerne einmal kennenlernen.«

An dieser Stelle war die Stimmung endgültig gekippt. Ich wollte mich nicht länger zusammenreißen. Vor mir tat sich ein großes, tiefschwarzes Loch auf, das mich in die Tiefe zog, und ich fühlte nur noch Wut.

»Weißt du was, Alex Hansen?«, zischte ich, wohl wissend, dass ich viel zu laut war. Ich war aufgestanden, und meine Serviette war auf den Boden gefallen. Vor Wut schossen mir Tränen in die Augen. »Nach so vielen gemeinsamen Jahren, wäre es da nicht angemessen gewesen, früher etwas zu sagen? Mit mir zu reden? Aber nein, der Herr Pilot bumst sich lieber mit seiner Stewardess durch die Lüfte und in den siebten Himmel, macht sich eine neue Familie und trifft die Entscheidungen für sich alleine. Und Anne? Och, Anne macht schon keine Probleme. Die lädt man in ein teures Lokal ein, sagt ihr, dass man sie irgendwie, aber anders, immer noch immer liebt, und dann ist das schon okay. Weißt du was? *Nichts* ist okay!«

Am Ende hatte ich geschrien. Ich nahm meine Tasche und drehte mich um. Alex fasste mich am Arm, doch ich schüttelte ihn ab, ging einfach weiter und stieß die Tür auf. Das Tageslicht blendete, und ich wusste, dass mir die Tränen die Wangen hinunterrannen, doch es machte mir nichts aus. Wutentbrannt und benommen schloss ich mein Rad auf und fuhr los. Jemand rief »Vorsicht!«, doch in dem Moment lag ich auch schon auf dem Radweg, das Rad über mir. Ich war mit jemandem zusammengestoßen, der sich besser als ich hatte abfangen können. Er stieg von seinem Rad, kam auf mich zu und half mir wieder auf meine wackeligen Beine. »Ist mit Ihnen alles in Ordnung?«, fragte er, und ich blickte in Augen, die mir irgendwie bekannt vorkamen. Dann stürmte Alex aus dem Restaurant. »Du meine Güte, Anne!!!«, rief er und versuchte, mich zu stützen.

»Lass mich!«, fuhr ich ihn an und stieg wieder auf mein Rad.

»Du kannst in dem Zustand doch nicht mit dem Rad nach Hause fahren«, insistierte er. Ich sah in seine Augen, die einmal so vertraut gewesen waren, und sagte ruhig und deutlich: »Es war deine Entscheidung, dass dich das nichts mehr angeht.« Dann fuhr ich los.

Wie ich es geschafft hatte, nach Hause zu kommen, wusste ich nicht mehr.

2.

Ich hatte geduscht, mir das verheulte Gesicht gewaschen und die Schürfwunden an Ellenbogen und Knie verarztet. In meinen Bademantel gewickelt, ein Handtuch um die nassen Haare, saß ich auf dem Bett und erinnerte mich daran, wie wir uns stolz und überglücklich hatten auf die Matratzen fallen lassen, nachdem wir das Gestell in unserer kleinen Wohnung in Sülz aufgebaut hatten. Ich hatte in Alex' Arm gelegen, wir hatten zur Decke geschaut und uns ausgemalt, wie wir, alt und tattrig geworden, immer noch Arm in Arm in diesem Bett liegen würden. Nun lag ich schon fast ein Jahr alleine in diesem Bett. Nun ja, mehr oder weniger alleine. Ben, Emma, die beiden Großen, meine wunderbaren Zwillinge, und Theo, mein kleiner Bär, krabbelten nachts recht regelmäßig unter meine Bettdecke und kuschelten sich an mich. Die Kinder … Erneut schossen mir die Tränen in die Augen. Meine drei wunderbaren Kinder würden Scheidungskinder sein und womöglich als Erwachsene beim Therapeuten landen; als verkrachte Existenzen auf der Psychocouch, aus Beziehungsangst oder dem Unvermögen, an die wahre Liebe zu glauben, aus Wut auf den Vater, der die Familie im Stich gelassen hatte, oder um das Aufwachsen mit einer neurotischen und verbitterten Mutter zu verarbeiten. Nein! Jetzt hatte ich sie ja wohl nicht mehr alle beisammen. *Anne, reiß dich zusammen!* Erstens hatte ich die

Scheidung meiner Eltern auch gut verarbeitet, zweitens hatte ich, trotz gestörter Mutter, bisher auch nicht auf die Couch gemusst, und drittens, was am Wichtigsten war, zeigten meine Kinder keinerlei Verhaltensweisen, die Grund zur Sorge geben würden, schließlich kamen sie mit der Situation schon seit einem Jahr zurecht. Und ich auch.

Gedankenverloren rubbelte ich meine Haare. Wenn ich ehrlich war, war die Tatsache, dass Alex nicht mehr bei uns wohnte, im Alltag gar nicht so groß aufgefallen. Aufgrund der vielen Fernflüge war er sowieso nicht oft zu Hause gewesen, obwohl ich inzwischen wusste, dass es in dem Jahr vor seinem Auszug nicht nur die Fernflüge gewesen waren, die ihn ferngehalten hatten, sondern auch der ein oder andere verlängerte Aufenthalt am Zielort zusammen mit Naomi. Während ich brav im Reihenmittelhaus das Alltagschaos jongliert hatte, hatte sich mein Ehemann, ich korrigiere, bald Exmann, mit dieser Stewardess immer wieder schöne Tage an exotischen Orten gegönnt. »Naomi …« Ich sprach den Namen aus und zog eine Grimasse. Nach Alex' Beichte hatte ich sie auf Facebook gesucht und gefunden. Mein Scheidungsgrund war fünfundzwanzig Jahre jung, hatte die Figur eines *Victoria*'s *Secret*-Engels, einen hellen Porzellanteint, lange, glatte, rote Haare und ein Puppengesicht mit großen, grünen Augen, einem niedlichen Stupsnäschen und einem reizend geschwungenen Mund, so dass jeder Mann, der sie sah, bestimmt auf der Stelle hin- und hergerissen war zwischen dem unmittelbaren Bedürfnis, sie zu beschützen, und dem ungestümen Verlangen, sie leidenschaftlich auf das nächste Bett zu werfen. Selbst mit fünfundzwanzig hatte ich keinen Mann in diesen gewiss unerträglichen Zwiespalt gestürzt.

Sitzend betrachtete ich mich im großen Spiegel des alten Kleiderschranks gegenüber von mir. Ich war ein Meter siebzig groß und trug Kleidergröße achtunddreißig. Ich war nicht pummelig, aber bestimmt nicht mehr in der Form, in der ich mal war. Bauch, Oberschenkel und Po waren nicht mehr straff und knackig, und Ben, mein reizender großer Sohn, hatte mir vor ein paar Wochen auf seine unvergleichlich direkte Art klargemacht, dass meine Oberarme, wenn man gegen sie stupste, wabbeln würden. Mein Busen sah nicht mehr so aus, wie er noch vor zehn Jahren ausgesehen hatte. Er war zwar nicht so groß, aber auch kleine Busen konnten ein wenig hängen. Die Schwerkraft. Drei Kinder. Muss ich mehr sagen? Und meine Haare? Trotz frischem Naturblond wusste ich, dass es erste, vereinzelte graue Haare gab. Und das wusste ich nicht erst, seit Theo abends beim Vorlesen plötzlich und ohne Ankündigung an meinen Haaren gerissen, mir anschließend strahlend ein wirklich graues Haar unter die Nase gehalten und fasziniert bemerkt hatte: »Schau Mama, du hast ja graue Haare.«

Ich stand auf und trat an den Spiegel. Ich fand mich nicht wunderschön. Ich würde eher sagen, ich war normal hübsch. Meine graublauen Augen musterten mich, meine normale Nase, meinen normalen Mund mit den blassrosa Lippen. Fast berührte meine Nase den Spiegel. Um meine vom Heulen geschwollenen rot geränderten Augen hatte ich Falten, die sich nicht alleine als Lachfältchen wegargumentieren ließen. Auch auf der Stirn zogen sich feine Linien. Immer wieder wuchsen mir zwei schwarze Haare im Gesicht, eines am Kinn und das andere unter meinem linken Ohr, die ich eilig herauszupfte, sobald ich sie bemerkte. Ich ließ mich aufs Bett fallen und machte mit meiner Bestandsaufnahme weiter. Wenn ich morgens aufstand, hatte ich neuerdings immer mal wieder Rückenschmerzen, und meine Kondition war definitiv schon wesentlich besser gewesen, was sicherlich auch daran lag, dass Sport und ich seit Langem nicht mehr eng befreundet waren, sondern mir die Schokolade gerade im letzten Jahr viel nähergestanden hatte. In meiner freien Zeit, also wenn die Kinder im letzten Jahr am Wochenende bei Alex in Frankfurt gewesen waren, hatte ich lieber in Jogginghose auf dem Sofa gelümmelt, als Sport zu treiben. Theo lief inzwischen wahrscheinlich schneller wie ich. Kurz: Ich war außer Form, träge, fünfunddreißig … und bald geschieden.

Mein Handy klingelte. Ich robbte über das Bett und griff nach meiner Tasche, die ich vorhin vor Wut in die Ecke gepfeffert hatte. Im dunklen Chaos suchte ich nach meinem Handy, fand ein Matchboxauto, Lipgloss, einen Stein, den Emma im Park aufgelesen und so wunderschön gefunden hatte, dass er unbedingt mit nach Hause musste, ein Paar Socken und endlich das Handy. Melli. O Gott, wie spät war es? Hatte ich die Kinder vergessen?

»Melli, sorry, ich hab das Handy nicht sofort gefunden.«

»Nicht gefunden oder keine Zeit gehabt, zu suchen?«

Ich wusste im Moment nicht, wie ich auf ihre Frage reagieren sollte, doch die kurze Stille am Telefon war für meine beste Freundin Antwort genug, und das Melli-Notfalldienstprogramm startete: »Warte, Simon bestellt für die Kinder und sich Pizza, und die vier machen es sich mit einer DVD gemütlich. Ich bin gleich bei dir.«

Sie hatte aufgelegt, und ich wusste, dass sie spätestens in einer Viertelstunde vor der Tür stehen würde. Meine beste Freundin.

»Liebelein, du siehst scheiße aus«, war das Erste, was Melli sagte, als ich ihr die Tür öffnete. Dann drückte sie mich fest.

»Schließlich ist meine Welt heute untergegangen.«

»Weltuntergang? Hattest du etwa ein Treffen mit Gott?« Melli stupste mich. »Und wenn deine Welt untergegangen ist, warum bin ich dann noch da?«

Ein Lächeln huschte über mein verheultes Gesicht, und ich wusste, warum sie nun schon so lange meine beste Freundin war. Wir hatten uns vor sieben Jahren in der Schule kennengelernt, an meinem ersten Tag an der Konrad-Adenauer-Hauptschule in Ehrenfeld. Als ich mein Fahrrad abschloss, stieg neben mir jemand vom Rad. »Du musst die neue Kollegin sein. Willkommen an der KAS. Ich bin Melanie Weber, Melli. Ich hab die 7a. Du bekommst, glaube ich, die 7b.« Melli, klein, rundlich, dunkle, kurze Haare, große dunkelbraune und fröhliche Augen, hatte mich offen angestrahlt. So offen war sie. Dazu spontan, quirlig, ehrlich, etwas vorlaut und eigentlich immer fröhlich und gut gelaunt.

Melli ging schnurstracks ins Wohnzimmer. Und ich schlich langsam hinter ihr her. Sie öffnete die Fenster zum Garten.

»Schau, nichts mit Weltuntergang«, verkündete sie, dann drehte sie sich zu mir um. »Und jetzt erzählst du mir, was passiert ist.«

Ich ließ mich auf das Sofa fallen, holte tief Luft und schilderte ihr alles. Angefangen mit der prächtigen Laune und dem Gedanken an eine mögliche neue Chance, die ich hatte, als ich mit dem Rad über den Ring gefahren war, bis hin zu Alex' Worten und zu der Wut, die mich überrannt hatte, weshalb ich vollkommen neben mir stehend das Restaurant verlassen und nach Hause geradelt war.

Als ich fertig war, schaute Melli mich nachdenklich an, dann fragte sie ruhig: »Du hättest ihn zurückgenommen?«

Ich zuckte mit den Schultern und antwortete: »Ich weiß es nicht.«

Melli nickte ernst.

»Was ist mit meinem Alex passiert? Der Mann, den ich heute im *Pauls* getroffen habe, hat nichts mehr von dem Mann, den ich heute vor zehn Jahren geheiratet habe«, sagte ich leise. Dann kam die Wut zurück. »Anstatt früher mit mir zu reden, veranstaltet er so eine Schmierenkomödie. Aber nicht mit mir! Und weißt du, was das Schlimmste ist? So wütend ich bin, so schrecklich tut es doch weh.« Meine Augen füllten sich wieder mit Tränen. »Und dann schmeißt er uns aus unserem Zuhause. Ich möchte nicht, dass die Kinder ihr Zuhause verlieren.« Mein Ben. Meine Emma. Mein Theo.

Melli nahm mich in den Arm. »Schscht«, machte sie, »da, wo du bist, ist ihr Zuhause.«

Zur Wut hatte sich Selbstmitleid gesellt. »Und dazu habe ich Falten, die definitiv keine Fältchen mehr sind, ich bekomme graue Haare, und ich habe einen schwabbeligen Bauch, Dellen an den Oberschenkeln und keinen Knackpo. Und guck«, ich stupste gegen meinen rechten Oberarm, »wabbelige Oberarme habe ich auch …«

»Ich weiß«, Melli seufzte dramatisch, »ich schäme mich immer fürchterlich, wenn ich mit dir gesehen werde.«

An jedem anderen Tag, in jeder anderen Situation hätte mich ihr Kommentar sicherlich zum Lachen gebracht, doch heute war mir danach, im Selbstmitleid zu baden, bis ich runzelig wurde. Ich ging über ihren Kommentar hinweg. »Ich bin keine zierliche und zarte Elfe mit einer Traumfigur und langen Beinen, ich habe weder einen Porzellanteint noch lange, glatte, schöne, glänzend rote Haare.« Ich redete mich langsam in Rage. »Ich habe keine kleine, niedliche Stupsnase und keine grünen Rehaugen, die Männer verrückt machen, weil sie mich nicht nur erobern und voller Verlangen in die Flugzeugtoilette drücken wollen, sondern mich ebenso an die Hand nehmen und beschützen wollen …«

»Hey, du Stimme aller verlassenen, mittelalten Ehefrauen mit Dellen an den Oberschenkeln und Wabbeloberarmen, jetzt reicht es!«, bemerkte Melli entschlossen. »Den Alex, den du geheiratet hast, gibt es leider nicht mehr, und den Alex, den es jetzt gibt, den kann die Elfe geschenkt haben, denn wenn wir ehrlich sind, passt er gar nicht mehr in dein Leben.«

Ich sah sie an. Melli hatte den Kopf leicht schräg gelegt, wie sie es oft tat, und ihre braunen Augen funkelten herausfordernd. »Mensch, du bist so stark. Sei stolz auf dich und das, was du im letzten Jahr geschafft hast! Jetzt hörst du auf, nach hinten zu schauen und guckst nach vorne!« Sie nickte entschieden. »Verstanden?«

Wenn Melli bestimmt war, war sie bestimmt. Ich hatte keine andere Wahl und nickte. Aber nicht nur, weil Melli keinen Widerspruch dulden würde, ich wusste, dass sie recht hatte.

Mit einem Kölsch in der Hand saßen Melli und ich auf der Dachterrasse in der Abendsonne und stießen auf die klaren, neuen Verhältnisse an.

»Wie soll ich es nur den Kindern sagen?«

»Das kommt darauf an, was du den Kindern sagen möchtest.«

Ich sah sie an. »Wie meinst du das?«

»Ich finde, dass Alex die Verantwortung übernehmen sollte, ihnen all das zu sagen und zu erklären, was er für sich entschieden hat. Sind sie nicht am kommenden Wochenende wieder bei ihm in Frankfurt?«

Ich nickte, und als ich daran dachte, ihn in ein paar Tagen wiederzusehen, zog sich mein Herz zusammen und die Wut kam zurück. Ich kannte dieses Gefühl seit fast einem Jahr.

»Wenn ich daran denke, dass er Freitag strahlend an der Haustür klingeln wird, Ben, Emma und Theo ihm um den Hals fallen, und er sie mit nach Frankfurt nehmen wird, könnte ich kotzen.«

Melli nickte: »In mir würde es auch kochen und es würde mir wahnsinnig schwerfallen, ihm nicht die Rolle des Buhmanns zuzuschieben, der die Familie für seine neue Familie verlassen hat.«

Eine Weile saßen wir schweigend nebeneinander. Melli wusste, wie schwer es für mich gewesen war, den Kindern gegenüber kein schlechtes Wort über Alex zu verlieren. Ich hatte versucht, meine Traurigkeit und meine Wut vor ihnen zu verbergen, und mich zusammengerissen. Ich hatte Ben in den Arm genommen, wenn er sich verlassen gefühlt hatte und wütend weinte. Ich hatte Emma getröstet, wenn sie abends im Bett geschluchzt hatte, weil sie ihren Papa vermisste. Und ich hatte auf Theos Frage, ob er jetzt keine richtige Familie mehr hätte, entschieden geantwortet: »Du hast immer eine richtige Familie. Nur wohnt der Papa eben gerade woanders. Aber solange Papa und ich Ben, Emma und dich so sehr liebhaben, werden wir immer eine richtige Familie sein!«

»Arschloch!«, sagte ich und trank einen Schluck aus meiner Flasche.

»Arschloch!« Melli prostete mir zu. »Du schaffst das, Anne!«, sagte sie ernst und voller Überzeugung.

»Ich weiß«, antwortete ich, ebenso ernst, aber ein bisschen weniger überzeugt.

Wir lagen alle zusammen in meinem großen Bett. Ben, Emma, Theo und ich. Munter redeten die Kinder durcheinander. Emma ärgerte sich über die Zicken in ihrer Klasse, die beim

Völkerball immer kreischten und weinten, wenn sie einen Ball abbekamen und nicht richtig werfen konnten. Ben pflichtete ihr bei. Theo hatte in der großen Pause zusammen mit seinem besten Freund Mats wieder Mädchen »spioniert« und in der Fußball-AG zwei Tore geschossen, und Ben hatte heute im Sportunterricht einen neuen persönlichen Sprintrekord aufgestellt und war noch ganz erfüllt von dem Erlebnis. Ich sah meine großen Zwillinge und den Kleinen an, die aufgeregt und fröhlich auf dem Bett hüpften. »Los, auf die Mama!«, schrie Ben übermütig, und alle drei sprangen mit lautem Geschrei auf mich. Ich unternahm einen Versuch, mich zu wehren, und kitzelte, wen ich erwischen konnte, hatte gegenüber der wilden, laut glucksenden Meute aber nicht den Hauch einer Chance. Auf dem Nachttisch summte mein Handy. Ich befreite mich. Alex. »Arschloch!«, dachte ich und drückte ihn entschieden weg. In diesem Moment hatte er nichts bei uns verloren. »Wer war das?«, fragte Ben. »Ach, niemand Wichtiges«, antwortete ich, hüpfte wieder aufs Bett und rief lachend: »Revanche!«

Die Kinder schliefen friedlich in ihren Zimmern. Ich lag alleine im Bett und dachte über den Tag nach. Sollte er sich doch scheiden lassen, ich hatte eine wunderbare Familie. Meine eigene Familie. Ben, Emma, Theo und ich. Und wir waren eine richtige Familie.

»In diesem Moment hat er nichts bei uns verloren«, hatte ich vorhin gedacht, als die Kinder und ich zusammen getobt hatten. Und es stimmte nur halb, denn Alex hatte nicht nur in diesem Moment nichts mehr bei uns verloren gehabt, er hatte in meinem Leben überhaupt nichts mehr verloren. Und das nicht erst seit heute. Ich machte das Licht aus, drehte mich auf den Bauch und streckte mich weit aus in meinem großen Bett.

3.

Frau Hansen, der Wilke war heute echt fies zu uns. Immer sind es Scharin und ich. Ey, der trägt uns immer gleich ins Klassenbuch ein und …«

»… du hast doch *nur* gelacht. Guten Morgen, Ayla. Ich freu mich auch, dich zu sehen.« Zweite Stunde. Ich war gerade erst ins Klassenzimmer meiner neunten Klasse gekommen.

Ayla nickte. »Ja, Mann, ich schwör!«, ergänzte Scharin. »Der Wilke ist voll der …«

»Scharin, ist gut«, fiel ich ihr ins Wort, »ich habe eine ungefähre Ahnung von dem, was du mir mitteilen möchtest. Setzt ihr euch jetzt bitte auch hin.«

»Mann, immer wir …«, schimpften beide vor sich hin und gingen zu ihren Plätzen.

»Ich weiß, immer ihr. Ehrlich, ich kann mir auch nicht erklären, warum Herr Wilke immer *euch* ins Klassenbuch einträgt. Dabei seid ihr doch nur *total* gut drauf. Und irgendwie ist es ja wohl auch *voll* diskriminierend, dass man hier noch nicht mal lachen darf.« Ich grinste.

»Ach Mann, Frau Hansen, Sie sind scheiße!«, sagte Scharin, und ich sah, dass sie leicht schmunzelte.

»Aus deinem Mund klingt das glatt wie ein Kompliment.«

»Frau Hansen, die waren wirklich laut.« Selina. Jede Klasse hat ihren eigenen Klassenstreber. »Die machen das immer extra, um Herrn Wilke zu ärgern. Manchmal geht er dann nämlich einfach.«

Ob Selina das immer extra machte, um mich zu ärgern?

»Selina, halt's Maul!«, schaltete sich Mert in dieses pädagogisch doch ausgesprochen mustergültige Gespräch ein. Selina guckte beleidigt zur Seite.

»Mert!«, sagte ich streng, wobei ich das Gleiche gedacht hatte. Im Gegensatz zu Mert, fünfzehn, impulsiv, voller Testosteron und, sagen wir, mit einer sehr direkten Art, hatte ich gekonnt meine Professionalität gewahrt. »So Leute, Schluss jetzt mit Herrn Wilke und Chemie. Wir fangen an.« Ein Stöhnen ging durch die Klasse. »Es ist immer wieder schön, wenn ihr euch so auf unsere Geschichtsstunden freut und eure Motivation so groß ist«, sagte ich, holte die vorbereitete Folie aus meiner Tasche und schaltete den Overheadprojektor ein.

»Anne …« Harald Wilke fing mich auf dem Weg ins Lehrerzimmer ab. »Wir müssen mal über das Verhalten deiner Klasse reden.«

Ich wusste, was jetzt kam, und sagte verständnisvoll: »Ich habe deinen Eintrag im Klassenbuch gelesen und werde mit beiden noch mal in Ruhe reden und ihnen deutlich die Konsequenzen aufzeigen, die ihnen bei weiteren Einträgen drohen.«

»Von der Schule geworfen gehören die!«

Von der Schule fliegen für zu lautes Lachen? Harald schien heute noch empfindlicher als sonst zu sein. »Die machen das ganz bewusst und wollen, dass ich mich aufrege!«

Warum musste er sich auch so reizen lassen? »Ich weiß, aber Harald, du kannst auch nicht einfach aus dem Chemieraum stürzen und die Klasse alleine lassen.« Ich setzte auf die Flucht nach vorne, und Harald guckte betreten und erschrocken. »Das weißt du?« Ich nickte leicht.

»Hast du es im Rektorat gemeldet?«

»Nein, natürlich nicht, und die Klasse auch nicht.«

Harald atmete auf.

»Am besten, du rufst heute Abend bei den Eltern an, dass sie über den Eintrag informiert sind. Und ich werde Ayla und Scharin wirklich ganz entschieden ihre Situation verdeutlichen, ja? Aber du musst ebenso versuchen, dich nicht so reizen zu lassen. Du kennst Selina und ihre Mutter. Wenn sie zu Hause erzählt, dass du gegangen bist, ist das Rektorat sofort im Bilde.« Ich guckte verschwörerisch.

Harald nickte und wirkte wieder ruhiger. »Das ist wahrscheinlich die beste Idee«, sagte er.

»Dann haben wir doch eine gute Lösung gefunden«, pflichtete ich ihm schnell bei und huschte an ihm vorbei ins Lehrerzimmer.

Ich brauchte erst einmal einen Kaffee. Wir waren heute Morgen alle zu langsam und darum fast zu spät dran gewesen. Ben, Emma und Theo waren eine Minute vor acht auf den letzten Drücker ins Schulgebäude gerast, und ich hatte es um zehn nach acht mit dem Klingeln zur ersten Stunde ins Klassenzimmer der Zehner geschafft, so dass keine Zeit mehr gewesen war, in Ruhe mit einer Tasse Kaffee im Lehrerzimmer im Schultag anzukommen. Meinen Kaffee in der Hand, setzte ich mich nun an meinen Platz und atmete durch.

Zack! Melli hatte den *Kölner Stadtanzeiger* vor mir auf den Tisch gepfeffert und guckte mich enthusiastisch an. Ich blickte eher fragend.

»Heute ist Mittwoch«, sagte sie, was meine Verwirrung nicht sonderlich entwirrte.

»Und?«

»Am Mittwoch und am Samstag stehen im *Stadtanzeiger* immer die Wohnungsinserate.« Sie ließ sich neben mich auf ihren Platz fallen. »Wenn etwas dabei ist, das dir gefällt, solltest du am besten heute noch anrufen.«

Ich fühlte mich überrumpelt. »Melli, das ist lieb … aber so weit bin ich noch nicht …«

Sie sah mich lieb an: »Liebelein, du weißt zwar erst seit gestern, dass du auf Wohnungssuche bist, aber damit kann man nicht früh genug anfangen. Guck dir die Inserate später zu Hause einfach in Ruhe an und überlege dir, was genau und wo du es suchst. Wenn eine Anzeige dabei ist, die dich interessiert, was hast du zu verlieren?«

Es klingelte.

»Ahhh, gerade sitzt man, da muss man wieder los«, fluchte Melli vor sich hin, dann nahm sie ihre Tasche und stand auf. »Wir reden später weiter, ja? Ich muss in die 5b. Die kann man nicht alleine lassen.« Dann war sie aus der Tür.

Vielleicht hatte Melli ja doch recht. Ich blickte wieder auf die Zeitung und trank den letzten Schluck Kaffee, dann steckte ich den *Stadtanzeiger* in meine Tasche und ging in meine Klasse.

4.

Die aufgeschlagene Zeitung, eine Tasse Kaffee und eine angebrochene Tafel Toblerone, meine beste Freundin, gleich nach Melli, vor mir, saß ich am Esszimmertisch und studierte die Wohnungsanzeigen. Was konnte ich mir vorstellen? Ich nahm einen Schluck Kaffee und überlegte. Jedes Kind sollte schon ein eigenes Zimmer haben, und auch ich wollte nicht auf einem Sofabett im Wohnzimmer hausen. Ideal wäre noch ein kleines Arbeitszimmer. Vielleicht gab es ja auch eine Erdgeschosswohnung mit Garten? Die Wohnung musste in Nippes sein. Einen Schulwechsel wollte ich den Kindern nicht zumuten. Gut, ich suchte also eine Sechs-Zimmer-Wohnung mit Küche, Bad und Garten in Nippes. Der Blick in die Zeitung zeigte allerdings, dass es keine 6ZKB-Wohnung mit Garten in Nippes gab, dafür gab es zwei kleine Drei-Zimmer-Wohnungen, ein WG-Zimmer und, Moment, das könnte vielleicht etwas sein, eine 150 Quadratmeter große Fünf-Zimmer-Wohnung in einem kernsanierten Altbau mit Dielenboden und großem Balkon. In einem kernsanierten Altbau mit Dielenboden und großem Balkon wäre ich bestimmt dazu bereit, auf mein Arbeitszimmer zu verzichten. Vielleicht hatte die Wohnung große Flügeltüren und Stuck an der Decke? Der Blick auf die Miete sagte mir dann aber, dass ich mir keine weiteren Gedanken über diese Wohnung machen musste. Frustriert nahm ich ein Stück von der Schokolade.

Es klingelte an der Haustür. Ich sah auf die Uhr. Halb vier. Die Kinder würden erst um kurz nach vier aus der Schule nach Hause kommen. Schnell trank ich noch einen Schluck Kaffee, stand auf und öffnete.

»Mutter?!« Ich wusste, dass ich nicht nur entgeistert geklungen hatte, sondern wahrscheinlich ebenso entgeistert guckte.

»Anne? Hast du etwa vergessen, dass ich mich für heute angekündigt hatte?« Meine Mutter gab mir einen Kuss auf die linke und einen Kuss auf die rechte Wange.

»Natürlich nicht. Komm rein.« Natürlich doch! Alle zwei Wochen hatte meine Mutter einen Termin bei ihrer Kosmetikerin bei mir um die Ecke, für den sie extra aus Düsseldorf anreiste. Sonst neigte ich dazu, die anstehenden Besuche meiner Mutter zu verdrängen, bis sie kurz vor der Tür stand. Dieses Mal hatte ich ihren Besuch wirklich vergessen.

Meine Mutter war wie immer perfekt zurechtgemacht. Ihre graublonden kinnlangen Haare waren gekonnt mit einem Haarreifen zurückgehalten, und sie war ausgehfein geschminkt. Sie trug eine edle, weiße Seidenbluse, einen engen, dunkelgrauen Bleistiftrock, feine Schuhe mit Absatz und eine ebenso feine Handtasche. Sie musterte mich mit ihrem gewohnt kritischen Blick. Von oben bis unten. Zurück aus der Schule hatte ich die Wäsche gemacht und Jeans und Bluse gegen Jogginghose und ein weites T-Shirt getauscht, das, ich sah es, als ich jetzt auch an mir hinunterguckte, einen Kaffeefleck hatte. Mein Blick wanderte weiter. Barfuß stand ich im Flur, und der Nagellack auf dem rechten großen Zeh hatte die Turnschuhe heute Vormittag nicht gut überstanden. Ich wusste, was jetzt kommen würde …

»Dann hättest du dich doch ruhig vernünftig anziehen

können. Du weißt, dass ich es nicht mag, wenn du dich so gehen lässt«, bemerkte sie und ging an mir vorbei ins Haus.

Womit wir beim Lieblingsthema meiner Mutter wären. Dieses Mal gleich und sofort und direkt und nicht als feine Spitze verkleidet in irgendeinem ihrer Sätze. Meine Mutter war das komplette Gegenteil von »sich gehen lassen«. Sie war die gelebte Selbstkontrolle. Ich kannte sie nur perfekt konserviert, immer stilvoll gekleidet, frisiert und gestylt, als wäre sie zum Tee beim Bundespräsidenten eingeladen. »Einmal Chefsekretärin, immer Chefsekretärin«, sagte sie immer, oder: »Dein äußeres Erscheinungsbild ist deine Visitenkarte.« Im Sommer würde sie siebzig werden, und ich musste zugeben, dass sie sich sehr gut gehalten hatte. Ich hätte in dem Bleistiftrock bestimmt wie eine Presswurst ausgesehen.

»Magst du es dir schon mal gemütlich machen? Ich setze schnell Teewasser auf«, rief ich ihr resigniert hinterher.

Gerade als ich den Earl-Grey-Tee, den meine Mutter so gerne trank, aufgegossen hatte, hörte ich sie: »Warum liegt denn der Wohnungsteil des *Stadtanzeigers* auf dem Esszimmertisch?«, fragen. *Der Stadtanzeiger … Boah, Anne!* Ich war so doof. Auf die große, komplette, finale Beichte hatte ich heute keine Lust. Die Wunden waren noch zu frisch. Fiel mir schnell eine überzeugende Ausrede ein? Ich lehnte meinen Kopf an den Hängeschrank und dachte angestrengt nach.

»Anne? Hast du mich gehört?«

Augen zu und durch.

»Ich suche eine Wohnung«, antwortete ich möglichst beiläufig, öffnete den Hängeschrank und griff nach Keksen.

»Aber warum?« Meine Mutter wirkte irritiert.

Mit einem Tablett, auf dem zwei Teetassen, die Teekanne und ein Schälchen mit Keksen standen, kam ich ins Wohnzimmer. Ich stellte die Sachen auf den Tisch, faltete die Zeitung zusammen und schenkte dampfenden Tee in die beiden Tassen. »Alex will die Scheidung.« Gut. Ich war ruhig geblieben und hatte im Idealfall sogar entspannt geklungen. Ich reichte ihr eine Tasse Tee. »Zucker?«

Meine Mutter wirkte ein wenig blass unter ihrem Rouge, nickte nur, sagte aber nichts, woraufhin ich ihr einen Löffel Zucker in den Tee gab und fortfuhr.

»Er zieht zu seiner Freundin nach London. Das Haus können wir uns nicht weiter leisten.«

»Die Stewardess?«, fragte sie.

»Die Stewardess bekommt ein Baby«, antwortete ich.

»Ach Anne, warum hast du es denn so weit kommen lassen?«

»Bitte?!« Meine innere Ruhe war dabei, zu verpuffen.

»Ich meine, wenn du dich ein bisschen mehr um ihn gekümmert hättest. Männer wollen sich mit ihren Frauen schmücken.«

Verpufft. »Das ist jetzt ja wohl die Höhe! Um *ihn* kümmern?! Der Herr fliegt als Pilot um die Welt, während ich zu Hause alles manage. Hausaufgaben, Fahrten zum Fußballtraining, zur Klavierstunde, zum Schwimmen, zur Rechtschreibförderung, Elternabende, Kindergeburtstagsgeschenke, Kinderarztbesuche, Waschen, Putzen, Einkaufen, Kochen … das mache alles *ich*, und dazu gehe ich *ebenso* arbeiten … Und dann soll ich ihn, wenn er von einem weiten Flug nach Hause kommt, perfekt frisiert und zurechtgemacht empfangen und verwöhnen, während die lieben Kinder, frisch gebadet, sauber und wunderbar duftend, friedlich im Bett schlafen? Das kann jetzt nicht dein Ernst sein!«

Während ich kochte, war meine Mutter die Ruhe selbst.

»Was bist du so verbittert? Männer wollen das.«

»Dann will ich den Mann nicht! Das ist doch ein vollkommen antiquiertes Männerbild! Ich möchte eine gleichberechtigte Partnerin sein und von meinem Mann ernst genommen und geachtet werden, kein Schmuckstück, das das Denken einstellt und dem Ehemann zur Begrüßung am besten nicht nur die Pantoffeln und ein kühles Bier reicht, sondern ihm gleich auch noch einen bläst!«

»Anne, nun werde nicht so vulgär. Ich verstehe deinen Zorn, aber hätte Alex eine Affäre mit dieser Stewardess angefangen, wenn ihm der gleichberechtigte Austausch gereicht hätte?«

Das saß. »Du willst also sagen, dass *ich* schuld bin?!!« Meine Stimme überschlug sich.

»Kind, ich missbillige Alex' Verhalten. Ich suche nur die Ursache dafür. Du hast dich gehen lassen. Schau dich doch an. Nur noch Mutter, nicht mehr Frau. Wobei es müßig ist, weiter darüber zu reden, er hat seine Entscheidung ja gefällt.«

Für meine Mutter war das Thema damit beendet. Für mich noch lange nicht.

»Alex und ich kennen uns seit fünfzehn Jahren. Mit der Hochzeit haben wir uns geschworen, ehrlich zueinander zu sein, in guten und in schlechten Zeiten. Wir haben drei Kinder bekommen. *Ich* habe mich nicht aus der Verantwortung gestohlen und meiner Ehe keine Chance gegeben. Ich habe niemanden einfach vor vollendete Tatsachen gestellt und bin gegangen. Nicht, dass ich ihm unterstelle, es wäre ihm leichtgefallen, aber es hat mich so sehr verletzt, dass er nicht um uns gekämpft hat oder uns hat gemeinsam kämpfen lassen. Nach all den Jahren, die wir zusammen waren. Ich hatte keine ehrliche Chance. Und das tut weh! Das Scheitern meiner Ehe auf die Kilos zu schieben, die ich in deinen Augen vielleicht zu viel habe, und darauf, dass ich meine Prioritäten anders setze, als Stunden vorm Spiegel zu verbringen, um mir die Haare aufzudrehen, Anti-Falten-Cremes ins Gesicht zu schmieren oder mich so zu schminken, als wäre ich zu einer Gala eingeladen, ist gemein, unpassend und vollkommen unangemessen. Das verbitte ich mir! Ich weiß, dass du das nicht verstehst, Mutter, aber es gibt mehr als nur die perfekte äußere Hülle!«

»*Ich* bin schon ruhig und sage gar nichts mehr«, sagte sie pikiert und blickte versteinert. »Nur, wie soll das nun gehen, so ohne Mann?«

»Das geht schon ein Jahr so ohne Mann«, schleuderte ich ihr wütend entgegen.

In der Haustür drehte sich ein Schlüssel. Die Kinder. Ich versuchte mich zu fangen, legte die Zeitung zusammen und sagte schnell zu meiner Mutter: »Ben, Emma und Theo wissen es noch nicht, das heißt, dass du bitte all deine Kommentare für dich behältst!«

»Wie du meinst«, bemerkte sie spitz. Ich wusste, dass sie beleidigt war. Sollte sie doch.

»Hallo, Mama!«, rief es aus dem Flur. Zumindest meine Laune hellte sich schlagartig auf. Ich musste nicht länger alleine sein mit dieser miesmäuligen Alten, sondern konnte in fröhliche Gesichter gucken und kichernde Kinder knuddeln. »Hey, ihr Süßen!«

Ben und Theo kamen durch die Tür. »Oh, hallo, Oma Margarethe.«

»Guten Tag, Ben. Guten Tag, Theo«, sagte meine Mutter steif und steckte ihnen förmlich die Hand entgegen, die beide schüttelten. Meine Mutter war keine Knuddeloma. Sie war schon keine Knuddelmama gewesen. Aber ich war das. Glücklich drückte ich meine beiden Herren. »Wo habt ihr Emma gelassen?«, fragte ich. »Die quatscht noch mit Pauline. Mädchenkram«, klärte Theo mich auf, und ich musste grinsen. »Wie war's in der Schule?« »Gut«, war Bens Antwort, wie üblich. Wenn Emma nicht in seiner Klasse wäre, hätte ich wahrscheinlich gar keine Ahnung, was er den Schultag über so machte oder was in der Schule passierte.

Aus Theo sprudelte es hingegen nur so heraus: »Mama, ich habe Emil Darth Vader abgetauscht, gegen drei normale Karten.« Er hüpfte vor Begeisterung und hielt mir seinen neuen Schatz vor die Nase. »Schau!!!« Theo riss seine blauen Strahleaugen weit auf, »198! 100 Angriff und 98 Verteidigung! Das ist voll die Entwicklung.« Ich hatte wieder mal keine richtige Ahnung davon, was genau er mit Entwicklung meinte. Die *Star Wars*-Welt war für mich Galaxien entfernt. Ich wusste aber, dass das in seiner Theo-Karten-Welt etwas ganz Wichtiges war, und nickte anerkennend. »Ich geh nach oben und tu ihn in mein Album.« Schon war er auf der Treppe nach oben verschwunden.

Ben setzte sich mit einem Joghurt zu uns an den Tisch. »Ben«, wandte sich meine Mutter an meinen großen Sohn, »hast du in der letzten Zeit Klassenarbeiten zurückbekommen?« »Nein«, war seine knappe Antwort. Ben ließ sich nicht aus der Ruhe bringen und löffelte seinen Joghurt zu Ende. Am Montag hatte er eine Vier in einem unangekündigten Deutschtest mit nach Hause gebracht, und er kannte seine Großmutter. Ich musste grinsen. Er hatte genauso wenig Lust auf ihre Standardansprache über die Wichtigkeit von guten Noten wie ich auf ihre Standardansprachen über alles, was in meinem Leben anders war als in ihrem. Ich wuschelte durch seine blonden Haare und gab ihm einen Kuss auf den Kopf. Ben stand auf, warf den leeren Joghurtbecher in den Müll und räumte den Löffel in die Spülmaschine. Dann nahm er seinen Ball und sagte: »Ich geh mit Finn auf den Bolzer.« »Musst du gar keine Hausaufgaben machen?«, fragte meine Mutter. Ben schüttelte den Kopf. »Die haben sie in der Schule gemacht«, erklärte ich und wusste nicht, wie oft ich schon versucht hatte, ihr zu vermitteln, dass die drei auf einer Ganztagesschule waren. Egal. »Tschüss, Oma Margarethe«, rief Ben und war schon aus der Tür.

»Mamaaaa!« Emma kam auf mich zugestürmt und umarmte mich. »Oh, hallo, Oma Margarethe.«

»Guten Tag, Emma.« Meine Mutter musterte meine Tochter von oben bis unten. »Ach Kind, du hast doch auch so schöne Kleider.«

»Warum?« Emma hatte sich heute Morgen das 1.-FC-Köln-Trikot angezogen, das sie sich zum Geburtstag gewünscht hatte, dazu eine Jeansshorts und Turnschuhe. Die Haare lockten sich wild auf ihren Schultern. Ihre blauen Augen sahen meine Mutter fragend an.

»Wenn man dich so sieht, meint man, du bist ein Junge.«

Ich war dabei, den Tisch abzuräumen, und verdrehte hinter dem Rücken meiner Mutter die Augen, was Emma zum Grinsen brachte. Sie sah ihre Großmutter herausfordernd an und bemerkte keck: »*Ich* weiß, dass ich ein Mädchen bin.« Dann nahm sie sich eine Banane aus dem Obstkorb und hüpfte, »Ich geh zu Pauline!«, rufend aus dem Haus.

Meine Mutter sah ihr nach und schüttelte den Kopf. »Sie könnte ein so hübsches Mädchen sein.«

»Sie *ist* ein so hübsches Mädchen! Mutter, es reicht, wenn du an mir herummäkelst. Verschone meine Kinder!« Das volle Tablett in der Hand, ging ich in die Küche.

Sie war aufgestanden und hinter mir hergekommen. »Wenn ich meine S-Bahn noch bekommen will, muss ich aufbrechen.

Albert lädt mich heute Abend in die Oper ein, und ich möchte mich vorher noch ein wenig ausruhen. Der Nachmittag bei dir war dann doch sehr anstrengend.«

»Soll ich jetzt die Frage stellen, an wem das lag?«

»Und wieder lässt du deinen Frust an mir aus.«

Es hatte keinen Sinn. Eigentlich war ich inzwischen ganz gut darin, meine Mutter auszuhalten und sie einfach reden zu lassen. Aber heute war ich wirklich sauer.

»Du wolltest doch deine S-Bahn nicht verpassen.«

Ich räumte die Teetassen in die Spülmaschine. Meine Mutter wahrte die Contenance. »Dann sehen wir uns in zwei Wochen.« Küsschen links. Küsschen rechts. Und die Heimsuchung war vorbei.

Erschöpft ließ ich mich aufs Sofa fallen. Meine Mutter ... Jetzt ehrlich, ich musste mir um die seelische Gesundheit meiner Kinder keine weiteren Gedanken machen, ich hatte es bisher schließlich auch geschafft, meine Mutter zu überleben, ohne beim Psychiater zu landen, obwohl ich mich manchmal selbst darüber wunderte.

Meine Eltern hatten sich bei Ford in der Kantine kennengelernt. Meine Mutter war nach ihrer Zeit als Lehrmädchen übernommen worden und arbeitete im Büro. Mein Vater war Schichtleiter in der Werkstatt. Ich weiß bis heute nicht, wie beide sich ineinander hatten verlieben können. Vielleicht waren es die Gegensätze, die sich bekanntlich ja anziehen sollen. Wobei ich der Meinung war, dass bei allen Gegensätzen, ein kleiner gemeinsamer Nenner da sein musste, um überhaupt eine gemeinsame Chance zu haben. Auf der einen Seite mein Vater, zufrieden mit seinem Leben, seinem Job, ausgeglichen und fröhlich. Auf der anderen Seite meine Mutter, nie zufrieden, ehrgeizig, alles besserwissend. Das hatte einfach nicht gut gehen können.

Nach der Scheidung war ich bei meinem Vater geblieben. Vor elf Jahren war er gestorben. Ein Herzinfarkt. Von jetzt auf gleich. Mitten in meinem Staatsexamen. Auch heute noch vermisste ich ihn und sein liebes Wesen. Ich war ein Papa-Kind gewesen und hatte nie ein gutes Verhältnis zu meiner Mutter gehabt. Auch vor dem Tod meines Vaters war sie wenig herzlich gewesen und hatte immer etwas an mir auszusetzen gehabt. Nach seinem Tod hatte ich das Gefühl, ihr gar nichts recht machen zu können. Ich hatte viel darüber nachgedacht, warum meine Mutter mir gegenüber so war, wie sie war, und war mir sicher, dass es ihr wehtat, so viel von meinem Vater und seinem Wesen in mir zu sehen. Seit fünf Jahren war sie nun im Ruhestand, und ich fand, dass sie noch selbstbezogener und gnadenloser geworden war. Ich schob das auf den Altersstarrsinn und darauf, dass sie das Gefühl, nicht mehr gebraucht zu werden, frustrierte. Wie dem auch sei, Margarethe Frey ungefiltert war nicht leicht zu ertragen, und ich fragte mich, wie es ihr Albert mit ihr aushielt. Wobei er ihr ähnlich war. Vielleicht war das das Geheimnis ihrer Beziehung. Albert, ich meine Prof. Dr. Albert Feldmann, Richter a. D., und meine Mutter hatten sich beim Tanztee in einem feinen Kölner Café kennengelernt und waren seit fünfzehn Jahren ein Paar.

»Mama?« Theo riss mich aus meinen Gedanken. »Guck mal, ich habe alle Karten einsortiert.« Er hielt sein *Star Wars*-Album in den Händen. »Kann ich ein Eis?«

»Klar, Theo-Bär, aber nur, wenn du mich vorher einmal ganz fest drückst.«

Lachend kam mein kleiner Mann auf mich zu, umarmte mich und drückte mich so fest, wie er konnte.

5.

Ich saß in meinem Arbeitszimmer und bereitete den Unterricht für morgen vor. Die Kinder waren eben erst eingeschlafen, und ich genoss die Ruhe. Der Tag hatte mich geschafft. Nur noch die Geschichtsstunde in meiner Klasse, und ich konnte auch ins Bett. Hannes, der Referendar an meiner Schule, hatte mich heute Morgen gefragt, ob er mit in die Stunde kommen könnte. Mein Handy piepste. Alex. Der fast Exmann. Seit ich gestern aus dem Restaurant gestürmt war, hatte er mehrfach angerufen und einige Nachrichten geschrieben. Ich hatte ihn immer weggedrückt oder nicht abgenommen. Seine Nachrichten hatte ich aber gelesen, und ich wusste, dass er ein schlechtes Gewissen hatte und sich Sorgen machte, was ja wohl auch das Mindeste war.

Anne, bitte ruf mich an, auch wenn Du mich nicht sprechen willst, was ich verstanden habe und verstehen kann. Wann soll ich Freitag die Kinder abholen? Dein Alex

Dein Alex?! Das konnte er sich sonst wohin schreiben! Arschloch! Leider würde dieses Arschloch am Freitag vor der Tür stehen und die Kinder holen … Die Wochenenden, die die Kinder in diesem Monat bei ihm in Frankfurt waren, hatten wir schon vor ein paar Wochen ausgemacht. In zwei Monaten, im Juni, standen bei ihm einige lange Flüge an, so dass bis dahin an fast jedem Wochenende Frankfurt im Familienkalender stand. Auch wenn ich nicht das geringste Bedürfnis verspürte, ihn am Freitag zu sehen, geschweige denn mit ihm zu reden, würde ich wohl oder übel zurückrufen und mit ihm sprechen müssen.

»Anne, endlich!« Alex klang erleichtert, »bist du gestern gut zu Hause angekommen?«

»Um mich musst du dir keine Sorgen machen«, bemerkte ich kühl.

»Es tut mir leid …« Ich kannte Alex. Er meinte es ernst.

»Du kannst die Kinder wie immer gegen fünf abholen.« Ich hatte keine Lust auf ein richtiges Gespräch und hielt mich an das Organisatorische.

»Hast du es ihnen erzählt?«, fragte er zögernd.

»Nein.«

Er schwieg.

»Ich finde, dass es an dir ist, sie über die neue Situation aufzuklären.«

»Und wenn wir es ihnen gemeinsam sagen …?«, meinte Alex unsicher.

Mein »Nein!« klang entschieden, schneidend und kalt. Genau so war es gemeint. »*Du* hast die Entscheidung getroffen. Allein. Nun wirst du deine Entscheidung mit allen Konsequenzen auch unseren Kindern mitteilen.«

Alex atmete tief ein und aus. »In Ordnung«, sagte er schließlich, »ich bin um fünf da.«

»Bis dann.« Ich legte auf. Kein Stich mehr. Kein krampfendes Herz. Nur Wut. Und diese Wut fühlte sich gut an.

6.

Es war kurz vor fünf, und Alex würde gleich kommen. »Habt ihr alles dabei, was ihr mitnehmen wollt?« Ich hatte inzwischen Routine darin, ihre Sachen für die Wochenenden in Frankfurt zu packen, aber besonders den Jungs fiel im letzten Moment immer etwas ein, das dringend mitmusste. Drei blonde Kinderköpfe nickten. »Theo, was ist mit deinem *Star Wars*-Album?« Erschrocken riss er seine Augen auf und flitzte an mir vorbei die Treppe hinauf. »Ich find's nicht. Mamaaaa ...« Ich atmete durch und ging hinterher. Wie immer. »Theo, wo hast du es denn als Letztes gehabt?« »Hier.« Er stand mitten in seinem Zimmer, das ein einziges Chaos war und in dem Lego-Steine, Fußballsammelkarten, Comics und viel mehr auf dem Boden lagen, aber kein *Star Wars*-Album. »Das kann ja nun nicht richtig sein, dann wäre es ja noch immer da. Denk doch noch mal scharf nach.« Ich schaute hinter dem Bett, weil ich mich zu erinnern meinte, dass er gestern Abend seine *Star Wars*-Karten im Bett sortiert hatte. Nichts. Jedenfalls kein *Star Wars*-Album, aber eine leere Tüte Gummibärchen. »Theo, wie soll man in diesem Chaos denn was finden?« Ich wurde langsam ärgerlich, und Theo wurde langsam hektisch: »Aber ich muss Papa doch unbedingt die Darth-Vader-Karte zeigen! Mama, echt.«

»Ich hab's!« Emma stand in der Tür und hielt das Album in

den Händen. Theo hüpfte freudestrahlend auf sie zu, und ich hätte meine Tochter knutschen können. Während ihre Brüder gut im Suchen waren, irgendetwas suchten sie schließlich immer, war Emma gut im Finden. »Du hast es vorm Klo liegen lassen«, sagte sie. »Mensch, Theo«, entfuhr es mir, doch wie er fröhlich die Treppe hinunterhüpfte, konnte ich ihm nicht wirklich wütend sein. Ich nahm Emma in den Arm und drückte ihr einen Kuss auf den Wuschelkopf. »Danke, Süße. Was wäre ich nur ohne dich, alleine mit diesen beiden Chaoten?« Emma grinste keck und sagte dann altklug: »Wir Mädels müssen doch zusammenhalten.«

Das Klingeln riss mich aus meinem kleinen Mutter-Tochter-Moment. »Ich mach auf!«, rief Ben. »Papa!!!!«, hörte ich die Jungs glücklich rufen. Schnell drückte Emma mir einen Kuss auf die Wange, rannte die Treppe hinunter und fiel ihrem Vater um den Hals, wo ihre beiden Brüder schon lachend hingen. Mir war nicht nach lachen. Gar nicht. Den ganzen Tag hatte ich es einigermaßen geschafft, den Gedanken, Alex heute wiederzusehen, zu verdrängen. Nun stand mein Ehemann, sprich baldiger Exmann, behangen mit unseren Kindern im Flur. Jegliche Verdrängungsstrategie half nicht weiter. Es würde nichts bringen, hier einfach sitzen zu bleiben und zu hoffen, gleich würde der Wecker klingeln und ich hätte alles nur geträumt. Genauso wenig würde ich morgens aufwachen und die Figur eines Supermodels haben. Die Figur hatte Naomi. Und die hatte auch meinen Ehemann, sprich Exmann. Ich atmete tief ein und ging langsam nach unten.

»Hallo, Anne.« Alex stand auf. Er wirkte genauso hilflos, wie ich mich fühlte. »Hallo, Alex.« Ich blieb auf der untersten Stufe stehen und nickte ihm zu. Er versuchte, zu lächeln. Ich blickte zur Seite, und mein Blick traf Emmas, die mich seltsam ansah.

»Die Tasche ist fertig gepackt, und Theo brennt darauf, dir seinen neuen Schatz zu zeigen«, sagte ich schnell. »Jaaaa, Papa, weißt du, ich habe die wertvollste *Star Wars*-Karte. Darth Vader. Der hat 198!!!« Alex hob anerkennend die Augenbraue. »Wie viel im Angriff und wie viel in der Verteidigung?«, fragte er, und Theo kriegte sich vor Begeisterung gar nicht wieder ein. Alex nahm die Tasche. »Ich bring sie am Sonntag wie immer gegen achtzehn Uhr zurück, ja?« Ich nickte. »Tschüss Mama!« Meine drei stürmten auf mich zu, um sich zu verabschieden. Es war jedes Mal nicht leicht und tat weh, sie für das Wochenende gehen zu lassen, doch heute fiel es mir entsetzlich schwer. Ben, Emma und Theo umarmten mich, und ich hielt sie einen Moment länger und fester als sonst. Alex war schon aus der Tür, und die Jungs stürmten sich gegenseitig kabbelnd hinterher. »Ich hab dich so lieb, Mama«, flüsterte Emma in mein Ohr, »wir halten zusammen.« Sie lächelte mich aufmunternd an. Dann gab sie mir einen Kuss und lief hinter ihren Brüdern her. Ich winkte nicht. Ich schloss die Haustür. Tränen liefen über mein Gesicht, und nichts ließ sich mehr nach hinten schieben oder verdrängen. Es traf mich mit voller Wucht. Ich war ihre Mutter und wollte sie beschützen, ihnen das Unbeschwerte mit all meiner Kraft erhalten. Ich wollte nicht, dass es ihnen wehtat, und wusste doch, dass es so sein würde und ich es nicht verhindern konnte. Ich konnte nichts tun.

Es hatte geklopft, und ich hörte jemanden durch die Terrassentür ins Wohnzimmer kommen. »Anne?« Ich weiß nicht, wie lange ich hinter der Haustür gesessen und geweint hatte. Nun stand ich auf und versuchte, mir die Tränen aus dem Gesicht zu wischen. »Anne? Ich will nicht stören, ich hab nur eine Fra …« Karen, meine Nachbarin, hatte mich entdeckt, und ich unternahm den zaghaften Versuch, zu lächeln, was nicht so richtig gelingen wollte. »Du meine Güte, was ist denn los?«, rief sie besorgt und nahm mich in den Arm.

»Und ihr könnt das Haus wirklich nicht halten?«, fragte Karen ernst. Ich schüttelte den Kopf. Wir saßen, zwei Gläser Rotwein vor uns, am Esszimmertisch, und ich hatte ihr alles erzählt. »Es war im letzten Jahr mit den zwei Wohnungen schon oft knapp.« Sie lächelte mich aufmunternd an: »Wenn du willst, kann ich mich in der Praxis umhören und Tobi bitten, im Revier zu fragen. Und beim Umzug kannst du natürlich auch auf uns zählen.« Seit sieben Jahren wohnten wir nun schon nebeneinander, und aus der guten Nachbarschaft war eine enge Freundschaft geworden.

Ich sah mich um. »Weißt du, irgendwie freue ich mich sogar ein bisschen darauf, aus diesem Haus mit all den Familienerinnerungen auszuziehen. Aber für die Kinder ist es ihr Zuhause.«

»Ben, Emma und Theo sind da zu Hause, wo du zu Hause bist. Ich bin mir sicher, dass sie gut mit der neuen Situation klarkommen werden. Das haben sie im letzten Jahr schon so toll gemacht. Du hast starke Kinder. Und du bist eine starke Mama. Hey, du hast das letzte Jahr geschafft. Gut geschafft. Das, was jetzt kommt, schafft ihr vier auch. Das weiß ich.«

»Was mache ich nur, wenn ihr nicht mehr neben uns wohnt? Oder neben Lena und Mark? Die Kinder müssen nur aus dem Haus, um bei ihren besten Freunden zu klingeln. Und was wird aus unserem spontanen Wein am Abend?«

»Ganz gleich, wo du eine Wohnung findest, die Kinder werden weiter beste Freunde bleiben, und wir werden weiter unseren spontanen Wein am Abend trinken. Und darauf trinken wir!« Sie hob das Glas. »Auf das Neue, was kommt, und das Alte, was bleibt!«

»Nein. Auf das Alte, was bleibt, und das Neue, was kommt!«, sagte ich und hob ebenfalls mein Glas.

»Wie auch immer.« Karen lachte. »So gefällst du mir jedenfalls schon viel besser.« Unsere Gläser klangen.

»Und weißt du, was wir jetzt machen?« Karen stellte ihr Glas auf den Tisch und war ganz aufgeregt. »Wir gehen aus!«

»Wir? Jetzt?«

»Wir! Jetzt! Ich war schon ewig nicht mehr aus! Und du hast kinderfrei. Komm, wie klingeln bei Lena, und dann ziehen wir verwegen um die Häuser!« Karen strahlte begeistert.

»Ich weiß nicht ...«, meinte ich zögernd.

»Ach was. Es bringt doch auch nichts, nachdenklich hier rumzusitzen. Wir machen uns jetzt hübsch, und dann geht es los.«

Irgendwie war ihre Laune ansteckend. »Also gut!«, sagte ich.

»Wunderbar. Ich frag Lena. Wir treffen uns in einer halben Stunde vor der Haustür. Ausgehfein.« Karen war schon fast wieder durch die Terrassentür verschwunden.

»Karen?!«, rief ich hinter ihr her.

»Ja?«

»Was wolltest du vorhin eigentlich fragen?«

»Ob Ben und Emma ihren Wochenplan mit nach Hause genommen haben. Finn ist in der Woche nicht fertig geworden und hat seinen natürlich in der Schule vergessen. Aber das ist nicht so wichtig. Auf, Frau Hansen, mach, dass du ins Badezimmer kommst!« Und weg war sie. Dreißig Minuten. Ich sollte mich besser beeilen.

Es hatte ein bisschen gedauert, weil ich mich zuerst nicht hatte entscheiden können. Rock? Oder Hose? Bluse? Oder T-Shirt?

Dann hatte ich einfach meine neue Jeans aus dem Schrank gezogen, von der Melli behauptete, sie würde perfekt sitzen, auch wenn ich mir nicht sicher war, ob sie, so gerade geschnitten, nicht vielleicht doch eher ein bisschen eng war. Egal. Heute würde ich sie tragen, zusammen mit meinem schwarzen T-Shirt mit weitem Ausschnitt und leichten Fledermausärmeln. Ich hatte mir einen lockeren Pferdeschwanz gebunden, schnell die Wimpern getuscht, etwas Rouge auf die Wangen gepudert und Lipgloss aufgetragen. Dann war mein Blick auf meinen Ehering gefallen, den ich noch immer trug. Ich hatte mich aufs Bett gesetzt, den Ring abgenommen und ihn eine Weile betrachtet. *Alexander und Anne, 17. April 2006* stand in geschwungener Schrift auf der Innenseite graviert. Es gab kein Alexander und Anne mehr. Ich war aufgestanden und hatte ihn in mein Schmuckkästchen gelegt. Schnell war ich in meine schwarzen Ballerinas geschlüpft, hatte meine Jeansjacke und meine Tasche genommen, den Hausschlüssel und war vor die Tür getreten. Karen wartete schon.

»Chic siehst du aus«, bemerkte ich. Sie trug ein dunkelrotes Kleid, was ihr toll stand, und lachte: »Das Kompliment gebe ich so zurück.« Die Haustür nebenan öffnete sich, und Mark steckte grinsend seinen Kopf durch dir Tür. »Die Damen müssen sich noch ein bisschen gedulden. Die Frau Diemers braucht noch ein kleines bisschen, um zu entscheiden, welche Schuhe besser passen.« »Blödmann!«, hörten wir es aus dem Hausflur rufen, und Lena erschien in der Tür. Mark lachte: »Und das hat jetzt so lange gedauert?« Lena stupste ihn gegen die Schulter, und er hob abwehrend die Hände: »Nein, im Ernst, siehst super aus.« Er gab ihr einen Kuss, und ich spürte, wie sich mein Herz ein klein wenig zusammenzog. Gerne wäre ich auch so verabschiedet worden, aber auf mich wartete kein Ehemann, der mir einen schönen Abend wünschte. Mein Ehemann teilte unseren Kindern gerade mit, dass er bald nicht mehr mein Ehemann sein würde … »Ihr seht übrigens auch super aus«, rief Mark Karen und mir anerkennend zu und holte mich aus meinen Gedanken, »viel Spaß!« »Danke!«, erwiderten wir und spazierten zu dritt zur U-Bahn.

»Wohin gehen wir eigentlich?«, fragte Karen in unsere muntere Runde.

»Was haltet ihr von der neuen Strandbar am Rhein?«, schlug Lena vor. »Meine Kollegin war am letzten Wochenende da und hat ganz begeistert davon erzählt. Noch dazu, wo sich das Wetter fast schon nach Sommer anfühlt.«

»Du meinst, das sollten wir nutzen, bevor der klassische kölsche Frühling zurück ist? Ich bin dabei!«

»Und wie ich dabei bin.«

»Na, dann sind wir uns wohl einig«, fasste Lena zusammen, und gut gelaunt gingen wir die Treppen hinunter zur U-Bahn.

»Ich fasse das noch immer nicht. Alex zieht nach London, weil seine Stewardess ein Kind bekommt …« Lena schüttelte den Kopf und trank von ihrem Mojito. »Arschloch«, sagte sie dann entschieden und bestimmt. »Lena!« Karen tat pikiert und grinste. »Das aus deinem Mund.« Stimmt. Ich wusste nicht, ob ich Lena jemals hatte fluchen hören. Sie arbeitete als Buchhändlerin in einer kleinen Buchhandlung in der Neusser Straße und konnte es eigentlich gar nicht haben, wenn man solche doch eher derben Ausdrücke benutzte. Wobei ich fand, dass ein »Arschloch« an dieser Stelle absolut treffend war. Ich musste lachen. Nach einem Mojito fühlte sich alles leichter an.

Die Füße im Sand saßen wir auf drei Liegestühlen am

Rheinufer und gucken auf den beleuchteten Dom, der die Altstadt an der anderen Uferseite majestätisch überragte. Bar und Strand hatten sich gefüllt. Als wir gekommen waren, hatten wir noch die freie Auswahl gehabt, nun waren alle Liegestühle besetzt, an der Bar standen Menschen und auch drinnen schien es gut gefüllt zu sein. Ich rührte mit dem Strohhalm in meinem Mojito, trank einen Schluck und lehnte mich nach hinten. Aus der Bar drangen elektronische Beats und Stimmengewirr.

»Schon wieder leer«, sagte Karen neben mir, »kommt Mädels, ich hole uns noch einen Cocktail.«

»Bleib sitzen, die Runde geht auf mich.« Ich nahm die leeren Gläser und bahnte mir einen Weg durch die Menge.

»Drei Mojito bitte.« Der Barkeeper nickte mir zu. Während er Minze in Gläser zupfte, sah ich mich um. Wir waren zwar bei Weitem nicht die Ältesten, aber der Großteil hier schien doch jünger zu sein. Egal. Ich wippte zur Musik und fühlte mich lässig und gut. Mein Handy summte. Nachricht von Melli:

Hey Liebelein, ich will schnell hören, wie's dir geht;-)

Melli und Simon waren über das Wochenende auf dem neunzigsten Geburtstag seines Großvaters in Süddeutschland. Ich tippte eine Antwort:

Gut. Hab mein 35-jähriges, mittelaltes und leidendes Ich zu Hause gelassen und bin mit Karen und Lena aus.

Melli schrieb zurück:

Fein! Amüsier dich! Und wenn du später nach Hause kommst, schmeißt du dein 35-jähriges, mittelaltes und leidendes Ich einfach raus!;-p

Ich musste laut lachen.

»Na, wer schickt dir denn Nachrichten, die dich so zum Lachen bringen?« Ich blickte auf.

»Hallo, Anne.«

»Hannes … Was machst du denn hier?«, fragte ich überrascht.

»Ich nehme an, das Gleiche wie du.«

Er lehnte lässig an der Bar. Hannes war etwas größer als ich und recht trainiert. Seine dunkelblonden Haare waren kurz geschnitten. Er trug ein oranges T-Shirt, weite Jeans und Sneakers. Seine braunen Augen lachten. War mir in der Schule eigentlich schon aufgefallen, dass sie bernsteinfarben waren? Mir war sehr wohl aufgefallen, dass Hannes gut aussah und ein nettes Lächeln hatte. Aber diese Augen … Der Barkeeper stellte drei Mojitos vor uns hin und erinnerte mich daran, dass ich nicht hier war, um in die braunen Augen unseres Referendars zu schauen, sondern um drei Mojitos zu holen.

»Ich schätze, da hast du recht«, sagte ich und zahlte.

»Na, dann viel Spaß noch«, entgegnete er und bestellte vier Kölsch. »Wir sehen uns. Spätestens Montag.«

Ich lächelte und fühlte mich gut. »Wir sehen uns«, erwiderte ich und bahnte mir, die Gläser in der Hand, vorsichtig einen Weg zurück zu Karen und Lena.

»Sag mal, wer war das denn?!«, fragte Karen, als ich mich gerade wieder in meinen Liegestuhl hatte fallen lassen.

»Hannes«, antwortete ich und hob die Schultern.

»Hannes?!« Lena machte große Augen.

»Hannes ist Referendar an meiner Schule«, klärte ich die beiden auf und versuchte, recht nebensächlich zu klingen.

»Da wäre ich doch noch mal gerne Schülerin«, sagte Karen schwärmerisch, »oder Lehrerin …« Lena kicherte.

»Hört mal«, lachte ich und tat entrüstet, »ihr habt Tobi und Mark!«

»Erwischt«, gab sich Karen geschlagen. »Aber was ist mit dir?«

»Mit mir?!« Ich sah beide entgeistert an.

»Mit dir.« Karen guckte schelmisch, »du darfst wieder flirten und Männer erobern.«

»Hey«, rief ich und setzte mich auf, »er ist Mitte zwanzig!«

»Und? Wo ist das Problem?«

»Karen!«

»Was?!!«

Ich winkte ab: »Ich weiß doch gar nicht mehr, wie das geht …«

»Ich finde, so, wie du deinen Referendar eben angestrahlt hast, sah das nicht aus, als wärst du schlimm aus der Übung«, schaltete sich Lena ein und nahm mich in den Arm. »Und so, wie er dich zurück angestrahlt hat, gefällst du ihm auch.«

»Jetzt hört ihr aber mal auf! Ich bin hier, um mich mit euch zu amüsieren und um mit euch einen schönen Abend zu haben! Von Männern habe ich erst einmal die Nase voll. Aber gestrichen! Und überhaupt, Hannes ist nicht *mein* Referendar!«

»In Ordnung. Wenn du meinst. Es musste aber einfach mal gesagt werden. Kommt, wir gehen tanzen.«

Es war laut. Die Bässe wummerten, und auf der Tanzfläche herrschte großes Gedränge. Ich wusste nicht, wann ich das letzte Mal so lange getanzt und mich von der Musik hatte tragen lassen. Mir war heiß, und ich brauchte frische Luft. Karen und Lena wollten weitertanzen, und so bewegte ich mich durch das Meer von sich bewegenden Körpern nach draußen. Auch hier war es voll, doch ich fand einen Platz etwas abseits, setzte mich in den warmen Sand, schloss die Augen und atmete tief ein. Es roch nach Sommer.

»Darf ich mich zu dir setzen?«

Ich blickte auf, und Hannes stand neben mir. Mir war auf einmal ein wenig flatterig, was ich auf die vielen Cocktails schob, die Lena, Karen und ich heute Abend getrunken hatten, und was in keinem Fall an Hannes und der Art und Weise, wie er mich anlächelte, liegen konnte.

»Gerne«, entgegnete ich mit einer einladenden Handbewegung.

Er setzte sich, war ganz nah, und unsere Schultern berührten sich. In mir kribbelte es, und ich kam mir deswegen albern vor. Eine Weile saßen wir, ohne ein Wort zu sagen, nebeneinander.

»Danke, dass ich gestern mit in deinen Unterricht kommen durfte.«

»Ach komm, das ist doch nichts, wofür du dich bedanken musst. Ich kann mich noch gut daran erinnern, wie froh ich war, wenn ich im Referendariat bei jemandem mitgehen konnte.« Gut, der Wechsel in Richtung Schule brachte meine Professionalität zurück, gleichzeitig fühlte ich mich allerdings recht alt. »Ich kann mich noch gut erinnern … Fehlen nur noch Schaukelstuhl, Stricknadel und Wolle und ich bin meine eigene Oma.« Leider hatte ich das nicht nur gedacht, sondern gesagt.

Hannes lachte herzhaft, und mir fielen die ausgesprochen reizenden Lachfalten um seine Augen auf. »Du bist eine tolle Lehrerin. Lässig und cool, lustig. Ich würde gerne weiter mit in deine Klasse kommen. Wenn das für dich in Ordnung ist?«

Das war gut; lässig, cool und lustig passten nicht zu einer Strümpfe strickenden Oma im Schaukelstuhl.

»Klar. Gerne. Und jetzt kannst du aufhören, zu schleimen«, lachte ich und stupfte ihn gegen die Schulter.

»Ehrlich, Anne.« Er sah mich an und wieder fielen mir seine

bernsteinfarbenen Augen auf. »Und außerdem«, Hannes beugte sich leicht nach vorne und lächelte verschmitzt, »bist du unheimlich süß.«

Ich weiß nicht, was in mich gefahren war, aber ich lehnte mich ebenfalls nach vorne, fast berührte meine Stirn die seine, und sagte: »Wenn du wüsstest, was ich noch so alles bin.«

»Hier bist du. Ich hab dich schon überall gesucht.« Ein junger Mann klopfte Hannes auf die Schulter und ließ sich neben ihn fallen. Wie ertappt zuckte ich zurück und fühlte mich plötzlich gar nicht mehr so verwegen wie noch Sekunden zuvor. Was war nur in mich gefahren?!

Hannes sah mich noch immer an. »Jonas, das ist Anne, meine Kollegin. Anne, Jonas, ein Freund.«

Jonas nickte in meine Richtung, dann wandte er sich an Hannes: »Wir wollen noch weiter. Kommst du mit?«

Ich war aufgestanden. Hannes sah mich fragend an. »Wir sehen uns Montag in der Schule«, sagte ich schnell. »Viel Spaß euch noch.« Dann drehte ich mich um und huschte, ziemlich durcheinander, durch die Menge zurück in die Bar, wo ich Karen und Lena, jede einen Cocktail in der Hand, an der Bar fand.

»Und, hat die frische Luft dir gutgetan?«, fragte Lena und drückte mir einen weiteren Mojito in die Hand. Ich nickte und war froh, dass es dunkel war und beide nicht sahen, dass mir viel heißer war als vorhin.

7.

Irgendetwas klingelte. Und hörte nicht auf zu klingeln. So sehr ich mich auch bemühte, es einfach auszublenden. Schließlich öffnete ich die Augen. Mein Kopf brummte, und obwohl ich sicher in meinem Bett lag, hatte ich das Gefühl, um mich würde sich die Welt drehen. Ich setzte mich auf und stützte den Kopf auf meine Hand. Es dauerte eine Weile, bis ich das Klingeln zugeordnet hatte. Mein Handy auf dem Nachttisch.

»Ja?« Mehr als ein leises Raunen brachte ich nicht zustande.

»Guten Morgen, Liebelein!« Mellis fröhliche Stimme war am anderen Ende der Leitung. »Hier ist dein automatischer Weckruf.«

»Melli, wie spät ist es?« Noch immer drehte sich alles, und es war schwer, einen klaren Gedanken zu fassen.

»Acht Uhr.«

»Acht Uhr?!!!« Ich hatte keine genaue Erinnerung, wann ich am Abend zuvor ins Bett gegangen war, wusste aber, dass es viel zu spät gewesen und acht Uhr darum viel zu früh am Morgen war.

»Ich dachte, ich rufe dich an und stehe dir am Telefon bei der Wohnungssuche mit Rat und Tat zur Seite.«

Ich stöhnte und suchte nach Worten: »Melli, das ist echt lieb, aber kann ich dich vielleicht später zurückrufen? Ich glaube, ich brauche noch einen kleinen Moment, um im Tag anzukommen.«

Ich hörte Melli durchs Handy grinsen. »Ist doch kein Problem. Das klingt ja, als hättest du dich gestern Abend bestens amüsiert. Wir hören uns einfach später.«

Sie hatte aufgelegt, und ich ließ mich wieder in die Kissen fallen. Bestens amüsiert? Dunkel erschienen Schnipsel des gestrigen Abends und der Nacht vor meinem inneren Auge. Zu viele Mojitos. Ausgelassenes Tanzen mit Karen und Lena. Ich zog mir die Decke über den Kopf. Während Alex den Kindern erklärte, dass ihre Eltern sich scheiden lassen würden, hatte ich ausgelassen durch die Nacht gefeiert, viel zu viel getrunken und mit dem Referendar geflirtet. Spaß hin oder her, das mit dem Flirten war mir peinlich. Mein Radiowecker ging an. Halb neun.

»*Freidrehen. Die Dinge nicht benennen. Einfach die Luft anbrennen. Kommt, lasst uns freidrehen. Lass den Gedanken zu …*«, sang Clueso. Ich ließ das Lied laufen und stand auf. Noch etwas wackelig auf den Beinen öffnete ich die Fenster zur Dachterrasse und atmete die frische Morgenluft ein. Es wurde besser. Langsam schlurfte ich ins Badezimmer.

Zwar frisch geduscht, aber doch noch nicht ganz frisch, saß ich einen Kaffee in der Hand, die Sonnenbrille auf der Nase und den Wohnungsteil des *Stadtanzeigers* auf dem Schoß auf der Terrasse.

Nippes, große 5-Zimmer-Wohnung mit Garten in gepflegtem Haus von privat, 900 € KM, das klang doch gar nicht so schlecht. Ich wählte die angegebene Nummer und eine Mailbox sprang an. »Es tut uns leid, Ihnen mitteilen zu müssen, dass die inserierte Wohnung bereits vermietet ist.« Ich sah auf die Uhr. Es war kurz vor neun. Du meine Güte, wie früh war da denn jemand aufgestanden?

Nächstes Inserat: *Gemütliche 5 Zimmer, Küche, Bad in Nippes, 100 m², großer Balkon, renoviert, 950 € KM.*

»Immobilienbüro Seitz, Hübner«, meldete sich eine Frauenstimme.

»Guten Morgen, Frau Hübner, mein Name ist Anne Hansen, ich rufe wegen Ihres Inserats im *Stadtanzeiger* an.«

»Um welche Wohnung handelt es sich genau?«

»Um die Fünf-Zimmer-Wohnung in Nippes.«

»Warten Sie bitte einen kleinen Augenblick, ich rufe im System schnell den aktuellen Status ab.«

Ich hörte sie tippen und trank einen Schluck Kaffee.

»Hören Sie?«

»Ja?«

»Die Wohnung ist noch nicht vermietet. Eine Gruppenbesichtigung ist für heute Nachmittag um fünfzehn Uhr angesetzt. Soll ich Sie in die Liste eintragen?«

»Gerne. Wo ist die Wohnung denn genau?«

»Moment. Ah hier, an der Kalk-Mühlheimer-Straße 178.«

»An der Kalk-Mühlheimer-Straße?«, fragte ich irritiert. »Ich rufe doch wegen der Wohnung in Nippes an.«

»Ja, da hat sich leider ein Fehler beim Aufgeben eingeschlichen. Aber die Lage in Kalk ist ausgesprochen verkehrsgünstig.«

Ausgesprochen verkehrsgünstig an einer vierspurigen Straße war nicht das, was ich suchte. Vor allem nicht in Kalk.

»Soll ich Sie nun auf die Liste setzen?«

Ich schüttelte den Kopf: »Nein danke. Dann eher nicht.«

»Die Wohnung ist renoviert und hat neue, dreifachverglaste Fenster. Wirklich nicht?«

»Nein. Wirklich nicht. Danke.« Ich legte auf. Toller Fehler beim Inserieren. Sollte ich vielleicht Methode unterstellen? Wie dem auch sei, es war müßig, darüber nachzudenken. Nächstes Inserat: *Jugendstil-Altbau, großzügige 6-Zimmer-Wohnung in der Nähe der Neusser Straße mit Gartenmitbenutzung.* Klang toll. Doch leider viel zu teuer. *140 m² Maisonette-Wohnung mit zwei Balkonen, 5 Zimmer, Küche, Bad, sofort frei.* Erneut eine Mailboxansage mit dem Hinweis, die Wohnung sei bereits vermietet. Und auch beim nächsten Inserat, *Großzügige 4,5-Zimmer-Wohnung in Nippes, Tageslichtbad, große Wohnküche, Garten*, war ich zu spät. So langsam war ich frustriert. Suchten denn so viele Leute das, was ich dringend brauchte? Vielleicht hatte ich bei der nächsten Anzeige Glück: *Nippes, helle 5-Zimmer-Wohnung in ruhiger Lage, 1. Stock, Balkon.*

Ein älterer Herr meldete sich.

»Küppers.«

»Hallo, Herr Küppers, mein Name ist Anne Hansen und ich rufe wegen Ihrer inserierten Wohnung in Nippes an.«

»Da sind Sie heute nicht die Erste. Andere sind früher aufgestanden«, kam es zurück, und ich fand, dass es unfreundlich und abweisend klang. Es war kurz vor neun. Ich blieb freundlich und ging über seinen Kommentar hinweg.

»Ich bin auf der Suche nach einer Wohnung für meine drei Kinder und mich und würde mir die Wohnung, wenn möglich, gerne einmal ansehen.«

Schweigen am anderen Ende der Leitung.

»Hallo? Sind Sie noch da?«

Er räusperte sich. »Das wird nicht möglich sein. Wir sind ein ruhiges und gepflegtes Haus und legen Wert auf geordnete Verhältnisse. Jemand mit unstetem Lebenswandel und vielen Kindern möchten wir nicht. Auf Wiederhören.«

Er hatte aufgelegt, und ich blickte fassungslos den Telefonhörer an, versuchte, gleich noch einmal anzurufen. Was war das bitte? War alleinerziehend mit drei Kindern gleichbedeutend mit asozial, wechselnden Partnerschaften und Kindern von unterschiedlichen Vätern? Vielleicht waren meine familiären Verhältnisse im letzten Jahr nicht richtig geklärt gewesen, aber jetzt waren sie total geklärt. Ich schnaufte wütend und drückte die Wahlwiederholung.

»Küppers.«

»Herr Küppers, jetzt hören Sie mir mal zu.« Die böse Hauptschullehrerin kam hervor und duldete keine Widerrede. »Sie kennen mich nicht und scheinen trotzdem ein Bild von mir zu haben, das nichts mit der Realität zu tun hat. Was nehmen Sie sich heraus, über mich und meine Kinder zu urteilen? Wenn eine alleinerziehende Mutter nicht in Ihr Haus passt, schön! Dann leben Sie einfach weiter in Ihrem muffeligen, grabesruhigen, ehrenwerten Haus und pflegen Ihre Vorurteile. Ich wünsche Ihnen, dass diejenigen, die irgendwann Ihnen den Hintern abwischen werden, Ihnen mit genau der gleichen Voreingenommenheit begegnen!« Wutentbrannt legte ich auf.

»Holla, was war denn das?« Karen kam in den Garten, in jeder Hand ein Glas Wasser, in dem es sprudelte.

»Ein renitenter Rentner voller Vorurteile, der meint, ich sei asozial und hätte einen zweifelhaften Lebenswandel.«

Karen hob fragend eine Augenbraue, und ich winkte ab.

»Ach, nichts weiter. In dem Haus möchte ich beim besten Willen nicht wohnen.«

Karen betrachtete die markierten Inserate.

»Und? Hast du abgesehen vom letzten Anruf Erfolg gehabt?«

Ich schüttelte den Kopf. »Entweder ich war zu spät oder die

Wohnung war woanders als inseriert. Der Rentner war jetzt nur die Krönung.«

»Das tut mir leid. Du findest schon was, da bin ich mir sicher.« Sie lächelte mich aufmunternd an. Ich lächelte zurück, war mir allerdings nicht so sicher. Karen setzte sich zu mir und stellte eines der Gläser vor mich

»Ich habe dir einen Kater-Cocktail mitgebracht.«

»Boah, verschone mich bitte mit dem Wort Cocktail …«

Karen lachte. »Der hier tut gut. »

»Das hast du gestern auch immer wieder behauptet.«

»Den hier habe ich aber selbst gemischt.«

»Ich weiß nicht, ob mich das jetzt beruhigen sollte. Nun denn, Prost!«

»Zum Wohl. Auf unseren lustigen Abend!«

»Aspirin?«

»Mit ein bisschen Salz und Zitronensaft. Hilft immer. Hey, ich bin Dr. Hoffmann, die Ärztin, der die Nachbarn vertrauen.«

Ich musste lachen. »Wenn du meinst.«

Eine Weile saßen wir still nebeneinander und tranken langsam Karens Wundermittel.

»Ich weiß nicht, wann ich das letzte Mal einen solchen Kater hatte«, sagte sie schließlich, und ich nickte. »Aber ich fand's super! Das sollten wir öfter machen.«

»Dann aber bitte ohne diese Nachwirkungen«, ergänzte ich.

»Guten Morgen, ihr Lieben.« Babett stand vor ihrem Haus auf der gegenüberliegenden Straßenseite und winkte uns mit ihrem perfekten Babett-Lächeln zu. »Ist das heute nicht ein wundervoller Tag?« Babett war die Tochter, von der meine Mutter träumte, die sie aber nie bekommen hatte. In einem weißen Sommerkleid, die Gucci-Sonnenbrille im wunderbar hochdrapierten blonden Haar, stand sie am Gartentor. »Das sieht doch gemütlich aus. Die Zeit, in Ruhe die Zeitung zu lesen, hätte ich auch gerne.« Sie lachte zuckersüß. Karen und ich lachten ebenso zuckersüß zurück. Wenn Babett nicht genug Zeit hatte, wer dann? Unsere Schickimicki-Quotennachbarin war Hausfrau, und Rosalie, das fünfjährige *Prinzessin Lillifee*-Double, das nur im Tüllröckchen und Glitzerschuhen aus dem Haus ging, war bis vier Uhr nachmittags im Kindergarten. Gut, Martin war beruflich viel verreist, doch es gab ja auch noch eine Kinderfrau und Babetts Putzhilfe. Aber bei den ganzen Käffchen, auf die sie sich mit ihren Freundinnen traf, ihren Friseur- und Kosmetikterminen blieb eben keine Zeit für die Zeitung. Hinter meiner Sonnenbrille rollte ich mit den Augen, und Karen neben mir seufzte leise.

»Und? Steht was Weltbewegendes drin?«

»Eine ganze Menge. Wohnungsanzeigen zum Beispiel«, erwähnte ich trocken. Irgendwann musste ich es ja hinter mich bringen, und mit Sonnenbrille auf der Nase, einem Glas Wundermedizin in der Hand und meiner Lieblingsnachbarin neben mir würde ich das leere Geschwätz meiner ganz und gar nicht Lieblingsnachbarin besser ertragen können.

»Wohnungsanzeigen?« Babett war irritiert.

»Wir ziehen aus.«

»Ach, habt ihr euch versöhnt, und du ziehst mit den Kindern zu Alex nach Frankfurt?« Sie schien sich wieder gefangen zu haben, doch die Logik, nach der sie vom Wohnungsteil des *Kölner Stadtanzeigers* auf ein Zusammenziehen in Frankfurt gekommen war, erschloss sich wahrscheinlich nur Babett selber.

»Nein. Alex zieht zu seiner schwangeren Freundin nach London. Die Kinder und ich suchen eine Wohnung hier in Köln.« Ich meinte, Karen neben mir leise kichern zu hören.

»Du meine Güte.« Babett legte den Kopf schief und guckte betroffen. »Anne, das ist ja furchtbar.« Und das war dann auch schon genug des Mitgefühls. »Also, Martin ist ja auch wirklich viel unterwegs und nicht zu Hause, aber so etwas würde er nie tun.«

Natürlich nicht.

»Nein«, sie dachte noch einmal darüber nach, »warum sollte er auch?«

Genau. Warum sollte Martin – fast fünfzig, recht klein, recht rundlich, gehobene Führungsposition bei Toyota, recht dickes Gehalt plus Bonus – auch? Wenn er nach Hause kam, lag Rosalie bestimmt friedlich schlafend in ihrem rosa Zimmer und duftete frisch gebadet nach Aprikosen. Seine zwanzig Jahre jüngere Frau würde ihn wunderbar zurechtgemacht erwarten und sich selbst, nachdem sie ein Essen vom Nobelitaliener hatte kommen lassen, sich eine Flasche Champagner und für Martin eine Flasche kühles Kölsch geöffnet hatte, als Dessert präsentieren.

»Wir reden ein anderes Mal weiter, ja? Ich habe einen Termin bei meiner Kosmetikerin. Martin kommt heute Abend wieder nach Hause, und die Kinderfrau ist gerade da. Ich muss los. Bussi, ihr zwei.«

Was sagte ich? Die Tochter, von der meine Mutter immer träumte …

»Ich werde euch Hoffmanns und Diemers vermissen, das ist klar. Babett und Co. werde ich nicht vermissen«, bemerkte ich und drehte mich zu Karen, die breit grinste: »Darauf brauche ich definitiv noch einen Schluck Kater-Cocktail.«

Schlecht gelaunt saß ich vor meinem Laptop und guckte auf die Uhr. Es war kurz vor zehn. Ich hatte fast den ganzen Tag damit zugebracht, nach Wohnungen zu suchen. Doch entweder war die Miete viel zu hoch, so dass ich erst gar nicht anrufen oder eine Kontaktanfrage mailen musste, oder die Wohnung war bereits vermietet. Oder aber – und das wurmte mich am meisten – die Gespräche waren in eine andere Richtung als gedacht gelaufen, sobald die Wörter »alleinerziehend« und »Kinder« ausgesprochen waren. Selbst mein sicherer Beamtenstatus hatte nicht vermocht, diese Vokabeln auszugleichen.

Ich war frustriert. Und ärgerlich. Auf die horrenden Kölner Mietpreise, auf Vermieter, die keine Kinder im Haus haben wollten, auf die Immobilienmakler, die freundlich lächelnd in den Hörer säuselten, dass es ihnen leidtäte, die Wohnung wäre bereits vermietet, aber sie hätten da noch ein ganz attraktives Angebot in Puhlheim oder Porz oder wo auch immer. Und ich hatte eine Wut auf Alex, der mit seiner neuen Familie in eine schicke Londoner Wohnung ziehen würde, während die Kinder und ich notgedrungen im Garten meiner Mutter campieren würden, zu viert in dem Zweipersonenzelt, das Alex und ich uns frisch verliebt für unseren ersten gemeinsamen Urlaub gekauft hatten.

Nein, soweit würde es nicht kommen. Niemals! *Lehrerin, alleinerziehend, mit drei wirklich netten, lieben und fröhlichen Kindern, sucht ab 1. 6. eine gemütliche 5-Zimmer-Wohnung, am liebsten mit Garten oder Balkon, in kinderfreundlichem Haus in Nippes*, tippte ich schnell in die Maske *Wohnungsgesuche* auf einem Immobilienportal und kopierte ein Foto dazu, ein Selfie, Ben, Emma, Theo und ich, dicht zusammengerückt in Nahaufnahme, aber alle sehr vergnügt und fröhlich. Dann drückte ich auf Senden und wartete, bis meine Anzeige hochgeladen war. Vielleicht hatte ich so mehr Erfolg. Und so konnten die potenziellen Vermieter zumindest nicht abstreiten, sie hätten keine

Ahnung davon gehabt, was auf sie zukommt. Ich klappte meinen Laptop zu und musste gähnen. Mein Bett rief, und ich wollte mich nur noch unter meine Bettdecke kuscheln und schlafen.

Im Schlafzimmer fiel mein Blick dann aber auf die roten Riemchenpumps, die immer noch vorm Schrank lagen, und ich war auf einmal wieder hellwach. Ich hatte zwar noch keine Wohnung, aber ich würde umziehen, und wenn man umzog, mistete man aus, und genau damit würde ich jetzt anfangen. Entschieden lief ich die Treppe hinunter in die Küche und kam mit einer Rolle Müllbeutel in der Hand wieder nach oben. Als Erstes die roten Schuhe. Ich mochte gar keine hohen Schuhe. Weg damit. Das neue Kleid war das Nächste, was den Weg in den Müllbeutel fand. Ich würde es nicht wieder anziehen. Fertig. Aus. Ich öffnete den Kleiderschrank. Das Kleid, das ich zur standesamtlichen Trauung getragen, aber aus Sentimentalität aufbewahrt hatte, obwohl es längst zu eng war? In die Tüte! Die teure Seidenbluse, die Alex mir vor drei Jahren zum Geburtstag geschenkt hatte? Ebenso in die Tüte. Ich fand noch mehr Kleidungsstücke, die einfach nichts mehr in meinem Schrank verloren hatten. Als ich damit fertig war, sah ich mich um. Die Wagenfeld-Lampe auf meinem Nachttisch hatte ich von Alex zur Hochzeit bekommen. Ich stiefelte in den Keller und fand in der hintersten Ecke noch drei Umzugskartons. Die Kartons unterm Arm und den ausgedienten *Stadtanzeiger* in der Hand war ich auch schon wieder oben, umwickelte die Lampe sorgfältig und räumte sie in den Karton. Ich fand noch mehr im Haus, nicht nur die Buddha-Statue, die wir von unserer Hochzeitsreise aus Thailand mitgebracht hatten, oder die geschliffenen Weingläser, die wir von seiner Großmutter geerbt hatten. Alex' Bildbände vom Fliegen warf ich ebenso in die Kartons.

Ich wirbelte durch das Haus. Seine Golfschläger? In den Umzugskarton. Die Fotoalben unserer gemeinsamen Reisen, bevor die Kinder gekommen waren? Weg damit. Die gerahmten Fotos im Flur, die Alex, die Kinder und mich als glückliche Familie zeigten? Ich nahm sie von den Wänden, setzte mich leise aufs Sofa und betrachtete die Bilder in Ruhe. Alex und ich im Kreißsaal, erschöpft und unsagbar stolz die Zwillinge auf den Armen. Wir fünf vorm Weihnachtsbaum. Das letzte Bild war in unserem jüngsten gemeinsamen Sommerurlaub in Holland am Strand entstanden. Alle fünf strahlten wir in die Kamera. Alex musste zu der Zeit schon die Affäre gehabt haben. Ich strich über die fröhlichen und glücklichen Gesichter meiner Kinder. Die drei sollten so fröhlich und glücklich bleiben, und ich wusste, dass ich alles dafür geben würde. Ich stand auf und räumte die Bilder nicht in die Kartons. Ganz gleich, ob ich sie nicht mehr sehen konnte oder wollte, die Kinder hatten ein Recht auf ihre eigene unbeschwerte Erinnerung. Vorsichtig holte ich die Fotos aus den Rahmen und klebte sie in ein leeres Fotoalbum, das ich im Schrank gefunden hatte, zusammen mit Alex' und meinem Hochzeitsbild und ein paar Bildern unserer gemeinsamen Zeit vor den Kindern. Dann stellte ich das Album ins Regal, räumte die Kartons und Kleidertüten in den Keller und fiel erschöpft, aber auch zufrieden ins Bett. Der Anfang war gemacht.

8.

Melli stand mit einer Papiertüte mit dem Aufdruck »Konditorei Frisch« vor der Tür. Es goss in Strömen.

»Ich dachte, du bist vielleicht in Tortenlaune?«, sagte sie, reichte mir die Tüte und umarmte mich herzlich.

»Ich *bin* in Tortenlaune. Komm rein, bevor du weggeschwemmt wirst. Seid ihr schon wieder zurück?«

Melli nickte. »Wir sind nach dem Frühstück gefahren. Es war gestern wirklich eine schöne Feier, aber dann war's auch gut. Außerdem sehe ich die ganze bucklige zukünftige Verwandtschaft ja auch schon in drei Monaten wieder.«

»Und dann ist die bucklige zukünftige Verwandtschaft richtige bucklige Verwandtschaft«, ergänzte ich lachend. Melli verdrehte die Augen und ließ sich aufs Sofa fallen. »Bis dahin ist noch einiges zu tun. Simons Vater weigert sich noch immer zu kommen, wenn Simons Mutter mit ihrem *neuen* Mann kommt.«

»Aber sind die Eltern nicht seit zwanzig Jahren getrennt und beide auch schon eine ganze Weile wiederverheiratet?«

»Jep … Simons Vater seit sechzehn Jahren und Simons Mutter seit vierzehn Jahren. Frag mich nicht. Und ich dachte immer, meine niedersächsische Familie wäre bockig und stur. Doch das ist nichts im Vergleich zu echten Franken. Und dazu verstehe ich sie immer noch so schlecht, wenn sie miteinander reden. Ich meine, mir gegenüber reißen sie sich schon zusammen, aber ansonsten bin ich froh, wenn ich auch nur die Hälfte verstehe. Das wird der Clash of Cultures! Ich sag's dir. Lüneburger Heide trifft Frankenland. Wir brauchen Dolmetscher.«

Ich musste lachen. Mellis und Simons Hochzeitstermin war Ende Juli, und es war das erste Mal, dass sich ihre Familien treffen würden.

»Anne?« Ihre großen, braunen, lebendigen Augen sahen mich ernst an. »Du musst mir was versprechen!«

Ich grinste: »Ich bin gespannt, was jetzt kommt.«

»Erstens weiß ich, dass das für dich gerade bestimmt nicht leicht ist, aber du musst meine Trauzeugin bleiben, ja? Zweitens bekommst du das mit Alex irgendwie hin, nicht dass eure Kinder später bei ihrer eigenen Hochzeit das gleiche Theater mit euch haben wie wir jetzt. Und drittens habe ich mich dienstagsabends für einen Lauftreff angemeldet, damit das Hochzeitskleid auf alle Fälle passt, bei all dem süßen Zeug, das ich momentan verschlinge, und du kommst bitte mit.«

»Erstens«, begann ich, »kommt nichts in der Welt zwischen mich und mein Dasein als deine Trauzeugin. Zweitens soll das nicht an mir scheitern, und drittens, das kannst du knicken.«

»Aber du hast doch unter erstens gesagt, dass du meine Trauzeugin bist. Da gehört drittens dazu.«

»Melli, das ist jetzt aber eine fiese Argumentation.«

»Komm schon, Simon passt auf die Kinder auf. Ich würde dich auch, nachdem wir elfengleich Kilometer nach Kilometer hinter uns gebracht und Kalorie um Kalorie verbrannt haben, auf ein isotonisches Kaltgetränk einladen.«

Ich musste lachen. »Also gut!« Melli hatte mich.

»Du bist die beste Trauzeugin der Welt! Und jetzt her mit der Sahnetorte!«

Die leeren Kuchenteller standen vor uns, und ich hatte gerade zwei neue Kaffee gemacht. Über ihr Wochenende und meinen Freitagabend hatten wir uns schon vergnügt ausgetauscht; wobei ich das Zusammentreffen mit Hannes lieber für mich behalten hatte. Da war ja schließlich auch nichts, und ich hatte es sowieso schon fast vergessen. Blieb mein Samstag.

»Hast du dir schon Wohnungen angeschaut?«

»Die Antwort ist: Ich bin alleinerziehend mit drei Kindern.«

Melli sah mich fragend an. »Und?«

»Ich hätte das ja auch nie gedacht, aber in dem Moment, wo ich das erwähne, erledigen sich viele Gespräche sofort. Oder die Wohnung ist schon vermietet, oder in einem Stadtteil, in den ich nicht ziehen möchte.«

»So schwer? Hast du es auch schon im Internet versucht?«

Ich nickte.

»Ach komm, das war das erste Wochenende. Bis zum ersten Juni ist noch Zeit. Da findet sich schon noch die ideale Wohnung für euch vier!«, sagte Melli zuversichtlich. Dann fragte sie: »Hast du über das Wochenende etwas von Alex und den Kindern gehört?«

Ich schüttelte den Kopf. »Nein. Ich weiß nicht, wie sie es aufgenommen haben, und habe ganz schön Bauchschmerzen vor heute Abend. Es wird sich so viel ändern.«

»Hm, das Wichtigste aber nicht. Ich meine, sie haben dich. Und Alex.«

Ich zuckte mit den Schultern. »Mit mir werden sie umziehen und sich an ein neues Zuhause gewöhnen müssen. Alex zieht in ein anderes Land, hat eine neue Frau an seiner Seite und bekommt ein neues Kind. Ich hoffe für Ben, Emma und Theo, dass sie nicht das Gefühl haben, an zweiter Stelle zu stehen.«

»Hey«, Melli legte den Arm um mich, »Alex ist auf meiner Sympathieskala zwar extrem weit nach unten gerutscht, so weit unten man nur sein kann, aber obwohl er in den letzten Jahren ein miserabler Ehemann war, war er doch immer ein toller Vater.«

Ich lehnte meinen Kopf an ihre Schulter und seufzte: »Hoffen wir einfach, dass das auch so bleibt.«

Melli hatte sich um kurz vor sechs verabschiedet, und ich hatte gerade Nudelwasser aufgesetzt, als Alex' Auto vorm Haus hielt. Angespannt öffnete ich die Haustür.

»Mama!« Theo stürmte auf mich zu und umarmte mich stürmisch. »Hallo, kleiner Mann.« Emma und Ben kamen langsam hinter ihm her.

»Hallo, Mama«, sagten beide, gaben mir einen Kuss und schmiegten sich an mich, als ich sie zur Begrüßung lange drückte. Als Alex die Taschen aus dem Auto geholt hatte und auf uns zukam, gingen sie jedoch kommentarlos ins Haus. Alex stand unbeholfen vor mir. Er sah müde aus.

»Hallo«, sagte er leise.

»Hallo.«

Ich musste gar nicht fragen. Ich kannte die Kinder und auch ihn und konnte in ihren Gesichtern lesen.

Alex suchte nach Worten. »Es war nicht leicht.«

Ich zuckte mit den Schultern: »Es ist nicht leicht.«

Alex nickte langsam und kraftlos. »Anne, es tut mir so leid.«

»Was soll ich dazu jetzt sagen?«

»Ich weiß.« Er senkte den Kopf. »Bleibt es bei nächstem Wochenende?«

»Lass uns einfach die Woche abwarten«, sagte ich.

»Dann melde ich mich, ja?«

»In Ordnung.«

Alex drehte sich um und ging zum Auto. Kein fröhliches »Tschüss Papa!«, das hinter ihm hergerufen wurde. Nur die Haustür, die ich einfach hinter ihm schloss.

Das Abendessen war ruhig, und die Kinder redeten nicht viel. Ich versuchte es mit unverfänglichen Gesprächen, aber mir fehlten die Worte, um *die* eine Frage zu stellen. Alle vier klammerten wir das Thema aus. Später lagen wir dicht aneinandergekuschelt in meinem Bett, und ich las aus einem Buch vor. Als Theo in meinem Arm eingeschlafen war, fragte Ben schließlich: »Warum redest du eigentlich noch mit Papa?«

»Hm …« Ich dachte nach. »Weißt du Ben, wir sind eure Eltern. Da werden Papa und ich immer etwas haben, über das wir reden müssen und auch reden möchten.«

»Wir haben das ganze Wochenende nicht mit Papa geredet!«, sagte er trotzig. »Ich bin so wütend!«

»Das bin ich auch. Aber ihr dürft alle drei nicht vergessen, dass, wenn der Papa mich nicht mehr liebhat, es nicht heißt, dass er euch nicht mehr liebhat. Ja? Euch wird er immer liebhaben.«

»Papa hat alles kaputt gemacht.« Emmas Augen füllten sich mit Tränen, doch sie klang trotzig.

»Hey« – ich strich ihr über die Wange – »wir vier haben uns. Und ihr habt Papa auch noch immer. Nichts ist kaputt. Nur anders.«

»Wir wollen aber nicht umziehen. Das hier ist doch unser Zuhause. Und unsere Freunde wohnen nebenan!«

»Daran führt leider kein Weg vorbei. Aber wir suchen uns eine schöne Wohnung hier in Nippes, ganz nah an euren Freunden. Versprochen. Mama-Ehrenwort!« Die Zwillinge kuschelten sich nah an mich.

»Ich hab dich lieb, Mama«, Emma.

»Und ich dich auch!«, Ben.

»Und ich liebe euch, und das ist das Wichtigste!« Ich gab meinen beiden Großen einen Kuss auf die Stirn und strich durch ihre blonden Haare. Theo hatte sich friedlich schlafend auf die Seite gerollt.

»Dürfen wir heute alle in deinem Bett schlafen?«, fragte Emma müde, und ich nickte.

»Mama, kannst du bleiben, bis wir eingeschlafen sind?«

Ich löschte das Licht, hörte sie gleichmäßig und ruhig atmen und wusste, dass sie mein Zuhause waren.

Als auch die Zwillinge eingeschlafen waren, stand ich auf, ging leise nach unten und räumte die Küche auf. Dann nahm ich mein Handy und schrieb spontan an Alex. Ja, ich war traurig, unbändig wütend und zutiefst verletzt, doch selbst wenn er nicht mehr mein Alex war und ich ihn ans Ende der Welt wünschte, nicht nur nach London, sondern auf die Lofoten oder in die Wüste, wohin auch immer, ach was, ins ewige Eis vor dem Klimawandel, oder nach Tuvalu nach dem Klimawandel – Meilen hatte er garantiert genug gesammelt, so viele, dass er seine rehäugige Stewardess auch gleich mitnehmen konnte –, war er immer noch der Vater meiner Kinder, und für die war London schon zu weit.

Alle drei schlafen. Wenn wir es als Paar schon nicht geschafft haben, müssen wir es zumindest als Eltern hinkriegen. Irgendwie. Für sie.

Ich war stolz auf mich. Gefasst. Ganz Herrin der Lage. Zumindest nach außen. In mich guckte ich einfach nicht hinein.

Da saß mein mittelaltes, verlassenes Ich, litt und schmollte. Doch ganz gleich, wohin ich ihn alles wünschte, das, was ich ihm geschrieben hatte, meinte ich ehrlich.

Seine Antwort kam schnell.

Danke. Anne, ich weiß nicht, wie ich es schreiben soll. Es tut mir wirklich leid, und ich weiß nicht wohin vor lauter schlechtem Gewissen. Das habe ich alles nicht gewollt und mir auch einmal anders vorgestellt. Danke, dass du trotz allem mit mir sprichst.

Plötzlich war ich auf 180. Wie, bitte schön, hatte er sich das *anders* vorgestellt?! »Ben, Emma, Theo, es tut mir leid, und ich habe auch ein ganz schlechtes Gewissen, aber ich habe eine neue Freundin, Naomi, die ist ganz toll, jung, hübsch und kinderlieb. Und ihr bekommt ein kleines Geschwisterchen. Wir werden alle eine tolle neue Familie. In unserer neuen Wohnung habt ihr auch ein neues Zimmer, da macht es euch doch bestimmt nichts aus, in Köln in eine kleine Wohnung zu ziehen? Und Emma, du kannst Kleidung mit Naomi tauschen. Ist das nicht toll?! …« »Ohhhh jaaaaaa, Papa. Toll! Dürfen wir zu Naomi dann auch Mama sagen?!«

Arschloch! Aus tiefster Überzeugung getippt. Das war mein mittelaltes verlassenes Ich, mit dem auch die äußere Herrin der Lage in diesem Punkt vollkommen übereinstimmte.

Ruhig bleiben, Anne. Besinn dich.

Tief atmete ich ein und aus. Arschloch! Nur getippt und nicht geschickt. Meinetwegen konnte das schlechte Gewissen ihn mehr als gerne erdrücken. Ich würde es ihm nicht nehmen! Offen beschimpfen würde ich ihn aber auch nicht. Ich kannte Alex. Er wollte jetzt hören, wie wütend und traurig ich war, und wie sehr er mich verletzt hatte, um die Möglichkeit zu haben, sich wortreich zu entschuldigen und das schlechte Gewissen loszuwerden. So leicht würde ich es ihm nicht machen. Sollte er das schlechte Gewissen mit sich selbst ausmachen. Die nach außen souveräne Anne hatte alles im Griff. Was ich dachte, war hingegen eine andere Sache. Für die Kinder mussten wir dennoch einen Weg finden, vernünftig miteinander umzugehen.

Ich legte das Handy zur Seite, löschte alle Lichter und ging nach oben. Ben und Emma lagen engumschlungen nebeneinander, so wie sie früher oft zusammen gelegen hatten. Ich musste lächeln. Theo lag quer im Bett, auf dem Rücken, die Arme weit ausgebreitet, als würde er die Welt umarmen. Sachte brachte ich ihn wieder in die richtige Richtung und legte mich neben ihn. Im Schlaf drehte er sich zu mir, öffnete kurz seine Augen und sagte: »Liebste Mama der Welt. Und ich lieb dich.« Dann schlief er wieder. »Liebster Theo der Welt. Und ich lieb dich auch«, flüsterte ich in die Dunkelheit und schloss die Augen.

9.

»Morgen, Anne.«

Ich saß mit einer Tasse Kaffee in der Hand im Lehrerzimmer und guckte noch einmal über meine Planung für die nächste Unterrichtsstunde, als Hannes sich gut gelaunt mir gegenübersetzte. Er lächelte, und ich kam nicht umhin festzustellen, dass seine Augen wirklich bernsteinfarben waren. Irgendetwas veränderte sich in seinem Blick, und mir wurde bewusst, dass ich vielleicht ein bisschen zu lange an seinen Augen gehangen hatte.

»Morgen«, sagte ich schnell und doch ein wenig zu spät. »Tut mir leid, ich bin noch nicht ganz wach.« Was vollkommen gelogen war, denn ich war gerade hellwach.

»Steht das noch, dass ich gleich mit in deine Klasse kommen kann?«

»Klar.«

Ich packte meine Sachen in meine Tasche und war froh, dass sich unser Gespräch um die Schule drehte. Hannes lehnte sich lässig zurück, und ich merkte, wie er mich musterte.

»Ich hätte mich Freitag gerne noch länger mit dir unterhalten«, sagte er.

Es klingelte.

»Erst mal geht es jetzt in den Unterricht, Herr Warnke«, erwiderte ich ruhig und stand auf.

»Okay, Frau Hansen. Ich will es mir mit Ihnen besser nicht verscherzen.« Hannes lachte und folgte mir. Innerlich war ich gar nicht ruhig.

»Guten Morgen, ihr Lieben.« Ich hatte meine Tasche aufs Pult gestellt und blickte in die träge Runde, die sich meine Klasse nannte.

»Morgen …«, kam es mehr müde als wach zurück.

Hannes hatte hinten einen Platz gefunden, und ich bekam mit, wie einige Mädels die Köpfe zusammensteckten und immer wieder zu ihm sahen. Auch ihnen schien aufgefallen zu sein, dass Herr Warnke sehr gut aussah. Braun gebrannt, mit blonden kurzen Haaren, dem dunkelgrünen T-Shirt und der lässigen Jeans sah er aus, als wäre er gerade vom Surfen auf Hawaii zurückgekommen. Ich schüttelte den Kopf und holte meinen Ordner aus der Tasche. Kindheit und Jugend unter Hitler war das Thema und nicht das Aussehen Hannes Warnkes. Ich löste meinen Blick und ließ ihn durch das Klassenzimmer schweifen.

»Ich sehe, alle mehr oder weniger anwesend.« Was sich nicht nur auf die körperliche Anwesenheit bezog. Montagmorgen, erste Stunde. Wie immer. »Scharin und Ayla habe ich heute aber schon in der Schule gesehen.« Selina. Ebenfalls wie immer. Und das bezog sich nicht nur auf die erste Stunde am Montagmorgen. Bevor ich etwas sagen konnte, ging die Tür auf, und Scharin und Ayla schlenderten durch die Tür. »Sorry, Frau H., wir wurden aufgehalten.«

»Aufgehalten?«

»Von eurer Zigarettenpause, oder was?« Wieder Selina.

Ayla funkelte sie an. »Von Frau Roms, wir mussten noch unsere Themen für die Physikreferate absprechen.«

Was stimmte, wie mir wieder einfiel. Meine Kollegin hatte mich angesprochen und gefragt, ob es in Ordnung sei, wenn Ayla und Scharin zu Beginn der Stunde kurz zu ihr kämen. Gleich im Anschluss hatte mich Hannes aus dem Konzept gebracht. Selina schnaubte und wollte etwas sagen, doch ich fiel ihr mit: »Ist in Ordnung, Frau Roms hat mich darauf angesprochen«, ins noch nicht ausgesprochene sendungsbewusste Wort. »Und da das jetzt zur Zufriedenheit aller geklärt ist, würde ich gerne zum Thema der Stunde kommen. Oder gibt es noch etwas, das du loswerden möchtest?« Ich sah Selina an, die beleidigt den Kopf schüttelte. »Gut.« Dann drehte ich mich um und schrieb »Meine Pädagogik ist hart …« an die Tafel. Noch lachten alle, und Scharin rief »Ey, Frau Hansen, das passt zu Ihnen« in die Klasse. Als ich jedoch fortfuhr und kommentarlos schrieb: »Das Schwache muss weggehämmert werden. … Eine gewalttätige, herrische, grausame Jugend will ich. … Schmerzen muss sie ertragen. Es darf nichts Schwaches und Zärtliches an ihr sein. Adolf Hitler«, wurden sie auf einmal ganz ruhig, und ich wusste, ich hatte sie.

»Hast du was dagegen, wenn ich die nächste Geschichtsstunde in der Klasse planen und auch halten würde?« Hannes und ich gingen nebeneinander über den Flur.

»Wenn du möchtest, gerne. Als Nächstes stehen die Jugendorganisationen auf dem Plan. Die Stunde am Donnerstag ist eine Doppelstunde. Wenn dir beide zu viel sind, können wir den Stoff thematisch auch einfach aufteilen.«

Im Unterricht hatte ich das Gefühl gehabt, dass Hannes mich die ganze Zeit musterte. Hin und wieder hatte ich mich unruhig gefühlt, seine Augen so auf mir zu spüren, aber irgendwie hatte es mir doch gefallen.

»Super«, sagte er begeistert. »Ich denke mal über die Stunden nach und würde mich morgen Abend einfach melden, ja? Ich bin den ganzen Tag im Seminar. Also nur, wenn es dir passt.«

»Passt.«

»Dann bis morgen. Ich muss mich beeilen. Muss rüber in die Sporthalle.« Und weg war er. Ich sah ihm hinterher und fand, dass er auch von hinten ausgesprochen gut aussah. *Du bist Mentorin, und er ist Referendar. Du bist fünfunddreißig, und er ist Mitte zwanzig. Anne, Anne, Anne …*

Bevor ich Gelegenheit hatte, den deutlichen Gegensätzen weitere hinzuzufügen und mich weiter selbst zurechtzuweisen, kam Melli vollbepackt mit Arbeitsheften aus dem Klassenzimmer der 5b.

»Oh, Anne, super. Hier, hilf mal bitte.« Sie drückte mir einige der Hefte in die Hand. »Hast du nach der Schule noch Zeit auf einen Kaffee? Ich würde gerne in Ruhe fragen, wie es gestern Abend war, und nicht hier im Schulchaos.«

»Gerne. Um zwei im *La Fee*?«

»Jap. Und jetzt schon in ganz kurz? Wenn das geht? Ich habe gestern Abend so an dich gedacht, wollte aber nicht anrufen, um dich und die Kinder nicht zu stören.«

»Ich glaube, es ist okay. Mehr wird die Zeit zeigen.«

Sie lächelte mich lieb an. »Es ist okay«, sagte sie zuversichtlich.

»Frau Weber, der Omed lässt Julian nicht aus dem Wandschrank!«, schrie es aus dem Klassenzimmer der 5b über den Flur, und Melli verdrehte die Augen. »Kannst du mir bitte die Hefte auf meinen Platz im Lehrerzimmer legen? Das wäre lieb. Wir sehen uns um zwei.« Sie drückte mir die restlichen Hefte in die Hand, dann drehte sie sich um und marschierte schnurstracks zurück ins Klassenzimmer der 5b.

10.

Wütend stand ich vorm Kopierer, der mal wieder nicht funktionierte, und dabei war ich heute extra länger in der Schule geblieben, um in Ruhe die Blätter für morgen kopieren zu können. »Papierstau« blinkte auf der Anzeige, »Klappe 2 und 5 öffnen«. Der Hausmeister war nicht mehr da und die letzten Kollegen waren auch vor einer Weile gegangen. Also gut. Selbst war die Frau. Daran hatte ich mich inzwischen gewöhnt. Genervt öffnete ich die angezeigten Klappen, kniete mich vor den Kopierer und machte mich auf die Suche nach dem Schnipsel Papier, das sich dort angeblich versteckte. »Scheißteil!«

»Soll ich dir helfen?«

Ich schreckte auf und drehte mich um.

Hannes stand dicht hinter mir, und mir war noch nie so richtig aufgefallen, wie eng es im Kopierraum sein konnte.

»Hannes! Hast du mich erschreckt.«

Er legte den Kopf schief und grinste frech. »Das wollte ich nicht.«

»Ich dachte, du bist heute den ganzen Tag im Seminar?«

»Pädagogik fällt heute aus, und da wollte ich auf den Rückweg einfach schnell gucken, ob wir hier noch mehr Unterrichtsmaterial zum Geschichtsthema haben. Lass mal sehen«, sagte er und kam auf mich zu, »vielleicht kann ich dir helfen.«

»Ich habe schon in alle Klappen geguckt und finde diesen blöden Schnipsel nicht.«

Ich kniete mich wieder hin und drehte erneut an sämtlichen Rädchen, die sich drehen ließen. Hannes kniete neben mir. Er war so nah, dass ich nicht umhinkam, zu merken, wie gut er roch. Ich hatte Probleme, mich auf das eigentliche Problem, den Papierstau im Kopierer, zu konzentrieren, so gut roch er.

»Hast du es hier schon versucht?« Unsere Hände berührten sich, und ich bekam einen Schlag. Schnell zog ich meine Hand weg, und unsere Köpfe stießen aneinander. Sein Blick traf meinen, und in dem engen Raum war es auf einmal ganz schön heiß. Rasch stand ich auf, den Rücken zum Kopierer. Hannes richtete sich ebenfalls auf. Er sah mich an, und es lag etwas in seinen Augen, das ich am Freitag nur hatte aufflackern sehen. Er machte einen Schritt zur Tür und schloss sie, dabei ruhte sein fordernder Blick auf mir, was mir gefiel. Ich hielt dem Blick stand. Langsam kam er auf mich zu. Seine Augen funkelten. Hannes' Stirn berührte meine Stirn, und seine Hände umfassten meine Hüften, dann küsste er mich einfach. Atemlos ließ ich es geschehen. Leicht hob er mich auf den Kopierer. Ich lehnte mich nach hinten. Hannes hielt inne und öffnete langsam meine Bluse, strich sie mir von den Schultern und küsste meinen Hals, während seine weichen Hände den Verschluss meines BHs fanden. Seine Küsse wanderten den Hals hinab, und ich stöhnte auf, als er meine Brustwarze vorsichtig mit seinem Mund umschloss. Auch seine Hände waren weitergewandert. Er hob meinen Rock hoch, und seine Hand glitt unter meinen Slip. Wieder stöhnte ich auf und hob mein Becken an. Langsam zog Hannes mir den Slip aus und sah mir dabei voller Verlangen in die Augen. Ich riss ihm das T-Shirt vom Körper, berührte seinen trainierten Oberkörper, fühlte seine warme

Haut. Meine Hände fanden Knopf und Reißverschluss seiner Shorts, und ich fühlte, wie er mich wollte. Er küsste mich leidenschaftlich, und ich küsste voller Verlangen zurück. Dann drückte er mich wieder sanft nach hinten. Seine Hände streichelten meinen bebenden Busen und seine Lippen fanden nach unten. Ich spreizte die Beine, hob mein Becken und ließ mich gehen.

Schweißgebadet saß ich im Bett, atmete schwer, und es dauerte eine Weile, bis ich im Bett und in der Nacht angekommen war. Ein Uhr fünfzehn. Ich hatte geträumt. Und wie ich geträumt hatte. Ich meinte, Hannes' Berührungen, seine Hände und seine Lippen noch immer zu spüren, und wurde rot. Nachts, um Viertel nach eins, alleine in meinem Bett. *Mensch Anne, das wird ja immer schlimmer …*

Ich stand auf und öffnete die Tür zur Dachterrasse. Kühle Luft wehte mir entgegen, und ich sah eine Weile in den Nachthimmel, der in Köln nie ganz dunkel war. Langsam beruhigte ich mich wieder und versuchte, die Bilder und das Verlangen im Traum zu vergessen. Ich musste die Bilder einfach loswerden. Wie sollte ich Hannes sonst jemals wieder unter die Augen treten, ohne rot zu werden?

Am liebsten wäre ich wieder eingeschlafen und hätte ganz schnell etwas anderes geträumt, von Deutscharbeiten, die ich korrigieren musste, oder vom Besuch meiner Mutter, doch ich war hellwach. Also setzte ich mich an meinen Schreibtisch und klappte meinen Laptop auf. Vielleicht hatte sich ja jemand auf mein Wohnungsgesuch gemeldet. Donnerstag würde Alex' Kollege kommen und sich das Haus ansehen. Ich loggte mich ein, und mein E-Mail-Programm machte *pling*; eine E-Mail von Hannes, geschickt vor einer Stunde.

Liebe Anne, ich habe mir erste Gedanken zur Doppelstunde gemacht. Vielleicht hast du ja Zeit, dir die Skizze vor morgen Abend anzugucken? Ich melde mich dann. Gute Nacht. Bis morgen. Hannes

Den Laptop aufzuklappen hatte also auch nicht für Zerstreuung gesorgt. Im Gegenteil … Erneut hatte ich den Traum vor meinem inneren Auge. Ich klappte ihn wieder zu, und schon war die E-Mail verschwunden. Die Bilder des Traums ließen sich nicht so leicht zuklappen. Ich ging nach unten und trank ein Glas Leitungswasser. Im Bücherregal suchte ich den skandinavischen Krimi, den ich mir vor ein paar Wochen gekauft hatte, fand ihn schließlich unter den Kinderbüchern auf dem Wohnzimmertisch, machte es mir auf dem Sofa gemütlich und begann zu lesen.

11.

Willkommen, ich bin die Gabi!« Gabi, offenes Lächeln, von der Figur her Mitte zwanzig, rank und schlank, vom Gesicht her eher Mitte vierzig, in hautenger und topmodischer Laufhose mit kurzem Top, das den Blick auf ihren durchtrainierten Bauch freigab, schüttelte energisch meine Hand, und wieder schoss die Frage durch meinen Kopf, warum ich mich nur auf Mellis Idee eingelassen hatte.

»Hallo, Gabi.« Melli schüttelte die Hand ebenso energisch zurück und winkte mit einem »Hallo!« in die Runde. Auch ich hob die Hand zum Gruß, und die anwesenden Frauen nickten freundlich lächelnd in unsere Richtung. Es nieselte leicht, doch alle schienen sich bester Laune im Park zum Laufen versammelt zu haben.

»Wir sind noch nicht ganz vollzählig, macht euch doch einfach schon mal warm«, sagte Gabi, begann sich zu stretchen und sah dabei extrem professionell aus. Ich guckte Melli an, die mich angrinste, mit den Schultern zuckte und ebenfalls anfing, sich in alle Richtungen zu dehnen. *Was soll's? Auf, Anne! Dehnst du dich eben auch.* Den linken Arm über dem Kopf nach rechts gestreckt musterte ich die anderen Frauen. Gut ein halbes Dutzend waren versammelt, Melli und mich nicht mitgezählt. Es war ein bunter Haufen, ein paar dünn und zierlich, ein paar recht pummelig, manche jung, andere, schätzte ich, waren in

Mellis und meinem Alter, es waren auch zwei Frauen dabei, die bestimmt schon an die fünfzig waren. Nach und nach kamen noch ein paar andere Frauen dazu, und meine Zuversicht stieg, vielleicht doch zumindest ansatzweise mithalten zu können.

»So, wir sind vollzählig«, verkündete Gabi auf der Stelle joggend, »die übliche Runde, jede in ihrem Tempo. Schluss ist wie immer am Aachener Weiher. Und los geht's!« Beschwingt lief sie los, und weg war sie. Auch die anderen setzten sich in Gang, Melli und mich eingeschlossen. Schnell merkte ich, dass mein Optimismus, im Idealfall mithalten zu können, völlig unrealistisch war, ganz gleich wie beschwingt ich auch losgelaufen war. Um Melli stand es noch schlimmer. Ich war mir sicher, dass Gabi bestimmt schon am Aachener Weiher angekommen sein musste, und auch die langsamere Fraktion war kaum mehr zu sehen, als Melli neben mir schon schwer am Keuchen war. »Na, immer noch der Meinung, dass das eine Spitzenidee war?« Den bissigen Kommentar konnte ich mir nicht verkneifen, denn auch ich atmete inzwischen bei Weitem nicht mehr so leicht und selbstverständlich wie beim Dehnen. »Sicher! Manche Tode muss man sterben, um zum Ziel zu kommen«, entgegnete meine Freundin überzeugt und guter Dinge. »Stand das heute auf deinem Sinnspruch-Tageskalender?«, hakte ich nach. Es fiel mir nicht leicht zu sprechen, zu groß war das Verlangen, einfach nur laut zu keuchen. »Bleibt die Frage, wie wir ins Ziel kommen sollen, wenn wir vorher gestorben sind …«

»So schlimm kann es nicht sein, wenn du deinen Humor noch nicht verloren hast. Und solange wir noch reden können, machen wir alles richtig. Hat Simon mir gesagt.«

»Du meinst, unser Gekeuche kann man noch reden nennen?«

»Ja«, japste Melli, zwar knallrot im Gesicht, aber mit knallhartem Durchhaltewillen im Blick.

Ich wusste nicht wie, aber irgendwie schafften wir es doch zum Aachener Weiher, und wir hatten sogar durchgehalten und waren die ganze Strecke gelaufen. Nun ja, ob man die Art und Weise, wie wir uns fortbewegt hatten, wirklich als Laufen bezeichnen konnte, ließ sich vielleicht infrage stellen, aber wir waren jedenfalls nicht gegangen.

»Da seid ihr ja«, Gabi winkte uns zu und sah auf ihre Uhr. »Fürs erste Mal gar nicht so schlecht.«

Ich gebe zu, dass mich ihr Kommentar ein klein wenig stolz machte, auf der anderen Seite stand damit irgendwie die Frage im Raum, ob und warum sie uns weniger zugetraut hatte. Egal, ich war im Ziel und unterwegs nicht gestorben, obwohl sich mein Herz und meine Lungen mehr als leicht überlastet gefühlt hatten.

»Und? Kommt ihr nächste Woche wieder? Ich würde mich freuen.«

»Klar!«, antwortete Melli begeistert, bevor ich überhaupt den Mund aufmachen konnte.

»Super. Dann bis nächsten Dienstag.« Gabi zog sich eine enge Trainingsjacke über den trainierten Bauch und stieg aufs Rad. Auch die anderen Frauen machten sich auf den Heimweg und winkten freundlich.

»Komm schon, beste Trauzeugin der Welt, mitgefangen, mitgehangen«, flüsterte mir Melli zu und knuffte mich leicht in die Seite. »Tschüss!«, rief sie. Ich wusste zwar nicht, wie sie es geschafft hatte, mich mitzuschleppen, und verfluchte leise meine gute Seele, doch auch ich hob die Hand und rief: »Bis nächste Woche.«

»So, und jetzt löse ich mein Versprechen ein und lade dich

auf ein kühles Getränk ein. Und guck mal, sogar die Sonne ist extra dafür rausgekommen.« Mellis Gesicht war immer noch rot, meines bestimmt auch, aber sie strahlte vergnügt. Ich sah auf meine Uhr; die Kinder waren bei Simon in besten Händen und würden sich eh beschweren, wenn ich sie abholen würde. Dafür schrie mein Körper geradezu nach etwas Kaltem. »Das ist deine beste Idee des Tages«, sagte ich.

Im Biergarten am Aachener Weiher fanden wir einen Platz in der Abendsonne und ließen uns erledigt auf die Bank fallen.

»Puhhh, der Muskelkater morgen wird schlimmer als der Traum von letzter Nacht …«

»Der Traum von letzter Nacht?« Melli sah mich fragend an. »Was hast du denn Schlimmes geträumt?«

Eigentlich hatte ich vorgehabt, den Traum für mich zu behalten, jetzt hatte ich mich verplappert. »Ach was«, tat ich beiläufig.

»Komm, man nennt mich auch Melli-Alptraumvertreiber-Weber.« Ihre dunklen Augen funkelten entschieden, sie grinste und hatte den Daumen gehoben. Ich musste lachen.

»Also, so ein richtiger Alptraum war es nicht«, druckste ich rum. Mellis Interesse war geweckt. »Jetzt bin ich aber gespannt!«

Ich wusste, dass es keinen Ausweg für mich gab, nahm einen Schluck von meinem Radler und atmete tief ein: »Also gut«, begann ich, und Melli blickte erwartungsvoll. »Das ist mir jetzt ein bisschen peinlich, aber …« – ich wurde leiser – »ich habe von Hannes geträumt. Ich hab ihn im Kopierraum getroffen.«

»Ja, und? Was ist daran denn jetzt so schlimm?«, fragte meine Freundin irritiert.

»Wir hatten Sex … Auf dem Kopierer.« Ich flüsterte inzwischen und mir war klar, dass mein Kopf in diesem Moment noch weitaus besser durchblutet war als beim Laufen.

Melli brach in schallendes Gelächter aus, was das Ganze für mich nicht unbedingt leichter machte, denn die paar Menschen an den umliegenden Tischen, die ebenfalls den Weg in den Biergarten gefunden hatten, blickten sich nach uns um. Während ich also peinlich berührt war, amüsierte sich meine beste Freundin bestens.

»Und, war er gut?« Melli grinste von einem Ohr zum anderen.

»Mensch Melli!«

»Was?!«

»Das ist mir unangenehm.« Beschämt schaute ich mich um, aber die anderen Gäste des Biergartens hatten zum Glück das Interesse an Mellis Lachkrampf verloren und sich wieder ihren eigenen Themen zugewandt.

»Wenn ich dich angucke, scheint der Traum aber nicht wirklich unangenehm gewesen zu sein. Jetzt sei nicht so verklemmt.«

»Also, eigentlich hat sich der Traum an sich ja auch gar nicht *so* schlecht angefühlt …« Es fiel mir wirklich nicht leicht, darüber zu sprechen.

»Na also.« Melli grinste noch immer und lehnte sich zurück.

»Aber wie soll ich ihm in die Augen gucken? Oder stell dir vor, ich treffe ihn im Kopierraum!«

»Dann freust du dich heimlich über die Erinnerung an deinen feinen Traum. Fertig. Aus. Dir kann doch keiner in den Kopf gucken.«

»Es ist mir trotzdem peinlich. Montagmorgen war ich schon verlegen.«

»Warum am Montagmorgen?«

»Ich habe ihn Samstagabend in der Bar am Rhein getroffen. Wir haben uns unterhalten. Ich war angeschickert und hab mit ihm geflirtet.«

»Ahhhh«, rief Melli und hob eine Augenbraue, »das hast du mir bisher ja verschwiegen.«

»Da war ja auch nichts«, verharmloste ich. »Und trotzdem ist es irgendwie seltsam. Wir telefonieren heute Abend, weil er übermorgen eine Stunde in meiner Klasse hält. Wie soll ich ihn beraten, wenn ich die ganze Zeit den Traum im Kopf habe?«

»Genieß es einfach. Was soll schlimm daran sein, von heißem Sex mit einem knackigen, jungen Mann zu träumen, wenn man zu lange keinen Sex mehr hatte?« Mellis entschiedene Frage war mir einen Tick zu laut. Schon wieder drehten sich ein paar Menschen zu uns um. »Vielleicht kann ich ja helfen«, schaltete sich ein Mann in unser Gespräch ein, und ich wäre am liebsten unter dem Tisch verschwunden. »Liebelein, nimm es uns nicht übel«, erwiderte Melli charmant lächelnd, »aber knackig und jung trifft auf dich leider nicht mehr zu. Träumen darfste natürlich.« Der Mann nahm es sportlich, zog seinen imaginären Hut, hob sein Glas Kölsch und prostete uns zu. Während ich angestrengt die Blubberblasen in meinem Glas Radler beobachtete, prostete Melli vergnügt zurück, dann drehte sie sich wieder zu mir und musterte mich amüsiert: »So, und du hast heute Abend also noch ein Telefonat mit Herrn Warnke?« Bevor ich vollkommen entrüstet etwas entgegnen konnte, fuhr sie bereits fort. »Ist schon gut, Anne. Ich bin einfach nur froh, dass du nach der schweren Zeit des letzten Jahres wieder im Leben angekommen bist und anfängst, unbeschwert Spaß zu haben.« Sie lächelte und stupste mich an die Schulter. Melli. Ich konnte ihr einfach nicht böse sein.

Ich hatte endlich die Zeit gefunden, mich zu duschen, und kam gerade aus dem Bad, als mein Handy im Schlafzimmer auf dem Nachtisch klingelte. Die Kinder waren eben erst eingeschlafen, darum wickelte ich schnell ein Handtuch um und lief rasch über den Flur. Hannes. Als ich laufen war, hatte er schon eine Nachricht auf der Mailbox hinterlassen.

»Hallo, Hannes.«

»Hallo, Anne. Ich hoffe, es ist nicht schon zu spät. Ich hab es vorhin schon mal versucht.«

»Nein, kein Problem. Ich war vorhin laufen und bin einfach nicht früher dazu gekommen, mich zurückzumelden.«

Ich war vorhin laufen … Das hörte sich doch weitaus besser an, als es sich tatsächlich angefühlt hatte.

»Dann hast du gerade Zeit oder störe ich?«

»Passt schon. Ich unterbreche mein aufregendes Abenteuer einfach kurz und nehme es dann später wieder auf.« Was war das für ein Kommentar? Das Einzige, was auf mich wartete, war die Nachtruhe, die ich inzwischen zunehmend brauchte, um am nächsten Morgen nicht total verknittert auszusehen und mich auch so zu fühlen.

»Aber ich will dich mit langweiliger Stundenplanung wirklich nicht von aufregenden Abenteuern ablenken. Ich kann auch morgen noch mal anrufen.«

»War ein Spaß. Nein, ich habe Zeit. Als einziges Abenteuer wartet heute nur noch mein Bett auf mich. Also zum Schlafen …« Und noch so ein Kommentar, der vollkommen daneben war. Schnell fügte ich: »Lass hören, was hast du dir denn überlegt?«, dazu, rettete mich auf die Sachebene und hörte konzentriert Hannes' Ausführungen zu. Gut, sagen wir so halbwegs konzentriert, denn zum einen musste ich doch vereinzelt an den Traum denken, zum anderen fand ich, dass Hannes eine ausgesprochen angenehme, tiefe Stimme hatte.

»Und? Was hältst du davon, die Jugendorganisationen in der Doppelstunde als Gruppenpuzzle zu machen? Anne?«

Ich musste mich kurz sortieren. »Finde ich gut. Mit den ganzen Zeitzeugenberichten, die du rausgesucht hast, lässt sich gutes Arbeitsmaterial zusammenstellen. Wichtig ist, dass die Gruppen nicht zu viel Material haben, und du reduzierst. Schließlich müssen die Gruppen ihr Thema nicht nur in neunzig Minuten erarbeiten, sondern es den anderen auch noch erklären.« Ich hatte meine Professionalität wieder.

»Ich versuch's. Wäre es für dich in Ordnung, wenn ich dir die fertigen Arbeitsblätter morgen maile und du einen Blick darüber wirfst? Ich find's noch nicht so leicht, richtig einzuschätzen, ob ich zu viel oder zu wenig erwarte oder ob's passt.«

»Klar. Gerne.«

»Cool. Danke, Anne.«

»Hey, dazu bin ich da.«

»Trotzdem lieb. Und jetzt will ich dich nicht weiter von nächtlichen Abenteuern abhalten. Wir sehen uns übermorgen. Ich freu mich drauf. Träum was Schönes.«

»Tschüss«, war das Einzige, was ich daraufhin zustande bekam. Da war sie wieder, die Erinnerung an meinen wilden Traum, den ich am liebsten vergessen würde. Ich schlug mir mit der Hand vor den Kopf. *Mensch Anne!* Aber zumindest zwischendrin war ich sicher auf der Sachebene unterwegs gewesen. *Komm, denk an die Stundenplanung. Denk an die Hitlerjugend und den Bund deutscher Mädel.* Es brachte nichts ... Hannes hatte gegrinst. Das hatte ich deutlich gehört. Und Hannes sah süß aus, wenn er grinste. Entschieden schüttelte ich den Kopf und stand auf. Was war nur mit mir los? Ich ging ins Bad, zog mir mein Schlaf-T-Shirt an und putzte die Zähne. Dann huschte ich noch einmal durch die Kinderzimmer. Ben, Emma und Theo schliefen friedlich. Ich gab jedem Kind einen sanften Kuss und ging ebenfalls ins Bett. Zur Sicherheit löschte ich nicht gleich das Licht, sondern nahm den skandinavischen Krimi zu Hand. Sicher war sicher. Um Viertel nach zehn machte ich das Licht aus. Wie gesagt, ich brauchte meinen Schlaf.

12.

Mensch Kinder, wie habt ihr das so schnell wieder geschafft? Das kann doch wohl nicht wahr sein!« Es war Donnerstagmorgen, halb acht, in zwanzig Minuten mussten wir los. Ich hatte die Kinder gestern gebeten, ihre Zimmer aufzuräumen, und als ich sie um halb sieben geweckt hatte, waren alle Zimmer noch in bester Ordnung. Jetzt lag Emmas Kleidung wild in ihrem Zimmer verteilt, Theo hatte seine Lego-Kiste mitten auf dem Boden ausgekippt und suchte panisch eine ganz bestimmte *Star Wars*-Figur, Ben half ihm dabei, obwohl auch in seinem Zimmer nicht nur Panini-Fußballkarten und Sportsachen bunt in der Gegend rumlagen. Drei tiefenentspannte Augenpaare sahen mich unverständig an. »Mensch Mama, ich brauche ganz dringend Plo Koon. Der Oskar glaubt mir nicht, dass ich den habe.«

»Theo, aber Frau Berner hat euch doch verboten, Spielsachen mit in die Schule zu nehmen.«

Theo sah mich groß an: »Mama, das ist Plo Koon!«

Was auch immer das heißen sollte, es war mir egal. »Ihr räumt jetzt auf. Sofort!«, sagte ich streng.

»Aber Mama, das können wir doch auch heute Nachmittag machen.« Ben hatte noch immer seinen Schlafanzug an und bestimmt auch noch nicht seine Zähne geputzt. Jeden Morgen dasselbe. Während ich unten die Schultaschen packte, brach hier oben das Chaos aus. Ich sah auf die Uhr. Noch fünfzehn Minuten, bis wir losmussten. Ich atmete tief ein und versuchte möglichst ruhig zu bleiben. »Ihr macht jetzt alle drei so was von schnell und seht zu, dass ihr die größte Unordnung beseitigt. Ich fahre in fünfzehn Minuten los. Wer dann nicht fertig ist, muss sehen, wie er in die Schule kommt.« Ich war Pädagoge? Ein schlechter Bluff, den meine drei natürlich sofort durchschauten.

»Mensch Mama, warum geht es nicht heute Nachmittag?«

»Heute Mittag kommt doch einer von Papas Kollegen, um sich das Haus anzuschauen. Das habe ich euch doch gestern erklärt.«

»Ist mir total egal, wie mein Zimmer aussieht. Ich ziehe nicht aus!«, schrie Emma plötzlich und knallte ihre Zimmertür zu. Da war sie, die Reaktion, die ich gestern schon befürchtet hatte, die aber ausgeblieben war. Warum heute Morgen? Ich schloss kurz die Augen und atmete tief ein und aus. Jetzt hieß es, die Ruhe zu bewahren, auch wenn ich nahe dran war, die Nerven zu verlieren. Wie ich Alex dafür hasste, uns in diese Situation gebracht zu haben. Ich öffnete die Tür zum Zimmer meiner Tochter. Emma lag weinend auf ihrem Bett. »Hey, Emma«, sagte ich und setzte mich zu ihr, »ich kann dich verstehen. Ich bin auch wütend. Aber das ändert leider nichts.« Emma schluchzte laut auf. »Wir finden eine tolle Wohnung, ganz hier in der Nähe. Ganz nah an deinen Freundinnen, und du wirst ein wunderschönes Zimmer bekommen. Und ich verspreche dir, dass du da so viel Chaos machen darfst, wie du willst.« Noch fünf Minuten, bis wir losmussten.

»Das glaubst du doch selbst nicht!« Emma drehte sich zu mir und sah mich aus verheulten Augen an.

»Was?«

»Na, dass ich nie aufräumen muss.«

»Von nie war nicht die Rede, aber von deinem eigenen Chaos. Und ja, ich bin der festen Überzeugung.« Ich gab ihr einen Stupser auf die Nasenspitze, reichte ihr ein Taschentuch und versuchte mir nicht anmerken zu lassen, dass ich doch leichte Zweifel am Projekt Wohnungssuche hatte. Auch gestern hatte ich wieder kein Glück gehabt, und es war keine Wohnung bei den Wohnungsinseraten im *Stadtanzeiger* dabei gewesen. Ich lächelte zuversichtlich. »Und jetzt komm, wir müssen los.« Emma putzte sich die Nase, drückte mir das vollgeschnupfte Taschentuch in die Hand, stand auf und ging kommentarlos nach unten. Ich sah mich um. Das Chaos würde heute Mittag an mir hängen bleiben. Zumindest warteten alle drei Kinder fertig angezogen mit ihren Schultaschen an der Tür, als ich die Treppe hinunter gehetzt kam. Vor fünf Minuten hätten wir losgemusst.

Mit dem Stundenklingeln hatte ich es auf den letzten Drücker ins Klassenzimmer der 10b geschafft und war froh, dass die Deutschstunde ruhig verlief, weil alle noch nicht richtig wach waren und ich nach all dem Abgehetze im Schultag ankommen konnte. Seit einiger Zeit ging es um *Das Schicksal ist ein mieser Verräter.*

»Ihr habt super rausgearbeitet, was Hazel sich von ihrem Partner wünscht. Wie sieht das bei euch aus? Ich möchte, dass ihr aufschreibt, was euch in einer Beziehung wichtig ist. Welche Eigenschaften soll euer Partner mitbringen.«

Ein Stöhnen ging durch die Klasse. »Oh, Frau Hansen … Muss das immer sein?« Vor allem die Jungs waren vor Freude ganz aus dem Häuschen.

»Ja. Es muss.«

»Müssen wir das vorlesen?«

»Nur die, die wollen. Und da wird es bestimmt ein paar geben.«

Ich sah Erleichterung.

»Frau Hansen?« Ronny, siebzehn, groß, schlaksig, lange Haare, die länger nicht gewaschen waren, zeigte auf.

»Ja?«

»Ich mach das nicht.«

»Und warum, wenn ich fragen darf?« Es hätte eine so schöne, ruhige Stunde bleiben können …

»Ich habe keine Erwartungen an eine Partnerin.«

»Komm, Ronny, das glaube ich nicht. Jeder wünscht sich bei seinem Partner bestimmte Charaktereigenschaften.« *Ehrlichkeit, zum Beispiel, Treue, Wertschätzung, Offenheit, kein Arschloch mit einer Geliebten, die zehn Jahre jünger und zwanzig Kilo leichter war …*

»Das, was ich mir wünsche, wollen Sie nicht wissen.« Er sah mich herausfordernd an. Wie immer.

»Wenn ich es nicht wissen wollte, hätte ich euch nicht den Arbeitsauftrag gegeben.«

»Ich bin da speziell und hab Neigungen.«

So langsam ging er mir auf die Nerven. Wenn es jemand perfekt raushatte, sich in der »Ich bin so anders, nämlich speziell, und ihr seid alles Langweiler«-Rolle zu wälzen, dann Ronny. Ich fand es nach wie vor schade, weil er intelligent war und sich mit seinem Verhalten leider immer wieder im Weg stand.

»Weißt du was? Dann behältst du das Spezielle einfach für dich, ich denke, dass uns das auch nicht weiter interessiert, denn in dieser Aufgabe geht es um Charaktereigenschaften und nicht um Neigungen. Ja?! Und sollte es dir wirklich so schwerfallen, etwas zu Papier zu bringen, dann begründe einfach, warum du zu dieser Fragestellung nichts schreiben magst.«

Damit war die Angelegenheit für mich beendet, denn ich hatte nicht das geringste Bedürfnis, den speziellen Neigungen auf den Grund zu gehen. Ich hatte eine leise Ahnung, worum es sich dabei handeln könnte, nachdem Ronny in den letzten Wochen immer *Shades of Grey* offen auf seinem Tisch liegen gehabt hatte. Nun hatte er endlich den Stift in die Hand genommen und angefangen zu schreiben, doch ich hatte mich zu früh gefreut. »Ich kann das nicht, Frau Hansen. Echt. Ich muss das jetzt loswerden«, hörte ich ihn sagen, und er grinste breit.

»Glaub mir, ich will es gar nicht wissen«, winkte ich ab, doch Ronny ließ sich nicht so einfach abschütteln und redete einfach weiter: »Ich steh auf BDSM.«

Hatte ich nicht gesagt, dass ich es nicht wissen wollte? Nun denn, Augen zu, erst einmal seine Buchstaben sortiert und dann da durch. In der Klasse war es so leise, man hätte eine Feder fallen hören.

»Schön für dich.« *Nicht aus der Ruhe bringen lassen, Anne.* »Und was hat diese Info jetzt mit dem Arbeitsauftrag zu tun?«

»Das strahlt in alle Bereiche.«

Scharin brach in lautes Gelächter aus. »Boah, Ronny. Echt jetzt. Ich hab voll das Bild vor Augen. »

Ronny nickte und grinste noch immer.

Auch ich hatte ein Bild im Kopf und musste mich innerlich schütteln. Äußerlich vollkommen die Ruhe selbst, sagte ich betont gelangweilt: »Na, dann ist das eben so. Viel Glück bei der Suche.« Wenn er mich aus der Reserve locken wollte, musste er früher aufstehen. Es klingelte, und selten hatte ein Gong besser gepasst. Ronny grinste nicht mehr, und mich rief meine kleine, feine therapeutische Selbsthilfegruppe, die donnerstägliche gemeinsame Hohlstunde mit Melli. Und ein Kaffee.

»Hey, du brauchst einen Kaffee«, stellte Melli fachmännisch fest, als ich mich neben sie auf den Stuhl fallen ließ. »Was ist dir heute Morgen denn schon alles passiert?«

»Frag nicht … Chaos zu Hause, bockige Kinder, ein Trösteноteinsatz, totales Abgehetze, kein Kaffee und dann BDSM-Ronny.«

»BDSM-Ronny?!«

Ich erzählte Melli die Geschichte, und sie lachte Tränen, »Nein, hör auf, jetzt hab ich das Bild in meinem Kopf …«

»So was Feines teile ich gerne.«

»Weil das so reizend ist, gebe ich dir sogar einen Kaffee aus.« Melli stand auf, holte eine Kaffeekapsel aus ihrem Fach und ging zum Kaffeeautomaten, dabei sah sie nicht viel besser aus als gestern Morgen. Nun musste ich lachen: »Hast du etwa noch immer Muskelkater?«

Sie nickte. »Du etwa nicht?«

Ich schüttelte den Kopf. Gestern Morgen beim Aufstehen hatte ich mich doppelt so alt gefühlt, wie ich war – oder zumindest so, wie ich annahm, dass man sich mit siebzig fühlte –, und heldenhaft die Kommentare meiner Kinder ertragen, die einen Riesenspaß an mir gehabt hatten. Ich hatte bisher nicht gewusst, welch bösartige Witze sie auf Kosten ihrer alten Mutter machen konnten … Im Laufe des Tages und nach einer warmen Badewanne hatten sich meine Muskeln jedoch zum Glück wieder erholt.

»Schön für dich. Ich fühle mich jedenfalls noch immer so, als hätte ich einen Marathon in den Knochen. Was hab ich mir nur dabei gedacht?« Sie drückte mir eine Tasse Kaffee in die

Hand. »Und nicht nur, dass ich die ganze Zeit schon Simons Witze ertragen muss, jetzt lachst du mich auch noch aus. Ein bisschen Mitleid würde meinem geschundenen Körper guttun.«

»Meine Mutter würde jetzt sagen, da musst du durch. Und weißt du, wo du auch durchmusst?« Ich grinste sie breit an. »Durch den Lauftreff kommenden Dienstag, den du für uns schon zugesagt hast.«

»Was bist du eigentlich für eine Freundin?«

»Die beste. Und, na hör mal, gehört das nicht auch zu meiner Trauzeuginnenpflicht?«

»Musst du mich als Trauzeugin nicht lieber vor meinen eigenen Ideen retten, wenn sie nicht gut für mich sind?«

»Wie hast du es Dienstag formuliert? Mitgefangen, mitgehangen. Denk an dein Kleid.«

»Oha!« Melli riss theatralisch ihre Augen auf. »Das saß. Jetzt suche ich mir jemand anderen, der nach der Schule im Blumenladen den Blumenschmuck für die Hochzeit mit aussucht.«

Mich packte das allerschlechteste Gewissen: »Mensch Melli, sorry, das hab ich total vergessen, aber ich kann heute nach der Schule leider nicht. Ein Kollege von Alex kommt, um sich das Haus anzusehen.« Es tat mir wirklich leid. »Ich weiß auch nicht, wie ich den Termin vergessen konnte, aber als Alex' Kollege gestern Abend angerufen und gefragt hat, ob er sich heute Mittag das Haus angucken könnte, weil er mit seiner Frau in der Stadt sei, hab ich nicht weiter nachgedacht und zugesagt.«

»Alles nicht so wild. Ich kann das verstehen und verschiebe den Termin einfach. Der Blumenschmuck läuft mir nicht weg, und ich möchte dich dabeihaben«, erwiderte sie verständnisvoll. »Soll ich heute Mittag dabei sein?«

»Das ist lieb, aber ich schaffe das schon. Bin froh, dass sie kommen, wenn die Kinder noch nicht zu Hause sind. Emma hat es heute Morgen gar nicht gut genommen.«

»Das wird bestimmt besser, wenn ihr eine neue Wohnung gefunden habt.«

»Erst mal eine Wohnung finden«, bemerkte ich sarkastisch. »Gestern war wieder nichts dabei, und auf meine Anzeige hat sich auch noch niemand gemeldet.«

»Das wird. Da bin ich mir ganz sicher.«

Ich beschloss, dass die Zuversicht, die Melli ausstrahlte, für uns beide reichte.

»Frau Weber?« Unsere Konrektorin Frau Seipel steckte den Kopf ins Lehrerzimmer. »Ich brauche Ihre Notfallqualitäten. Frau Patzke hat sich leider gerade krankgemeldet, und ich brauche Sie dringend in der 5b.«

Notfallqualitäten hatte Melli zweifelsohne. Meinen Notfall hatte sie soeben schon wieder behoben.

»Alles klaro, bin schon unterwegs.« Sie stand auf und nahm ihre Schultasche. »Und an dich, Liebelein«, sagte sie zu mir gewandt, »denke ich heute Mittag. Meldest du dich?«

»Ich melde mich.«

Ich stand am Kopierer, ließ Arbeitsblätter für die morgige Deutschstunde in der 10b durchlaufen und war in Gedanken bei dem Termin mit Alex' Kollegen. Mein glorreicher fast Exmann konnte natürlich nicht dabei sein, weil er einen Langstreckenflug hatte und erst am Abend wieder in Frankfurt landen würde. Ich wusste nicht richtig, ob ich es nicht vielleicht sogar gut fand, ihn nicht dabeizuhaben und die Haustour alleine hinter mich zu bringen, aber wütend auf ihn war ich trotzdem. Und wütend war noch harmlos; ich kochte vor Wut. Nach wie vor. In Gedanken schickte ich ein »Arschloch« in seine Richtung und beschloss, auf andere Gedanken zu kommen.

»Guten Morgen!«

Ich fuhr erschrocken herum. *Nein, nicht das jetzt auch noch …* Hannes stand strahlend vor mir. Auch wenn ich mir einen Themenwechsel im Kopf gewünscht hatte – Gedanken an heiße Küsse, Hannes' Berührungen, daran, wie sein nackter Oberkörper sich angefühlt hatte, und an wilden Sex hier mitten auf dem Kopierer, konnte ich gerade überhaupt nicht gebrauchen. Mir wurde warm.

»Oh, hallo, Hannes«, brachte ich schließlich über die Lippen und hoffte, dass ich nicht so atemlos geklungen hatte, wie ich mich fühlte. »Und? Schon alle Arbeitsblätter für gleich fertig kopiert?« Ich brachte mich wieder in sichere Gefilde.

»Ja«, antwortete er gut gelaunt, »ich muss dir nur noch meine Unterrichtsskizze kopieren. Das habe ich heute Morgen vergessen.«

»Super. Ich bin auch schon fertig«, sagte ich und nahm meine Kopien. »Wir sehen uns im Klassenzimmer. Bis gleich.« Und schon war ich aus der Enge des Kopierraums verschwunden und atmete auf. Okay, ich hatte das erste Zusammentreffen nach dem Traum überstanden. Sogar im Kopierraum. Ohne groß verlegen zu sein. Ohne etwas Unpassendes zu sagen. Und ohne Hannes an mich zu ziehen und mit den Händen unter seinem T-Shirt über seinen durchtrainierten Oberkörper zu fahren. Ich grinste. Vielleicht hatte Melli wirklich recht. Was war dabei von heißem Sex mit einem jungen Mann zu träumen, wenn man zu lange keinen Sex mehr hatte? Träumen konnte man. Und mehr wollte ich auch gar nicht.

13.

Herr Warnkeeeee, unterrichten Sie bei uns jetzt immer Geschichte?« Michelle hatte sich in Position geschmissen, das E sehr lang gezogen und mit den Augen geklimpert. »Ja, bitte, wir haben voll viel gelernt«, hatte Gül ihr beigepflichtet und dabei zuckersüß getan. Ich radelte nach Hause und musste lachen. Eines stand fest: Sämtliche Mädchen meiner Klasse waren von Hannes hin und weg. Selbst Selina, die sich heute noch mehr als sonst hervorgetan hatte; vom ewigen Extremstrecken ihres Aufzeigearms würde sie morgen bestimmt Muskelkater haben. Im Vergleich zu den intensiv flirtversuchenden und sich anbiedernden jungen Damen, die Hannes anhimmelten, fühlten sich meine Gedanken weitaus weniger peinlich an, und so hatte ich mich entspannt zurückgelehnt und die Doppelstunde nicht mit ebenso klimpernden Augen und innerlichem Seufzen verbracht, sondern als kompetente Mentorin. Genauso kompetent hatten wir die Stunden besprochen. »Vorsicht!«, rief es plötzlich von rechts, und ich sah aus den Augenwinkeln, wie ein Rad auf mich zukam. In Gedanken versunken hatte ich vollkommen die Vorfahrt missachtet. Ich trat in die Rücktrittbremse und schaffte es gerade noch, mein Rad anzuhalten.

»Ohhh, sorry. Tut mir leid.«

Ich blickte auf und erwartete einen wütenden Kommentar über Aufmerksamkeit im Straßenverkehr, doch stattdessen lächelte mich der Radfahrer an. »Ist ja gerade noch gut gegangen«, sagte er.

Er war groß und sportlich, seine braunen Haare fielen locker in die Stirn und seine Augen, die mich interessiert musterten, kamen mir irgendwie bekannt vor.

»Kennen wir uns vielleicht?«, fragten wir beide gleichzeitig und mussten lachen. Eine Weile blickten wir uns in die Augen, dann sah ich ein wenig verlegen zur Seite, und mein Blick fiel auf die Uhr oberhalb des U-Bahn-Abgangs, an dem wir mit unseren Rädern standen. Es war halb zwei. Du meine Güte, in einer halben Stunde hatte ich eine Hausbesichtigung und zu Hause regierte das Chaos. Eilig stieg ich auf mein Rad. »Ich habe leider keine Antwort auf die Frage und muss dringend los. Noch mal sorry, dass ich so in Gedanken war. Tschüss.« Und schon hatte ich in die Pedale getreten.

»Nicht tschüss, auf Wiedersehen«, rief er mir hinterher. Ich musste mich beeilen, wollte ich das Haus halbwegs vorzeigbar haben. Keine fünf Minuten später schloss ich die Haustür auf und schmiss den Schlüssel auf die kleine Kommode. Woher kannte ich diese Augen? Tiefblau waren sie gewesen.

»Wir bleiben hier!« Ben funkelte mich wütend an, Emma und Theo standen mindestens so entschlossen neben ihm.

»Die Wochenenden haben Papa und ich schon vor einer Weile ausgemacht«, unternahm ich einen eher halbherzigen Versuch. Das Gespräch ging schon eine ganze Weile, und so sehr ich mich natürlich heimlich darüber freute, dass sich meine Kinder in den Kopf gesetzt hatten, das Papa-Wochenende zu boykottieren, und ich sie alle am liebsten dafür geknutscht hätte, musste ich vernünftig bleiben. Und knutschen konnte ich sie auch so.

»Das ist uns aber egal!«, schaltete sich Theo ein, und Emma pflichtete ihren Brüdern bei: »Genau! Uns kriegt da niemand hin. Wir wollen bei dir bleiben.«

»Aber Papa freut sich bestimmt auf euch.«

»Aber wir uns nicht auf ihn. Ich will ihn nie wiedersehen!«

Ben rannte die Treppe hoch in sein Zimmer und schlug die Tür hinter sich zu.

»Wenn du uns da hinschickst, bist du eine gemeine Mama!«

Theo rannte hinter Ben her, nur Emma stand noch im Wohnzimmer. Na toll. Ich ließ mich aufs Sofa fallen.

»Ach Emma«, seufzte ich.

Sie setzte sich neben mich und lehnte den Kopf an meine Schulter. »Mama, egal, ob er sich freut, wir fahren nicht.«

Eine Weile saßen wir still nebeneinander, dann gab sie mir einen Kuss auf die Wange und ging zu ihren Brüdern. Schließlich griff ich zum Telefon und wählte Alex' Nummer.

»Anne?«

»Hallo, Alex.«

Wir waren beide befangen.

»Die Kinder möchten am Wochenende nicht zu dir kommen. Sie brauchen Zeit.«

Hatte ich mit einem zerknirschten und vom schlechten Gewissen angefressenen Alex gerechnet, brachte mich seine Reaktion vollkommen aus der Fassung.

»Gut. Dann kann ich doch zu Naomi fliegen.« Er hatte tatsächlich erleichtert geklungen.

»Bitte was?!«, entfuhr es mir.

»Es geht ihr nicht so gut. Die Schwangerschaftsübelkeit setzt ihr ganz schön zu …«

Ich fiel ihm ins Wort. »Das ist jetzt ja wohl nicht dein Ernst! Anstatt auch nur den Hauch eines schlechten Gewissens zu zeigen – und das wäre in diesem Fall mehr als angemessen –, wirkst du erleichtert, dass du zu deinem schwangeren Bambi fahren kannst!« Ich war recht laut geworden und musste mich beruhigen, weil oben eine Zimmertür aufgegangen war. Aber wie? Bei so einem egoistischen, ichbezogenen Fast-Exmann, dessen Empathievermögen im deutlichen Minusbereich lag?

»Anne, so meinte ich das nicht. Ist aber klar, dass du das wieder in den falschen Hals kriegst. Du hörst immer nur das, was du hören willst!«

Anne, ruhig. Denk an die offene Tür und die sechs Ohren, die oben fein gespitzt sind. Ich ging in die Küche und schloss die Tür.

»Hättest du dann bitte die Freundlichkeit, mir zu erklären, wie genau du das, was du gesagt hast, gemeint hast?« Ich rang mit meiner Fassung. *Wie* konnte man das, was er gesagt hatte, anders verstehen?

»Natürlich hätte ich die Kinder gerne hier, aber wenn sie nicht kommen möchten, dürfen wir sie nicht zwingen und müssen ihnen die Zeit geben, die sie brauchen.«

Dürfen *wir* sie nicht zwingen. Pah! Wenn es nach mir ginge, hätten sie alle Zeit der Welt und müssten ihn gar nicht wiedersehen. Innerlich lachte ich böse auf, Alex gegenüber bemerkte ich mit ruhigem Sarkasmus: »Wenn das so gemeint war, habe ich selbstverständlich auch Verständnis für deine schwangere Verlobte, der es so gar nicht gut geht, und für deine ausgesprochen liebe Geste, an ihr Krankenbett zu eilen, um ihre Hand zu halten.«

»Ich mochte es nie, wenn du sarkastisch bist.«

»Na, dann hast du ja Glück, dass wir bald geschieden sind.« Wenn er Sarkasmus wollte, bekam er Sarkasmus.

»Hast du die Unterlagen bekommen?« Er versuchte, das Gespräch zurück auf die Sachebene zu bekommen, aber mir war nicht nach Sachebene.

»Du kannst Bambi ganz entspannt den Bauch streicheln. Die Unterlagen sind heute mit der Post rausgegangen, ich habe in der übernächsten Woche einen Termin bei meiner Anwältin und den Scheidungstermin rot im Kalender eingetragen. Ach, und dein Kollege möchte das Haus kaufen. In drei Wochen bist du mich los und in ein paar Wochen das Haus, das eine so große finanzielle Belastung für dich war, jetzt, wo es darum geht, mit deiner zukünftigen Neuen ein kuscheliges Nest zu finden. Dass die Ex, alleinerziehend und mit drei Kindern, bei der Wohnungssuche natürlich größere Probleme hat als das junge Glück, ist nur eine lästige Begleiterscheinung. Oh, entschuldige, dass ich dich mit diesen Banalitäten langweile, ich vergaß, dass dich das ja nicht mehr interessiert und du dringend nach London musst.«

»Anne, es macht keinen Sinn, dass wir sprechen, wenn du in dieser Stimmung bist. Wir sollten ein anderes Mal reden, du kannst mich jederzeit anrufen, wenn es etwas zu besprechen gibt. Das Gleiche gilt natürlich auch für die Kinder.«

Das war typisch Alex. Er zog sich am liebsten heimlich, still und leise aus unangenehmen Situationen zurück.

»Tschüss, Anne.« Er legte auf, dabei war mir gerade wunderbar danach, etwas zu besprechen. Er konnte es nicht leiden, wenn ich sarkastisch war? Ich konnte es nicht leiden, wenn er überheblich war und so tat, als hätte er die alleinige Weisheit gepachtet. Ich konnte nicht leiden, wenn er schlafend neben mir lag und mich mit offenem Mund anatmete, weil er beim Schlafen nicht durch die Nase atmen konnte. Ich hatte es satt, ihm gegenüber das Gefühl zu haben, ich wäre eine Minijobberin und mein Gehalt im Vergleich zu seinem ein kleines

Zubrot. Ich konnte es nicht leiden, wie er beim Essen laut durch den Mund einatmete und dabei komische Geräusche von sich gab, dass er nie den Klodeckel runterklappte oder mal die Küche fegte, dass er sein Geschirr nie in die Spülmaschine räumte, dass er diesen Drang hatte, immer Markenkleidung anzuziehen, und alle zwei Jahre ein neues Auto haben musste, weil das alte nicht mehr Statussymbol genug war. Ich konnte diese kleinen Grunzgeräusche nicht leiden, die er beim Sex machte, ebenso die schmutzigen Wörter, die Mister Saubermann dabei gerne benutzte. Ich hatte seinen Ordnungswahn satt, die Pedanterie und dass man sich mit ihm nicht streiten konnte. Oh, es gab noch mehr, und ich merkte, wie ich bei dem Gedanken, dass wir bald geschieden sein würden, wieder ruhig wurde. Wie hatte ich vor eineinhalb Wochen auch nur in Erwägung ziehen können, wir würden wieder ein Paar sein? Meinen Alex, in den ich mich unsterblich verliebt, den ich geheiratet und mit dem ich drei Kinder bekommen hatte, gab es nicht mehr, denn der Alex, mit dem ich gerade telefoniert hatte, hatte nichts mehr mit meinem Alex zu tun. Und auch ich hatte nicht mehr viel mit der Anne gemeinsam, auf die er vor zehn Jahren und ein paar Tagen strahlend am Altar gewartet hatte.

14.

Die nächste Woche war wunderbar normal gelaufen. Ohne irgendwelche Zwischenfälle. Am Wochenende hatten wir einen schönen Samstag im Kölner Zoo verbracht und den Sonntag in Jogginghosen mit viel Kuschelzeit. In der Woche waren wir morgens fast immer super in der Zeit gewesen, ich war dazu während des Lauftreffs nicht gestorben, selbst wenn ich mich so gefühlt hatte, und mich hatten keine weiteren Hannes-Träume heimgesucht. Dazu hatte ich voller Elan die Wohnungssuche intensiviert, meine Nächte im Internet in Immobilienportalen verbracht und sämtliche Maklerbüros Kölns kontaktiert. Trotzdem hatten wir noch immer keine Wohnungsbesichtigung gehabt. Aber ich war entschlossen, optimistisch zu bleiben. Nach außen schaffte ich das ganz gut, was das nach innen betraf, arbeitete ich an mir. In meinen finstersten Tagträumen sah ich die Kinder und mich immer wieder im Garten meiner Mutter zelten, weil die Eckpunkte alleinerziehend, drei Kinder, mein Maximalbetrag und Nippes einfach nicht zusammenpassten. Alex hatte keinmal angerufen, und Donnerstag hatte ich ihm schließlich geschrieben, dass die Kinder an diesem Wochenende nicht nach Frankfurt kommen würden, denn Ben, Emma und Theo waren deutlich bei ihrer Meinung geblieben, ihren Vater vorerst nicht sehen zu wollen. Die Kinder und ich steckten darum mitten in unserem

Freitagabend-Programm, gemeinsam kuschelten wir gemütlich auf dem Sofa und hatten gerade *Die Eiskönigin* auf DVD geschaut, als das Telefon klingelte.

»Anne Hansen.«

»Guten Abend, Frau Hansen, Willi Lückerath mein Name. Entschuldigen Sie die späte Störung, wo Sie mich ja auch gar nicht kennen, aber ich musste jetzt einfach anrufen.«

»Ja?«, fragte ich ein wenig irritiert.

»Ich war heute bei meiner Hausärztin Frau Doktor Hoffmann, und wir haben ein wenig geplaudert. Ich habe ihr erzählt, dass in meinem Haus eine Wohnung frei geworden ist, und sie hat mir von Ihnen erzählt.«

»Ja?« Meine Irritation war verflogen, und ich war gespannt auf das, was Herr Lückerath, der wirklich reizend klang, mir sagen wollte.

»Also, ich wohne in einem Vier-Parteien-Haus in der Turmstraße und suche einen neuen Mieter für die Wohnung im ersten Obergeschoss. Die Wohnung ist 105 Quadratmeter groß und hat fünf Zimmer, ein vor drei Jahren saniertes Bad, eine Wohnküche mit einem zwar recht kleinen Balkon, aber zum Haus gehört ein Garten, der natürlich mitbenutzt werden kann. Was sagen Sie?«

»Herr Lückerath, das klingt so wunderbar!« Ich war ganz aufgeregt. »Da hätten Sie um jede Uhrzeit anrufen können.«

Herr Lückerath lachte fröhlich. »Möchten Sie sich die Wohnung morgen gleich ansehen, vielleicht so gegen sechzehn Uhr?«

»Sehr gerne!« Ich hob den Daumen in Richtung meiner Kinder, die sich jedoch nicht weiter für mich interessierten, sondern mit Karaoke beschäftigt waren und Songs aus dem Film zum Besten gaben. »Im Sommer …«, trällerte Theo inbrünstig, während sich Ben und Emma kaputtlachten. Ich ging in die Küche, um in Ruhe telefonieren zu können, denn Kinder, das war das Stichwort. »Herr Lückerath, ich habe allerdings eine Frage, weil das bei meiner bisherigen Wohnungssuche immer der Knackpunkt war: Sie wissen, dass ich drei Kinder habe?«

»Natürlich weiß ich das. Frau Doktor Hoffmann hat es mir erzählt. Ich würde mich sehr über Kinder im Haus freuen. Meine eigenen Enkel leben leider in München.«

Mir fiel ein Stein vom Herzen. Herr Lückerath hatte kein Problem mit Kindern, im Gegenteil, er schien seine Enkelkinder zu vermissen.

»Dann sehen wir uns morgen um sechzehn Uhr. Wie ist denn die genaue Adresse?«

»Turmstraße 5. Dann also bis morgen, Frau Hansen.«

»Tschüss, Herr Lückerath. Ich freu mich.«

Ich legte das Telefon auf den Tisch. »Jaaaaaaa!« Meine Jubelfaust hätte Boris Becker nicht überzeugender hinbekommen. Dann stürmte ich zurück zu den Kindern ins Wohnzimmer. Emma hatte offenbar gerade ein Lied beendet, denn die Jungs klatschten Applaus.

»Wir gucken uns morgen um vier eine Wohnung an!«, rief ich begeistert.

»Und wo?«, fragte Ben skeptisch.

»In der Turmstraße. Zehn Minuten von hier. Fast bei Melli ums Eck.« Er guckte nicht weniger skeptisch, was ebenso für die anderen beiden galt. »Ach, jetzt kommt, das ist bestimmt *die* Traumwohnung, die nur auf uns gewartet hat. Ich habe das im Gefühl.« Ich guckte sie zuversichtlich an, obwohl mir plötzlich eingefallen war, dass ich Herrn Lückerath gar nicht nach der Miete gefragt hatte, und sich in mir leise Zweifel meldeten, ob 105 Quadratmeter mitten in Nippes in meinem Budget lagen.

Ich schob den Gedanken zur Seite. Was sollte es? Heute konnte ich es nicht mehr in Erfahrung bringen, und ich hatte wirklich ein gutes Gefühl. »So? Und was singe ich jetzt?«

»Lass jetzt los!«, tönten alle drei lauthals zurück, und Emma bediente den CD-Player. Die Musik begann. *»Der Schnee glänzt weiß auf den Bergen heut Nacht …«*, sang ich, drei Augenpaare musterten mich verhalten.

»Mama, du musst den Song leben«, gab Theo einen kleinen besserwisserischen Tipp. Nun denn. Ich nahm das Telefon als Mikro. *»Was ich wohl alles machen kann, die Kraft in mir treibt mich voran. Was hinter mir liegt, ist vorbei. Endlich frei!«* Hey, es ging. Ich war im Song. *»Ich lass los, lass jetzt los. Nun bin ich endlich so weit. Ich lass los, lass jetzt los, doch Tränen seht ihr nicht. Hier bin ich und bleibe hier und ein Sturm zieht auf …«* Und ich war richtig gut. *»Ich bin frei, endlich frei und ich fühl mich wie neugeboren. Ich bin frei, endlich frei. Was war, ist jetzt vorbei. Hier bin ich in dem hellen Licht und ein Sturm zieht auuuuuuuf. Die Kälte, sie ist nun ein Teil von mir.«*

Meine Kinder lagen lachend auf dem Boden. Ich hatte mir meinen Applaus anders vorgestellt, euphorischer. »Was?«, fragte ich.

»Ey Mama, das war der Hammer. Jetzt wissen wir, von wem Theo das hat!« Ben lachte Tränen. Theo tat entrüstet, mit sieben war es nämlich gar nicht cool, mit der Mutter verglichen zu werden. Ich hingegen nahm es als Kompliment.

15.

Um zwei Minuten nach vier stand ich mit den Kindern vor dem Haus in der Turmstraße 5. Wie immer hatte es einiger Anstrengung bedurft, es pünktlich und sauber zu schaffen. Pünktlich betraf mich; Melli hatte angerufen, und wir hatten uns zu lange und zu ausführlich über alle möglichen Schwangerschaftswehwehchen ausgetauscht, die ich Naomi und Alex an den Hals wünschte. Sauber betraf eher die Jungs: Ben hatte am Bolzplatz mit vollem Köpereinsatz Tore verhindert, und Theo hatte sich geweigert, sein absolutes Lieblings-T-Shirt, das er schon seit einigen Tagen trug und das dementsprechend aussah, zu wechseln. Nun trug er es unter einem frischen und sauberen T-Shirt. Da war 16.02 Uhr für uns eine super Zeit.

Das Haus war toll. In der Häuserzeile war es das schönste. Kein typischer Kölner Nachkriegsbau, sondern ein wunderschöner Altbau. Die hellgelbe Fassade war stuckverziert, aber nicht überladen. Das erste und zweite Obergeschoss hatte jeweils einen Erker mit einem großen Fenster, und im Dachgeschoss erkannte ich kleine Gauben. Vor dem Haus blühte ein großer Fliederbusch in seiner vollen Pracht. Ich war verliebt. An der großen, schweren Holztür fanden wir die Klingelschilder. Lückerath, ein leeres Schild, Paulsen und Postel. Ein wenig aufgeregt drückte ich die Klingel. »Ihr denkt dran, dass ihr bitte wirklich freundlich und vorbildlich seid?«, erinnerte ich meine Kinder an das ernsthafte Gespräch, das wir auf dem Weg hierhin geführt hatten. Bevor sie nicken konnten, öffnete ein älterer Herr die Tür, der uns freundlich anlächelte. »Hallo, Frau Hansen«, sagte er und streckte mir seine Hand entgegen, »Willi Lückerath. Schön, dass es heute gleich klappt.«

»Das finde ich auch. Hallo, Herr Lückerath.« Willi Lückerath hatte graues Haar, das noch recht voll war, und wache, graublaue Augen. Obwohl er nicht groß war und recht schmächtig schien, hatte er einen festen Händedruck. »Und das sind meine drei Kinder Ben, Emma und Theo.« Alle drei gaben ihm vorbildlich die Hand und begrüßten ihn höflich.

»Na, dann kommt mal alle rein, damit ich euch die Wohnung zeigen kann.«

Wir standen in einem Treppenhaus mit einer dunklen Holztreppe mit wunderschönem Holzhandlauf und einem schwarzweiß gefliesten Boden.

»Einen kleinen Moment«, rief Herr Lückerath, während er in der offenen Tür zu seiner Wohnung verschwand, »ich hole schnell den Schlüssel.«

Theo nahm meine Hand, während ich versuchte, einen Blick in Herrn Lückeraths Wohnung zu erhaschen, aber mehr als eine kleine Flurkommode und einen schmalen Perserläufer auf schönem Dielenboden konnte ich nicht entdecken.

»Dann wollen wir mal.« Herr Lückerath war wieder da und ging voraus die Treppe hinauf. Wir folgten. Eins, zwei, drei, vier … Theo zählte die Stufen.

»Fünfundzwanzig Stufen sind's.« Herr Lückerath wandte sich zu uns um und lächelte meinen kleinen Mann an. »Weißt du, früher bin ich hier weitaus schneller die Treppen hochgeflitzt, und das Geländer wieder runter.«

Die Augen der Kinder begannen zu leuchten. »Ehrlich?«, fragte Theo.

»Das sieht man mir nicht mehr an, aber ich war ein richtig guter Geländerrutscher. Und den Ärger, den ich bekommen habe, der war's wert.« Er zwinkerte Theo zu. Ich lachte etwas nervös, weil ich wusste, dass alle drei den gleichen Gedanken hatten und nichts mehr wollten, als dieses Geländer hinunterzurutschen. Ich mochte das Haus, das Treppenhaus und den bezaubernden älteren Herrn, der den Schlüssel ins Schloss steckte. So wie sich meine Kinder das Geländer hinunterrutschen sahen, sah ich mich mein Rad unter dem Fliederbusch parken, durch die Holztür ins Haus treten, über den wunderschönen Fliesenboden die Treppe hoch in meine Wohnung gehen.

Wir waren vor der weißen Holztür angelangt, hinter der sich die Wohnung verbarg. Herr Lückerath öffnete die Tür, und wir standen in einem langen Flur. »Sehen Sie sich ruhig in Ruhe um.« Er ließ uns den Vortritt. Während die Kinder von einem Raum in den anderen rannten und die Wohnung erkundeten, ließ ich mir Zeit. Mit jedem Schritt, den ich über die knarzenden, honigfarbenen Dielen ging, war ich mehr hin und weg. Als Erstes trat ich in das Zimmer mit dem wunderschönen, großen Erkerfenster, durch das viel Licht in den Raum fiel. Die Decke war in diesem Raum dezent mit Stuck verziert, und in die Mitte gehörte einfach die Bauhaus-Deckenlampe, die ich vor Jahren, damals noch im Studium, auf einem Flohmarkt entdeckt hatte und die in einem Karton im Keller verstaut war, weil die Decken in den Wohnungen, in denen ich bisher gelebt hatte, immer zu niedrig waren. Wenn das kein Zeichen war. Ich ging über den Flur in zwei weitere, relativ gleich geschnittene Zimmer, die ebenfalls nach vorne raus gingen. Obwohl diese Seite der Wohnung nach Norden zeigte, waren die Räume hell, und man blickte auf den Fliederstrauch.

»Die Zimmer sind nicht ganz so groß, aber mit einem Hochbett wären sie bestimmt super Kinderzimmer. Hoch genug sind die Decken auf alle Fälle.« Herr Lückerath war hinter mir ins Zimmer gekommen, gefolgt von Ben, der fachmännisch die Höhe abschätzte und, »Würde perfekt passen!«, bemerkte. Ich lachte und strich meinem großen Sohn über den Kopf: »Erst mal müssen wir die Wohnung bekommen.«

Das Bad befand sich am Ende des Flurs. Es hatte graue große Bodenfliesen und ebenso große weiße Wandfliesen, eine Duschwanne und ein recht modernes, eckiges Waschbecken. »Meine Tochter hat mir beim Aussuchen geholfen. Ich musste es vor drei Jahren sanieren lassen. Leider hat es kein Fenster.«

»Das stört mich überhaupt nicht«, entgegnete ich.

Gegenüber den zwei Zimmern, die zur Straßenseite lagen, befanden sich zwei weitere mit Blick in den Garten. Das etwas kleinere der beiden hatte einen kleinen Balkon. Für mich waren die Räume schon verteilt. Die Kinder bekamen die drei gleich großen Zimmer, und ich würde dieses hier nehmen; groß genug für ein Bett, meinen Schrank, meinen Schreibtisch und ein Regal war es allemal. Ich folgte Herrn Lückerath auf den Balkon. »Das ist der Garten«, erklärte er, und ich blickte in ein kleines, wildes Paradies mitten in der Stadt. »Meine Frau hat sich immer darum gekümmert, aber seit sie nicht mehr da ist, ist er nicht mehr so gut in Schuss. Gerade die Rosen waren ihr ganzer Stolz. Ich dagegen habe keinen grünen Daumen.«

»Ich finde den Garten wunderschön«, antwortete ich und meinte es auch genau so. Rings um den Garten wuchsen große Büsche, die ihn vor den Blicken der Nachbarn schützten. Mittig standen zwei große, alte Apfelbäume, um einen wand sich eine Bank. Hinten im Garten entdeckte ich eine kleine Pergola, die mit Rosen bewachsen war. Der Rasen war recht hoch und musste vielleicht mal wieder gemäht werden, aber für mich war alles perfekt.

»Mein Mieter aus dem zweiten Obergeschoss mäht den Rasen, aber momentan hat er so viel zu tun, dass er es nicht so regelmäßig schafft. Er ist nicht allzu oft zu Hause und arbeitet meines Erachtens zu viel.«

Ich nickte. »Und im Dachgeschoss?«

»Momentan wohnt eine junge Frau in der Wohnung, die beim Fernsehen arbeitet, bei RTL, Jessi. Eigentlich ist es die Wohnung meiner jüngsten Tochter Eva und meines Schwiegersohns. Beide sind zusammen auf großer Weltreise und erst zu Weihnachten wieder zurück. Gerade wandern sie in Südamerika durch die Anden.«

»Das ist aufregend«, bemerkte ich.

»Für mich als alten Mann und Vater ein wenig zu aufregend. Aber zum Glück gibt es diese moderne Technik, so dass man Kontakt halten kann.«

»Ihre andere Tochter lebt in München?«

»Ja, sie ist damals zum Studium dorthin gegangen, hat geheiratet und zwei Kinder bekommen. Inzwischen ist sie seit drei Jahren geschieden. Darum weiß ich, wie schwer man es als alleinerziehende Mutter haben kann.« Er lächelte mich an, und ich fühlte mich wunderbar aufgehoben.

»Mama, bist du gleich fertig?« Theo gesellte sich zu uns. »Mir wird langweilig.«

Bevor ich etwas sagen konnte, hatte Herr Lückerath reagiert. »Da hast du recht, junger Mann. Deine Mutter und ich verplappern uns hier auf dem Balkon und dabei hat sie den schönsten Raum der Wohnung noch gar nicht gesehen.«

»Den schönsten Raum?«, fragte ich. »Ich wüsste nicht, was noch schöner sein könnte.«

»Na, dann kommen Sie.«

Auf den Balkon führte nicht nur die kleine Fenstertür, durch die wir ihn betreten hatten, sondern auch eine Glastür, durch die wir nun in die Küche traten. Die Kinder folgten. War ich bis jetzt schon hin und weg gewesen, war ich nun verloren. Die Küche war so groß wie das Erkerzimmer. Der Boden hatten die gleichen hübschen schwarz-weißen Fliesen wie der Eingangsflur im Erdgeschoss, in die Küchenzeile war ein großes, weißes Porzellanwaschbecken eingelassen, es gab eine dicke Arbeitsplatte aus hellem Holz und einen wuchtigen Gasherd, der wunderbar in diese Wohnung passte. Es war Platz für den großen Esstisch und das Küchenbüfett, Möbel, die ich von meiner Großmutter geerbt hatte und an denen mein Herz hing. Im Reihenhaus hatten sie ein eher gequetschtes Dasein geführt und waren nicht richtig zur Geltung gekommen. Ich strahlte Herrn Lückerath an.

»Wisst ihr was«, sagte er, »ich lasse euch vier jetzt alleine, und ihr könnt euch in Ruhe beraten, ob ihr euch vorstellen könnt, hier einzuziehen.«

»Ja, aber wir haben noch gar nicht über die Miete und die Nebenkosten gesprochen«, warf ich mutig ein. Ich hatte große Angst vor der Zahl, die ich sicher zu hören bekommen würde.

»Werdet ihr euch erst einmal einig, dann werden wir uns auch einig«, erwiderte er zuversichtlich. »Ich bin unten.«

»Und?« Zu viert saßen wir im Kreis auf dem Küchenboden. »Was meint ihr?«

»Eigentlich will ich nicht aus unserem Zuhause ausziehen,

aber wenn wir denn wirklich müssen, finde ich das hier ganz okay«, antwortete Ben auf meine Frage.

»Ganz okay?« Emma riss die Augen auf. »Du hast mich die ganze Zeit mit deinen Hochbett- und Baumhausplänen genervt.«

»Baumhaus?« Ich zog eine Augenbraue hoch.

»Jaaaaa!« Theo was begeistert. »In dem einen Baum im Garten kann man bestimmt toll ein Baumhaus bauen!«

»Das heißt dann wohl zweimal Ja. Und was meinst du?« Ich sah Emma an.

»Wenn ich das Zimmer neben deinem bekomme. Und ich möchte auch ein Hochbett.«

»Ich auch!«, schloss sich Theo an.

»Oha, drei Hochbetten. Wer soll die denn bauen?«

»Ich frage Tobi, der hat auch Finns Hochbett gebaut.«

»Mit oder ohne Hochbetten, nehmen wir die Wohnung?«

»Wir nehmen die Wohnung«, stellte Emma fest, und ihre Brüder nickten.

»Also gut, dann gehen wir jetzt nach unten und hoffen, dass wir sie uns auch leisten können.«

Die Kinder tobten durch den Garten, und ich saß in Herrn Lückeraths Wohnzimmer auf einem dunklen Ledersofa, das wunderbar in eine Bibliothek mit hohen Bücherregalen gepasst hätte. Wobei sein Wohnzimmer gar nicht weit von einer Bibliothek entfernt war; Regale voller Bücher reichten bis zur Decke. Er nahm meinen Blick auf. »Meine Frau und ich haben früher beide an der Uni unterrichtet. Sie Literaturwissenschaften und ich Alte Geschichte. Da kommen im Lauf des Lebens viele Bücher zusammen.« Er setzte sich neben mich.

»Herr Lückerath, nun müssen wir wohl oder übel über das Finanzielle sprechen.«

»Die Wohnung kostet neunhundert Euro Kaltmiete, mit den Nebenkosten wären es eintausendeinhundert Euro Warmmiete im Monat.«

»Neunhundert Euro?«, rutschte es aus mir hinaus.

Herr Lückerath guckte besorgt, »Ich hoffe, das ist nicht zu viel?«

»Nein«, sagte ich schnell. »Ich hatte mit einer viel höheren Miete gerechnet. Bei der Lage und der Ausstattung. Aber viel mehr hätte ich mir nicht leisten können.«

»Dann sind neunhundert Euro in Ordnung?«

»Neunhundert Euro sind perfekt.« Ich wäre ihm am liebsten um den Hals gefallen.

»Mir ist es wichtiger, dass ich mit netten Menschen in meinem Haus wohne, als dass ich Geld auf meinem Konto anhäufe. Ich bin Willi.«

Willi streckte mir die Hand entgegen.

»Und ich bin Anne.«

Eine Stunde später saß ich bei Karen und Tobi auf der Terrasse und erzählte begeistert von der Wohnung und von Willi. Ich hatte den Mietvertrag zum 1. Juni unterschrieben, bereits den Schlüssel bekommen und konnte einziehen, wann ich wollte.

»Karen, danke!«

»Gern geschehen. Herr Lückerath ist wirklich ein ganz Lieber. Ich kenne ihn, seit ich die Praxis übernommen habe. Ach, ich freu mich so für euch. Für die Kinder und dich und für Herrn Lückerath.« Sie lachte.

»Wer möchte noch einen Kaffee?«, fragte Tobi in unsere Runde und stand auf. Bevor ich antworten konnte, dass ich mit Blick auf meinen Nachtschlaf jetzt besser keinen Kaffee mehr trinken sollte, kamen Ben, Emma und Theo, gefolgt von Finn, Mats und Pauline in den Garten gestürmt. »Papa«, begann Finn und sah Tobi mit großen Augen an, »kannst du Ben, Emma und Theo auch so ein tolles Hochbett bauen, wie du Mats und mir gebaut hast?« Seine Augen klimperten Tobi an, wie nur Kinderaugen klimpern konnten, und meine drei klimperten mit. »Mein Papa kann dir bestimmt helfen«, ergänzte Pauline und nickte eifrig.

»Sagt mal, auf was für Ideen kommt denn ihr?« Mir war der spontane Vorstoß meiner Kinder unangenehm.

»Aber Willi hat doch gesagt, dass in unsere neuen Zimmer ganz toll Hochbetten passen«, antwortete Ben entrüstet.

»Wenn der Willi das gesagt hat«, begann Tobi, »dann gehören in die Zimmer Hochbetten.«

Die Kinder jubelten.

»Tobi, ehrlich, ich möchte Samstag in drei Wochen schon umziehen, und es ist ja auch nicht so, als ob du nichts zu tun hättest«, schaltete ich mich ein, weil ich fand, dass die Kinder ihn überrannt hatten, und ich wusste, wie lieb und hilfsbereit Tobi war.

»Das schafft mein Lieblingshandwerker schon. Wenn mein Mann die Gelegenheit bekommt, mit Hammer, Bohrer und Säge loslegen zu können, ist er immer ganz vorne dabei.«

»Genau, und wenn Pauline großmütig sagt, dass Mark auch helfen kann, schaffen wir das auf alle Fälle.«

Die Kinder sprangen noch immer jubelnd durch den Garten und sangen lauthals »Tobi Hoffmann, Handwerker, Tobi Hoffmann, Superstar …« Tobi schüttelte lachend den Kopf. »Geht doch nichts über einen eigenen Fanblock«, sagte er und wandte sich dann an mich. »Anne, und am Umzugstag kannst du natürlich auch auf uns zählen.«

»Ich weiß nicht, was ich sagen soll … Danke.« Ich war ganz gerührt, und Tränen schossen mir in die Augen. Emma umarmte mich von hinten und schmiegte ihre Wange an meine.

»Hey« – Karen legte ihre Hand auf meine – »jetzt mach dir keinen Kopf, geschweige denn, dass du ein schlechtes Gewissen hast, wir helfen gerne.«

»Was würde ich ohne euch nur machen?«

»Ich find uns auch toll«, bemerkte Tobi trocken und grinste dabei breit von einem Ohr zum anderen, so dass Karen, Emma und ich laut anfangen mussten zu lachen. Ich würde meine wunderbaren Nachbarn vermissen. Aber die Turmstraße war zum Glück ja nur ums Eck.

Zwei Tage später saßen Melli und ich auf dem Fußboden meines neuen Wohnzimmers, um uns verteilt Zollstock, Blätter, Bleistift und ein Ikea-Katalog. Nach der Schule hatte ich einen Termin bei meiner Anwältin gehabt, die die Scheidungsunterlagen mit mir durchgegangen war. Ich wollte keine schmutzige Scheidung, und Alex hatte zugestimmt, dass wir uns beide zwar das Sorgerecht teilen würden, die Kinder aber bis auf zwei Wochenende im Monat und ein paar Wochen in den Ferien bei mir leben würden. Auch war der Unterhalt, den er für die drei zahlen wollte, angemessen. Ich war beruhigt.

»Die Wohnung ist ein Traum!«, sagte Melli und blickte sich im Raum um.

»Und die Lage ist perfekt. Du bist zwei Minuten entfernt, zu Hoffmanns und Diemers ist es auch nicht weit, und die Grundschule liegt sogar noch näher als jetzt. Das macht's morgens bestimmt einfacher.«

»Das glaubst auch nur du«, spottete Melli.

»Hahaha.«

»Wer wohnt eigentlich in den Stockwerken über dir?«

»Ganz oben wohnt eine junge Frau, und direkt über mir wohnt ein Mann.«

»Ein Mann?« Melli war plötzlich ganz interessiert. »Wie alt? Gut aussehend?«

»Woher soll ich das wissen? Ich habe ihn noch nicht kennengelernt. Ich weiß nur, dass er wenig zu Hause ist und zu viel arbeitet. Abgesehen davon bin ich froh, wenn die Scheidung endlich durch ist. Da habe ich überhaupt keine Lust auf einen neuen Mann, und schon gar nicht wieder auf einen, der nie zu Hause ist, weil er zu viel arbeitet.«

»Aha, du hast also kein Interesse an Männern, aber träumst von unserem Referendar?« Melli grinste mich keck an.

»Ich ziehe es vor, über deinen Kommentar einfach hinwegzusehen. Abgesehen davon ist das Verhältnis zwischen Hannes und mir ein rein kollegiales. Und jetzt kannst du aufhören, so zu grinsen.«

»Na, wenn das so ist.«

»So ist es. Es reicht, wenn meine Schülerinnen ihn entrückt anhimmeln, und außerdem bin ich nicht Madonna oder Heidi Klum!«

»Madonna oder Heidi Klum?«

»Ja! Ich bin in keiner Midlifecrisis, über die mich ein Toy Boy hinwegtrösten muss.« Melli prustete los, und auch ich musste anfangen zu lachen.

»Komm, noch die Küche, und wir haben alle Räume vermessen.« Ich stand auf, und Melli folgte mir. Noch immer lachend begannen wir, die Küche auszumessen.

16.

Herr Warnke, machen Sie heute gar nicht die Geschichtsstunde?« Michelles Augen klimperten wie immer, wenn sie Hannes sah.

»Nö, Michelle, heute lerne ich von eurer tollen Klassenlehrerin.« Er grinste und ließ sich hinten im Klassenzimmer auf einen Stuhl fallen. Michelle stöhnte und sah mich an. Ich stöhnte innerlich auch. Auf dem Weg ins Klassenzimmer hatte Hannes mich als Dankeschön für die Hilfe und Unterstützung zum Abendessen eingeladen. Ungeschickt hatte ich abgesagt und die Kinder vorgeschoben. Auf der einen Seite fragte ich mich, warum ich nicht einfach Ja gesagt hatte, auf der anderen Seite kannte ich die Antwort: Ich war keine Heidi Klum, sondern die momentan leicht überforderte Anne Hansen. In ein paar Tagen war der Scheidungstermin, ich hatte drei Kinder, die nicht gerade einfach waren, der anstehende Umzug, eine Mutter, die heute Nachmittag wieder nach ihrem Kosmetiktermin zu Besuch kommen würde … Selbst wenn es mir gefiel, dass Hannes immer wieder versuchte, mit mir zu flirten, es ging einfach nicht. Lässig zurückgelehnt saß er in der letzten Reihe und musterte mich. Ich musste mich sammeln.

»Also gut, heute müsst ihr mit mir vorliebnehmen. Montag beginnt euer Praktikum, und ich habe noch einiges mit euch zu regeln.« Über die Hälfte hatte bereits einen Platz, die üblichen Verdächtigen sahen betont nebensächlich aus dem Fenster und taten unauffällig. Ich ging die Liste durch, die ich gestern Abend zusammengestellt hatte.

»Betty, was ist mir dir? Bist du jetzt bei einem Friseur untergekommen?«

Betty schüttelte den Kopf.

»Mensch Betty, das kann doch nicht wahr sein. Du verbringst deine Zeit zu Hause und auch in den Schulpausen doch nur vor dem Spiegel.« Es gab keine andere Schülerin, die sich vor versammelter Mannschaft derart oft und entzückt im Spiegel betrachtete wie Betty. Ich wusste nicht, wie viele Taschenschminkspiegel ich ihr im Schuljahr schon abgenommen hatte. »Beim Friseur kannst du den ganzen Tag vorm Spiegel stehen.«

»Ey, Frau Hansen, isch war fragen. Bei *Sibbys Hairdream* haben die schon zwei Praktikanten und bei meine Tante im Salon nehmen die keine Praktikanten, und die Marina hat mir den Platz bei *Friseurstudio Yasmin* weggenommen.«

»Wie? Weggenommen? Ey, die spinnt. Isch war da eher fragen!«, regte sich Marina in der hinteren Reihe auf.

Ich packte die Keule aus: »Wenn du nichts findest, geht es in die Schulkantine, ja?«

»Oh, ne ... Nich Schulkantine ...«, stöhnte Betty.

Die Tür ging auf. Kemal schlurfte ins Klassenzimmer und ließ sich auf seinen Platz fallen.

»Guten Morgen, Kemal. Und?«

»Morgen. Sorry, die U-Bahn war zu spät.«

»Scharin, Ayla, was ist mit euch? Habt ihr jetzt einen Platz?«

»Ja«, Scharin strahlte. »Wir gehen ins Altenheim, mit den Leuten spielen und so. Haben gestern im Bethanien gefragt.«

Ayla nickte. »Hier. Die Bestätigung.«

»Ich weiß gerade nicht, was bei euch überwiegt. Die Freude,

dass ihr beiden auch endlich einen Praktikumsplatz gefunden habt, und der Stolz, dass ihr euch wirklich alleine darum gekümmert hattet, oder die Sorge um die alten Menschen.« Ich grinste.

»Mann, Frau Hansen …« Ayla tat theatralisch, fing dann aber auch an zu lachen. »Echt jetzt, keine Sorge.«

Ich ging meine Liste weiter durch. Marvin war in einer Kfz-Werkstatt untergekommen. Gül hatte den Platz im Kindergarten bekommen, auf den sie sich beworben hatte, Selina machte ihr Praktikum in der Firma, in der ihr Vater arbeitete, Luan im Supermarkt. »Bleiben Gregorius und Mert. Das heißt, Gregorius ist heute nicht da, bleibst du, Mert.« Mert wollte Koch werden, doch irgendwie gestaltete sich die Suche nach einem geeigneten Praktikumsplatz schwierig, was daran lag, dass Mert nicht immer der höflichste Geselle war, dazu war er wählerisch, was das Restaurant betraf, und hatte ganz eigene Vorstellungen. Zum Italiener gegenüber der Schule, bei dem schon einige Schüler Praktikum gemacht hatten, wollte er partout nicht.

»Ich habe auch einen Praktikumsplatz.«

»Na, dann bin ich gespannt. Wo kann ich dich im Praktikum besuchen?«

»Im *Pauls*«, verkündete er stolz.

»Im *Pauls*?«, fragte ich ungläubig. Das *Pauls*. Und Mert.

»Ich bin am Freitag hingegangen, hab mich höflich vorgestellt, und der Chef hat mich genommen. Hier.« Er drückte mir die ausgefüllte und gestempelte Bescheinigung in die Hand. Ich erkannte den geschwungenen Schriftzug, hatte einen kleinen Flashback und sah mich wutentbrannt erst aus dem Restaurant und dann auf den Fahrradweg stürzen. Nach meinem peinlichen Auftritt als verbitterte und desolate Ehefrau hatte ich mir eigentlich geschworen, nie wieder einen Fuß ins *Pauls* zu setzen. Jetzt würde ich wieder dorthin kommen. Wie wunderbar. Ich konnte mir nichts Besseres vorstellen …

»Frau Hansen?« Mert sah mich fragend an.

»Das ist ja super!«, sagte ich schnell. »Okay«, ich legte die Liste in meinen Lehrerkalender, »jetzt bin ich so weit beruhigt. Gregorius muss dann eben gucken.«

Nach dem Klingeln hatte ich es eilig, nach Hause zu kommen. In Kürze würde meine Mutter vor der Tür stehen. Daheim herrschte ein einziges Chaos, und weder war ich entspannt genug, um das Genörgel meiner Mutter gelassen hinnehmen zu können, noch hatte ich Lust, es zu ertragen. Blieb nur, schnell aufzuräumen.

»Anne?« Hannes kam hinter mir her. »Ich habe überlegt, dass ich deine Absage nicht akzeptiere.«

»Hannes« – ich lächelte und fühlte mich dabei ein wenig unbeholfen – »ganz ehrlich, ich habe gerade gar keine Zeit.« Das war, was ich sagte. Was mir durch den Kopf ging, als er sich einfach zu mir beugte, mir tief in die Augen blickte und: »Frau Hansen, die Einladung steht, und wir finden einen Termin«, sagte, behalte ich lieber für mich.

»Und du willst hier wirklich ausziehen? Habe ich dir eigentlich schon gesagt, dass Albert und ich nun ein Lokal für meine Geburtstagsfeier gefunden haben?« Meine Mutter saß, die Beine elegant übereinandergeschlagen, auf dem Sofa, ich saß adrett und sauber neben ihr und ärgerte mich über mich selbst, dass ich mich so abgehetzt, im Erdgeschoss alles vorzeigbar geputzt hatte und mir auch noch hektisch die Fußnägel lackiert hatte, nur um meine Ruhe zu haben. Wenn es wirklich darum ginge, meine Ruhe zu haben, wäre meine Mutter nicht hier.

»Nein, hast du nicht«, antwortete ich eher beiläufig und dachte darüber nach, dass ich Ben heute Nachmittag noch zur Rechtschreibförderung bringen musste. Er hasste das, was immer einen Ausraster auf beiden Seiten zur Folge hatte und mich an meinen pädagogischen Fähigkeiten zweifeln ließ. Achtzehn Hauptschüler unter Kontrolle zu halten war ein Kinderspiel im Vergleich zu meinem präpubertierenden großen Sohn, der sich immer lauthals weigerte, zur Förderung zu gehen, dann dort angekommen aber ein liebenswürdiges Kind war. Heute Morgen hatte sich das nachmittägliche Drama schon angekündigt.

»Du wirst es nicht glauben, aber Albert hat es tatsächlich geschafft, im *Pauls* zu reservieren.«

Hatte meine Mutter das *Pauls* erwähnt? Ich war bei ihr und fragte irritiert »Was ist mit dem *Pauls*?«

»Na, dort werde ich meinen siebzigsten Geburtstag feiern. Ganz chic und edel. Was meinst du, wie unsere Freunde gucken werden. Das *Pauls* steht momentan in allen Zeitungen und wird in den höchsten Tönen für die exquisite Küche gelobt. Ach, wahrscheinlich hast du noch nicht davon gehört. Mit Kindern geht man ja eher Pizza essen.«

Das war wieder ein typischer Kommentar meiner Mutter. Wenn sie wüsste, wie meine Erfahrungen mit dem *Pauls* waren. Überhaupt war es mir zu viel *Pauls* in den letzten Stunden.

»So sehr ich meine Enkelkinder auch liebe – denkst du bitte daran, dass es ein Fest ohne Kinder sein wird? Ich möchte diesen Geburtstag gerne ohne tobende und raufende Kinder verbringen.« Meine Mutter, ganz wie sie war.

»Ich denke, die drei nehmen es dir nicht übel, dass du sie nicht dabeihaben möchtest. Rentner-Geburtstage sind nicht die Feierlichkeiten, um die sie sich reißen.«

»So habe ich es nun auch wieder nicht gemeint.«

Ich verzichtete auf die Frage, wie sie es gemeint hatte. Als ob die drei Lust auf ihren Rentner-Geburtstag hätten. Ben, Emma und Theo konnten sich weitaus bessere Feiern vorstellen, als mit Oma Margarethe, Onkel Albert und Konsorten in einem Nobellokal zu sitzen. Ich im Übrigen ebenso.

»Die Kinder können an dem Wochenende doch bestimmt zu Alex?«, fragte meine Mutter nach.

»Wenn sie bis dahin wieder zu ihm wollen. Momentan weigern sie sich, ihn zu besuchen, geschweige denn ihn zu sehen.«

»Es ist nun mal, wie es ist. Da müssen sie durch. Andere haben so etwas auch schon durchgemacht.«

Rums. Keine besorgte Nachfrage, kein: »Das tut mir leid«, dafür Margarethe Frey in Hochform. Ich hatte nichts anderes erwartet. Blieb nach wie vor die Frage, wie ich es ohne einen Psychiater geschafft, so zu werden, wie ich war.

17.

Frau Dr. Wolk, meine Anwältin, schüttelte mir die Hand. »Alles Gute für Sie, Frau Hansen. Ich wünsche Ihnen einen guten Neuanfang.« Wir standen auf dem Flur des Amtsgerichtes, in dem Alex und ich gerade geschieden worden waren. »Danke.« Alex kam auf mich zu und stand unbeholfen vor mir. Seine rechte Augenbraue hob sich. Er wollte etwas Wichtiges sagen. »Anne, ich …«

»Lass gut sein, Alex. Es fühlt sich so seltsam genug an, da lass uns nicht um die richtigen Worte ringen.«

»Es waren schöne Jahre, die wir miteinander hatten. Ich möchte, dass du das weißt.«

»Siehst du, genau das meine ich. Wenn es wirklich so schöne Jahre gewesen wären, dann stünden wir jetzt kaum hier.«

Er senkte den Blick.

»Meinst du, dass die Kinder am Wochenende kommen?«

»Ehrlich gesagt, weiß ich es nicht.« Am letzten Wochenende hatten die drei verkündet, nach wie vor im Streik zu sein und noch immer nicht nach Frankfurt zu wollen. Außerdem stand am kommenden Wochenende der Umzug an, und sie hatten sich vorgenommen zu helfen, selbst wenn ich der Meinung war, dass der Umzug, auch ohne die »Hilfe« meiner Kinder stressig genug werden würde. »Vielleicht musst du präsenter sein.«

»Ich wollte ihnen den Raum geben, mit der Situation klarzukommen.«

»Indem du als Vater komplett verschwunden bist? Man könnte den Eindruck bekommen, dass es dir ganz recht ist, dass sie nicht kommen wollen. Alex, zeig ihnen, dass du sie vermisst und es dir wichtig ist. Das geht nicht, indem man sich nur selten meldet.«

Er schwieg.

»Alex, sie sind zehn und sieben. Wie sollen sie mit der Situation klarkommen, wenn du ihnen nicht auch dabei hilfst? Und das tust du nicht, indem du ihnen aus dem Weg gehst. Du musst ihre Wut aushalten und trotzdem da sein. Sie lieben dich, darum sind sie so wütend.«

»Soll ich mit ihnen reden?«

»Das wäre vielleicht ein Anfang.«

»Sind sie denn schon von der Schule zurück?«

»Sie sind nach der Schule zu Melli gegangen.«

»Meinst du, ich kann sie einfach abholen?«

»Warum nicht. Mensch Alex, es sind deine Kinder.« Mein Verständnis und meine Geduld waren langsam am Ende.

Nebeneinander traten wir durch die große Glastür ins Freie.

»Honey, I've waited for such a long time.« Bambi betrat die Bühne. Sie fiel Alex um den Hals und schmiegte ihren Luxuskörper an ihn. Ihre Kulleraugen himmelten meinen Exmann an, und die roten langen Haare fielen gekonnt über ihre zarten Schultern. Ich glaube, ich starrte sie einfach nur fassungslos an.

»Anne, das ist Naomi. Naomi, das ist Anne.« Alex wusste nicht so richtig, wohin mit sich.

»Ohhh«, hauchte Bambi zuckersüß im Upper-Class-Englisch, »I'm so pleased to finally meet you.«

Ich lächelte zuckersüß zurück. »Nicht, dass es einen besseren Moment gegeben hätte, oder ich überhaupt das Interesse gehabt hätte, dich kennenzulernen.« Und raus war genau das, was ich dachte.

Naomi runzelte die Stirn und schenkte mir ein bezauberndes Lächeln, das ihre weißen perfekten Zähne zum Vorschein brachte. »Ich glaube, das nennt man einen *rough start*. Ich wollte eigentlich in dem Café dort drüben warten, aber dann habe ich es nicht länger ohne meinen Darling ausgehalten.« Naomi sprach Deutsch. Dann waren die Fronten eben gleich geklärt.

Ich sah Alex an. »Damit hat sich dein Besuch bei Melli dann wohl erledigt. Ich hole die Kinder ab. Melde dich einfach wegen des Wochenendes. Aber nicht, dass Bambi wieder schlecht ist und du dringend nach London musst.« Ich kochte, drehte mich um und ging zu meinem Fahrrad.

»Anne, warte. Ich möchte mit den Kindern sprechen und sie sehen. Ich vermisse sie.«

Alex fasste mich am Arm, und ich schüttelte ihn ab.

»Und wie hast du dir das gedacht? Klingelst bei Melli, sammelst sie ein und fährst mit ihnen zu der da ins Café und sagst: ›Es tut mir leid, dass ich mich in den letzten Wochen nicht gemeldet habe, ich wollte euch Zeit lassen, euch bei mir zu melden. Mama und ich sind jetzt geschieden, und guckt mal, das ist die Mama von meinem neuen Kind. Wenn ihr wollt, könnt ihr bestimmt auch Mummy zu ihr sagen?‹« Ich schrie jetzt.

Alex blieb ruhig, wie immer. »Ich fahre alleine zu Melli und gehe mit den Kindern in den Park. Danach bringe ich sie nach Hause. Aber irgendwann werden die Kinder Naomi kennenlernen.«

»Das weiß ich«, herrschte ich ihn an, »aber in Ruhe und mit

Zeit, und nicht, weil Naomi«, ich sprach ihren Namen so affektiert aus, wie sie auf mich wirkte, »es nicht länger ohne ihren Darling« – wieder betonte ich das Wort übertrieben – »aushält. Du hast drei Kinder, die einen Anspruch darauf haben, dass du alleine für sie da bist und ihnen hilfst, sich langsam an die neuen Umstände zu gewöhnen.« Ich stieg auf mein Rad und ließ Honey und Bambi einfach stehen.

Zu Hause angekommen, knallte ich meine Tasche wütend in die Ecke, schleuderte meine Schuhe durch den Flur und stieß mir dabei schmerzhaft den kleinen Zeh. Tränen schossen mir in die Augen. Dass ich geschieden war, war nicht schlimm. Während des Scheidungstermins hatte ich mich zwar wehmütig und schwer melancholisch gefühlt und mir vorgenommen, die gemeinsamen Jahre in guter Erinnerung zu behalten. Schließlich hatten Alex und ich uns geliebt, und er war in dieser Zeit der wichtigste Mensch in meinem Leben gewesen, dazu hatten wir drei wunderbare Kinder miteinander bekommen. Ich kam auch damit klar, dass mein Ehemann Alex nun mein Exmann war, weil ich mit dem Alex, zu dem mein Ehemann irgendwie geworden war, partout nicht mehr verheiratet sein wollte. Naomi konnte ihn gerne haben. Geschenkt. Dass sie aber so unverfroren war und nichts Besseres zu tun hatte, als meinem frischen Exmann gleich nach der Scheidung um den Hals zu fallen und nun auch leibhaftig in meinem Leben aufzukreuzen? Nein! Alles hatte seine Grenzen! Mein Handy klingelte. Melli. »Alex war gerade hier und hat die Kinder abgeholt. Alles in Ordnung?«, fragte sie in genau dem richtigen Melli-Tonfall. »Gar nichts ist in Ordnung!«, schimpfte ich und ließ meinem Frust freien Lauf.

»Ich hole Ben, Emma und Theo Freitag gegen sechzehn Uhr. Passt das? Naomi fliegt morgen zurück nach London.« Alex stand in der Haustür.

»Gut«, war das Einzige, das über meine Lippen kam. Die Kinder saßen im Esszimmer und lauschten mit gespitzten Ohren.

»Es tut mir leid, dass Naomi heute einfach so aufgetaucht ist. Ehrlich.« Er wirkte zerknirscht. »Ich hätte euch gerne anders bekannt gemacht. Nicht so.«

»Es ist, wie es ist.« Wieder ein recht einsilbiger Kommentar von mir, aber ich war noch immer wütend und hatte keine Lust, dass die Kinder unser Gespräch mitbekamen.

»Ich muss los …« Alex stockte. Ich wusste, was er eigentlich hatte ergänzen wollen, und sprach es aus: »Fahr ruhig. Nicht, dass Bambi im Hotel weiter sehnsüchtig auf ihren Darling warten muss.«

»Anne, ich finde, es reicht.«

»Und wieder sind wir nicht einer Meinung.«

Er zuckte mit den Schultern, sagte leise: »Bis Freitag«, und ging zum Auto. Ich schloss die Tür und ging zu den Kindern ins Esszimmer. »Mama, warum muss Papa für Bambi ins Hotel?«, fragte Theo mit großen Augen.

»Papa möchte heute Abend *Bambi* im Fernsehen schauen und muss sich beeilen, dass er den Beginn nicht verpasst.«

Was Besseres war mir nicht eingefallen. Die Zwillinge guckten skeptisch, doch Theos Augen strahlten. »Ich möchte auch *Bambi* gucken. Mama, bitteeeeee.«

»Nichts da, es ist schon spät, und wir müssen morgen alle früh raus. Auf mit euch in die obere Etage. Bett-fein-Kommando.«

Ich klatschte lachend in die Hände und wusste, dass ich schon mal überzeugender gewesen war. Alle drei stöhnten, machten sich aber doch auf in Richtung Treppe. Als Theo oben im Badezimmer verschwunden war, kam Ben die Treppe wieder hinunter. »Dir ist schon klar, dass Emma und ich dir kein Wort glauben. Ist aber okay, Mama.«

Emma kam hinterher: »Wir besuchen Papa über das Wochenende, aber seine Freundin wollen wir nicht kennenlernen«, sagte sie entschieden.

»Ach, meine Großen … Irgendwann werden wir sie kennenlernen.« Aber zu meinen Bedingungen.

18.

Dienstag, fünfzehn Uhr, ich hatte gerade mein Rad an den Baum angeschlossen, den es schon kannte, und stand vorm *Pauls*. Vor ein paar Wochen war ich aus genau dieser Tür gestürmt und hatte mir geschworen, nie wieder einen Fuß über die Schwelle zu setzen. Jetzt führte kein Weg an dieser Tür vorbei. Mert machte genau hier sein Berufspraktikum, und ich hatte meinen ersten Besuchstermin. *Anne, wenn es Mert geschafft hat, sich alleine einen Praktikumsplatz in einem der besten Kölner Restaurants zu besorgen, wirst du es ja wohl schaffen, das Lokal ein zweites Mal zu betreten.* Ich drückte die Klinke nach unten und betrat den Ort meiner größten Schmach. Niemand war zu sehen. Ich blickte mich um. Die Tische waren eingedeckt; weiße Tischtücher, gestärkte, weiße Servietten, weißes Geschirr, Silberbesteck, Wein- und Wassergläser. Die mit rotem Leder bezogenen Sitzbänke, alte Bistrostühle, ein schwarz-weiß gefliester Boden, Jugendstillampen und mit goldenen Ornamenten und Spiegeln verzierte Wände erinnerten an Paris. So genau hatte ich mich bei meinem ersten Besuch gar nicht umgesehen. »Hallo?!«, rief ich ins Lokal. Niemand antwortete. Neben der großen Marmortheke mit den schweren Barhockern entdeckte in eine Tür, auf der *Cuisine* stand. Wenn ich meinen Schüler, der ein Praktikum als Koch machte, nicht dort finden würde, wo dann? »Hallo?« Ich steckte meinen Kopf durch die Tür und entdeckte Mert sofort. Er schnitt Gemüse und strahlte mich an. »Hallo, Frau Hansen.« Ich strahlte zurück, denn der Mert, den ich aus der Schule kannte, nur in Jogginghosen und weiten T-Shirts, die für mich eher halbe Zelte waren, gekleidet, eine Kappe auf dem Kopf, mürrisch, verschlafen und eher wenig arbeitswillig, wirkte in weißer Hose, weißem T-Shirt und Kochschürze fröhlich und mit sich und der Welt völlig zufrieden. »Mensch Mert, super schaust du aus«, antwortete ich. »Was machst du denn gerade?«

»Er schneidet gerade Karotten und Zucchini zu feinen Gemüsespaghetti und stellt sich dabei ganz gut an«, sagte eine tiefe und warme Stimme hinter mir. Bevor ich anfangen konnte, darüber nachzudenken, woher mir die Stimme bekannt vorkam, stellte Mert uns vor: »Chef, das ist Frau Hansen, meine Klassenlehrerin, Frau Hansen, das ist Herr Paulsen, mein Chef.« Ich drehte mich um und kannte nicht nur die Stimme, ich kannte die Augen. Seit Wochen. Die Begegnung in der Tür, die Hilfe bei meinem Sturz, der Fast-Fahrradunfall …

»Sieh an, der Fahrradrowdy«, sagte der Chef und lächelte mich überrascht an. »Tom Paulsen.«

»Anne Hansen. Und ich kann Sie beruhigen, ich habe mich heute an jede Verkehrsregel gehalten«, hörte ich mich keck sagen und wunderte mich über mich selbst.

»Dann bin ich beruhigt, dass Sie wohlbehalten hier angekommen sind.« Um seine tiefblauen Augen zogen sich feine Lachfältchen.

»Chef, mit Frau Hansen legen Sie sich besser nicht an. Die hat immer das letzte Wort. Ich spreche da aus Erfahrung.« Ich war froh über Merts Einwurf, denn gerade hatten mir doch die Worte gefehlt, weil ich ein bisschen an Tom Paulsens Augen gehangen hatte.

»Danke Mert, es geht doch nichts über Schüler, die es verstanden haben.« Ich wandte mich ab und blickte in der Küche umher. Rund um mich herrschte ein reges Treiben, das ich bisher gar nicht wahrgenommen hatte. Eine junge Frau rührte in einem Topf, in dem etwas köchelte, das köstlich duftete, ein junger Mann drehte Teig durch eine Pastamaschine, ein anderer stellte aus den Teigplatten gefüllte Pasta her, wieder ein anderer säuberte Fisch, und ein älterer Herr putzte Gemüse. Mir wurde bewusst, dass ich mit meinem Praktikumsbesuch mitten in den regen Küchenbetrieb geraten war und alle Besseres zu tun hatten, als von mir bei der Arbeit gestört zu werden.

»Dir macht das Praktikum offensichtlich großen Spaß, Mert.« Mein Schüler strahlte und nickte zufrieden. »Dann habe ich doch gesehen, was ich wollte. Einen willigen und glücklichen Schüler bei der Arbeit. Ich will gar nicht länger stören.«

»Sie stören nicht. Kommen Sie, wir gehen ins Lokal. Da können wir uns in Ruhe unterhalten.«

Tom Paulsen hielt mir die Tür auf, ich ging voran ins Restaurant und spürte ihn dicht hinter mir.

Erst als ich wieder im Lokal stand, fiel mir auf, wie laut es in der Küche gewesen war. Und dass Tom Paulsen und ich nun alleine waren. Er lehnte an der Theke: »Möchten Sie einen Crémant oder einen Espresso?«

»Nein. Danke. Was soll Mert denken, wenn seine Lehrerin sich während des Praktikumsbesuchs ein Gläschen Crémant gönnt?«

»Ich werde ihm einfach sagen, dass ich Sie um den Finger gewickelt habe.«

»Dann erst recht nicht. Das würde nämlich das Image, das

ich mir in den letzten Jahren sorgfältig aufgebaut habe, gnadenlos zerstören.«

»Ich vergaß … ich lege mich besser nicht mit Ihnen an.«

»Sie sind ein kluger Mann.«

Es fiel leicht, mit ihm zu flirten, und ich erkannte mich nicht wieder. *Geht doch noch, Anne!*

»Aber einen Espresso schlagen Sie mir nicht ab?«

Ich sah auf die Uhr. Die Kinder kamen in zwanzig Minuten nach Hause. »Ach, ein Espresso sollte gehen.«

Tom Paulsen lächelte, und wieder bemerkte ich die feinen Lachfältchen um seine Augen. Er machte sich fachmännisch ans Werk und mahlte Kaffee in ein Sieb. Ich setzte mich auf den Barhocker und musterte ihn heimlich. Nach außen tat ich so, als würde ich ihm beim Espressobrühen zuschauen. Tom Paulsen war groß, vielleicht nicht ganz so groß wie Alex, aber er war etwas breiter und sportlich, Schultern und Arme waren trainiert. Wie alt schätzte ich ihn? Ende dreißig, Anfang vierzig? Ein kleines bisschen älter als ich. Er hatte braunes, dichtes, kurzes Haar, das leicht gewellt fiel und einen leichten rötlichen Schimmer hatte. Sein Gesicht hatte markante Züge, aber am meisten faszinierten seine intensiven Augen. Er hatte einen klaren und offenen Blick. Die große Kaffeemaschine zischte, und ich hörte Kaffee durch das Sieb in die Tasse laufen.

»Voilà, Madame.« Vor mir stand eine Tasse köstlich duftender Espresso mit perfekter Crema.

»Merci, Monsieur.«

Er lehnte sich über den Tresen, und ich merke, wie auch er mich musterte, weitaus weniger dezent, als ich es versucht hatte. Ich hatte mir die Haare heute Morgen schnell zu einem Zopf gebunden, eine Jeans und ein blau-weiß gestreiftes Langarmshirt aus dem Schrank gezogen. Das Wetter war nach einem kleinen Ausflug in den Frühsommer zurück im klassischen Kölner Grau. Wenn ich gewusst hätte, wer und wie Tom Paulsen war, hätte ich mehr Sorgfalt walten lassen.

»Danke, dass Sie Mert so spontan eine Chance gegeben haben.« Ich brachte mich wieder auf sichereres Terrain.

»Ich fand es toll, dass er den Mut hatte, einfach ins Lokal zu kommen und zu fragen. Nachdem ich seinen begeisterten Blick gesehen habe, als ich ihm kurz die Küche gezeigt hatte, war klar, dass er seine Chance bekommt. Und er macht seine Sache wirklich gut.«

»Und ich dachte schon, ich kriege ihn gar nicht unter. Alle Praktikumsplätze als Koch, die ich vorgeschlagen habe, hat er trotzig abgelehnt.«

»Er wollte eben in der besten Küche Kölns arbeiten.«

»Ich sehe, dass Sie beide sich vom Selbstverständnis her sehr ähnlich sind.« Das konnte ich mir nicht verkneifen. Tom Paulsen war mindestens so überzeugt von sich wie Mert.

»Ich hoffe für Sie, dass das als Kompliment gemeint war.« Ich spürte seinen intensiven, herausfordernden Blick. Er wusste ganz genau, wie er wirkte. Ich hatte das Gefühl, nicht Espresso, sondern doch Crémant getrunken zu haben.

»Was meinen Sie?«, hörte ich mich fragen. Irgendwie hatten sich unsere Blicke verfangen. Dann fielen mir die Kinder wieder ein. Ein kurzer Blick auf die Uhr sagte mir, dass ich zu spät war. »Ich muss los«, sagte ich schnell, blickte zur Seite und stand auf. »In der Regel besuche ich meine Schüler zweimal im Praktikum. Passt es Ihnen in der kommenden Woche noch einmal?« Ich nahm meine Tasche. Bevor ich meine Jeansjacke greifen konnte, hielt er sie schon und half mir hinein. Tom Paulsen sah nicht nur extrem gut aus, Tom Paulsen roch ebenso gut.

»Ich nehme mir gerne wieder Zeit«, antwortete er. »In einer Woche, vielleicht eine Stunde früher?«

»Passt.« Ich drehte mich um und wollte ihm die Hand geben, aber er stand zu nah. Wieder spürte ich ein Prickeln. »Also gut« – ich trat einen Schritt zurück – »dann bis in einer Woche.« Er öffnete die Tür und beobachtete mich, wie ich mein Fahrrad aufschloss.

»Und schön auf die Verkehrsregeln achten, nicht, dass Ihnen etwas zustößt.«

»Keine Sorge, heute ist mein vorbildlicher Tag.«

»Dann würde ich Sie gerne mal an Ihrem regellosen Tag treffen.«

»Vielleicht haben Sie ja in der nächsten Woche Glück.« Tom Paulsen grinste. Ich stieg auf mein Rad und machte mich mit Brausepulvergefühl auf den Weg nach Hause.

»Und? Wie machen sich die Schätzeleins in der rauen Arbeitswelt?« Melli und ich trabten im Nieselregen nebeneinander durch den Grüngürtel. Obwohl wir uns wacker jeden Dienstag zum Laufen aufgerappelt hatten, waren wir nach wie vor die Letzten, aber wir wurden langsam schneller, und es fiel uns leichter, uns zu unterhalten. Ich hoffte natürlich auch, dass wir inzwischen leichtfüßiger aussahen.

»Alle, die ich bisher besucht habe, wirken zufrieden und haben zufriedene Chefs. Bis auf Selina.«

»War klar«, kommentierte Melli etwas außer Atem.

»Sie weiß alles besser und lässt sich ungern etwas sagen. In Selinas Augen sind die Angestellten einfach zu beschränkt, und in den Augen der Angestellten hat sie nicht den Hauch einer Ahnung. In der nächsten Woche arbeitet sie in der Abteilung ihres Vaters. Da werde ich dann nur großes Lob zu hören bekommen.« Wir waren am Aachener Weiher angekommen und dehnten uns.

»Und Mert? Passt er ins Nobelrestaurant?«

Tom Paulsen huschte wieder in meine Gedanken. »Du hättest ihn sehen sollen. Keine Schlabberklamotten, kein mürrisches Gesicht, weiße Hose, weißes T-Shirt und im Gesicht ein Strahlen.«

»Mert?«

»Mert.«

»Hast du den hoch gelobten Koch auch kennengelernt? Die Zeitungen sind momentan doch voll mit Artikeln über diesen Tom Paul.«

»Tom Paulsen.«

»Dann eben Paulsen. Sieht er wirklich so gut aus wie auf den Fotos in der Zeitung?«

Ich hatte zwar schon gute Restaurantbesprechungen gelesen, aber an ein Foto von Tom Paulsen konnte ich mich nicht erinnern. Vielleicht hatte ich auch nicht gut genug hingeschaut.

»Ich kenne ihn nicht von Fotos, aber in Natura sieht er wirklich sehr gut aus. Er ist groß und sportlich, hat breite Schultern, dichtes Haar, markante Gesichtszüge und einen unheimlich intensiven Blick.«

Ich hatte mich verraten. »Da hat der Herr Paulsen heute aber einen sehr bleibenden Eindruck bei dir hinterlassen.«

Aber hallo! Und was für einen. Und ich hoffte, dass auch ich zumindest einen kleinen Eindruck bei ihm hinterlassen hatte. Ich hob die Schultern.

»Was soll ich dazu sagen? Ertappt. Er ist dazu noch ausgesprochen charmant und hat einen tollen Humor. Wir haben uns bestens unterhalten.«

»Sag mal, wo ist meine Anne hin? Kaum getrennt, flirtet sie mit unserem Referendar, kaum geschieden, kommen die richtigen Männer.«

»Quatsch! Ich flirte nicht mit Hannes, sondern wir haben ein rein professionelles, kollegiales Verhältnis, und in meinem Gespräch mit Tom Paulsen ging es natürlich um Mert.«

»Natürlich.« Melli knuffte mich in die Seite. »Genauso natürlich freust du dich wahrscheinlich schon auf den zweiten Besuch in der nächsten Woche.«

»Natürlich.« Wir mussten beide lachen.

»Sag mal, was stand denn in den Zeitungen so über Tom Paulsen?«

»Wenn ich mich richtig erinnere, ist er glücklich verheiratet und hat fünf Kinder.«

Ich riss die Augen auf, und Melli prustete los. »Du hättest deinen Blick sehen sollen … Nein, ich weiß nur, dass er in London, und ich glaube irgendwo in Südfrankreich, in Dubai und New York gearbeitet hat, bevor er das *Pauls* in Köln eröffnet hat.« Melli blickte in den Himmel. Es nieselte noch immer. »Heute wird es wohl eher nichts aus unserem wohlverdienten isotonischen Getränk im Biergarten, obwohl ich sehr gerne noch mehr über den Meisterkoch erfahren hätte.«

»Ich muss auch unter die Dusche, und die Zwillinge schreiben morgen eine Grammatikarbeit. Ich habe Ben versprochen, dass ich mir mit ihm noch mal die Wortarten ansehe. Dazu warten noch ganz viele Kartons darauf, gepackt zu werden.«

»Soll ich kommen und helfen?«

»Nein, lass mal, dein Simon hat dich auch mal wieder verdient, aber wenn du morgen Nachmittag wieder beim Streichen helfen könntest, wäre das spitze.«

»Ich bin klar dabei«, Melli umarmte mich. »Liebelein, wir

sehen uns morgen in der Schule. Und was nächsten Dienstag betrifft, gehen wir einfach davon aus, dass die Sonne scheint und es viel zu erzählen gibt.«

Ich ging über ihren Dienstags-Kommentar hinweg, drückte ihr einen Kuss auf die Wange und sagte »Bis morgen.«

19.

Den Rest der Woche kam ich nicht mehr dazu, weiter über Tom Paulsen nachzudenken. Meine Zeit war gefüllt mit dem Ausräumen von Schränken und dem Packen letzter Umzugskisten. Neben dem Umzugsstress hieß es, den normalen Alltag zu organisieren, Kinder, Schule, Mama-Fahrdienste am Nachmittag … Dazu hatten die Kinder und ich mit der Hilfe von Karen, Lena und Melli die neue Wohnung gestrichen, während Tobi und Mark es wirklich geschafft hatten, in die Kinderzimmer drei tolle Hochbetten einzubauen. Ben, Emma, Theo und ich waren in den letzten Wochen in verschiedenen Möbelhäusern gewesen und hatten uns ein tolles, neues Sofa gegönnt, aus dunkelgrünem Samt, das zusammen mit einem großen, kuscheligen Berberteppich bereits im Erkerzimmer, unserem neuen Wohnzimmer, vor der in einem abgetönten Grau gestrichenen Wand stand und auf uns wartete. Auf mich wartete ein neues Bett, das heute Nachmittag geliefert werden würde, dazu ein neuer Kleiderschrank. Alex' und meine Schlafzimmermöbel passten zu keinem Neuanfang.

Ich saß auf einer der Kisten im Flur und wartete darauf, dass es losging. Mark hatte angeboten, den großen Umzugswagen, den ich für einen Tag gemietet hatte, abzuholen und zu fahren, woraufhin mir ein Stein vom Herzen gefallen war. Ich fuhr nicht gerne Auto. In dem ganzen Chaos von Kisten, Boxen und abgeschlagenen Schränken hing ich meinen Gedanken nach. Gestern hatte Alex die Kinder abgeholt, und ich vermisste sie schrecklich. In den letzten Tagen war ich gestresst und angespannt gewesen und hatte sie oft unberechtigt angefahren. Ich war wirklich ungerecht gewesen, denn für Ben, Emma und Theo war die Situation schwieriger als für mich. Ich war gestresst wegen des Umzugs, aber ich freute mich auf den Neuanfang, war froh, von Alex geschieden zu sein und in eine neue Wohnung zu ziehen, aber die Kinder waren gezwungen, ihr Zuhause zu verlassen. Wenn es nach ihnen gegangen wäre, hätte es nie einen Neuanfang, in welche Richtung auch immer, gegeben. Alleine im engen und vollgepackten Flur nahm ich mir vor, heute und morgen ganz viel zu schaffen. Ben, Emma und Theo sollten Sonntagabend kein Chaos vorfinden, sondern eine Wohnung, die schnell ein neues Zuhause werden würde.

Es klingelte. »Das Umzugsteam meldet sich zum Arbeitseinsatz!« Vor der Tür standen Melli, Susi, Katrin, Peter und Volker, meine Kollegenumzugstruppe. Mark parkte den großen Umzugswagen gerade strategisch vor der Haustür, und Karen, Tobi und Lena wiesen ihn ein. Simon klappte die Sitze seines Kombis um. Es konnte also losgehen.

Ich kam gerade mit einem schweren Umzugskarton in den Händen aus der Haustür, als Hannes vor mir stand. »Komm, ich nehme ihn dir ab. Sorry, dass ich zu spät bin.« Ich war irritiert. »Hannes. Hallo …«

»Peter hat erzählt, dass du heute umziehst.«

»Genau!« Peter bahnte sich seinen Weg an uns vorbei. »So einen kräftigen, jungen Mann kann man doch auf jedem Umzug brauchen. Und jetzt steh nicht länger im Weg und zeig, dass du nicht nur trainiert aussiehst.« Hannes hob den Karton in den Lader, als wäre er mit Kissen und nicht mit Büchern gepackt. »So ist's richtig. Von den Kartons gibt es drinnen noch eine ganze Menge.« Peter ließ sich auf einen der Arne-Jacobsen-Esszimmerstühle fallen, die vor dem Haus darauf warteten, in den Wagen geladen zu werden.

»Aye, aye, Herr Kollege.« Hannes ging an uns vorbei ins Haus.

»So ist's recht«, kommentierte Peter, dann ergänzte er leise, »und außerdem möchte ich was zu gucken haben, wenn ich mich mit meinen fünfzig Jahren hier schon so verausgabe. Ich dachte, meine Kolleginnen haben da bestimmt auch nichts gegen.« Er zwinkerte, und ich musste lachen. Peter war ein kölsches Urgestein, vor ein paar Monaten fünfzig geworden, einfach reizend, stockschwul, und an der Schule selbst von den Schülern geliebt, die schwul als Schimpfwort benutzten.

Alle Kisten und Boxen standen gestapelt in der neuen Wohnung, fast alle Möbel waren aufgebaut und hatten ihren Platz gefunden. Wir hockten ermattet im Wohnzimmer, auf Sofa und Teppich, leere Pizzakartons auf dem Boden und ein kühles Kölsch in der Hand. Ich hatte die Erkerfenster geöffnet. Man merkte, dass die Tage länger wurden, es war kurz vor neun und noch lange nicht dunkel. Peter, Volker und Susi waren gerade gegangen. Mark und Lena brachten den Transporter zurück.

»Ist noch was zu tun oder was Schweres zu tragen, oder können wir aufbrechen und die Kinder von den Schwiegereltern abholen?«, fragte Karen in die erschöpfte Stille.

»Macht euch auf den Weg. Der Rest kann auf morgen warten. Danke für eure große Hilfe. An alle von euch.«

»Dann gehen wir jetzt auch. Ich komme morgen zum Schränkeeinräumen.« Melli und Simon waren aufgestanden.

»Und ich komme morgen Mittag und hänge dir die letzten Lampen auf.«

»Danke, Simon, das ist lieb.«

»Ich weiß nicht, wann ich das letzte Mal so erledigt war.« Katrin nahm ihre Sachen. »Aber die Wohnung ist toll, Anne.«

»Und ich kann euch sagen, dass ich mein Bett lauthals nach mir rufen höre.«

»Schlaf gut, Liebelein, und träum was Schönes. Du weißt schon, erste Nacht in der neuen Wohnung.« Melli drückte mich.

»Um schön träumen zu können, muss ich vorher nur noch das Bett zusammenbauen.«

»Ich kann bleiben und schnell helfen.«

»Danke Hannes, aber ich glaube, dass ich einfach die Matratze auspacke und das Bett bis morgen warten muss.« »Quatsch. Je besser das Bett, desto schöner die Träume. Das haben wir schnell geschafft.«

Er hatte seine Jacke wieder ausgezogen und war im Schlafzimmer verschwunden. Melli grinste breit. »Ja dann, schöne Träume«, sagte sie, drehte sich um, und folgte den anderen.

Ich schloss die Haustür hinter mir. *Viertel nach neun, Anne, das ist doch keine Uhrzeit, die falsch interpretiert werden könnte. In spätestens einer Stunde ist das Bett aufgebaut und fertig.* Doch so sehr ich mir auch einzureden versuchte, dass es für mich gar nicht komisch war, zusammen mit Hannes mein Bett zusammenzubauen, so seltsam fühlte ich mich. Während wir uns über unverfängliche Themen wie Urlaubsreisen, Kollegen und das Wetter unterhielten, wurde die Stimmung immer verfänglicher. Zwar bemühte ich mich, es nicht zu tun, aber trotzdem musste ich Hannes an meiner Seite immer wieder ansehen und an meinen wilden Traum denken, daran, wie es sich angefühlt hatte, von ihm geküsst und berührt zu werden. Hin und wieder trafen sich unsere Blicke, und ich hoffte, dass man mir nicht ansah, was als Film in meinem Kopf ablief. Seine Hände auf meinem Körper … *Anne!!!* Bett und Lattenrost waren fertig montiert. »Gibt es eigentlich noch den alten Professor Decker an der Uni?«, fragte ich und vertrieb das Bild seines nackten Oberkörpers.

»Klar. ›Ich bitte Sie darum, Ihre Gespräche einzustellen, es ist ein Gebot der Höflichkeit meinem Wissen gegenüber, dass Sie schweigen, andächtig zuhören und versuchen, so viel wie in Ihre kleinen Studierendenhirne passt, aus meiner exzellenten Vorlesung mitzunehmen.‹«

Hannes hatte den strengen Tonfall und das leichte Näseln perfekt getroffen. Ich ließ mich lauthals lachend auf die Matratze auf dem Boden fallen. »Der war damals bei mir doch schon steinalt. Eigentlich müsste der doch schon längst emeritiert sein.«

»So lange kann das bei dir aber auch noch nicht her sein«, Hannes setzte sich neben mich.

»Ist es aber.« Ich winkelte meine Ellenbogen an und richtete meinen Oberkörper auf. Auch er ließ sich nach hinten fallen und lag nun neben mir. Hannes wandte mir den Kopf zu.

»Musst du immer das letzte Wort haben?«, fragte er sanft, und unsere Blicken trafen sich. Schnell stand ich auf. »Nichts mit Ausruhen, Herr Warnke. Die Matratze gehört aufs Bett, und danach gehört Frau Hansen ins Bett.« Hätte man das auch als Aufforderung deuten können? »Und Sie an Ihren Schreibtisch. Als Lehramtsanwärter sitzt man schließlich stundenlang an seiner Unterrichtsplanung.« Was sich als nichts anderes als ein Rauswurf deuten ließ.

Hannes stand auf und gemeinsam hievten wir die große

Matratze auf mein neues Bett. Dann standen wir uns gegenüber. »Danke für deine Hilfe, Hannes«, sagte ich schließlich. Hannes beugte sich zu mir hinunter und sagte leise: »Träum schön, Anne Hansen.« Dann stupste er mit seinem Zeigefinger auf meine Nasenspitze. »Kuschel dich in dein neues Bett. Ich finde schon raus.« Er nahm seine Jacke und ging. Die Tür fiel hinter ihm ins Schloss. Ich ließ mich auf mein Bett fallen. Zu müde, um auch nur einen weiteren Gedanken daran zu verschwenden, was das in der letzten Stunde gewesen war. Ich glaube, ich schlief augenblicklich ein.

Morgens riss mich die Wohnungsklingel aus dem Schlaf. Ein Blick auf die Uhr verriet mir, dass es schon halb neun war. Ich konnte mich zwar an keinen Traum erinnern, hatte aber tief und fest und wunderbar geschlafen, und das, obwohl ich noch meine Kleidung vom Umzugstag trug und recht verknittert aussah. Am Aussehen konnte man arbeiten, am Leben nicht, das passierte einfach, irgendwie, und so nahm ich die traumlose, aber wunderbar tiefe und ruhige Nacht als ein sehr gutes Omen. Ich öffnete die Tür, und Melli, Karen und Lena strahlten mich an, mit Kaffeebechern und großer Brötchentüte. »Guten Morgen, Liebelein. Dürfen wir reinkommen, oder hast du noch Besuch?«

»Noch ein solcher Spruch, und ich lasse nur die Brötchen und den Kaffee rein.«

Die drei Damen traten amüsiert in mein Chaos. Karen guckte unauffällig auffällig in mein Schlafzimmer. »Ihr könnt ruhig gucken«, sagte ich und nahm Lena die Tüte ab, um die Brötchen auf einen Teller zu legen, den ich spontan in einer der offenen Umzugskisten im Flur entdeckt hatte, »Hannes ist um kurz nach zehn gegangen.«

»Aber warum?« Karen guckte mich groß an. »Er hat es gestern in all dem Trubel irgendwie geschafft, immer in deiner Nähe zu sein, hat Tobis Verhör ertragen und bestanden.«

»Tobis Verhör?!«, fuhr ich leicht entsetzt dazwischen. Karen guckte unschuldig: »Ja klar, als beide die Schränke in den Kinderzimmern aufgebaut haben, hat Tobi ihn in ein unverfängliches Gespräch über Kinder und …«

»Ich will den Rest gar nicht hören …«

»Warum nicht? Es war doch offensichtlich, dass du ihn auch mindestens magst. Immer wenn er in deiner Nähe war, hast du gestrahlt, und jetzt erzähl mir nicht, dass du ihm nicht den ein oder anderen Blick zugeworfen hast.« Lena war ernst.

»Mensch« – ich ließ mich auf das Sofa fallen – »so einfach ist das nicht.« Es war wirklich schön gewesen, dass Hannes da war, und klar hatte ich gemerkt, dass er immer dort aufkreuzte und etwas zu tun hatte, wo ich war. Er war aufmerksam, machte liebe Komplimente und hatte einen umwerfenden Charme. Die gar nicht so unzufälligen zufälligen Berührungen beim Bettaufbauen, sein Blick. Ich seufzte laut.

»Anne ist keine Heidi Klum und keine Madonna«, bemerkte Melli trocken und reichte mir den Kaffee, den sie noch immer in den Händen gehalten hatte.

»Ich verstehe nicht.« Lena wirkte irritiert.

»Du meinst, weil die beiden weit jüngere Techtelmechtel haben?« Karen hatte verstanden. In Arztpraxen lagen mehr Klatschzeitungen als in gut sortierten Buchhandlungen. Melli nickte bedächtig und zeigte mit dem Daumen nach oben.

»Es hat aber doch auch niemanden gestört, dass George Clooney immer viel jüngere Freundinnen gehabt hat und jetzt diese jüngere Anwältin geheiratet hat.« Das hatte Lena also doch mitbekommen.

»Aber mich stört der Altersunterschied. Irgendwie.« Ich trank einen Schluck Kaffee »Und George Clooney ist einfach George Clooney. Da stören auch niemanden die grauen Haare. Das ist sexy. Und wenn Hannes neben dem Referendariat noch ehrenwert als Menschenrechtsanwalt die Welt retten würde und aus einer reichen Familie käme, würde ich vielleicht auch ernsthaft darüber nachdenken, eine Beziehung mit ihm einzugehen.« Ich grinste, und mein Damenbesuch musste lachen. »Nein, im Ernst, ich hätte mir gestern gut vorstellen können, mit ihm in dem Bett, dass wir zusammen aufgebaut haben, zu landen. Was heißt, ich hätte es mir vorstellen können? Ich habe es mir vorgestellt. Aber das ändert nichts an der Tatsache, dass ich ein kollegiales Verhältnis zu ihm haben möchte. Vielleicht habe ich Lust auf ein Abenteuer, aber noch nicht auf eine neue Beziehung, und eine Affäre würde sich auf meinen Schulalltag auswirken und alles komplizieren. Und dann, und das ist viel wichtiger, habe ich drei Kinder, die nach all den Umbrüchen erst mal an erster Stelle stehen und sich nicht an einen jungen Mann in Boxershorts in der neuen Küche gewöhnen sollen. Und dann …« Ein breites Grinsen machte sich auf meinem Gesicht breit. »Warum sollte ich mich gleich ins erste sich bietende Abenteuer stürzen, wenn ich gar nicht weiß, was die Männerwelt alles zu bieten hat?«

»Kann ich davon ausgehen, dass du eventuell deinen nächsten Praktikumsbesuch im *Pauls* im Kopf hast?« Zugegeben, ich hatte an Tom Paulsen gedacht.

»Ich hätte jetzt gerne, dass mir jemand diesen Zusammenhang erklärt. Ich kriege die Kurve nicht vom *Pauls* als Annes ›Ich setze nie wieder meinen Fuß über diese Türschwelle-Lokal bis zu dem, worüber ihr davor gesprochen habt.« Karen kniff angestrengt die Augen zusammen.

Melli sah mich an, und da ich keinerlei Anstalten machte, Karen und Lena beim Herstellen der Verbindung behilflich zu sein, übernahm sie den Lotsenjob selbstredend. »Annes *Pauls*-Phobie ist geheilt, spontan. Liegt an Tom Paulsen, dem Chef.«

»Und weiter?« Lena und Karen sahen mich fordernd an.

»Also gut, aber so ein großes Ding ist das gar nicht. Ich habe meinen Schüler Mert im Praktikum besucht, und Tom Paulsen und ich haben ein bisschen geflirtet.«

Karen hob eine Augenbraun. »Ich kenne Tom Paulsen vom letzten Ärztekongress, wo er das Catering übernommen hatte. Der ist ganz schön heiß.«

»Und flirten gehört bei ihm bestimmt zu seiner Jobinterpretation. Der charmante Gastronom, ihr wisst schon«, versuchte ich den Ball, der wild durch das Wohnzimmer sprang, flachzuhalten.

»Aber du warst doch gar kein Gast und hast auch nicht bei ihm gegessen. Was also soll seine Motivation gewesen sein, außer, dass du ihm gefallen hast und er mit dir flirten wollte?« So ordnete Lena ihre Sicht der Dinge, und Karen pflichtete ihr bei. »Er war auf dem Ärztekongress schon sehr charmant und hat einen geistreichen Humor, aber flirten ist dann doch noch einmal eine Stufe drauf.«

Hatte Tom Paulsen denn wirklich mit mir geflirtet? Oder war er einfach nur charmant, humorvoll und schlagfertig gewesen? Ich war mir auf einmal gar nicht mehr richtig sicher und wollte auch nicht länger über dieses Thema reden. »Mädels«, sagte ich und stand auf, »wenn wir nicht langsam anfangen, auf- und einzuräumen, kommen Ben, Emma und Theo hier heute Abend mitten im Chaos an.«

»Na, dann los.« Melli hatte den ersten Karton geöffnet. »Machen wir's hier wohnlich.«

Die Kinderzimmer waren fertig eingerichtet. An den Wänden fehlten noch Poster und Bilder, aber ich war mir sicher, dass die Kinder selbst bestimmen wollten, wo alles aufgehängt werden sollte. Auch im Rest der Wohnung hatte sich das Chaos gelichtet, und es sah langsam wohnlich aus. Willi war hochgekommen, hatte mich, Brot und Salz in der Hand, willkommen geheißen und seine Hilfe angeboten. Sein Werk waren die wunderbar einsortierten Bücher in der Regalwand im Wohnzimmer. Simon hatte die Lampen aufgehängt, und ich war verliebt in die wunderschöne Bauhaus-Lampe, die nun endlich im Wohnzimmer einen Platz gefunden hatte, der nicht besser hätte passen können.

Nun waren alle Helfer in ihren verdienten Feierabend verschwunden. Ich hatte gerade leere Umzugskartons in den Keller gebracht, saß erschöpft in meiner neuen Küche am großen, alten Tisch, der einfach perfekt in den Raum passte, und gönnte mir eine kalte Limo, als es klingelte. Sechs Uhr. Alex hatte angerufen. Er stand mit den Kindern im Stau, dass sie nicht vor halb sieben ankommen würden.

»Hallo, ich bin Jessi. Ich dachte mir, ich sage mal Hallo. Ich wohne ganz oben.«

Vor meiner Tür stand Jennifer Lopez in Jung und schenkte mir ihr strahlendstes Lächeln.

»Hallo, Jessi. Das ist ja lieb. Ich bin Anne.« Barfuß, in Jogginghose, weitem T-Shirt und mit wildem Haar konnte ich kein gegensätzlicheres Bild abgeben. Wir gaben uns die Hand. Ihre war perfekt manikürt, meine hatte während der Umzugsstrapazen gelitten.

»Du bist gestern eingezogen?«, fragte sie interessiert und zeigte auf ihren Rollkoffer. »Ich war auf einem Dreh in Paris und bin gerade erst nach Hause gekommen.« Sie hatte es lässig gesagt, aber die Worte »Dreh« und »Paris« bewusst betont. Ich nickte und widerstand dem Impuls nachzufragen, was genau sie denn in Paris gedreht hatte, sie antwortete auch so: »Ich bin Schauspielerin und habe eine Rolle in der Serie *WG Herzklopfen*. Läuft auf RTL.«

Jennifer, quatsch, Jessi schmiss ihre langen, seidig glänzenden Haare gekonnt über die Schulter und sah mich erwartungsvoll an. Was erwartete sie? Dass ich sie jetzt um ein Autogramm bat? Ich kannte die Serie nicht und hatte, ehrlich gesagt, auch noch nie davon gehört.

»Das klingt spannend. Ich bin Lehrerin.«

Jessis große, dunkelbraune Augen weiteten sich: »Dann versprich mir bitte, dass du deinen Schülern nicht sagst, dass wir in einem Haus wohnen.« Mein Gesicht? Ein Fragezeichen. Sie lächelte zuckersüß. »Ich mag meine Fans sehr, sehr gerne, aber nicht vor meiner Haustür.«

Nun mal langsam, sie war Jessi und nicht Jennifer Lopez, bei der ich es verstanden hätte. Außerdem trug ich weder meine Adresse noch Fotos meiner Nachbarn auf ein T-Shirt gedruckt zur Schule.

»Warum sollte ich?« Meine Frage klang möglicherweise genervt.

Jessi atmete erleichtert auf und fuhr vertraulich fort, »Fanpost, Selfies und Autogramme sind natürlich vollkommen in Ordnung, wenn ich in der Öffentlichkeit unterwegs bin. Aber meine Privatsphäre ist mir unheimlich wichtig.«

Und ich wollte meine Privatsphäre jetzt gerne auch wiederhaben. Ich setzte eine verständnisvolle Miene auf und nickte langsam. Verständnisvoll lächeln während ich eigentlich fassungslos war, beherrschte ich als Lehrerin perfekt. Darin hatte ich Übung. In dem Moment klingelte es, und ich drückte auf den Einlassknopf. Ben, Emma und Theo stürmten die Treppe nach oben, würdigten Jessi keines Blicks und fielen mir um den Hals.

»Papa hat das, was wir im Stau verloren haben, fast wieder aufgeholt!«, tönte Theo.

»Ich geh dann mal nach oben. Koffer auspacken, Badewasser einlaufen und Text lernen. Wir sehen uns bestimmt. Einen schönen Abend noch.«

Jessi nahm ihren Koffer und stolzierte mit wackelndem Po nach oben.

»Dir ebenso, und sehr nett, dich kennengelernt zu haben«, rief ich meiner Nachbarin aus dem Dachgeschoss hinterher, immer noch leicht fassungslos.

Alex stand beladen mit den Kindertaschen am oberen Treppenansatz. »Kann ich reinkommen?« Ich nickte. Die Kinder waren schon in der Wohnung verschwunden und nahmen sie ein. Ben zog Alex in sein Zimmer, dann bestand Theo lautstark darauf, dass er sich sein Zimmer ansah, und am Ende gab ihm Emma eine Wohnungsführung, angefangen in ihrem Zimmer. Ich wartete in der Küche. Schließlich kam er zu mir und setzte sich an den Tisch. »Eine wirklich schöne Wohnung. Erst gestern eingezogen, und man merkt schon deine Handschrift.« Er strich über den Tisch. »In unserem Haus hat er eher eingepfercht gewirkt, hier kommt er toll zur Geltung. Auch dein altes Büfett.« Er machte eine Pause. »Es ist komisch, dass ihr vier jetzt hier und nicht mehr in unserem Haus lebt.«

»Alex, uns gibt es nicht mehr. Und das liegt nicht an mir.« Ich lehnte mich nach hinten, zu kaputt, um mehr zu sagen.

Alex wurde wieder sachlich, »Mittwoch kommt der Entrümpler, wie wir es besprochen haben. Mein Kollege schaut am Dienstag vorbei und überlegt, welche Möbel er gerne behalten möchte. Wenn in dem Haus noch irgendwas ist, das du hierhaben möchtest, müsstest du es morgen holen. Ich nehme morgen auch meine Sachen mit.«

»Ich habe alles, was ich mitnehmen wollte, hier.« Wir schwiegen. »Wann ziehst du nach London?«

»In zwei Wochen. Ich würde die Kinder gerne fragen, ob sie an dem Wochenende, an dem deine Mutter ihren Geburtstag feiert, nach London kommen möchten. Bis dahin sollten wir mit dem Umzug und der Wohnungseinrichtung fertig sein. An dem Wochenende wären sie laut Plan eh bei mir. Und in den Sommerferien werde ich drei Wochen Urlaub nehmen, den ich gerne mit ihnen verbringen würde. Zwei Wochen Vater-Kind-Urlaub und eine Woche in London. Ist das für dich in Ordnung?«

»London heißt Naomi?« Er nickte. Ich stand auf und holte zwei Flaschen Kölsch aus dem Kühlschrank. »Gut«, sagte ich und reichte ihm eine.

Ich lag mit den Kindern zusammen in Emmas Hochbett und hatte gerade das Buch, aus dem ich vorgelesen hatte, zugeklappt. »Papa hat uns gefragt, ob wir ihn in London besuchen wollen«, sagte Ben in die Stille.

»Und ob wir seine Freundin kennenlernen möchten.« Emma klang ganz leise. Meine drei Kinder sahen mich skeptisch an.

»Na klar wollt ihr das. Er ist euer Papa.«

»Und was ist mit dir?«

»Ich bin eure Mama.« Ich nahm alle drei fest in den Arm. »Hört mal, dass Papa in London wohnen wird und eine neue Freundin hat, mit der er ein Baby bekommt, das ändert nichts daran, dass er euer Papa ist und ich eure Mama bin. Und ich komme schon damit klar, auch wenn das mit der Freundin und dem Baby nicht so leicht für mich ist und ich darum auch ärgerlich auf Papa bin. Aber das betrifft nur Papa und mich. Und das hat nichts mit euch zu tun. Und das wird schon!«

»Ich glaube, ich habe ein bisschen Angst vor London«, flüsterte Emma.

»Das verstehe ich, aber ihr seid zu dritt, und ihr habt Papa. Und ich warte hier auf euch und hole euch freudestrahlend am Flughafen wieder ab. Und hey, wie cool ist das denn, über das Wochenende zum Papa zu fliegen?«

»Ich hätte ihn lieber hier!«, stellte Theo fest. Ich strich ihm eine widerspenstige Strähne aus der Stirn und gab ihm einen Kuss auf den Kopf. »Theo-Bär, es wird leider nicht mehr so sein wie früher. Aber ich verspreche dir, dass Papa und ich uns nicht streiten und uns gut verstehen und dass es immer Momente geben wird, in denen wir alle zusammen sein werden.«

Theo seufzte, und mir zerriss es das Herz. Eine Weile lagen wir still nebeneinander.

»Mama«, sagte Ben schließlich in die Stille, »ich finde es hier gemütlich.«

»Ich auch«, pflichteten seine Geschwister ihm bei.

»Und ich auch. So, und jetzt wird geschlafen. Morgen ist Schule.« Ich machte mich daran, aus dem Bett zu klettern. Ben, Emma und Theo machten sich überraschenderweise ohne zu murren bettfein und kletterten in ihre neuen Betten. »Wisst ihr, dass das, was man in der ersten Nacht in einer neuen Wohnung träumt, in Erfüllung geht?«, erzählte ich ihnen beim Gute-Nacht-Kuss.

»Aber ich glaube, ich bin viel zu aufgeregt zum Einschlafen«, Emma.

»Dann schlafe ich jetzt schnell ein, dass ich viele schöne Dinge träumen kann. Vielleicht, dass ich tolle neue *Star Wars*-Karten bekomme«, Theo.

»Ich glaube nicht an so was«, Ben.

Am Ende waren alle drei in null Komma nichts friedlich eingeschlafen.

20.

Dienstag, früher Nachmittag, es regnete in Strömen, und ich ärgerte mich über mich selbst. Der Wetterbericht hatte Regen angesagt, aber heute Morgen war es sommerlich warm gewesen, und die Sonne hatte nur so gestrahlt, dass ich mich für ein luftiges Kleid entschieden hatte. Ich hatte mich beschwingt gefühlt; wir waren heute Morgen gut aus dem Haus und in die Schule gekommen, meine Haare hatten mit dem Aufstehen wunderbar gelegen und mussten nicht in einem Pferdeschwanz gebändigt werden, ich hatte sogar Zeit gehabt, mich in Ruhe fertig zu machen und mir nicht nur schnell die Wimpern zu tuschen. Die Unterrichtsstunden waren ruhig und gut gelaufen. Hannes war in dieser Woche mit der 7a auf Klassenfahrt, so dass keine Gefahr bestanden hatte, ihm über den Weg zu laufen. Ich hatte mit Melli, Volker und Katrin gemütlich im Lehrerzimmer einen Kaffee getrunken, hatte zwar gesehen, dass der Himmel sich verfinstert hatte, als ich von der Schule aus zur Praktikumsbesuchstour aufgebrochen war, aber nicht geglaubt, dass es anfangen würde zu regnen. In Köln war es so oft grau. Ich hatte mich getäuscht. Kurz vorm *Pauls* kam der Wetterumschwung. Die Temperatur war plötzlich gefallen, und der Platzregen hatte losgelegt, so dass ich, dort angekommen, schnell mein Rad ankettete und mich ins Lokal rettete. Ich war pudelnass, bis auf die Unterwäsche. Meine Haare klebten an meinem Gesicht, mein Kleid klebte an meinem Körper, und ich fror. Ich sah mich im großen Spiegel, der über der Bar hing. Wimperntusche und Lidstrich waren verlaufen, ich sah aus wie ein Zombie, dazu verheimlichte der dünne, nasse Stoff nichts und ließ meine Unterwäsche durchscheinen. *Anne, du kannst doch so keinen Praktikumsbesuch machen, geschweige denn jemandem unter die Augen treten, schon gar nicht Tom Paulsen.* Vielleicht konnte ich mich einfach im Hauseingang nebenan unterstellen, im Restaurant anrufen und sagen, dass meine Straßenbahn feststecken und ich mich verspäten würde? Das war ein Plan. In der Zeit könnte ich nach Hause fahren, mich abtrocknen und umziehen und mit der Bahn wieder hierherfahren. Oder ich legte den Termin auf einen anderen Tag. So, wie ich jetzt aussah, wollte ich Tom Paulsen jedenfalls nicht begegnen. Ich drehte mich um und machte einen Schritt in Richtung Ausgang, aber es war zu spät. Die Tür zur Küche sprang schwungvoll auf.

»Da hab ich doch richtig ge…« Tom Paulsen stand vor mir. Okay, ich brauchte einen neuen Plan. Sein Begrüßungslächeln veränderte sich recht schnell in ein breites Grinsen: »Sie sind in den Platzregen geraten?«

»Nein, ich habe gleich noch ein Casting als Wasserleiche für den nächsten Köln-Tatort.«

Tom Paulsen brach in ein lautes, warmes Lachen aus, das den Raum angenehm ausfüllte, und auch ich musste kopfschüttelnd lächeln, obwohl mir die Situation recht unangenehm war. Er musterte mich von oben bis unten, und mir wurde erneut bewusst, wie mein Kleid an mir klebte und dass meine Unterwäsche durchschien. »Gute Chancen auf die Rolle haben Sie.«

»Und ich hatte Sie als charmant in Erinnerung.«

»Dann muss ich schnell wieder am Image feilen. Warten Sie,

ich hole Ihnen ein Handtuch«, und verschwunden war er. Ich ging zur Bar und setzte mich auf einen der schweren Barhocker, dann sah ich, dass ich mit jedem meiner Schritte kleine Pfützen auf den Fliesen hinterlassen hatte und stand lieber wieder auf.

»Voilà, Madame.« Er war zurück und legte von hinten ein großes, weißes Handtuch um mich, dabei umschlossen mich kurz seine Arme, und ich konnte sein Aftershave riechen. »Vielen Dank.« Ich fing mich. »Was macht Mert? Läuft es weiterhin so gut mit ihm?«

Tom Paulsen setzte sich auf einen der Barhocker, und ich setzte mich, in das Handtuch gewickelt, neben ihn. »Ich bin nach wie vor begeistert. Mert hat eine Leidenschaft fürs Kochen und macht alles, was ihm aufgetragen wird, zu meiner vollsten Zufriedenheit. In den Sommerferien möchte er ein weiteres Praktikum bei uns machen, und wenn alles gut läuft, würde ich mich freuen, wenn er eine Ausbildung bei uns anfangen würde.«

»Mensch, Herr Paulsen, das freut mich so!« Ich strahlte ihn an, stand auf und gab dem Impuls nach, ihn vor Begeisterung zu umarmen. Im letzten Moment rettete ich mich und die Situation, und aus der angedachten Umarmung wurde ein ungelenker Stups gegen seine Schulter. Wobei es vielleicht eine angemessene Frage war, ob ich die Situation damit wirklich gerettet oder eher noch verschlimmert hatte. Er schien amüsiert. Na toll, amüsieren hatte ich ihn heute nicht wollen. Ich hatte da ansetzen wollen, wo wir letzten Dienstag aufgehört hatten. Und nun stand ich pitschepatschenass vor ihm, mit zerlaufener Schminke und wildem Haar und stupfte ihm gegen die Schulter … Ich fröstelte.

»Ihnen ist kalt.«

»Ein wenig, aber das ist nicht so wild.«

»Nicht, dass Sie sich erkälten. Kommen Sie mit, ich finde in meinem Büro bestimmt ein paar trockene Sachen, und dann können Sie sich in meinem kleinen Bad frisch machen. Auf die Idee hätte ich auch früher kommen können.« Er war schon durch die Küchentür verschwunden. Ich trottete ihm hinterher, kleine Pfützen hinterlassend.

In der Küche waren alle konzentriert bei der Arbeit, Mert war der Einzige, der kurz hochguckte und mich irritiert ansah. Ich versuchte ein Lächeln, das verbergen sollte, wie peinlich es mir war, hob den Daumen und marschierte hinter Tom Paulsen durch eine weitere Tür.

»Mein Büro.« Wir standen in einem kleinen, kargen Raum mit Regalen voller Ordnern, einem Metallspind und einem großen Schreibtisch, auf dem ein Laptop stand. Ich wusste nicht, wie ich mir Tom Paulsens Büro vorgestellt hatte, vor allem, weil ich bisher gar nichts von einem Büro gewusst hatte, aber ich war überrascht, wie nüchtern der Raum wirkte, wo der Rest des Restaurants so bedacht und einladend eingerichtet war. Er schien meinen Blick richtig gedeutet zu haben: »Ich bin lieber in der Küche und im Lokal als hier, was man vielleicht sieht. Leider besteht mein Job nicht nur aus dem Entwickeln neuer Rezepte und deren Zubereitung, sondern auch aus Rechnungen, Ablage und langweiliger Büroarbeit.« Er öffnete den Spind und gab mir eine weiße Hose und eine weiße Kochjacke. »Viel zu groß, aber trockener als Ihre nassen Sachen. Hier geht's ins Bad.« Er öffnete die Tür neben dem Spind. Ich musste mich an ihm vorbeizwängen, um in das Bad zu kommen, »Danke.« Sein durchdringender Blick ruhte auf mir, und mein Herz pochte schneller als sonst.

»Sie geben wirklich eine überzeugende Wasserleiche ab.«

Tom Paulsen grinste und sah dabei einfach unverschämt gut aus.

»Ich hatte Sie in der letzten Woche schon als charmebefreit abgespeichert. Schön, dass Sie sich in dieser Woche erneut so viel Mühe geben, einen guten Eindruck zu hinterlassen«, erwiderte ich. Was er konnte, konnte ich schon lange, zumindest was unverschämte Bemerkungen betraf; dass ich gerade nicht unverschämt gut aussah, war mir klar.

»Sagten Sie nicht, Sie hätten mich als charmant in Erinnerung?«

»Ich wollte höflich sein.«

»Na, dann habe ich zumindest einen bleibenden Eindruck bei Ihnen hinterlassen.« Noch immer grinsend schloss er die Tür. Ich atmete tief ein und aus und versuchte, mich zu sammeln. Mein Blick fiel in den Spiegel. Die verlaufene Wimperntusche und der aufgelöste Lidstrich waren inzwischen bröckelnd getrocknet, meine Haare kringelten sich wild und hingen in meinem Gesicht, das Kleid klebte unangenehm an meinem Körper. Ich musste es Tom Paulsen hoch anrechnen, dass er nicht in lautes Lachen ausgebrochen war, als er mich in seinem Lokal entdeckt hatte. Ich rubbelte meine Haare trocken, versuchte sie mit meinen Händen zu bändigen, wusch mein Gesicht, zog meine nasse Kleidung aus und schlüpfte in die viel zu große Hose und die ebenso große Kochjacke. War Tom Paulsen bisher nicht in ein lautes Lachen ausgebrochen, würde ihm und der gesamten Belegschaft jetzt nichts anderes mehr übrigbleiben. Ich versank förmlich in den Sachen und musste mir die Hose halten, damit sie nicht rutschte. Vielleicht sollte ich doch wieder mein nasses Kleid anziehen? Aber das wäre irgendwie unhöflich, schließlich hatte er es gut gemeint, und ich hatte sein Angebot angenommen. Meine Mutter würde: »Da musst du durch«, sagen. Ich seufzte. So hatte ich mir meinen Praktikumsbesuch nicht vorgestellt. Ich hatte hübsch aussehen, mich gut fühlen und lässig flirten wollen, stattdessen wurde ich als Wasserleiche angespült und sah jetzt aus, als wäre ich als schlecht zurechtgemachte Küchenhilfe in übergroßen Klamotten auf dem Weg zur Karnevalssitzung des Gastronomie-Verbandes. Doch was sollte es. Ich konnte nicht ewig im Bad bleiben und heimlich an dem Handtuch riechen, das an der Dusche hing und nach Tom Paulsen roch, was ich schon zweimal gemacht hatte, oder den Spiegelschrank öffnen und darüber nachdenken, sein Aftershave in die Luft zu sprühen. Ich sah nicht nur so aus wie ein Psycho, allem Anschein nach fing ich an, mich ebenso zu benehmen. Beherzt krempelte ich zumindest die Beine hoch, so dass ich nicht stolperte, nahm meine nassen Sachen und ging durch die Tür zurück ins Büro, das leer war. Als ich die Türklinke zur Küche drückte, öffnete sich die Tür, und Tom Paulsen stand vor mir. Ich machte einen Schritt zurück. Er trat ein und schloss die Tür.

»Sie können ruhig anfangen zu lachen. Ich weiß, ich sehe aus, als steckte ich in einem missglückten Karnevalskostüm.«

Er grinste nicht, was mich irritierte und unsicher machte. »Ich würde Sie sofort einstellen.« Noch immer konnte ich seinen Blick nicht deuten.

»Nicht nur, dass ich in der Küche komplett unbegabt bin«, begann ich und hörte mich weitersagen, »beim Karneval würde ich so, wie ich gerade aussehe, noch nicht einmal die ganz, ganz, ganz Angeschickerten abbekommen.« Und *wie* ich jetzt hoffte, es nicht gesagt zu haben.

Er kam einen Schritt näher. »Die ganz, ganz, ganz Angeschickerten nimmt man am besten eh nicht.« Er öffnete seinen Gürtel, und ich musste schlucken. Mein Hals wurde trocken.

Was wurde das jetzt? Er ließ mich nicht aus den Augen, als er den Gürtel aus seiner Hose zog. Dann war es wieder da, das lässige Grinsen, als er mir den Gürtel reichte. »Hier, damit wird die Hose halten.« *Anne, du bist so doof!* »Kommen Sie, Mert wartet.«

Ich hatte eine Weile neben Mert gestanden und ihm bei der Arbeit zugesehen. Er war ganz bei sich und strahlte eine Ruhe aus, wie ich es gar nicht an ihm kannte. Er war glücklich und sehr stolz, eine Chance auf einen Ausbildungsplatz im *Pauls* zu haben. »Richtig Lust auf Schule am Montag habe ich nicht«, sagte er, »ich würde lieber gleich hierbleiben.«

»Das glaube ich dir, aber jetzt weißt du, wofür du zur Schule gehst. Du hast ein Ziel.«

»Ein Schuljahr ist so lang.«

»Das zehnte Schuljahr wird nur so dahinrasen. Glaub einer alten, weisen Frau.«

Mert musste lachen. »Als ob Sie schon als alterweise durchgehen. Gerade heute, wo Sie so lustig aussehen.«

»Sagt man so etwas zu seiner Lehrerin?« Ich tat pikiert.

»Wo er recht hat …« Tom Paulsen gesellte sich zu uns.

»Was soll ich denn nun davon halten? Da kämpfe ich mich heldenhaft durch den Regen hierher, und dann werden Witze über mich gemacht?«

»Na, dann kommen Sie mal, Sie Heldin, ich gebe Ihnen einen Espresso aus, und mit dem Herrn werde ich in den letzten Praktikumstagen noch über den richtigen Umgang mit Vorgesetzten sprechen.«

»Aye, aye, Chef!« Mert salutierte und widmete sich wieder seiner Arbeit.

Tom Paulsen und ich waren wieder im Lokal. Wie vor einer Woche: Er kümmerte sich um den Espresso, ich saß auf einem der Barhocker und sah ihm dabei zu. »Wie Sie das mit dem Salutieren geschafft haben, müssen Sie mir verraten, das stelle ich mir in der Schule sehr nützlich vor.« »Als ob Sie nicht jeden Trick raushätten.« Er drehte sich um. »Mert mag Sie sehr gerne. Ich erlebe es selten, dass Praktikanten oder Azubis so gut über ihre Lehrer sprechen.«

»Danke. Ich bin einfach gerne Lehrerin.«

»Und das merkt man.«

Er reichte mir meinen Espresso. In der letzten Woche hatten sich unsere Finger dabei leicht berührt. Er lehnte sich nach hinten gegen die Bar und verschränkte die Arme vor der Brust. Sein Blick ruhte auf mir. »Und was machen Sie, wenn Sie nicht Lehrerin sind oder sich als Wasserleiche beim Fernsehen bewerben?«

Ich bin gerade geschieden, habe drei Kinder und neben der Neuordnung meines Lebens, dem Job und meinen Kindern keine Zeit für aufregende Hobbys. »Ich gedenke, dieses Geheimnis mit in mein kaltes, nasses Grab zu nehmen.« Ich hatte ein kleines schlechtes Gewissen gegenüber Ben, Emma und Theo, weil ich sie verschwieg.

»Das heißt, ich habe keine Chance, mehr über Sie zu erfahren?«

»Oh, Sie wissen doch schon eine Menge«, erwiderte ich. »Mehr weiß ich auch nicht über Sie. Und Fremden gegenüber sollte man vorsichtig sein.«

Er lehnte sich nach vorne über den Bartresen. »Dann meinen Sie, dass ich gefährlich bin?«

»Wer sagt denn, dass ich von Ihnen gesprochen habe?«

»Chef!« Die Küchentür sprang auf, und ich zuckte unmerklich zurück. »Der Weinlieferant ist da, am Hintereingang. Er braucht Ihre Unterschrift.«

»Ich bin gleich wieder zurück.«

Ich war alleine im großen Raum und wunderte mich über mich selbst. Selbst ramponiert in einem unglücklichen Karnevalskostüm konnte ich nicht anders, als mit Tom Paulsen zu flirten. Ich sah durch die großen Fenster nach draußen. Es hatte aufgehört zu regnen, alles war aber noch immer Grau in Grau. Dann sah ich mein Spiegelbild in der Scheibe und kam mir mehr als albern vor, wegen meines ramponierten Äußeren, des unglücklichen Karnevalskostüms und meiner Flirtversuche. *Was machst du hier eigentlich? Flirten? In diesem Aufzug? Anne, ich bitte dich!* Es war Zeit, mich zu sammeln. Eigentlich hatte ich noch einen weiteren Besuchstermin bei Sharin und Ayla im Altenheim. So konnte und wollte ich sie nicht besuchen. Es reichte, dass ich mich gleich aufs Rad setzen und in diesem Aufzug nach Hause fahren würde. Ich holte mein Handy aus der Tasche, rief im Altenheim an und verschob den Besuch. Ich war gerade fertig, als Tom Paulsen zurückkam. Ich stand auf. »Ich muss los«, sagte ich sachlich und streckte ihm die Hand entgegen. »Vielen Dank, dass Sie Mert nicht nur die Chance gegeben haben, zu zeigen, was er kann, sondern dass er auch die Chance auf seinen Traumausbildungsplatz hat.«

»Ich freue mich immer über gute und begeisterte Praktikanten«, entgegnete er.

Ich sah an mir hinunter. »Ich werde Ihnen die Kleidung gewaschen zurückbringen. Danke, dass ich nicht als Wasserleiche nach Hause radeln muss, sondern nur als weißer Clown.«

Er lächelte und nickte. »Und dann spricht ja auch nichts mehr gegen meine Einladung auf ein Glas Crémant. Sie haben jetzt keine Ausrede mehr, Frau Hansen.«

Ich verfing mich in seinen klaren Augen, die auf mich gerichtet waren. Sein Blick war durchdringend, und bei der Vorstellung, ihn wiederzusehen, hatte ich erneut das Gefühl bunt blubbernden Brausepulvers in mir.

»Chef? Können Sie mal kommen?« Wieder steckte jemand seinen Kopf aus der Küchentür.

»Ist schon gut. Ich finde alleine hinaus«, sagte ich rasch. »Bis bald.«

»Tschüss, Frau Hansen. Bis bald.«

Ich war aus der Tür, ein breites Lächeln auf meinem Gesicht. Ein Passant musterte mich irritiert, was mein Lächeln nur noch breiter wachsen ließ. Ich würde Hose und Jacke zurückbringen und mich auf ein Glas Crémant einladen lassen, aber trocken, nicht im Karnevalskostüm, mit Zeit und ganz so, wie ich es mir ausgemalt hatte.

21.

Zu Mellis großer Freude riss der Himmel am Abend pünktlich zum Lauftreff auf, und die Sonne kam raus, so dass einem ausführlichen Interview über meinen Praktikumsbesuch im *Pauls* nichts im Wege stand.

Wir kamen nicht weit, denn Melli rollte sich vor Lachen eher durch den Grüngürtel, als dass sie lief.

»Ach Melli, nun komm, das ist gemein. So lustig ist das nun auch wieder nicht.« Aber ihr Lachen war ansteckend.

»Ne, Anne, die Bilder in meinem Kopf sind zu schön. Erst du als Wasserleiche und dann als Karnevalswitz, der an Paulsens Handtuch riecht.« Ich wusste, dass es manchmal besser war, seiner besten Freundin nicht alle Details zu erzählen. Eben war es mir leider entfallen, und so ertrug ich nicht nur Mellis herzhafte Lach-Flashs, sondern auch die Blicke der Menschen, die uns entgegenkamen. Endlich erreichten wir den Aachener Weiher, wo viele aus der Gruppe sich schon auf den Heimweg gemacht hatten und nur noch ein paar unserer Lauftreff-Frauen ihre Dehnübungen machten.

»Ihr zwei scheint heute ja ganz besonders Spaß zu haben. Wir haben Melli von Weitem lachen hören«, rief uns die rundliche, aber fitte Annette zu, die sich vorgenommen hatte, in diesem Herbst den Köln-Marathon mitzulaufen. »Ich will mir beweisen, dass ich das auch noch mit fünfzig schaffe«, hatte sie vor ein paar Wochen entschlossen verkündet und seitdem erstaunlich angezogen. In den letzten zwei Wochen hatten Melli und ich ihr teilweise neidisch hinterhergeblickt und uns gefragt, ob wir irgendwann auch den dringenden Drang verspüren würden, einen Marathon laufen zu wollen. Das Laufen fiel uns inzwischen immerhin leichter und machte sogar ein bisschen Spaß, aber von dem Wunsch nach sportlichen Höchstleistungen waren wir nach wie vor weit entfernt. »Leider passen wir vom Tempo nicht in deinen Trainingsplan. Hinter dir kommt man ja gar nicht mehr her«, sagte Melli lachend. »Aber vielleicht passt ja ein isotonisches Abschlussgetränk in deine Abendplanung?«

»Nächste Woche gerne«, antwortete Annette, »heute muss ich los.« Annette schwang sich auf ihr Rad, und ich war froh, dass mein Nachmittag nicht noch jemanden vor lauter Spaß zum fröhlichen Weinen bringen würde.

Jede ein alkoholfreies Weizen vor uns saßen wir in der warmen Abendsonne. »Da vergisst man glatt, wie stark es heute Nachmittag geregnet hat.« Als Kommentar rollte ich mit den Augen. Melli lehnte sich nach vorne und wurde ernster. »Und wann bringst du seine Sachen zurück?«

»Vor Dienstag schaffe ich es nicht. Vormittags stehen die restlichen Praktikumsbesuche an, ich habe Unterricht, morgen Nachmittag werde ich mal wieder von meiner Mutter heimgesucht, Donnerstag muss ich abends in die Grundschule, weil ich mich habe bereitschlagen lassen, bei der Organisation des Schulfests zu helfen, Freitag habe ich den Kindern versprochen, ins Kino zu gehen, dann ist das Wochenende, und Ben, Emma und Theo würden mehr als schräg gucken, wenn ich mich hergerichtet für eine kleine Weile verabschieden würde. Und Montag ist Ruhetag im *Pauls.*«

»Klingt nach vollem Programm.«

»Willkommen in meinem Leben. Und ich kann dir gar nicht sagen, wie wenig Lust ich habe auf Margarethe Frey und ihren unbändigen Drang, alles an mir und in meinem Leben zu kommentieren oder mir all die Super-Mamas und die Geschichten aus ihren Bilderbuchfamilien vorzuhalten.« »Scheiße, sind schon wieder zwei Wochen rum? Ich habe morgen zwei Elterngespräche, sonst würde ich glatt vorbeikommen.«

»Das ist lieb, aber ich werde sie heldenhaft selbst ertragen.«

»Dann eben am Dienstag.«

»Was eben am Dienstag?«

Melli sah mich fassungslos an. »Na, das *Pauls*.«

Die Gedanken an meine Mutter und das Orga-Treffen in Theos Schule hatten mich glatt vergessen lassen, dass es für mich einen Grund gab, möglichst bald wieder in das Restaurant zu gehen, in das ich vor ein paar Wochen partout keinen Fuß mehr setzen wollte.

»Ich fahre einfach schnell nach der Schule vorbei und bringe ihm seine Sachen«, sagte ich möglichst beiläufig, wohl wissend, dass es das »einfach« gar nicht gab.

»Und du hast natürlich ein Auge auf den Wetterbericht.«

»In der Tat. Ein Auftritt als Wasserleiche reicht.«

»Wobei du bestimmt eine hinreißende Wasserleiche gewesen bist.« Beide mussten wir lachen.

22.

Dass die restliche Woche runder gelaufen wäre, wäre eine Lüge. Mittwoch der Besuch meiner Mutter – »Ich sehe ja, dass du es dir hier schön machen möchtest, aber im Vergleich zu eurem Haus …«, »Ach, Kind, jetzt bist du also geschieden, mit Mitte dreißig und drei Kindern … Möchtest du mit Albert und mir einmal zu unserem Tanztee gehen? Daran nehmen auch jüngere alleinstehende und sehr gut situierte Männer teil. Vorher müsste ich dir aber einen Termin bei meiner Kosmetikerin ausmachen. Sie kann Wunder bewirken …«

Heute hatte Leonie, unsere langjährige Babysitterin, abgesagt, weil sie mit Sommergrippe im Bett lag. Ich hatte so schnell keinen Ersatz gefunden und überlegt, ob das nicht ein gutes Zeichen in meine Richtung war, denn unter diesen Umständen würde ich nicht am Schulfest-Orga-Treffen teilnehmen können. Aber dann hatten Theos große Augen mich angesehen. »Mama, Cornelius gibt so damit an, dass seine Mama alles am besten organieren kann. Ich habe ihm gesagt, dass das nicht stimmt und du das viel besser kannst. Bitte Mama, wenn Cornelius' Mama das organiert, gibt es wieder nur so komisches Essen, und Ben und Emma haben erzählt, dass es auf ihrem Schulfest eine Schokokuss-Maschine gegeben hat …« Also hatte die Mama die Kinder, nachdem sie mehrfach versichert hatten, groß genug zu sein und keinen Quatsch zu machen, alleine zu Hause gelassen, sich auf den Weg in die Grundschule gemacht, »mitorganiert« und die Schokokuss-Wurfmaschine durchgesetzt. Die Planung stand, die Aufgaben waren verteilt, das Treffen war vorbei, und ich wollte schnell nach Hause.

»Ach Anne, es tut mir ja so leid.« Cordula Sambets großen Augen sahen mich voller Mitleid an. »Babett hat es mir erzählt, als wir uns zufällig bei unserer Kosmetikerin getroffen haben.« Noch so eine Traumtochter meiner Mutter. Gekonnt gestylt von den Füßen bis zu den Haarspitzen, eine enge, helle Stoffhose, die ihren beneidenswerten Po betonte, eine lachsfarbene Seidenbluse, Perlenohrringe und Perlenkette, dunkelbraunes, langes glänzendes Haar, das schwungvoll ins professionell gepflegte und perfekt geschminkte Gesicht fiel, ein Mann, der irgendwas bei der Deutschen Bank machte und eine Menge Geld verdiente, jedoch zu wenig, als dass seine Frau eine richtige Charity-Lady abgeben konnte, so dass sie sich stattdessen in der Schule ihres einzigen Kindes sozial verwirklichen musste. Dass dieses Kind ausgerechnet in Theos Klasse war, muss ich wahrscheinlich nicht erwähnen.

»Du, uns geht es sehr gut«, sagte ich schnell, weil Ines Winter geradewegs in unsere Richtung marschierte und dabei aussah wie der wandelnde Sommer. In ihrem Wallekleid und mit den wehenden, langen blonden Haaren und der Feder, die sie sich in einen kleinen Zopf geflochten hatte, sah sie aus, aus wäre sie gerade von Ibiza zurückgekommen. Der Gedanke war nicht aus der Luft gegriffen, hatten ihre Eltern, beide bekannte Schauspieler, doch ein Haus dort. Ich wusste, dass sich Ines auch mal als Schauspielerin versucht hatte, von dem Talent ihrer Eltern allerdings nichts geerbt hatte. Sie designte nun Schmuck, mit dem sie haufenweise behangen war. »Cornelius hat zu Hause erzählt, dass es Theo damit gar nicht so gut geht.«

»Womit kommt Theo nicht klar?« Nicht ich hatte diese Frage gestellt, sondern Ines. Ich bemühte mich, zu lächeln und sah Cordula direkt in die Augen: »Theo kommt sehr gut mit der neuen Situation klar, wie Ben und Emma auch. So groß ist die Umstellung ja auch gar nicht.« Dann wandte ich mich an Ines. »Die Kinder und ich sind umgezogen. Alex und ich haben uns endgültig getrennt und sind geschieden.«

»Oh«, war Ines' Kommentar.

»Mir kommt es nicht so vor, als käme dein Kleiner *so* gut damit klar«, setzte Cordula nach.

»Cordula, wenn du mir etwas sagen möchtest, dann mach das bitte. Ich muss nach Hause.«

»Er hat Cornelius wehgetan und verletzt.«

»Oh«, kommentierte Ines erneut.

»Wehgetan und verletzt?«, fragte ich irritiert, weil ich mir sicher war, dass mich Theos Klassenlehrerin dann doch wohl verständigt hätte.

»Das ist eine ganz normale Phase bei Trennungen der Eltern. Als Juan und ich uns getrennt haben, hatte Pablo auch so eine zerstörerische Phase, in der er hin und wieder sogar gebissen und getreten hat. Ich kann dir einen ganz wunderbaren Kinderpsychologen empfehlen …« Ich fand Ines' bisherigen Kommentare glücklicher als diesen. Während ich mich wie im falschen Film fühlte, meine Gedanken sortierte und auf der Suche nach den richtigen Worten war, um nicht auch als »Trennungs-Psycho« abgestempelt zu werden, klärte Cordula mich weiter auf. »Theo hat Cornelius seelisch gequält und verletzt.«

Mein Sohn hatte ihren Sohn *seelisch* gequält und verletzt?! *Die* Qual, die ich gerade empfand, ließ sich nicht in Worte fassen, jedenfalls nicht in angemessene Worte. »Cordula, dann wäre ich dir dankbar, wenn du mir schilderst, was in den

Augen deines Sohnes vorgefallen ist.« Gut so, mein Unterbewusstsein hatte sich dazu entschieden, mein Streitschlichter-Wissen auszupacken und auf das, was mir eigentlich im Kopf umherging, zu verzichten. Wozu eine Schul-Mediatoren-Ausbildung doch alles gut war.

»Theo hat Cornelius gesagt, dass er ein Angeber ist und ein eingebildetes Arschloch.« Dass sie sich, während sie das letzte Wort aussprach, nicht geschüttelt hatte, war überraschend, so schwer, wie es ihr über die Lippen gekommen war. »Anne, das ist nicht in Ordnung. Cornelius ist ein feinfühliges Kind. Durch seine Hochbegabung leidet er noch viel mehr, weil er sich die ganze Zeit fragt, warum Theo so grob zu ihm ist, und er ihm gerne helfen möchte. Er ist ein überaus empathisches und soziales Kind und hat verstanden, dass Theo nur deshalb so wütend auf ihn ist, weil er sich wünscht, du würdest dich auch so für ihn und seine Belange engagieren, wie ich es für meinen Cornelius mache.«

Das war zu viel. Mediatoren-Ausbildung hin oder her, ich entschied mich für den groben, unempathischen und unsozialen Weg.

»Die Einzige, die hier wirklich ein Problem hat, bist du. Wenn dein Sohn hochbegabt ist, dann ist er ein hochbegabtes, eingebildetes Arschloch. Das Traurige daran ist, dass er wahrscheinlich nicht das Geringste dafür kann, weil du ihn so erzogen hast. Und wenn du meinst, dass du die Einzige bist, die sich in das Leben ihrer Kinder einbringt, das Beste für sie möchte und immer für sie da ist, dann bastele dir in deiner freien Zeit doch eine hübsche Plakette, in Lachsrosa mit Perlen drum herum, die du dir an deine Seidenblusen heften kannst, damit die Welt sieht, wie empathisch und sozial du bist.«

»Oh«, hörte ich Ines sagen, als ich mich umdrehte und ging.

Ich war immer noch wütend und fassungslos, als ich das Rad vor dem Haus anschloss. Cordula Sambet war die ichbezogene Borniertheit in Person. Sollte sie denken, was sie wollte. Und Ines konnte sich ihr »Oh! Oh!« sonst wohin stecken. Weder meine Kinder noch ich brauchten irgendeine Therapie.

Ich schloss die Wohnungstür auf und wunderte mich, dass mir keines meiner Kinder um den Hals fiel. Sollten sie um Viertel nach neun wirklich schon friedlich schlafen? Ich hängte meine Jacke und meine Tasche an die Garderobe. In der Wohnung war es kühl, und irgendwie zog es. Kein Wunder, alle Türen und Fenster waren geöffnet. Ich schloss die Erkerfenster im Wohnzimmer und ging in Bens Zimmer. Das Licht war aus, und mein Sohn schlief. Ich schloss sein Fenster und strich über seinen Kopf. Ben schlug die Augen auf und blickte mich hellwach an. »Mama.«

»Wusste ich's doch«, schmunzelte ich. »Deine Geschwister schlafen bestimmt auch noch nicht so friedlich, wie du dich eben bemüht hast, auszusehen.« Er lächelte ertappt. »Sag mal, warum habt ihr denn alle Fenster aufgerissen? So warm ist es doch noch gar nicht.«

Ben sagte einfach: »Uns war aber warm.« Irgendwas machte mich an seinem recht unbeteiligten Tonfall stutzig. »Und der Rauch musste ja auch irgendwie abziehen«, rief Theo aus seinem Zimmer.

»Mensch Theo!«, Emma.

»Rauch?!!«, fragte ich mit einem Anflug von Ahnung in der Stimme.

Ben setzte sich im Bett auf. »Ach, nichts weiter.«

»Dass ich dir das mit dem ›Nichts weiter‹ nicht abnehme ist dir schon klar.«

Emma tapste im Nachthemd ins Zimmer und umarmte mich.

Mir schwante Böses. »Wir haben uns nur Pfannkuchen gemacht, weil wir auf einmal alle Hunger hatten.« Sie klang ganz harmlos. »Und wir haben auch alles wieder gespült und sauber gemacht.«

»Das kleine Feuer in der Pfanne war schnell gelöscht.« Theo stand in der Tür und grinste mich an.

»Das Feuer!!!???!«, rief ich fassungslos.

»Ne, es hat nicht gebrannt, der angebrannte Pfannkuchen hat nur ein bisschen gebrutzelt, und es hat ein bisschen geraucht, aber da hat Theo schon schreiend im Treppenhaus gestanden«, versuchte mein großer Sohn mich zu beruhigen, doch es war zu spät.

»Ich fasse es nicht! Das war das letzte Mal, dass ich euch alleine zu Hause gelassen habe bis, bis … bis ihr auszieht. Wisst ihr, was alles hätte passieren können?! Wir haben hier einen Gasherd! Mensch, die ganze Wohnung hätte in die Luft fliegen können! Ach was, das Haus! Und ihr gleich mit!«

»Wir hatten alles unter Kontrolle, Mama. Ich weiß, wie ein Gasherd funktioniert. Diemers haben auch einen. Und als Lena mit Pauline und mir Pfannkuchen gemacht hat, habe ich genau aufgepasst.« Emma, die den nächsten Beruhigungsversuch unternahm. »Und Tom hat die Fenster aufgemacht und uns ein bisschen beim Saubermachen geholfen. Aber den Rest haben wir ganz alleine gemacht.« Sie klang wirklich ein bisschen stolz.

»Tom?!«, schrie ich fragend.

»Der wohnt über uns«, erklärte Theo.

Das war zu viel. Ich war stinkesauer auf meine Kinder, die in meiner Abwesenheit gemeint hatten, ein kleines Brutzelfeuer in der Küche veranstalten zu müssen, mehr noch aber auf mich selbst. Ich war ein Mama-Versager. Eine Null. Eine Minus-Null.

Meine Kinder hätten in die Luft fliegen können, während ich meinte, mein schlechtes Mama-Gewissen durch die Mithilfe bei der Organisation des Schulfestes zu beruhigen. Ich ließ mich auf Bens Sitzsack fallen.

»Mama, was ist los?« Sechs Kinderaugen sahen mich besorgt an.

»Was los ist? Nichts weiter. Nur, dass morgen bestimmt Willi vor der Tür steht und unseren Mietvertrag kündigt.« Wahrscheinlich sogar Polizei und Jugendamt, um mich wegen der fahrlässigen Verletzung meiner Aufsichts- und Fürsorgepflicht im Idealfall nur zu verwarnen. Vielleicht würden sie auch die Kinder mitnehmen und zu Alex nach London bringen, wo die perfekte Naomi, ihre neue, immer wunderbar aussehende Mutter wäre, die natürlich immer für sie da war.

»Warum?«

»Weil sich der Nachbar über uns bestimmt bei Willi über uns beschwert.«

»Quatsch, Tom ist total nett.« Emma ließ sich neben mich fallen. »Und Willi hat nichts mitbekommen. Der spielt donnerstags immer Skat in der Eckkneipe an der Neusser Straße.«

Ich sah auf die Uhr. Halb zehn. »Na, dann muss ich jetzt wohl mal zu unserem Nachbarn hochgehen, um mich zu entschuldigen und zu bedanken.« Der Gedanken, mich bei meinem neuen Nachbarn auf diese Weise vorstellen zu müssen, behagte mir so gar nicht. Was war das für ein Start?

»Tom musste wieder zur Arbeit. Aber keine Sorge, der hält dicht.« Theo war ganz Emmas Meinung. »Das hat er uns hoch und heilig versprochen. Er hat sogar auf mein *Star Wars*-Album geschworen, und wir haben ihm gesagt, dass du mit Papa und seiner neuen Freundin schon genug Sorgen und Ärger hast.«

»Theo hat ihm erzählt, dass er dich dazu gezwungen hat, in

die Grundschule zu gehen und es der doofen Mama von Cornelius zu zeigen.«

Ich konnte nicht mehr. »Mama« – die Hand meines kleinen Sohnes tätschelte meine Wange – »du hast es der Mama von Cornelius doch gezeigt, oder?«

Das war jetzt alles zu viel. Müde sagte ich »Ich habe Cornelius' Mama gesagt, dass sie ein genauso großes eingebildetes Arschloch ist wie ihr Sohn«, und Tränen schossen mir in die Augen.

»Mama!« Theo riss die Augen auf, »dann müssen wir jetzt bestimmt beide zu Herrn Walter, und das ist die Höchststrafe.« Herr Walter war der Schulsozialarbeiter. »Aber darum musst du doch nicht weinen, da war ich doch schon öfter und habe es überlebt.«

Am nächsten Morgen sah die Welt nicht viel anders aus. Mir saß der gestrige Abend immer noch quer. In der Nacht hatte ich an drei Erklärungsansätzen gearbeitet: An einem für Theos Klassenlehrerin und einem weiteren für Herrn Walter – einer von beiden würde heute mit Sicherheit anrufen, weil es sich Cordula bestimmt nicht hatte nehmen lassen, sich aufgebracht über meinen missratenen Sohn und mich, seine noch missratenere Mutter, zu beschweren. An einem dritten für Tom, den Nachbarn über uns, der meinen Kindern gestern wahrscheinlich das Leben gerettet hatte – darüber hinaus fragte ich mich, was er wohl von mir dachte. Wenn er all das, was er gestern mitbekommen hatte, zu einem Bild zusammensetzte, konnte er nicht anders, als mich für verantwortungslos, emotional instabil und neurotisch zu halten.

Es war halb acht, und wir mussten in zwanzig Minuten das Haus verlassen, um es pünktlich in die Schule zu schaffen.

»Ben, kommst du jetzt bitte endlich frühstücken?« Doch anstatt zu antworten oder einfach nur in die Küche an den Tisch zu kommen und endlich zu frühstücken, stritt er weiter lautstark mit Theo um die elektrische Zahnbürste. Wütend schmierte ich weiter die Pausenbrote.

»Ben! Frühstück!!« Keine Reaktion. Emma stand vor mir. »Mama, ich finde meine Schwimmbrille nicht. Weißt du, wo sie ist?«

»Emma, ich kann mir in meiner Freizeit nichts Besseres vorstellen, als mit deiner Schwimmbrille auf dem Kopf durch die Gegend zu laufen.«

»Also weißt du nicht, wo sie ist?«

Ich antwortete nicht, sondern stürmte aus der Küche ins Badezimmer, wo Theo inzwischen lauthals am Weinen war. »Es reicht!«, schrie ich lauter, als Theo weinte, und meine Stimme hallte von den Wänden wider. Theo war nach wie vor im Schlafanzug, Ben hatte immerhin schon seine Hose an. »Wenn ihr nicht in einer Minute beide angezogen und fertig in der Küche auftaucht, geht heute Nachmittag niemand ins Kino! Und die Zähne werden eh erst nach dem Frühstück geputzt.«

Einen Moment später saßen alle endlich angezogen am Tisch und löffelten ihr Müsli. Ich nutzte die Zeit und verschwand selbst schnell im Bad, um mich fertig zu machen. In fünf Minuten war ich wieder in der Küche, gerade rechtzeitig, um die Milchüberschwemmung zu sehen, die sich mitten auf den Fliesen ereignet hatte. Theo sah mich entschuldigend an. »Das jetzt auch noch«, herrschte ich ihn an, während ich mich ans Aufwischen machte. In zehn Minuten mussten wir los.

»Mama, ich brauche für den Schulausflug noch 7,50 Euro. Frau Wüst hat gesagt, dass wir das Geld passend in einem Umschlag abgeben müssen.« Emma hatte ihren Teller selbst in die

Spülmaschine geräumt, weshalb ich ihr gegenüber ein wenig gnädiger war. »Dann guck in mein Portemonnaie.«

»Da sind nur noch drei Euro drin.« Ben erschien wieder in der Küche, mein Portemonnaie in der Hand. »Ich muss das Geld auch abgeben.«

»Dann zahlt ihr den Ausflug eben erst morgen.«

»Aber heute ist der letzte Tag.«

»Mensch, warum habt ihr es mir denn nicht früher gesagt?«, herrschte ich die Zwillinge an.

»Hab ich doch, vor einer Woche. Und im Elternbrief stand es auch«, verteidigte sich Emma, wie mir einfiel zu Recht. »Ach Scheiße, das habe ich total vergessen.« Aber da meine Laune mehr als mies war, setzte ich ein: »Ihr hättet mich ruhig erinnern können!«, hinterher. »Könnt ihr das Geld dann bitte aus euren Spardosen nehmen? Ich lege es heute Nachmittag wieder rein. Und jetzt ab, alle Zähne putzen.«

Noch fünf Minuten. Ich räumte die Butterbrotdosen in die Ranzen und fand eine Geburtstagseinladung für Ben. Die Feier war schon heute Nachmittag. »Ben, wann hast du die Einladung von Yanik bekommen?«

»Letzte Woche. Ich hab das voll vergessen. Sorry.«

»Ja, und wann soll ich nun bitte ein Geschenk besorgen?«

»Heißt das, dass ich kein Geschenk für ihn habe?«

»Das heißt, dass ich mich heute nach der Schule abhetzen muss, um noch schnell in die Stadt zu kommen.«

»Mama, kannst du mir noch schnell einen Zopf flechten?«

»Hat jemand meinen zweiten Schuh gesehen? Mama, ich finde meinen zweiten Schuh nicht.«

»Dann zieh eben andere an.« Ich hatte mir meine Jacke angezogen, stand vor der Wohnungstür und flocht Emmas Haare.

»Emma, suchst du deine Schwimmbrille? Ich habe zwei in meinem Beutel.«

»Mama, ich finde meinen anderen Schuh auch nicht.«

Ich war kurz vorm Nervenzusammenbruch, wie an fast jeden zweiten Morgen. Ganz gleich, wie früh wir aufstanden und wie viel Zeit wir hatten, am Ende wurde es immer hektisch und knapp. Entnervt kniete ich mich vor die Schuhbank und zog Theos Schuhe unter dem Schuhschrank hervor.

»Bindest du mir schnell die Schleife?« Ich band ihm schnell die Schleife, während Ben und Emma schon auf dem Weg nach unten waren. »Ihr wartet bitte und fahrt nicht alleine vor!«, rief ich ihnen hinterher. »Komm Theo, los geht's.« Bevor wir aus der Wohnungstür waren, machte Theo kehrt. »Ich habe mein *Star Wars*-Album vergessen!«

»Theo, das gibt es doch wohl nicht. Wir müssen los«, drängte ich unruhig. Wir waren zu spät, »Nun komm schon. Du wirst einen Tag ohne *Star Wars*-Album überleben.« Eilig trat ich in den Flur und stieß mit jemandem zusammen. »Nicht das jetzt auch noch«, entfuhr es mir, als ich aufblickte. Ich kannte die Augen, die mich überrascht ansahen.

»Frau Hansen?«

»Herr Paulsen!«

»Hallo, Tom.« Theo stand freudestrahlend, sein *Star Wars*-Album in der Hand, neben mir. »Mama, das ist Tom von oben. Tom, das ist meine Mama.«

»Guten Morgen, Theo und Mama von Theo.«

»Hallo«, hörte ich mich sagen.

»Ich hatte mein *Star Wars*-Album vergessen«, erklärte Theo weiter, und Tom Paulsen nickte wissend.

Ich blickte ihn nach wie vor entgeistert an. Die Überraschung war aus seinen Augen verschwunden, und er wirkte ausgesprochen amüsiert. Nur, dass ich das alles gerade gar nicht amüsant fand. Tom über uns, der Retter meiner Kinder, der Tom, der mich für verantwortungslos, emotional instabil und neurotisch halten musste, ich meine, wer könnte es ihm verübeln, nach allem, was er gestern Abend erlebt hatte und was meine Kinder ihm alles erzählt hatten.

»Komm Mama, wir müssen los. Sonst kommen wir zu spät.« Theo zog an meiner Jacke, und ich fing mich wieder, jedenfalls so weit, dass ich wieder reden konnte.

»Stimmt, sonst kommen wir zu spät.«

Tom Paulsen grinste: »Na, dann will ich nicht der Grund dafür sein. Einen schönen Tag euch.« Leichtfüßig lief er die Treppenstufen nach oben. Ich hingegen lief neben mir und musste aufpassen, nicht die Stufen hinunter zu stolpern.

23.

Als die Kinder und ich Freitagabend aus dem Kino zurückgekommen waren, hatte ich mir ein Herz genommen und mit klopfendem selbigem bei Tom Paulsen geklingelt. Er hatte nicht aufgemacht – bestimmt war er im *Pauls* -, und für einen kurzen Moment war ich erleichtert gewesen. Nachdem die Kinder eingeschlafen waren, hatte ich mit einem Glas Rotwein auf dem Balkon sitzend beschlossen, nicht weiter darüber nachzudenken, was Tom Paulsen von mir hielt. Ich hatte Melli angerufen, die ich in der Schule nicht erwischt hatte, sie aber nicht erreicht. Bei dem Klang von Schritten im Hausflur hatte ich mich an den Türspion geschlichen. Als ich Jessi die Treppe hinaufkommen sah, war ich mir albern vorgekommen und schnurstracks ins Bett gegangen. Beim Einschlafen hatte ich mir fest eingeredet, dass der Samstag einfach besser werden musste.

Nun stand ich neben Melli in unserem Lieblingsblumenladen im Agnesviertel zwischen verschwenderisch blühenden Rosen, Lilien, die einen betörenden Duft verströmten, und üppigen Pfingstrosen. Gemeinsam suchten wir die Blumen für den Brautstrauß, die Kirche und den kleinen Saal in der Flora aus, in dem sie mit Simon die Hochzeit feiern würde. Die Jungs hatten es vorgezogen, bei Simon zu bleiben, aber Emma half uns mit leuchtenden Augen, so dass ich Melli nur kurz und betont beiläufig mitteilen konnte, wer über mir wohnte. »Du meine Scheiße«, war ihr entfahren, und Emma hatte ihre Ohren gespitzt. Das sich anschließende: »Emma, ihr habt wirklich fast das Haus abgefackelt?«, hatte sie wieder abgelenkt.

»Nö, Mama übertreibt. Ich weiß, wie man Pfannkuchen macht. Nur weil Ben und Theo beim Kicken die Vase im Wohnzimmer umgeschmissen haben und zu blöd waren, alleine aufzuwischen, hat der Pfannkuchen ein bisschen geraucht.«

»Das mit der Vase wusste ich ja noch gar nicht.« Ich war gespannt, wann ich alle Details der Geschichte beisammenhaben würde.

»Und Tom, der Nachbar von oben, ist ein Netter?« Ich sah meine beste Freundin streng an, doch sie grinste nur. Emma nickte fröhlich: »Ja! Als Theo schreiend im Treppenhaus stand, war er ganz schnell da. Ben und ich hatten schon Angst, dass wir jetzt Ärger bekommen. Darum haben wir ihm nach dem Löschen alles erzählt.«

»Und er?«

Meine Tochter plauderte munter weiter: »Tom hat gelacht und uns ein bisschen beim Aufräumen geholfen.«

»Ein bisschen?« Das war ich, die fragte, und Emma wurde rot. »Emma?«

»Na ja.« Es war ihr nun doch ein wenig unangenehm. »Er hat sehr viel gemacht, aber irgendwie konnte er das echt gut. Aber wir haben alle geholfen. Sogar Theo. Und dann hatte Theo die Idee, ihn auf sein *Star Wars*-Album schwören zu lassen, dass er nicht auf der dunklen Seite der Macht steht.«

Na toll ... Ich atmete tief durch, hatte ich mir mit Tom Paulsen als meinem Nachbarn doch einen anderen Start gewünscht. Emma sah mich schuldbewusst an, und es tat mir leid, schließlich war das alles meine Schuld. »Ist schon okay.« Ich drückte sie.

»Emma, was meinst du, möchtest du als mein Blumenmädchen einen Blumenkranz im Haar haben?«, fragte Melli, bewusst das Thema wechselnd. Und meine Tochter strahlte glücklich.

Eine halbe Stunde später war alles ausgewählt – Melli hatte sich gegen dekadenten Blumenschmuck und für Wiesenblumen und einen passenden, kurz gebundenen Brautstrauß entschieden. In der Kirche würden kleine Sträußchen an die Bänke gebunden werden, in der Flora würden bunte Wiesenblumen-Kränze um silberne Kerzenleuchter auf den Tischen stehen, und Emmas Blumenkranz passte wunderbar. Melli und ich saßen zusammen im *Elefanten*, einem kleinen Café an der Rathenaustraße, zwei Milchkaffee vor uns. Als wir aus dem Blumenladen gekommen waren, hatten wir Lena und Pauline getroffen, die vom Markt gekommen waren, und meine Tochter war fröhlich mit zu ihrer besten Freundin gegangen.

»Da hat Tom Paulsen mich ja gleich richtig kennengelernt«, sagte ich kopfschüttelnd.

»Ach, deine Kinder haben bestimmt einen goldigen Eindruck hinterlassen.« Melli hatte Milchschaum an der Lippe.

»Bestimmt«, entgegnete ich.

»Na komm, kann man anders, als deine kleine Küchenfee Emma, die heldenhaft die brutzelnde Pfannkuchenpfanne in den Händen hält, ins Herz zu schließen? Oder Ben, der einfach nur lieb ist und bittet, Verständnis mit der geliebten Mama zu haben, die es momentan wirklich nicht leicht hat? Und Theo, der einen mit seinen Theo-Augen und seinem Theo-Lächeln anguckt und möchte, dass man auf sein heiliges *Star Wars*-Album schwört, dass man nicht zur dunklen Seite der Macht gehört?«

Sie brachte mich zum Lächeln, trotzdem musste ich: »Du bist mir und meinen Kindern gegenüber nicht neutral«, anmerken.

»Muss ich auch nicht. Aber wenn er die Aktion am Donnerstag wirklich so schlimm gefunden hätte, dann wäre er gestern Morgen im Treppenhaus nicht freundlich gewesen. Und jetzt hör auf, dir darüber den Kopf zu zerbrechen, was er von dir denkt, geh einfach zu ihm hoch, bedank dich charmant für seinen Feuerwehr- und Putzeinsatz, gib ihm seine Sachen zurück und freu dich, dass du mit ihm unter einem Dach wohnst. Das heißt nämlich, dass du ihm ganz viel über den Weg laufen wirst.«

Als die Kinder und ich spät von Diemers nach Hause kamen, sie hatten uns spontan zu Abendessen eingeladen, brannte bei Tom Paulsen kein Licht. Warum auch? Es war Samstag, sein Restaurant war an diesem Tag und um diese Zeit voll besetzt und er ganz und gar in seinem Element. Ich kam nicht dazu, weiter über Tom Paulsen nachzudenken, weil mein Handy klingelte. Hannes.

»Hey, Hannes.«

»Hey, schöne Frau.« Begann man so ein Gespräch mit seiner Mentorin? Ich nahm das »schöne Frau« sehr wohl ein wenig geschmeichelt zur Kenntnis, ging über den Kommentar hinweg und fragte, wie denn die Klassenfahrt gewesen sei.

»Super, aber anstrengend«, lachte er und erzählte fröhlich von den Tagen zusammen mit Volkers Klasse in der Eifel. »Zum einen rufe ich an, weil ich hören wollte, wie es dir in der Woche ohne mich ergangen ist.« Selbstbewusstsein hatte Hannes Warnke in der Tat. Ich ging zum Telefonieren lieber in mein Schlafzimmer und lehnte die Tür an. Die Wohnung hatte sechs sehr neugierige und empfängliche Ohren. »Und dann natürlich wegen der Geschichtsstunden in der kommenden

Woche. Ich würde gerne weiter unterrichten, wenn das für dich in Ordnung ist.«

Wieder ging ich nicht auf seinen Kommentar ein und antwortete sachlich: »Montag kommen sie aus dem Praktikum zurück, und die Geschichtsstunde ist die erste Stunde, die wir als Klasse wieder gemeinsam haben. Die Stunde brauche ich. Aber die andere Stunde kannst du gerne unterrichten.«

»Super, dann plane ich die Stunde am Donnerstag. Dienstag bin ich im Seminar, und Mittwoch besucht meine Seminargruppe unseren Dozenten im Unterricht, meinst du, dass du Montag in der Schule die Zeit findest, über meinen Entwurf zu gucken?«

Ich überlegte. »Montag ist recht voll.«

»Dann musst du dich einfach endlich dazu durchringen, meine Einladung anzunehmen.« Ich hörte, dass er breit grinste.

»Nicht so voreilig, Herr Warnke, und lieber mal die Mentorin ausreden lassen. Montag passt schon. Oder soll ich in Ihr Schulgutachten schreiben, dass Sie vorlaut sind?« Ich ertappte mich dabei, auch zu grinsen.

»Wenn Sie das schreiben, Frau Hansen, dann bestehe ich aber auch darauf, dass Sie erwähnen, welch eine große und ausgesprochen charmante Hilfe ich beim Aufbau Ihres Bettes war. Und dass ich der erste Mann war, der das Bett mit Ihnen eingeweiht hat, ganz unschuldig, was das Sitzen auf der Matratze betrifft.«

»Wenn du etwas gerade nicht bist, Hannes Warnke, dann unschuldig.« Ich hatte es wirklich gesagt.

»Ertappt.« Er lachte, und doch schwang etwas mit in der Art, wie er es sagte, dem ich genau nachhörte.

»Mama, müssen wir so langsam eigentlich nicht mal schlafen?« Apropos ertappt, Ben stand in der Tür. »Es ist gleich zehn.«

»Stimmt Schatz, mach dich schon mal bettfein. Ich komme sofort.« Ich war, von wo immer ich auch gewesen war, wieder in der Realität angekommen, »Hannes, ich muss auflegen. Die Kinder müssen ins Bett. Wir sehen uns Montag in der Schule«, sagte ich rasch, weil Ben noch immer im Türrahmen stand und mich musterte.

»Bis Montag, Frau Hansen«, er hatte noch immer diesen anderen Tonfall, und ich hoffte, dass mein Sohn nicht mitbekam, dass Hannes mich ganz schön aus dem Konzept gebracht hatte.

»Bis Montag.« Ich legte auf und stand auf. »Mensch, da habe ich übers Arbeiten komplett die Zeit vergessen.« Ich schob Ben vor mir her in den Flur.

»Wer ist Hannes?« Er sah mich prüfend an.

»Ein Referendar an unserer Schule, der in meiner Klasse Stunden hält. Ich bin seine Mentorin, und er wollte seine Stundenplanung mit mir besprechen«, antwortete ich möglichst beiläufig auf seine Frage und rief dann schnell: »Emma, Theo, bettfein machen! Abmarsch ins Badezimmer und dann schnurstracks ins Bett!«

24.

Der Schultag war nur so dahingerast. In meiner Klasse waren alle mehr oder weniger zufrieden mit ihrem Praktikum. Einige hatten es geschafft, die Aussicht auf einen Ausbildungsplatz zu erhalten, was mich sehr freute. Ich hatte in der 6a vertreten müssen, weil Harald Wilke krank war – was Ayla und Scharin gefreut hatte; nicht, dass ich vertreten musste, sondern dass »der Wilke« krank war und sie die sechste Stunde frei und keine Chemie hatten. Deshalb hatte ich keine Zeit gehabt, mit Hannes seine Ideen für Donnerstag zu besprechen. In der großen Pause hatten wir kurz zusammengesessen, und er hatte es einfach nicht lassen können. Wieder meinte er, dass er mich schon zu einem Date bekäme. Davon, dass es ein Dankeschön-Date für meine Unterstützung sein sollte, war inzwischen nicht mehr die Rede. Hannes flirtete offen mit mir; was mir gefiel, so langsam aber auch Kolleginnen auffiel. Nadja Ellers eifersüchtigen Blicke waren mir nicht entgangen. Dass sie sich sehr oft in Hannes' Nähe aufhielt und das Gespräch mit ihm suchte, war mehr als offensichtlich. Sie war mit ihrem Einsatz nicht allein. Manchmal kam mir Hannes wie ein Hahn im Korb vor, umgeben von jungen Kolleginnen-Hühnern. Vielleicht war ich gerade auch ein einsames Herz, aber zu ihrem Club der einsamen Herzen wollte ich nicht gehören. So verzweifelt war ich nicht. Und

Hannes suchte *meine* Nähe. Ich hatte auf dem Rad breit grinsen müssen.

Mein Grinsen war verschwunden, als es plötzlich wieder in Strömen zu regnen begonnen hatte. Total durchnässt war ich zu Hause angekommen. Ich hatte gesehen, dass Tom Paulsens Fenster geöffnet waren, und mein Herz hatte einen kleinen Takt schneller geschlagen. Flugs hatte ich die nassen Sachen ausgezogen, die Haare trocken gerubbelt und zu einem Zopf gebunden, einen dezenten Lidstrich gezogen, meine Wimpern getuscht und Lipgloss benutzt. Ich hatte eine Weile vor meinem Schrank gestanden und mich dann für die Jeans, die laut Melli einen tollen Po machte, und ein rotes T-Shirt entschieden, mich im Spiegel betrachtet und festgestellt, dass ich so doch wesentlich besser aussah als als Wasserleiche oder gestresste Mutter. *Auf Anne, bring es hinter dich!*

Nun stand ich mit klopfendem Herzen vor der Wohnungstür ein Stockwerk über mir. Während ich die Treppe hinaufgestiegen war, hatte ich mein T-Shirt zurechtgezupft und noch einmal meinen Zopf gebunden. Ich atmete tief durch, dann drückte ich auf die Klingel. Schwungvoll öffnete sich die Tür, und Tom Paulsen stand vor mir.

»Ich möchte nicht stören, aber« – ich hielt seine Sachen in meinen Händen hoch – »ich habe noch etwas von Ihnen.«

Er lächelte. »Sie stören nicht. Kommen Sie gerne herein.«

Beherzt schritt ich über die Schwelle und war in seiner Wohnung, Tom Paulsen hatte die Tür geschlossen und nahm mir die Sachen ab.

»Ich habe leider keinen Crémant im Haus. Der steht also noch immer aus, aber haben Sie Lust auf einen Kaffee?«

Sein Lächeln war einfach hinreißend. »Gerne.«

Er ging voraus, und ich folgte ihm in seine Küche. Auch ihr

Boden war schwarz-weiß gefliest, wie in meiner Küche, aber sonst konnten unsere Küchen unterschiedlicher nicht sein. Auf den ersten Blick sah man, dass Tom Paulsen mehr als nur Spiegeleier zubereitete. Sein Gasherd war überdimensioniert, im Kühlschrank hätte Theo wohnen können, die Arbeitsplatten waren aus schwerem, dunklem Marmor, die Schränke hatten weiße, glatte Fronten. In der Mitte der Küche befand sich eine erhöhte Arbeitsinsel, dazu zwei Barhocker an der einen Seite. Kräutertöpfe standen auf der Fensterbank, nicht so ein unglückliches Basilikum wie auf meiner Fensterbank eine Etage weiter unten, sondern ausgesprochen glückliche Kräuter. An der Wand stand ein schwerer Holztisch mit passenden Bänken. Über dem Tisch hing meine Bauhaus-Lampe. Zweimal. Ich musste lächeln. »Ich habe die gleiche Lampe.«

»Ein Liebhaberstück«, entgegnete er. »Espresso oder Milchkaffee?«

»Espresso wäre wunderbar.«

Ich setzte mich auf einen der Barhocker, während er mit einer kleinen, zischenden Maschine zwei Espresso zubereitete. Er hatte mir den Rücken zugewandt, so dass ich ihn betrachten konnte. Barfuß, in dunklen Jeans und einem weißen T-Shirt sah er einfach lässig aus. Unter seinem T-Shirt zeichneten sich seine breiten Schultern und seine trainierten Oberarme ab. Aber er war nicht zu trainiert. Tom Paulsen sah einfach genau so aus, wie ein Mann in meinen Augen auszusehen hatte. Und er hatte schöne, gepflegte Füße. Nicht so Hornhautfüße mit dicken Fußnägeln, wie sie viele Männer leider hatten. Diese schönen Füße drehten sich zu mir um, und ich sah wieder nach oben und sagte schnell: »In meiner Küche liegen die gleichen Fliesen.«

»Ich habe mich sofort in diesen Raum verliebt.« Er reichte mir den Espresso und setzte sich neben mich.

»Wie lange wohnen Sie schon hier?«

»Fast zwei Jahre. Und wollen wir, wo wir Nachbarn sind, nicht einfach zum Du übergehen?«, schlug er vor.

»Gerne. Anne.« Ich streckte ihm meine Hand entgegen.

»Tom.« Seine Hand war warm und groß.

»Ich schulde Ihnen … dir noch ein Dankeschön … und eine Entschuldigung. Für Donnerstagabend.«

Tom hob abwehrend die Hand. »Deine Kinder hatten alles gut im Griff.« Er musste lachten. »Es war ihnen ganz schön unangenehm, und ich musste ihnen hoch und heilig versprechen, dir und überhaupt niemandem davon zu erzählen.«

»Danke, dass du Willi nichts gesagt hast. Ich bin so froh, diese Wohnung gefunden zu haben.«

»Ich habe auf Theos heiliges *Star Wars*-Album geschworen, niemandem etwas zu erzählen, und wie hätte ich es ihm abschlagen können. Er hat mich so nachdrücklich angesehen.« Mein Herz ging auf. »Und Willi ist ein Schatz. Wenn er zu Hause gewesen wäre, hätte er eher herzlich gelacht, als ärgerlich zu sein, und sich über den Trubel in seinem Haus gefreut.«

»Ich kann nicht sagen, wie unangenehm mir das alles ist. Gerade eingezogen, fackeln meine Kinder fast das Haus ab. Ich hätte sie nicht alleine lassen dürfen.«

»Doch«, sagte Tom bestimmt, und ich sah ihn irritiert an, »du musstest dieser blöden Mama von Cornelius, der so ein eingebildetes Arschloch ist, doch die Meinung sagen und für die Schokokuss-Wurfmaschine kämpfen.«

Ich legte den Kopf auf den Tresen. »O Gott … Ich sehe, dass meine Kinder recht mitteilungsbedürftig waren.«

»Ich würde es so formulieren: Es gibt nicht mehr viele Geheimnisse, die du mit in dein kaltes, nasses Grab nehmen kannst.« Tom amüsierte sich wieder prächtig. Ich stöhnte laut auf. »Und?«, fuhr er fort, »Weiß Cornelius' Mutter jetzt Bescheid, und gibt es am Schulfest eine Schokokuss-Wurfmaschine?«

Ich sah auf. Mein Blick traf seinen, und seine Augen lachten. »Natürlich gibt es eine Schokokuss-Wurfmaschine. Und Cornelius' Mutter weiß jetzt, dass sie ein genauso eingebildetes Arschloch ist wie ihr verzogener Sohn.« Er lachte laut auf, ein warmes, tiefes Lachen. »Und das Schlimmste ist, dass Theo und ich deshalb in der kommenden Woche zu Herrn Walter, dem Schulsozialarbeiter, müssen. Der hat heute angerufen. Laut Theo ist das die Höchststrafe.«

»Ob wir vorher Mert vorbeischicken sollen, damit er den armen Schulsozialarbeiter warnt, dass man sich besser nicht mit dir anlegt?«

Nun musste ich auch lachen. Es war schön, neben ihm in seiner Küche zu sitzen, und ich fand Gefallen an dem Brausepulvergefühl, das sich in mir ausbreitete, immer wenn sich unsere Blicke trafen.

Sein Handy klingelte. Er sah mich an. »Ist schon gut, geh ruhig ran. Ich muss eh langsam wieder nach unten.«

»Hey, ich habe Besuch, der gerade aufbricht. Kannst du kurz warten?«, sagte er.

»Ich finde auch alleine raus«, flüsterte ich und war schon im Flur verschwunden, aber Tom hatte das Handy abgelegt und kam mir hinterher.

»Danke für den Espresso.«

»Danke für deinen Besuch. Beim nächsten Mal habe ich Crémant im Haus.« Vielleicht war das Brausepulvergefühl auch Crémant-Prickeln. Ich wandte mich ab, auf dem Treppenabsatz drehte ich mich aber noch mal um: »Ich denke übrigens, dass ich schon noch das ein oder andere Geheimnis habe.«

Tom lehnte lässig im Türrahmen. »Davon bin ich überzeugt.«

Als ich abends in meiner Küche stand und zum Abendessen Nudeln mit Tomatensoße kochte, eines der wenigen Gerichte, die ich wirklich gut konnte, lief im Radio Clueso. *Herzlich willkommen, Neuanfang. Es ist nie zu spät für einen Neuanfang ...* Ich drehte die Lautstärke auf und tanzte und sag mit: »*Es ist nie zu spät für einen Neuanfang ...*«

»Mama?« Emma steckte ihren Kopf durch die Tür. Ihr Gesicht ein großes Fragezeichen. »Alles in Ordnung?«

»Alles in bester Ordnung!«, antwortete ich lachend, zog sie in die Küche und wirbelte sie durch den Raum. Es war schon lange nicht mehr so in Ordnung gewesen. Und wenn ich ehrlich war, hatte der Nachbar über mir, mit dem gleichen Küchenboden, den zwei Bauhaus-Lampen und den so tiefblauen Augen ein wenig damit zu tun.

In den folgenden Wochen verlief mein Leben ruhiger. Das heißt, dass mich kleine und große Katastrophen verschonten und ich mich und meine Kinder gut durch unser alltägliches Chaos lenkte. Den Termin bei Herrn Walter hatten Theo und ich aufrecht hinter uns gebracht. Herr Walter hatte ein großes Interesse daran gehabt, dass wir uns bei Cornelius und seiner Mutter entschuldigten. Darauf, dass die Wortwahl verkehrt war, hatten wir uns auch eingelassen, am Inhalt wollten allerdings weder Theo noch ich rütteln. »Theo, dann musst du Cornelius sagen, dass dich sein Verhalten auch verletzt«, war der Ansatz von Herrn Walter; aber weder Theos noch meiner. Ich wusste, dass Theo lieber beim nächsten Besuch von Oma Margarethe dabei sein würde, als sich bei Cornelius zu entschuldigen, aber ich wusste genauso, dass er keine andere Wahl hatte, wenn er nicht regelmäßig zu Herrn Walter wollte. »Theo, manchmal ist es besser, etwas anderes zu sagen, als man denkt«, hatte ich zu ihm gesagt, als wir wieder vor der Schule standen.

»Ja, aber du hast seiner Mama doch auch gesagt, was du von ihr denkst.«

»Stimmt, und das war auch nicht gut, aber ich bin nicht mit Cornelius' Mama in einer Klasse, ich gehe nicht mehr in die Grundschule und habe keinen Herrn Walter, der mich zu sich zitiert.«

»Doch, du musstest auch kommen.« Wo er recht hatte … Ich hatte mich vor ihn gekniet. »Sag doch einfach das, was Herr Walter dir vorgeschlagen hat. Dann schlägst du Cornelius mit seinem eigenen Laserschwert. Denk an Luke Skywalker, dann bist du wie er auf der guten Seite der Macht.«

Theo hatte lange nachgedacht und schließlich genickt: »Und denken kann ich ja was ganz anderes.«

Er hatte es verstanden. Ich hingegen würde mich nicht bei Cordula Sambet entschuldigen. Wir mussten nicht in einer Klasse miteinander auskommen, wir mussten gar nicht miteinander auskommen. Das hatte ich Herrn Walter zu verstehen gegeben. »Frau Hansen, Sie sind wütend auf Frau Sambet. Wenn Sie versuchen würden, den Grund dieser Wut zu verstehen, könnten Sie vielleicht wieder miteinander umgehen.« In diese Richtung wäre das Gespräch vermutlich weitergegangen, ich hatte es an seinem Blick gesehen, wenn ich nicht aufgestanden wäre und einen Termin, den es nicht gab, vorgeschoben hätte.

Alex hatte sich ein paarmal gemeldet und mit den Kindern telefoniert. Inzwischen war er in London, und sie richteten die neue Wohnung ein. Die Heimsuchung meiner Mutter war recht glimpflich gelaufen. Sie hatte weder den Tanztee noch gutsituierte, alleinstehende Männer oder meinen Kleidungsstil angesprochen, sondern von den Planungen für ihren siebzigsten Geburtstag im *Pauls* erzählt und davon, wie charmant der Herr Paul doch war. Ich hatte großen Spaß gehabt, sie darauf hinzuweisen, dass er Paulsen und nicht Paul hieß und dass dieser Herr Paulsen, der helle Stern am Himmel der Kölner Gastronomieszene, über mir wohnte. Zum ersten Mal war sie von meiner Wohnung ausgesprochen angetan gewesen.

In der Schule war langsam die Luft raus, und man merkte, dass die Osterferien lange her waren. Sommerferien gab es in diesem Jahr erst Ende Juli, so dass alle noch über fünf Wochen durchhalten mussten. Apropos durchhalten, Hannes ließ nach wie vor nicht locker, und der Hinweis, dass er mich schon noch zu einem Date bekäme, samt halbherziger Ausrede von meiner Seite, hatte sich zu einem Spiel zwischen uns entwickelt. Ich mochte seine ungeteilte Aufmerksamkeit, seine Komplimente, seinen jungenhaften Charme, wie er mich ansah, ich genoss seine Nähe und fühlte mich definitiv zu ihm hingezogen, aber auf ein Date hatte ich mich bisher nicht eingelassen. Selbst wenn ich mir vielleicht ein Abenteuer mit ihm vorstellen konnte, an meiner Meinung, dass es einfach nicht ging, hatte sich nichts geändert.

Und dann war da auch noch jemand anderes in meinen Gedanken, den ich, obwohl wir im selben Haus wohnten, viel zu selten sah. Tom war, wie Willi schon gesagt hatte, nicht viel zu Hause. Er lebte mehr in seinem Restaurant als in unserem Haus in der Turmstraße. Zweimal waren wir uns kurz im Treppenhaus begegnet, aber es war keine Zeit gewesen, sich zu unterhalten, weil entweder er oder ich in Eile gewesen waren. Ich hatte mich hin und wieder dabei erwischt, wie ich zum Türspion schlich und ins Treppenhaus lugte, wenn ich Schritte auf der Treppe hörte, aber es war immer Jessi gewesen, die mit dem Po wackelnd die Treppe hinaufkam. Willi hatte uns für übermorgen zu seinem Geburtstagskaffeekränzchen eingeladen, und ich hoffte, Tom würde kommen, obwohl ich wusste, dass er wahrscheinlich arbeiten musste.

25.

Happy Birthday to you, Marmelade im Schuh, Aprikose in der Hose und 'ne Bratwurst dazu!!!« Meine Kinder sangen voller Inbrunst, den selbst gebackenen Geburtstagskuchen mit leuchtenden Kerzen in der Hand, und strahlten Willi an, der uns die Tür geöffnet hatte.

»Na, das war ja mal ein ganz besonderes Geburtstagsständchen. Da musste ich neunundsiebzig werden, um ein so feines Liedchen zu hören.«

»Willi, gibt es Limo?« Theo war noch nie ein dezentes Kind gewesen und bereits an Willi vorbei in die Wohnung gestürmt.

»Natürlich«, rief er ihm hinterher.

»Herzlichen Glückwunsch, Willi! Und jetzt musst du die Kerzen auspusten und dir was wünschen.« Emma überreichte feierlich den Kuchen, den alle drei kunstvoll mit Smarties und Gummibärchen verziert hatten. Willi holte tief Luft und pustete alle Kerzen auf einmal aus.

»Den haben wir gebacken«, erklärte Ben sichtlich stolz. »Und hier ist dein Geschenk.«

»Das will ich gleich auspacken.«

»Alles Liebe, Willi«, sagte ich und drückte ihn herzlich.

»Ich freu mich, dass ihr kommen konntet. Jetzt kommt aber erst mal rein. Die Kuchentafel wartet im Garten.«

Theo saß schon am Tisch und hatte sich ein Glas eingeschenkt: »Ich habe die Limo im Kühlschrank gefunden.«

»Theo, das darf doch wohl nicht sein! Du kannst doch nicht einfach an Willis Kühlschrank gehen. Mensch, du kannst und sollst warten!«, ermahnte ich ihn.

»Ach was«, sagte Willi gut gelaunt, »das ist doch kein Problem, solange ich die richtige Limo gekauft habe?« Meine Kinder nickten. Es klingelte erneut. Während Willi zur Tür ging, und ich heimlich hoffte, dass das vielleicht Tom war, sah ich meine drei ernst an: »Ich möchte, dass ihr euch benehmt. Ihr seid hier nicht zu Hause und auch auf keinem Kindergeburtstag. Ich möchte heute bitte höfliche und wohlerzogene Kinder haben und nicht Kinder, die so tun, als wüssten sie nicht, was sich gehört.«

»Ah, ihr seid auch schon da!« Jessi trat durch die Tür auf die Veranda, Willi folgte, eine Schachtel Pralinen in der Hand. »Fast hätte ich es nicht geschafft, weil Szenen nachgedreht werden mussten.« Wie gewohnt tat sie sich wichtig hervor. Wenn sie genauso gekünstelt vor der Kamera redete, brauchte man gar nicht erst die Frage stellen, an wem es gelegen hatte, dass überhaupt Szenen nachgedreht werden mussten. Schade, dass sie rechtzeitig im Kasten gewesen waren und sich nun Jessi neben mich setzte und nicht Tom.

»Du musst unser Geschenk noch auspacken.«

»Da hast du aber recht, Ben.« Willi nahm das meisterhaft mit Klebeband umwickelte Geschenk und machte sich ans Auspacken. Ich war mir sicher, ebenso gespannt zu sein wie meine Kinder und ebenso glücklich mit unserem Geschenk. Willi hielt ein kleines, selbst gebundenes Buch in den Händen. »Für Willi von Ben, Emma, Theo und Anne«, las er vor, dann schlug er es auf und blätterte durch die Seiten: »Gutschein für Rasenmähen von Ben, Gutschein für Kniffel-Spielen von Emma, Gutschein für *Star Wars*-Karten-Sortieren von Theo, Gutschein für Unkrautzupfen, Heckenschneiden und Blumenzwiebelsetzen von Anne«, las er weiter. »Ein Gutscheinheft«, schloss er schließlich.

»Extra für dich. Jeder hat sich drei Sachen überlegt.« Ben sah sehr zufrieden aus. Ich strich ihm über den Kopf und ergänzte: »Zwölf Gutscheine für dein neues Lebensjahr, einlösbar, wann immer du möchtest.«

Willi war gerührt. »Danke.«

»Kommen deine Tochter und deine Enkel aus München denn gar nicht?« Irgendwie verdarb mir Jessis unpassender Kommentar das wohlige Gefühl, Willi eine richtige Freude gemacht zu haben.

»Nein, sie muss arbeiten und hat nicht freibekommen. Aber ich fahre morgen für zwei Wochen zu ihr.« Er stand auf. »So, jetzt hole ich den Kaffee, und dann gönnen wir uns von jedem Geburtstagskuchen mindestens ein Stück.«

Willi war im Haus verschwunden. »Unmöglich.« Jessi schüttelte den Kopf, und ich fragte mich, ob sie vielleicht Selbstgespräche führte, weil sie es mehr geflüstert hatte. Trotzdem hakte ich nach: »Unmöglich?«

Sie sah mich an. »Ja, dass seine Tochter nicht hier ist. Den Tag hätte sie sich doch wohl frei nehmen und hierherkommen können. Seit ich hier wohne, war sie noch nie da. Ich fahre immer nach Hause, wenn meine Eltern Geburtstag haben.«

»Auch wenn du drehen musst? Ich dachte ja, du bist unabkömmlich«, war das Einzige, was ich entgegnen konnte, bevor Willi mit einer Kanne Kaffee wieder auf der Veranda erschien. Den ganzen Vortrag, den ich ihr gerne gehalten hätte, nämlich dass sie wahrscheinlich ein verzogenes Prinzesschen war, das keine Ahnung vom wahren Leben hatte und glaubte, dass sich alles nur um sie drehte, während Wills Tochter wirklich arbeitete und sich darüber hinaus um ihre Kinder kümmern musste, hob ich mir einfach auf.

Die Kinder nahmen jeder ein Stück ihres selbst gebackenen Schokoladenkuchens und verschwanden in den hinteren Garten, wo in einem der Bäume inzwischen eine Schaukel hing.

»Wer möchte von der Buttercremetorte?«

»Die sieht köstlich aus. Hast du sie etwa selbst gebacken?«, fragte ich beeindruckt.

»Nein, das hat die Konditorei für mich übernommen.« Er legte mir ein Stück auf den Teller. »Jessi?«

»Nein danke, ich trinke nur Kaffee. Ich will nicht, dass mir ein Stück Sünde auf die Hüften schlägt.«

»Ach komm, heute ist Willis Geburtstag. Da kann deine Diät doch ausnahmsweise pausieren, oder?«, unternahm ich einen Versuch, sie doch noch zur köstlichen Torte zu überreden. Ich fand es unhöflich, dass sie es abgelehnt hatte. Sie könnte die nächsten Tage doch einfach nur drei Salatblätter kauen.

»Das ist für dich nicht so wichtig, aber ich esse bewusst und achte genau auf das, was ich esse. Im Fernsehen sieht man gleich locker zwei Größen schwerer aus.«

Wie hatte sie das gemeint? Ich beschloss, darüber hinwegzugehen, und schluckte mit meiner zweiten Kuchengabel köstlicher Buttercremetorte den Kommentar, dass ich lieber zwei Nummern schwerer aussah, als mir mein Hirn wegzudiäten, einfach hinunter.

Emma nahm sich ein zweites Stück Schokoladenkuchen und fragte: »Was macht zwei Größen schwerer?«

Bevor ich antworten konnte, hatte Jessi bereits: »Wenn man

zu viel Kuchen isst, wird man dick«, in die Welt gesetzt, Emma hatte mit den Schultern gezuckt, und Willi Kaffee nachgeschenkt. Ich war sauer. Mit ihren Bemerkungen mir gegenüber konnte ich leben, aber meiner Tochter die Freude am zweiten Stück Kuchen zu nehmen? Offensichtlich war nicht nur ihr Körper, sondern auch ihr Hirn unterversorgt. Ich fixierte sie mit einem Blick, der ihr auch ohne Worte zu verstehen gab, was ich von ihr hielt, setzte ein zuckersüßes Lächeln auf und bat um ein weiteres Stück Buttercremetorte.

»Ich bin mit fast achtzig in der Tat zu alt, um auf Genuss zu verzichten, und auf meine Taille muss ich auch nicht mehr achten.« Wille grinste spitzbübisch und seine grauen Augen blitzten, als er sich ebenfalls ein weiteres Stück Torte auf den Kuchenteller legte. »Vielleicht muss man sich manchmal auch was gönnen können.« Jessi schüttelte dankend den Kopf und betrachtete ihre perfekt manikürten Fingernägel.

»Kommt Tom auch noch?«, fragte sie, und plötzlich war ich wieder interessiert an dem, was sie von sich gab.

Willi nickte, den Mund voller Torte: »Später. Er wollte versuchen, sich freizuschaufeln.«

Mir gefielen die Antwort und die Aussicht, Tom zu sehen, sehr.

»Ich bin noch auf einem Event eingeladen und müsste mich eigentlich langsam fertig machen, aber dann will ich noch warten. Ich habe ihn schon so lange nicht mehr gesehen.« Jessis Lächeln nach zu urteilen, freute ich mich nicht alleine.

Im Garten ertönte ein lauter Schrei, gefolgt von Bens: »Mama! Theo ist von der Schaukel gefallen …«, und Theos Heulen. Ich rannte hinunter und fand ihn unter der Schaukel kauernd mit einem leichten Ratscher am Knie und einer Beule am Kopf. Ich kniete mich zu ihm und nahm ihn in den Arm. »Wie kann man denn von der Schaukel fallen und sich dabei das Knie aufschlagen und den Kopf stoßen?«

»Weiß nicht«, schluchzte er. »Ich hab einfach nur geschaukelt …« Er schniefte.

»Im Stehen und dann freihändig«, kommentierte seine Schwester trocken. Irgendwie hatte ich genau so etwas gedacht.

»Petze!«, warf er wütend seiner großen Schwester an den Kopf.

»Ich bin keine Petze! Du Idiot!«, hallte es zurück.

»Stopp!« Ich versuchte, dazwischenzukommen und musste dazu auch etwas lauter werden.

»Ben hat gesagt, dass ich nicht freihändig im Stehen schaukeln kann.« Theo machte wieder auf unschuldiger Kleiner, wischte sich mit seiner dreckigen Hand die Tränen aus den Augen und zog den Rotz hoch. Auch diese Enthüllung überraschte mich nicht.

Ben stand grinsend an der Schaukel. »Und? Hatte ich recht?«, sagte er triumphierend.

»Blödmann!«, schrie Theo.

»Jetzt reicht's! Ihr seid alle nicht unschuldig, und es muss sich weder jemand zum Opfer hochspielen noch müssen abfällige Bemerkungen gemacht werden! Ist das klar?!«

Drei Kinder nickten, zaghaft und nicht auf Anhieb, sondern erst nachdem ich meiner Ansage weitere deutliche Worte hatte folgen lassen. »Und keine weiteren Stunts mehr. Nicht nur heute! Und vor allem keine Schimpfwörter. Mensch!«, schloss ich mit Nachdruck.

»Jemand, der es wissen muss, hat mir den hilfreichen Tipp gegeben, mich nicht mit eurer Mutter anzulegen«, hörte ich Tom hinter mir. Ich stand auf, drehte mich möglichst würdevoll um und verfing mich direkt in seinen klaren, blauen Augen, die belustigt schmunzelten. Na wunderbar. Da hatten wir ja wieder eine tolle Show hingelegt. »Hallo, ihr Hansens.«

»Hallo«, die vorbildlichen Kinder.

»Hallo«, die etwas derangierte Mutter. »Komm Theo, wir gehen dein Gesicht waschen.«

»Ich finde ja, dass man Kinder auf keinen Fall unbeaufsichtigt lassen sollte.« Jessi war neben Tom erschienen.

»Du findest ja auch, dass man auf keinen Fall von der leckeren Geburtstagstorte essen sollte.« Wie ich aus Jessis Blick las, war mein: »Was du findest, interessiert mich nicht«, angekommen. Sie verdrehte die Augen und stolzierte zurück auf die Veranda, wo Willi entspannt in der Sonne saß.

»Seht ihr, was ich meine?«, hörte ich Tom hinter meinem Rücken Ben und Emma zuflüstern und konnte nichts dafür, dass sich auf meinem Gesicht ein fröhliches Grinsen breitmachte.

»Noch so ein tolles Geschenk!« Willi hatte gerade die Karte geöffnet, die er von Tom bekommen hatte. »Der Maître kocht für uns.« Er hielt die Karte in die Höhe.

»Wie du es dir gewünscht hast.« Tom lächelte Willi lieb an.

»Eine wunderbare Idee«, flötete die Person, die den leckeren Geburtstagskuchen verweigert hatte und die sich darüber hinaus übrigens schnell neben Tom gesetzt hatte, auf *meinen* alten Stuhl. »Und wann ist es so weit? Ich möchte doch dabei sein und muss schauen, dass ich falls nötig meinen Drehplan umgelegt bekomme.« Wieder klimperten ihre dunkelbraunen Augen Tom an, und ihre perlweißen Zähne glänzten in ihrem strahlenden Lächeln.

Einen Termin zu finden, war gar nicht so leicht. Willi brach am nächsten Tag in Richtung München auf, kurz nach seiner

Rückkehr würde er auf Kreuzfahrt gehen, Jessi tat sich mit ihrem Drehplan wichtig hervor, Toms Arbeitszeiten, mein Alltagschaos; trotzdem fanden wir einen Termin, von dem ich wusste, dass ich mich schon jetzt darauf freute, selbst wenn Jessi käme.

Irgendwann hatte Jessi sich in Richtung ihres Events verabschiedet, die Kinder waren im Bett, und gerade hatte sich Willi mit den Worten »Bleibt ruhig noch im Garten. Mein Zug geht morgen früh, und ich habe noch nicht gepackt« ins Haus zurückgezogen. Auf einmal saßen Tom und ich alleine im Garten, ein Glas Rotwein in der Hand. Der Nachmittag und der Abend waren nur so dahingeflogen. Zu dritt hatten wir uns über Gott und die Welt unterhalten und viel miteinander gelacht. Zu zweit schwiegen wir uns nun an, und obwohl sich das Schweigen nicht unangenehm anfühlte, war ich ein wenig aufgeregt, bewegte das Weinglas und sah dem letzten Tropfen Rotwein zu, wie er Ellipsen schlug.

»Möchtest du noch einen Schluck?« Tom beugte sich vor.

»Auch wenn ich es beim Aufstehen morgen früh wahrscheinlich bereuen werde, gerne.« Ich lächelte ihn an.

»Wie lange ist es noch bin zu den Sommerferien?«

»Fünf Wochen.«

»Habt ihr Reisepläne?«

Ich schüttelte den Kopf. »Das heißt, ich nicht, aber die Kinder werden drei Wochen mit ihrem Vater verbringen. Eigentlich mag ich noch gar nicht an diese drei Wochen denken.«

Tom nickte. »Wie lange seid ihr getrennt?«, fragte er leise.

»Ach, gibt es doch noch etwas, was die Klatschtanten nicht verraten haben?«

»Du musst nicht antworten, wenn du nicht möchtest.« Tom

hatte meinen Witz falsch verstanden, und ich fand es bezaubernd, dass er verlegen erschien.

»Nein« – ich trank einen Schluck Wein und sah ihn an – »das ist okay. Alex ist vor über einem Jahr ausgezogen, nachdem er mir die Affäre mit seiner neuen Freundin, die schon über ein halbes Jahr lief, gebeichtet hatte. Es war nicht leicht, aber seit einem Monat sind wir geschieden, und es ist inzwischen okay. Die Kinder haben es gut verkraftet.« Ich machte eine Pause und betrachtete erneut die Ellipsen in meinem Glas. »Und ich auch«, dann sah ich wieder auf, und unsere Blicke trafen sich. »Es ist gut so, wie es ist.« Ich hielt seinem Blick stand.

Seine Augen lächelten mich offen an. »Du hast tolle Kinder. Ben, offen und aufgeschlossen, Emma, verantwortungsbewusst ihre Brüder im Auge, aber auch skeptischer und abwartender als ihre Brüder, und Theo, mit seinem ganz eigenen Charme und Humor.«

Wenn ich bisher nicht dabei gewesen war, mich in Tom Paulsen zu verlieben, war das der Punkt, an dem mein Herz einfach ein kleines bisschen Platz machte und ihn hineinließ.

»Danke schön.« Noch immer hing ich fest an seinem Blick. »Kannst du dir oft so einfach wie heute einen Nachmittag und Abend freischaufeln?«, hörte ich mich sagen.

»Das geht schon. Ich meine, es ist mein Restaurant, und oft gönne ich mir den Luxus eines freien Tages oder Wochenendes nicht, aber ich habe ein kleines und sehr gut eingespieltes Team, auf das ich mich verlassen kann. Einmal im Jahr haben wir zwei Wochen Betriebsurlaub. Sonst sprechen wir uns untereinander ab.«

»Du lebst für das *Pauls.*«

»So weit würde ich nicht gehen. Ich liebe meinen Beruf und mein Lokal, aber das Leben selbst sollte mehr sein. Auch wenn es sich mit all dem, was in meinem Alltag gerade passiert, vielleicht nicht vereinbaren lässt.« Ich dachte über das, was er gesagt hatte, nach. War sein Beruf der Grund, warum er keine Familie hatte? »In den letzten Jahren hat sich alles um meinen Job gedreht und um meinen Traum, das eigene Restaurant.« Er lehnte sich zurück und sah in den Himmel. Ich musterte ihn von der Seite. Sein unruhiges Leben musste der Grund sein, an Aussehen und Charme konnte es nicht liegen. Von beidem hatte er eine Menge mit auf den Weg bekommen. Er hatte die Hände hinter dem Kopf geschlossen.

»Dann wäre es vielleicht ein Ansatz, hin und wieder mehr Freiraum vom *Pauls* zu nehmen und sich mehr freie Tage zu gönnen«, schlug ich vor. »So wie heute.«

Er wandte sich mir zu. »Wenn du mir versprichst, mir dabei hin und wieder Gesellschaft zu leisten.«

Brausepulver.

»Das wird sich wahrscheinlich nicht vermeiden lassen. Ich meine, wir wohnen in einem Haus, da läuft man sich über den Weg.«

»Ich hoffe, dass es heute Abend nicht zu schlimm war, deinen Abend mit mir teilen zu müssen.«

»Ich bin da nicht so wählerisch. Und so lange der Wein gut ist.«

»Das heißt, du hast den heutigen Abend schön getrunken?«

»Nein, das muss ich nicht. Ich finde dich auch so gut aussehend.«

Warum passierte es mir immer wieder, dass ich Sachen nicht einfach nur dachte? Innerlich fluchte ich laut. Tom war zum Glück in sein warmes Lachen ausgebrochen, und ich musste einfach mitlachen. »Du bist süß, Anne Hansen. Um keinen Spaß verlegen. Aber weißt du was?« Er lehnte sich unverschämt grinsend zu mir und war ganz nah. Sein intensiver Blick traf mich, noch immer damit beschäftigt, über mich selbst den Kopf zu schütteln. »Und das ist mein voller Ernst: Ich gebe dir das Kompliment zurück.«

Blubberndes Brausepulver.

»Ihr seid ja immer noch hier.« Wie gerne hätte ich Jessi wieder in die Dunkelheit geschubst, aus der sie in den Garten getreten war.

»Jessi? Ist dein Event etwa schon vorbei?«, fragte ich und fühlte mich irgendwie ertappt, mehr noch aber gestört, sehr gestört. Ich spürte, dass Tom mich nach wie vor ansah. Merkte sie nicht, dass sie störte? Merkte sie nicht, denn sie ließ sich auf einen Stuhl fallen und begann von dem Event zu erzählen. Jessi redete wie ein Wasserfall und fand es nicht weiter befremdlich, dass weder Tom und ich uns an ihrem Selbstgespräch beteiligten.

Tom hatte aufgehört, mich anzusehen. Die Stimmung war dahin. Die Kirchturmuhr schlug einmal, und plötzlich wurde mir die Zeit bewusst. Ich stand auf.

»Schon ein Uhr? Mein Wecker klingelt in fünf Stunden. Ich muss ins Bett.«

»Für mich ist es auch Zeit.« Tom erhob sich ebenso.

»Wartet, ich bleibe hier doch nicht alleine im Garten.«

Na toll …

Im Gänsemarsch gingen wir durch das Treppenhaus nach oben, erst ich, dann Tom und schließlich Jessi, deren hochhackige Schuhe klackerten. An meiner Tür angekommen, drehte ich mich um. Ich gebe zu, dass ich die leise Hoffnung hatte, Jessi würde einfach weitergehen und Tom und ich hätten einen kleinen, letzten, gemeinsamen Moment. Man sollte jedoch nicht auf zu viel hoffen.

»Das war ein sehr schöner Abend«, sagte ich.

Tom nickte, und bei seinem Blick war das Brausepulverblubbern zurück.

»Na, da wäre ich wohl besser zu Hause geblieben. Das nächste Mal lasse ich den Event sausen und bleibe bei euch. Dich sehe ich außerdem viel zu selten.« Ihre Augen klimperten Tom von der Seite an, und sie schenkte ihm ein perfektes Fernsehlächeln. Dass sie mich damit nicht meinte, war offensichtlich, ich wurde nicht weiter registriert. Das Licht im Treppenhaus ging aus, und Jessi drückte wieder auf den An-Knopf.

»Also dann, gute Nacht«, sagte ich schließlich.

»Schlaf gut.« Tom lächelte, und bevor ich in seinen tiefblauen Augen versank, drehte ich mich um und schloss meine Wohnungstür auf.

»Nicht, dass du wichtige Chancen verpasst, die sich auf Events immer wieder bieten«, hörte ich Tom zu Jessi sagen, während sie nach oben gingen. Ich schloss die Tür leise hinter mir, stand eine Weile im Flur und kostete das wunderbare Gefühl aus, das sich in mir breitgemacht hatte.

»Mama? Bist du das?« Emma kam aus ihrem Zimmer getapst und sah mich verschlafen an.

»Hey, Süße, schnell wieder ins Bett. Es ist schon ganz schön spät.«

»Kann ich bei dir schlafen?« Ihre Augen waren gar nicht richtig offen und ihre Haare standen wild und wuschelig um ihren Kopf.

»Klar, husch schon mal vor. Ich bin gleich da.«

Emma tapste genauso verschlafen, wie sie im Flur erschienen war, in mein Bett, und ich ging ins Badezimmer, wo es mir einige Schwierigkeiten bereitete, breit und glücklich lächelnd die Zähne zu putzen.

26.

Ich mochte Nippes, den Stadtteil, in dem ich wohnte, die Neusser Straße, wo sich alteingesessene Kölsch-Kneipen eine italienische Eisdiele und kleine, nette Läden, in denen es lauter schöne Sachen zu kaufen gab, an gut sortierte Buchhandlungen, türkische Imbisse und Supermärkte, den Rewe-City oder die kleine Kaufhof-Filiale reihten. Die kleinen Straßen, teilweise mit Kopfsteinpflaster, die gemütlichen Cafés, im Sommer die Stühle und Tische einfach draußen auf den schmalen Bürgersteigen, die kleine Galerie um die Ecke, der Obststand mit dem netten Verkäufer, die Häuser, Jugendstilfassaden neben grauen Nachkriegsbauten, bepflanzte Blumenkästen auf den Fensterbänken, die netten Menschen, die ihre Hunde Gassi führten oder glücklich hinter ihrem Kind herrannten, das laut jauchzend auf einem Laufrad davonflitzte, der Samstagsmarkt direkt auf dem kleinen Platz vor der Kirche. Und ich mochte meine Straße. Die Turmstraße war besonders reizend. Der perfekte Mix aus wunderschönen alten Häusern, Aschenputtel-Fünfziger-Jahre-Bauten, großen Bäumen und Kopfsteinpflaster. In meinen Augen atmete man in dieser Straße eine ganz besondere Atmosphäre.

Gemüse, Obst und frische Blumen im Fahrradkorb, kam ich von meinem Ausflug zum Markt nach Hause. Ich hatte noch immer das glückliche Lächeln im Gesicht, das seit vorgestern nicht verschwunden war und das alles in sonnigeres Licht tauchte, auch wenn es gestern mal wieder geregnet hatte. Mein Leben war wie der Himmel, in den ich blickte – wolkenlos … Oder so blau wie Toms Augen. Ich war ihm gestern leider nicht begegnet, was nicht so schlimm war, denn wenn er frei hatte, würden wir wieder Zeit zusammen verbringen. Die schweren Einkaufstüten in der einen Hand, die Blumen unterm Arm verfluchte ich meine viel zu große Tasche, weil ich meinen Hausschlüssel schon wieder nicht auf Anhieb fand. Ein Matchbox-Auto, die kleine Notfall-Pflaster-Box, ein Lippenstift, mein Handy, den Stein, den Emma vor ein paar Wochen im Park gefunden hatte, der Einkaufszettel … aber kein Schlüssel. Irgendwo musste er doch sein. Die Einkaufstüten wurden langsam schwer, so dass ich meinen Arm an die Haustür lehnte, die im selben Moment von innen geöffnet wurde, so dass ich die Tüten nicht mehr halten konnte und sich meine Äpfel auf dem Boden verteilten.

»Oh, das tut mir leid!« Vor mir stand Tom … und eine fremde Frau. »Ich helfe Ihnen.« Die Frau hatte sich schon hingekniet und begonnen, die Äpfel wieder aufzusammeln, und war fertig, bevor ich dazu in der Lage gewesen wäre, mich zu bewegen. Ich hielt einfach nur die Tüte auf, in die sie die Äpfel vorsichtig legte, und war mir sicher, dass man mir meine Irritation mit Sicherheit ansah. »Das hätten wir.« Sie lächelte mich strahlend an. »Sie müssen Toms neue Nachbarin sein.«

Ich hatte bisher nur die Frau angesehen, ihre langen, gewellten und schimmernden schwarzen Haare, die grünen Katzenaugen in einem fein geschnittenen, ebenmäßigen Gesicht, den fein geschwungenen Mund. Nun wanderte mein Blick zu Tom, der einfach nur dastand. »Genau, das ist Anne«, sagte er, und ich nickte.

Die Frau strahlte mich offen und wirklich freundlich an und streckte mir die Hand entgegen: »Hallo. Ich bin Linda. Toms Freundin.«

War vor zwei Minuten noch alles sonnig gewesen, stand ich nun plötzlich in einer grauen Nebelwand und hörte mich: »Freut mich«, sagen, während wir uns die Hand gaben.

»Tom hat schon viel von Ihnen und Ihren Kindern erzählt.«

Hatte er? Auch von vorgestern Abend? Wahrscheinlich so viel, wie er mir von ihr erzählt hatte.

»Ich hoffe, nur Gutes.« Inzwischen hatte ich zumindest meine äußere Fassung wieder. »Wir sind vor einem Monat eingezogen. Dass wir uns noch nie über den Weg gelaufen sind …« Ich schüttelte den Kopf und bemühte mich um ein ebenso freundliches und lockeres Lächeln.

Linda lachte hell auf: »Tom und ich sehen uns leider nicht so oft, wie wir gerne würden. Ich bin Journalistin und arbeite im *ARD*-Studio in New York. Tom hat sein *Pauls*, und ich bin auch sehr eingespannt. Ich habe spontan freibekommen. Dienstagfrüh fliege ich schon wieder zurück. Aber« – sie strahlte ihn verliebt an – »du hast dir das Wochenende frei genommen.«

Er hatte sich das Wochenende frei genommen.

»Na, dann wünsche ich sehr schöne Tage«, sagte ich vielleicht etwas zu bemüht fröhlich.

Linda nahm Toms Hand. »Danke Anne, dir auch ein schönes Wochenende«, sagte er zu mir, dann wandte er sich an seine Freundin: »Komm, wir müssen los.« Er öffnete die Tür.

»Es war schön, Sie kennengelernt zu haben«, rief mir Linda freundlich zu, als sie mit Tom nach draußen verschwand.

Kurz musste ich mich auf die Treppe setzen und ihnen in Gedanken nachblicken, wie sie verliebt und Hand in Hand durch die Straßen spazierten. Dann stand ich wütend auf und marschierte die Treppe nach oben, schloss die Wohnungstür auf, knallte Einkaufstüten und Blumen auf den Küchentisch und ging in mein Schlafzimmer. Ben, Emma und Theo steckten zaghaft ihren Kopf durch die Tür und fragten, was los sei. »Ich gehe laufen!«

»Du gehst was?« Die drei guckten ungläubig. »Es ist doch gar nicht Dienstag.«

Schon hatte ich meine Laufsachen an, die Schuhe gebunden und das Handy in meiner Handtasche gefunden; sogar auf Anhieb. »Tut mir einen Gefallen, vertragt euch und unternehmt keinen weiteren Versuch, das Haus abzufackeln. Ich bin nicht lange weg und hab das Handy für den Notfall dabei. Wenn ihr wollt, könnt ihr in der Zeit fernsehen. Aber ohne Streit ums Programm.« Meine Kinder nickten irritiert, aber ich wusste, dass ich mich auf sie würde verlassen können. Ganz besondere Mama-Tonfälle duldeten nichts anderes. Ich zog die Wohnungstür hinter mir zu, drückte auf Mellis Nummer und rannte die Treppenstufen nach unten und durch die Haustür.

»Guten Morgen, Liebelein«, tönte es fröhlich.

»Melli, ich bin in drei Minuten bei dir. Dann hast du Zeit zu haben und in Laufkleidung vor der Tür zu stehen.« Ich hatte aufgelegt und war losgelaufen, wissend, dass Melli lauffertig auf mich warten würde, denn auch bestimmte Anne-Tonfälle duldeten nichts anderes.

»Oh Mann, Anne, du läufst ja heute so, als wolltest du in Annettes Training einsteigen.« Melli rannte hinter mir her.

»Vorgestern bittet er mich, seine freie Zeit mit ihm zu verbringen, und hat dabei vergessen, zu erwähnen, dass er am Wochenende frei hat *und* ganz andere Gesellschaft meiner

Gesellschaft vorzieht! Ich bin *so* blöd!!! Boah, laufe die letzten Tage entrückt durch die Welt und finde alles schön, sogar Ronnys bescheuerte Bemerkungen in Deutsch, und dann steht er da, Hand in Hand mit einem wunderschönen und bezaubernd freundlichen Schneewittchen. Wenn die sieben Zwerge hinter ihr auf der Treppe gestanden hätten, ich wäre nicht verwundert gewesen. Aber da stand nur sie, in einer weiten und lässigen weißen Bluse und einer schwarzen Hose, die ihre langen Beine und den beneidenswerten Po einfach spektakulär in Szene gesetzt hat.«

»Zumindest scheinst du deinen Humor nicht verloren zu haben.«

»Der Vergleich mit Schneewittchen war nicht witzig gemeint.« Ich schenkte Melli einen bösen Blick. »Ich wollte dir nur beschreiben, wie perfekt sie war. Journalistin im New Yorker *ARD*-Studio. Ich schätze sie auf maximal Ende zwanzig. Und daneben ich. Ich bin so wütend auf mich selbst. Mensch, *wie* verzweifelt muss ich sein?! Ich dachte echt, dass er mit mir flirtet und Interesse an mir hat.«

»Jetzt reicht's!« Melli blieb stehen. »Ich mache keinen weiteren Schritt. Und du hörst auf, rumzuwimmern!« Sie sah mich entschieden an. »Und nachdem ich dir die ganze Zeit zuhören musste, hörst du mir jetzt zu. Du setzt dich hier auf die Bank neben mich.« Ich wagte nicht, ihr zu widersprechen. »Ich habe die Nase voll davon, dass du dich immer so abwertest. Wenn du hier schon im Märchenmotiv unterwegs bist und Toms Freundin mit Schneewittchen vergleichst, dann bist du Aschenputtel!«

»Genau, verzweifelt und grau.«

»Nichts mit verzweifelt und grau. Aschenputtel ist auch in Lumpen wunderschön. Nicht, dass du dich in Lumpen kleidest, aber du benimmst dich manchmal so. Anne, warum sollte Hannes dir Avancen machen? Der sieht aus, als wäre er aus der aktuellen *Calvin Klein*-Unterwäschekampagne gesprungen. Deine blonden Locken, dein ansteckendes Lachen und die strahlenden Augen, dazu dein Humor, die Energie und die Leidenschaft, mit dem du das, was du dir vorgenommen hast, angehst und umsetzt, dein gutes Herz und dein offenes und hilfsbereites Wesen. Und deine drei Kinder sieht man deiner Figur nicht an.« Sie holte Luft, schien aber noch lange nicht fertig. »Ich bin mir sicher, dass du dir das Flirten und die Komplimente nicht eingebildet hast, und eigentlich weißt du das auch. Dann ist Tom Paulsen eben kein überaus gut aussehender Prince Charming, sondern ein charmanter und überaus gut aussehender Mann, der gerne mit attraktiven Frauen flirtet, obwohl er eine wunderschöne und allem Anschein nach auch blitzgescheite Freundin hat. Davon gibt es eine ganze Menge. Das heißt, dass die Wahrscheinlichkeit, auf einen von diesen zu treffen, größer ist, als die, Prince Charming über den Weg zu laufen. That's life!«

»Aber …«

»Kein aber. Klar darfst du verärgert sein, dass er dir nichts von seiner Freundin erzählt hat. Aber er hat keine Grenze überschritten, hinter der es keinen *Point of no return* gab und er scheint dich und die Kinder als Nachbarn sehr zu mögen.«

»Nachbarn«, murmelte ich vor mich hin.

»Ja, Nachbarn. Auch nicht schlecht, einen gut aussehenden Nachbarn zu haben, mit dem man ein wenig flirten und Lachen und Spaß haben kann, der Kinder mag und grandios kochen kann.«

»Pffttt … Whatever.«

»Ach komm, irgendwann wird schon dein Prince Charming kommen. Ich sehe ihn schon genau vor mir: auf einem Pferd, barfuß, in enger Jeans und mit nacktem, durchtrainiertem Oberkörper, ein markantes Gesicht, die schwarzen Haare fallen ihm verwegen in die Stirn. Die Zügel hält er locker in der Hand. Sein intensiver Blick sieht dich, verschwitzt und erschöpft hier auf der Parkbank sitzend, nur einen Laufschuh an den Füßen. Gerade hat es noch geregnet, aber jetzt bricht die Sonne durch die Wolken und scheint auf den Laufschuh, den er in seiner einen Hand trägt und der nur deiner sein kann …«

»Verschone mich mit dem Rest. Oder schreib alles auf und schick es an SAT.1. Vielleicht machen die ja einen *FilmFilm* draus.« Melli hatte es geschafft und mich zum Lachen gebracht. »Komm, weiter geht's. Bevor die Kinder sich ein neues Inferno überlegen.« Ich war aufgestanden.

»Kein Erbarmen?«

»Das Leben hat auch kein Erbarmen mit mir.«

»Na, dann sieh zu, dass du loskommst, Aschenputtel, dein Schuh wartet nur darauf, verloren und gefunden zu werden.«

27.

Dass ich das weitere Wochenende über gute Laune gehabt hatte, wäre eine Übertreibung gewesen. Irgendwie war ich nach wie vor grumpelig, vor allem, weil ich mir nicht eingestehen wollte, dass ich ein kleines bisschen Liebeskummer hatte und mir dabei ganz schön blöd vorkam. Ich hatte über das, was Melli mir gesagt hatte, nachgedacht und musste versuchen, Tom aus meinem Kopf zu kriegen, jedenfalls auf diese eine Weise. Sicherlich hatte sie recht, dass er keine Grenze überschritten hatte, aber wir hatten schon auf Teufel komm raus miteinander geflirtet, und in meinen Augen gehörte sich das nicht, wenn man in einer Beziehung war. Ich war Tom und Linda am Wochenende nicht wieder über den Weg gelaufen und hatte auch der Versuchung widerstanden, an den Türspion zu gehen, wenn im Treppenhaus Schritte zu hören gewesen waren. Ich nahm es ihm nach wie vor übel, dass er mir nicht gesagt hatte, dass er eine Freundin hatte. Gelegenheit dazu hatte er sicherlich gehabt. Oder? Vielleicht hatte er nur Rücksicht auf mich genommen, weil ich die Trennung von Alex hinter mir hatte, und er darum nicht von seiner glücklichen Beziehung erzählen wollte?

»Frau Hansen? Ich habe keinen Bock auf diesen Scheißtext!«

»Bitte?« Ich war mit meinen Gedanken abgekommen, und Ronny stand vor mir.

»Ich. Habe. Keinen. Bock. Auf. Diesen. Scheißtext.«

Montag, erste Stunde, Deutsch in der 10a. Da war ich. Nicht mehr in Gedanken bei Tom Paulsen.

»So? Ronny, soll *ich* dir mal sagen, auf was ich keinen Bock habe?« Ronny hatte einen ganz schlechten Moment erwischt. »Auf dein blödes Gelaber und den permanenten Drang, gegen alles zu sein. Auf deine ewigen Beschwerden, dass das alles hier scheiße ist, was ich im Unterricht mache.« Es war mucksmäuschenstill, und man hätte eine Feder fallen hören können. »Der Text ist von Wolfgang Borchert. Und wenn du wissen willst, was wirklich scheiße war, dann lies dir den Text über sein Leben auf Seite siebenundsechzig im Deutschbuch durch. Wenn Borchert mit Sicherheit auf etwas keinen Bock hatte, dann auf ignorante, bornierte und impertinente Schüler, die seine empfindsamen Texte, in denen er sein Kriegstrauma verarbeitet hat, als Scheißtexte bezeichnen. Ich im Übrigen auch nicht.« Ronny starrte mich an. »Du hast die Wahl. Entweder du setzt dich an deinen Platz, benutzt endlich mal dein Hirn und beweist dir und auch uns, dass du auch reflektiert denken kann, oder du lässt dich und uns darüber im Dunkeln und gehst. Ich denke, dass du mit deinen achtzehn Jahren in der Lage bist, diese Entscheidung zu fällen.«

Ronny nahm seine Sachen und ging. Ich blickte mich um. Vierundzwanzig Augenpaare blickten mich groß an. »Sonst noch jemand mit dem besonderen Drang, seinen Unmut kundzutun?« Ein gemeinschaftliches Kopfschütteln und alle senkten wieder ihre Köpfe über den Text.

»Wie hast du es geschafft, dass Ronny tatsächlich freiwillig gegangen ist? Sonst gibt er doch Kontra, Kontra, Kontra und weidet sich am Konflikt.« Peter hatte sich im Lehrerzimmer auf den leeren Stuhl neben mir fallen lassen. »Es ist so angenehm in der Klasse zu unterrichten, wenn er nicht da ist.«

Ich zuckte mit den Schultern.

»Leg dich nicht mit unserer Frau Hansen an, wenn sie eh schon schlechte Laune hat.« Melli setzte sich zu uns.

Unsere Konrektorin kam ins Lehrerzimmer: »Tragen Sie sich bitte in die Liste für den Kollegiumsausflug am Freitag ein, damit ich weiß, wie viele Karten ich für die Domführung und für wie viele Personen ich im Brauhaus reservieren muss«, bat sie uns, bevor sie wieder ins Rektorat eilte.

»Der alljährliche Kollegiumsausflug«, stöhnte ich.

»Was denn? Ich finde es immer lustig.«

»Klar, du bist ja auch einer der wenigen Hähne im Körbchen inmitten lauter angeschickerter Glucken, die sich gackernd um dich scharen und dabei aufeinander rumpicken.« Melli hatte es auf den Punkt gebracht.

»Nö, in diesem Jahr werde ich auf eure Gesellschaft angewiesen sein, weil sich alle um diesen jungen Mann scharen werden.« Peter nickte in Hannes' Richtung, der gerade ins Lehrerzimmer gekommen war und sofort von Nadja in Beschlag genommen wurde. Melli und ich mussten lachen. Es klingelte. Die große Pause war zu Ende.

»Ihr kommt doch?«, fragte Peter.

»Klaro«, antwortete Melli sofort. »Dieses alljährliche gesellschaftliche Ereignis lasse ich mir doch nicht entgehen.«

»Und du Anne?«

»Ich denke schon, wobei sich meine Lust darauf in Grenzen hält. Die Kinder fliegen an dem Wochenende zum ersten Mal zu Alex nach London, und am Samstag feiert meine Mutter ihren siebzigsten Geburtstag.«

»Ich finde, dass das Wochenende dann ganz laut danach

ruft, am Freitag fröhlich eingeläutet zu werden«, stellte Peter überzeugt fest.

»Wonach ruft das Wochenende?« Hannes hatte es geschafft, sich von Nadja loszueisen, und stand vor uns.

»Danach, unserem Referendar zu zeigen, was so ein richtiger Kollegiumsausflug ist«, klärte Peter ihn grinsend auf.

»Dann ist es jetzt wohl meine Pflicht, mich ganz strebsam als Erster in die Liste einzutragen?«

»So sieht's aus.« Peter nickte.

»Aber ihr kommt doch auch?« Hannes sah mich an, doch Melli antwortet für uns beide. »Natürlich.«

Es klingelte zum zweiten Mal zum Stundenbeginn, und im Lehrerzimmer herrschte auf einmal Aufbruchstimmung. »Ich muss los in Volkers Klasse. Soll ich noch was kopieren?«

»Ich habe die beiden Arbeitsblätter schon kopiert, hatte eben ein bisschen Leerlauf.«

»Danke, Anne. Dann sehen wir uns in der vierten Stunde.« Er drehte sich um und ging. Bevor er aus dem Lehrerzimmer eilte, trug er sich allerdings in die Liste ein. Als Nadja ebenfalls einen Stift in die Hand nahm, und ihren Namen auf die Liste setzte, bemerkte Peter trocken: »Seht ihr, es geht schon los«, woraufhin Melli und ich herzhaft lachen mussten.

Während ein großer Teil meiner Kollegen dem Führer durch den Dom folgte, saß ich auf einer der alten, schweren Bänke im Dom und bewunderte das Farbspiel, das das Richter-Fenster auf den Boden warf. In bunten Farben brach sich das Licht auf dem Gang und an den Säulen. Ich hatte die Diskussionen um das Fenster mitbekommen und wusste, dass man es entweder liebte oder hasste. Ich fand es wunderschön, und in meinen Augen passte es einfach zu diesem Dom und seiner bunten Stadt.

»Hab ich dich doch gefunden«, flüsterte es hinter mir. Ich drehte mich um, und Hannes lächelte mich verschmitzt an. »Oder möchtest du lieber alleine sein?«

Ich schüttelte den Kopf, und er setzte sich neben mich.

»Hast du es tatsächlich geschafft, deinen Groupies zu entkommen?«

Er rutschte tief in die Bank und hielt sich einen Finger vor den Mund: »Pssst. Nicht zu laut. Sie sind überall. Duck dich.«

Ich musste lachen und rutschte zu ihm. Beide sahen wir hoch zum Fenster. Eine Weile saßen wir ruhig nebeneinander und blickten einfach in die bunten Farben.

»Schön«, sagte Hannes schließlich.

Ich nickte. »Ich könnte es stundenlang ansehen, und mir würde nicht langweilig werden.«

»Nicht das Fenster. Das auch. Aber ich meine, hier neben dir zu sitzen.«

Ich schwieg.

»Anne?« Er sah mich ernst an. »Warum möchtest du nicht mit mir ausgehen?«

»Ich …«

»Keine Lust auf die Führung gehabt? Ich glaube, so was nennt man schwänzen.« Nadja erschien vor uns und fand ihre Bemerkung ungemein witzig. Verena und Yasmin, zwei weitere, junge Kolleginnen standen neben ihr und kicherten ebenfalls. »Kommt ihr mit auf den Turm?«

»Klar, nichts wie rauf. Über fünfhundert Stufen wollen erklommen werden.« Ich nutzte die Chance, um um eine Antwort herumzukommen, stand auf und ging voran, zurück zur Gruppe. Nadja und Co. würden mir einen zeitlichen Aufschub verschaffen. Vielleicht wusste ich ja dann, was ich Hannes antworten konnte … oder wollte.

Oben auf dem Turm genoss ich die Aussicht auf meine Stadt. Auf die Domplatte, auf Hohe Straße und Schildergasse, die sich wie eine Schlange durch das Häusermeer zogen, auf die kleinen Punkte, die ich unten erkennen konnte, Kölner, Touristen, Pendler, auf den Rhein und Groß Sankt Martin, die Altstadt, die von hier oben wie eine Puppenstadt aussah, auf den Colonius.

»Endlich oben«, schnaufte Melli neben mir. »Und ich hatte gehofft, die allwöchentliche Dienstagsqual würde nicht nur meiner Figur, sondern auch meiner Kondition guttun.«

Ich schmunzelte.

»Ahhhh, genau das wollte ich erreichen. Du hast so nachdenklich ausgesehen, und da dachte ich, machst du mal ein Späßchen auf deine eigenen Kosten, Melanie Weber.«

»Hab dich lieb, Melli.«

»Ich dich auch. Hast du an die Kinder gedacht?«

Ich nickte. »Es ist kurz nach sieben. Alex hat vorhin eine Nachricht geschickt, dass er sie am Flughafen wohlbehalten in Empfang genommen hat. Das heißt, dass sie jetzt bei ihm zu Hause sein sollten. Und bei Naomi.« Ich hatte mir vorgenommen, nicht mehr Bambi zu sagen, aus Angst, dass es mir auch vor den Kindern rausrutschen könnte.

»Komm.« Melli hakte sich bei mir unter. »Das wird schon gutgehen, und Sonntag hast du sie wieder. Und jetzt ist Schluss mit Trübsalblasen! Es geht weiter in *Peters Brauhaus*. Da hat die Seipel reserviert.«

»Hab ich recht gehabt?« Peter saß zwischen Melli und mir, Volker, Susi und Katrin uns gegenüber.

»Womit hast du recht gehabt?«, fragte Volker nach.

»Damit, dass wir in diesem Jahr nicht die geringste Chance haben, Hahn im Korb zu sein.«

Volkers Blick verriet, dass er keine Ahnung hatte, was Peter ihm mitteilen wollte. »Na da«, er deutete auf das andere Ende der langen Holztafel, wo Hannes umringt von lauter Kolleginnen saß, Nadja und Verena neben sich. »Annes Referendar.«

»Er ist nicht mein Referendar!«, widersprach ich.

»Nein?« Katrin grinste mich amüsiert an. »Er wäre es aber *sehr* gerne.«

Ich tat unbeteiligt und trank einen Schluck Kölsch, das der Köbes gerade wieder frisch auf den Tisch gestellt hatte.

»Warum erhörst du den armen Jungen nicht endlich und gehst mit ihm aus?«

»Weil ich nicht mit armen Jungs ausgehe!«

»Das nenne ich jetzt typisch Frau. Es geht nur um das Materielle.« Volker hatte sich in die Runde der breit grinsenden, mir eigentlich gewogenen Kollegen eingereiht. Ich formte mit meinen beiden Zeigefingern ein Kreuz und hielt es in seine Richtung. »Nein, das darf nicht sein, jetzt bist auch du des Teufels. Und jetzt im Ernst: Ich sehe es als meine Mentoren-Pflicht, ihm auch mit auf den Weg zu geben, was in Zukunft bei Kollegiumsausflügen auf ihn zukommt.« Behauptete ich einfach mal.

»Klar …« Susi hatte ich nicht überzeugt. »Seht ihn euch an, den armen Kerl. Belagert bis zum Gehtnichtmehr.«

Ich schaute ans andere Ende des Tisches, wo Nadja mit ihren Haaren spielte und an Hannes' Lippen hing. »Macht euch keine Sorgen, der Hannes ist ohne weiteres in der Lage, sich zu wehren.«

Unsere Tafel war kleiner geworden, und die kleine Gruppe Kollegen, die noch da war, war zusammengerückt, frisch gezapftes Kölsch und eine Menge an Bierdeckeln mit einer noch größeren Menge an Bleistiftstrichen auf dem Tisch. Nadja saß noch immer neben Hannes, beide waren aber inzwischen so nah, dass man ihr Gezwitscher hören konnte. »Man sieht, dass du viel Sport machst« oder »Spielst du ein Instrument? Du hast so feine Hände« oder »Also, ich fand das Referendariat ja so was von anstrengend. Immer wieder hast du Unterrichtsbesuche und wirst beurteilt, und dann die Ausbildungslehrer, die es dir eigentlich beibringen sollten, aber auch keine Burner sind«.

»Hat sie gerade Burner gesagt?«, fragte Melli. Ich nickte. »Frau Hansen, das ging dann wohl glatt gegen Sie.« Melli hob die linke Augenbraue und hob tadelnd den Zeigefinger.

»Ich hätte schon gerne seine Antwort mitbekommen.«

»So wie sie aussieht, war die Antwort nicht so, wie sie gehofft hat.«

»Über was amüsiert ihr zwei auch denn so gut?«, wandte sich Susi an uns.

»Wir erforschen das Balzverhalten des allgemeinen Großstadthuhns.«

»Ich bin Biologielehrerin. Ich kann helfen.«

Melli nickte in Nadjas Richtung.

»Du surfst? Das wollte ich auch schon immer mal lernen. Meinst du, du könntest es mir zeigen?«

Wir drei blickten uns an und prusteten los.

Ich hatte gerade der Toilettenfrau fünfzig Cent auf die Untertasse gelegt, als ich Hannes in die Arme lief, der mir den Weg versperrte.

»Gehört es als Mentorin nicht auch dazu, hilflose Referendare zu retten?«

»Herr Warnke, du bist alles, aber nicht hilflos.«

»Ach ja?!«

»Moment, lass mich überlegen? Du bist soooo sportlich und spielst bei diesen Händen bestimmt ein Instrument, deine Mentorin ist kein Burner, und du hast bald einen Termin als Surflehrer.«

»Ich wusste gar nicht, dass du so sein kannst. Ich dachte, deine Gemeinheit, mir immer wieder ein Date auszuschlagen, wäre nicht mehr zu steigern.« Er kam näher und beugte sich zu mir hinunter. »Du schuldest mir noch immer eine Antwort, Anne.« Mir war warm. Das volle Brauhaus, das ein oder andere Kölsch, Hannes' Nähe. »Warum gehst du nicht mit mir aus?«

Leicht und beschwingt neigte ich meinen Kopf ein wenig zur Seite, legte meine Hand an seine Wange und sah ihm in die Augen. »Darum«, flüsterte ich, entwischte und fragte mich, was in mich gefahren war. Aber ich fühlte mich gut. Sehr gut.

»Ich kriege schon noch meine Antwort, Anne Hansen. *Und* mein Date. Verlass dich drauf!«, rief er mir gut gelaunt hinterher, als ich wieder in den Brauhaussaal trat. Ich war ebenso gut gelaunt, und warum ging ich eigentlich nicht wirklich einfach mit ihm aus?

Das *Dos Equis* war rappelvoll, und ich wusste nicht, wie wir alle, Peter, Volker, Melli, Susi, Hannes, ein paar andere Kolleginnen, natürlich auch Nadja, und ich, der spärliche Kollegenhaufen, der noch übrig geblieben war, es hinein geschafft hatten. Es war heiß, und die Musik wummerte laut aus den Boxen. Melli und ich standen an der Theke, und Melli hatte uns übermütig zwei Mojito bestellt.

»Ich habe schon jetzt Respekt vor dem Riesenkater, der morgen garantiert auf mich wartet«, schrie sie in mein Ohr.

»Du kannst ihn wenigstens pflegen, ich muss adrett zurechtgemacht auf die schicke Geburtstagsfeier meiner Mutter ins *Pauls*!«

Melli riss die Augen auf: »Grundgütiger!«

Ich nickte: »Genau! Nicht nur meine Mutter, ihr Albert und die honorigen Gäste, sondern auch Tom! Auf den bin ich immer noch sauer, und das werde ich ihm sagen!«

Ich sagte das mit voller Überzeugung.

»Mach das«, pflichtete sie mir bei, ebenfalls ein Zeichen dafür, dass sie, genau wie ich, nicht mehr ganz im Vollbesitz ihrer geistigen Kräfte war.

Melli stupste mich an und deutete auf die kleine Tanzfläche, auf der Nadja sich eng an Hannes schmiegte. So sehr ich mich verrenkte und versuchte, einen genaueren Blick zu erhaschen, ich konnte sein Gesicht nicht sehen. »O. Mein. Gott«, sagten Mellis Lippen. Erst wunderte ich mich über mich selbst, dann sah ich klar: Es machte mir was aus, dass sie ihm so nah war. Warum ging ich nicht mit ihm aus? Tom amüsierte sich mit seiner Freundin, warum konnte ich es nicht einfach zulassen, dass ein mehr als gut aussehender junger Mann mit mir ausgehen wollte? Wo ich doch ebenso mit ihm ausgehen wollte. Und vielleicht wollte ich sogar noch manch anderes mit ihm machen.

Ich drückte Melli meinen Cocktail in die Hand und spazierte auf die Tanzfläche, die eher eine kleine, enge Ecke war, in der getanzt wurde, so dass ich ganz schnell dort war, wo ich hinwollte. »Entschuldige Nadja, Dienstpflicht«, schrie ich ihr ins Ohr und versuchte die laute Musik zu übertönen, als ich mich zwischen sie und Hannes zwängte. Sie versuchte zu blocken, aber Hannes machte Platz, und ich spürte seine Hand auf meinem Rücken. »Ich habe das ganze Wochenende keine Zeit, und Hannes und ich müssen uns dringend über die Geschichtsstunde am Montag unterhalten. Ich denke, dass das in Ordnung für dich sein sollte, wo du doch so an seinem Besten interessiert bist«, sagte ich zuckersüß. Nadja sah Hannes entrüstet an. Als sie das, wonach sie gesucht hatte, nicht in seinen Augen gefunden fand, rauschte sie davon. So wie man eben durch eine volle und enge Kneipe davonrauschen konnte. Aber sie gab sich alle Mühe. Ich drehte mich zu Hannes. »Nicht, dass das jetzt falsch verstanden wird, aber du hast mich vorhin an meine Mentorinnen-Pflicht erinnert. Ich bin eine gute Mentorin.«

»Du bist ein Burner.« Ich spürte seine Lippen an meinem Ohr.

Der DJ legte »*We were here*« von Boy auf, und ich begann zu tanzen. Hannes ließ mich nicht aus den Augen, und ich hielt seinem Blick stand. Nah, ganz nah, bewegten wir uns in der Menge. Unsere Körper berührten sich. Seine Hand leicht auf meinem Rücken. Vorsichtig streichelte ich seine warme Haut oberhalb der Jeans. Was auch immer ich hier machte, es fühlte sich einfach wunderbar an. Für mich gab es nur noch die Musik und Hannes. Hannes' Hand in meiner Hand, seine Lippen an meinem Ohr. Ein zartes Knabbern am Ohrläppchen. Ein Schauer, der durch meinen Körper fuhr. »Komm.« Hannes führte mich durch die bebende Menge nach draußen und ein paar Meter die Straße hoch in Richtung Ring, dann drückte er mich an eine Hauswand und küsste mich. Mir blieb der Atem weg, aber ich küsste zurück. Ich musste zurückküssen, so sehr begehrte ich das Gefühl, das seine Küsse in mir auslösten.

»Ist mit mir nach Hause zu gehen Antwort genug?«, fragte ich atemlos.

Ich hatte die Wohnungstür aufgeschlossen, und noch im Flur hatten wir begonnen, uns die Kleider vom Leib zu reißen.

Unsere Lippen fanden sich immer wieder. Ich sah ihn an, während ich langsam seine Hose öffnete und meine Hand in seine Boxershorts glitt. Hannes stöhnte auf, strich mir die Träger des Kleides von den Schultern, so dass es auf dem Dielenboden landete. Er küsste meinen Hals und öffnete meinen BH. Seine Hände fuhren über meinen Rücken, hoben mich hoch und drückten mich gegen die Wand. Ich streifte meinen BH ab, und seine Lippen umschlossen lustvoll meine Brustwarzen. Ich hatte ein Déjà-vu. Nur dass der Kopierer fehlte. Ich presste mich an ihn, nahm sein Gesicht in meine Hände und sah ihn an. »Ich will dich.«

Wieder fanden sich unsere Münder zu einem atemlosen Kuss. Er trug mich ins Schlafzimmer. Vorsichtig legte er mich auf das Bett und küsste mich voller Verlangen. Den Mund, meinen Busen, zart spielte seine Zunge mit meinem Bauchnabel. Langsam und vorsichtig zog er meinen Slip über die Beine und spreizte meine Schenkel. Voller Begierde hob ich mein Becken. Seine behutsamen und zärtlichen Finger, seine fordernde Zunge. In mir bebte alles. Ich zog ihn hoch, umschloss ihn mit meinen Schenkeln, drehte uns und setzte mich auf ihn. Ich wusste nicht, wann ich mich das letzte Mal so begehrt und frei gefühlt hatte.

28.

Mit zwei Tassen Kaffee in der Hand stand ich in der Schlafzimmertür, betrachtete den schlafenden Hannes in meinem Bett und musste breit grinsen. Obwohl es in meinem Kopf wild hämmerte, fühlte ich mich noch immer berauscht. Er begann sich zu räkeln und öffnete verschlafen die Augen.

»Guten Morgen.«

»Guten Morgen.« Er strahlte mich an. »Bist du schon lange auf?«

Ich setzte mich zu ihm aufs Bett und reichte ihm eine Tasse. »Lange genug, um Kaffee zu kochen. Ich denke, den können wir beide gut vertragen. Hier.«

»Danke.«

Irgendwie hölzern saßen wir nebeneinander und tranken unseren Kaffee. Keiner sagte was, aber beide mussten wir immer wieder lächeln.

»Anne …«, brach Hannes die Stille, aber bevor er weiterreden konnte, musste ich etwas loswerden.

»Psst …« Ich legte meinen Zeigefinger auf seinen Mund. »Es war so unsagbar schön, von dir berührt zu werden, dir so nah zu kommen und mit dir zu schlafen. Die Nacht war unbeschreiblich, und ich bin glücklich, dass sie passiert ist.«

»Da ist ein Aber, oder?« Hannes hatte verstanden, und ich nickte.

»Ja …« Ich suchte nach den richtigen Worten. »Du bist mir zu wertvoll für eine Affäre. Ganz abgesehen davon, dass ich für Affären überhaupt nicht gemacht bin. Und für eine Beziehung bin ich noch nicht wieder bereit.«

Hannes stellte den Kaffee zur Seite und nahm mein Gesicht in seine Hände.

»Ich bin in dich verliebt. Ich kann warten, und wir können alles langsam angehen lassen.«

Ich schüttelte den Kopf und blickte ihm ehrlich in die Augen. »Es schmeichelt und gefällt mir, wie du mich ansiehst. Dein Charme, deine Komplimente … Du gibst mir wieder das Gefühl, eine begehrenswerte Frau zu sein. Es ist, als ob du eine Saite in mir zum Klingen gebracht hast, die viel zu lange nicht mehr geklungen hat. Aber ich bin nicht verliebt in dich. Leider.« Und das war die Wahrheit. Ich war nicht verliebt. »Tut mir leid.«

Er strich mir eine Haarsträhne aus der Stirn und über die Wange. »Du bist selbst dann wundervoll, wenn du einem das Herz brichst.«

Ich erschrak. Ich hatte kein Herz brechen wollen. Hätte ich es besser wissen müssen? Wieder suchte ich nach Worten. Hannes las in meinem Blick. Er lächelte: »Ich hätte meinen Charme besser im Griff halten sollen. Ich weiß, welche unwiderstehliche Wirkung er hat. Du hattest gar keine andere Chance, als mit mir im Bett zu landen.« Sein Lächeln war zu einem breiten Grinsen geworden, und ich musste lachen. »So gefällst du mir schon wieder besser. Lachend. Ohne Grübelfalten. Mach dir keine Sorgen um mein Herz. Das heilt. Bei dem Lachen gleich viel schneller. Davon abgesehen …« – er lehnte sich zurück und verschränkte seine Hände hinter dem Kopf – »habe ich die Erinnerung an diese Nacht. Und wer weiß, wenn ich meinen

Charme noch mal so gekonnt einsetze …« Ich schmiss das Kissen nach ihm.

»Hannes. Bitte.« Ich wurde wieder ernst. »Selbst wenn mir bei dem Gedanken, von dir geküsst und berührt zu werden, heiß wird, ändert das nichts an der Tatsache, dass es kein zweites Mal geben wird. Ich mag dich einfach zu gerne.«

Er nickte. »Ich habe verstanden.«

Unbeholfen standen wir uns gegenüber in der Wohnungstür. »Also dann«, sagte ich, um irgendetwas zu sagen.

»Danke, dass du so ehrlich warst.« Ich lächelte ihn an. In den Arm nehmen? Sich die Hand geben? Ich entschied mich für die Umarmung. »Und trotzdem: Es war eine Wahnsinnsnacht«, flüsterte er in mein Ohr, und ich wusste, dass er lächelte.

»Das war es, eine Wahnsinnsnacht«, flüsterte ich zurück. Jemand kann die Treppe hinab, und ich löste mich aus der Umarmung. Tom schlenderte an uns vorbei: »Guten Morgen!«

»Guten Morgen«, sagte ich schnell und zog mein Schlaf-T-Shirt lang.

»Bis Montag«, Hannes hob die Hand und ging.

»Tschüss. Bis Montag.« Ich schloss die Wohnungstür hinter mir und schnaufte laut aus. Als ob das jetzt auch noch hatte passieren müssen. Reichte es nicht, dass mich Montag in der Schule schon alle angucken würden? Jetzt hatte es Tom auch noch mitbekommen. *Anne, wo ist eigentlich dein Problem?* Genau. Wo war mein Problem? Ich war Single, und ich hatte keinen Schüler verführt, sondern einen erwachsenen Mann, oder er mich, oder wir beide uns gegenseitig. Wie dem auch sei, ich hatte eine wilde Nacht mit unglaublich spektakulärem Sex gehabt und mich schon viel zu lange nicht mehr so unbeschreiblich gut gefühlt in meiner Haut. Mein Blick fiel auf die Wanduhr im Flur.

Es war halb zehn. Das Fest meiner Mutter begann um zwölf, und ich hatte versprochen, eine halbe Stunde früher da zu sein. Da war es, mein Problem. Schnell huschte ich ins Badezimmer und unter die Dusche.

Ich hatte es rechtzeitig ins *Pauls* geschafft. Meine Mutter stand, ihren Albert neben sich, an der Bar, hinter der ein Kellner damit beschäftigt war, die letzten Sektflöten auf dem Tresen zu arrangieren. Sie hatte mich entdeckt. »Anne, Liebes, fein, dass du es rechtzeitig geschafft hast.« Anne, Liebes? Meine Mutter hatte mit Sicherheit schon einen Sekt getrunken. »Und wie hübsch du aussiehst.« Zwei Sekt? Eigentlich hatte ich vorgehabt, heute Morgen in Ruhe meinen Schrank durchzugehen, um mit Zeit zu entscheiden, was ich anziehen würde und mich fertig zu machen. Nun hatte ich den Morgen bekanntlich anders verbracht und in Eile einfach das schwarze kurze Kleid aus dem Schrank gezogen, das ich vor zwei Jahren zu Volkers Hochzeit gekauft hatte, dazu die schwarzen, für meine Verhältnisse recht hohen, aber bequemen Keilsandalen. Die Haare, die dankenswerterweise nicht widerspenstig gewesen waren, hatte ich zu einem Knoten hochgesteckt. Die Zeit hatte sogar noch dazu gereicht, mich mit Bedacht und nicht auf die Schnelle zu schminken.

»Herzlichen Glückwunsch zum Geburtstag.« Ich umarmte sie und überreichte ihr das Geschenk, drei selbst gemalte Bilder von Ben, Emma und Theo, zu denen ich sie hatte zwingen müssen. Dazu zwei Karten für das Gastspiel der Wiener Philharmoniker in der Philharmonie, für das ihr Albert keine Karten mehr bekommen hatte – aber ich, über Melli, Simon und die Tante von Simons Kollegen –, und die eigentlich viel zu teuer gewesen waren. »Albert«, flötete sie nun entzückt, »schau, was Anne mir geschenkt hat.« Albert hob beeindruckt eine seiner imposanten Augenbrauen.

Ich blickte mich um. Die Tische waren fein eingedeckt. Weiße gestärkte Decken, weißes Porzellan, Silberbesteck, Kristallgläser, edle Blumengestecke in Cremetönen. Alles passte perfekt, auch zum Outfit meiner Mutter. Sie trug ein feines beiges Bouclé-Kostüm, hohe schwarze Pumps und eine weiße Seidenbluse. Wie immer war sie perfekt frisiert und geschminkt.

Die Küchentür schwang auf, und Tom kam strahlend auf uns zu. »Guten Tag, Frau Frey. Ich gratuliere zum Geburtstag.« Formvollendet gab er ihr die Hand und schenkte ihr eines seiner einnehmendsten Lächeln. Meine Mutter strahlte entzückt zurück. Ja, das konnte er, der Herr Paulsen, Frauen um den Finger wickeln. »Herr Dr. Feldmann, ich grüße Sie.«

»Sie kennen meine Tochter ja schon«, sagte meine Mutter und deutete auf mich.

Toms Blick fiel auf mich. »Wir haben uns heute Morgen schon gesehen.« Er beugte sich zu mir und gab mir einen Kuss auf die Wange. »Strahlend siehst du aus.« Er hatte einen Unterton in der Stimme, den ich wohl gehört hatte, der an meiner Mutter jedoch vollkommen vorbeigegangen war. »Ja, ich finde auch, dass sie heute ganz rosig aussieht«, pflichtete sie ihm bei.

Na toll. Babys waren rosig. Und meine Mutter war nicht dafür bekannt, die Art von Mutter zu sein, die nicht genug von ihren rosigen Babys geschweige denn von Kindern bekommen konnte. Sie hatte zwei Sekt getrunken. Mindestens. Ich warf ihm einen gelangweilten Blick zurück. Er wandte sich wieder an meine Mutter: »Ich hoffe, Sie haben bisher alles zu Ihrer Zufriedenheit vorgefunden.«

Meine Mutter nickte: »Es sieht alles wunderbar aus.«

Albert ergänzte: »Mein guter Freund Dr. Hubertus, Gerichtspräsident a. D., hat Ihr Lokal in den höchsten Tönen gelobt und uns wärmstens empfohlen, das Fest hier auszurichten.«

»Dr. Hubertus ist ein regelmäßiger Gast. Ich freue mich immer sehr, wenn man meine Arbeit schätzt und weiterempfiehlt. Darf ich Ihnen einen Champagner auf Ihren Geburtstag ausgeben?«

Meine Mutter war hingerissen, das sah ich daran, wie sie Tom anstrahlte. »Sehr, sehr gerne.«

Tom öffnete eine Flasche mit einem edlen Etikett und schenkte das sprudelnde Getränk in vier Gläser. Er hob sein Glas: »Auf Sie, Frau Frey, und Ihren Geburtstag. Ich wünsche Ihnen heute ein wunderbares Fest und ein ebenso wunderbares neues Lebensjahr.« Klimperte meine Mutter ihn gerade an, während sie ihm beim Anstoßen in die Augen blickte? Ich schüttelte den Kopf und blickte zur Seite.

»Anne?« Tom sah mich an, das Glas in meine Richtung gehoben. Ich stieß mit ihm an, und irgendetwas lag in seinem Blick, aus dem ich nicht schlau wurde. Bevor ich weiter darüber nachdenken konnte, hatte er sich wieder zu meiner Mutter und Albert gedreht. »Sollten Sie Wünsche oder Fragen haben, zögern Sie nicht und wenden Sie sich an mein Personal oder an mich.« Dann war er wieder durch die Tür.

»Was für ein reizender und blendend aussehender Mann. Und ein vorzüglicher Champagner. Wobei es später auch einen edlen Sekt geben wird«, hörte ich meine Mutter sagen. »Keinen Sekt, mein Liebling, einen Crémant«, entgegnete Albert. Ich beschloss, das Glas Champagner einfach auszutrinken und dass es mir gleich war, ob es nun Sekt oder Crémant war. Hauptsache, es gab heute etwas zu trinken. Das, was in Toms Augen gelegen haben könnte, sollte mir schlicht und ergreifend egal sein, heute würde ich mich nicht über ihn ärgern. Oder über mich. Heute würde ich einfach weiter auf meiner persönlichen, kleinen Wolke durch die Gegend schweben und das genießen, was die letzte Nacht nach viel zu langer Zeit endlich wieder geweckt hatte.

Ich hätte wissen sollen, dass dieses Vorhaben nicht leicht war …

Der Empfang:
»Kommt Alexander später?« Roswitha, eine alte Freundin meiner Mutter, hatte sich zu mir gesellt. Das würde jetzt unangenehm werden. Meine Mutter hatte ihr, so wie es schien, nichts von der Trennung erzählt. Ich schüttelte den Kopf: »Alex und ich sind seit einem Monat geschieden.«

»Nein!«, entfuhr es ihr geschockt. »Aber warum?«

Weil er ein junges, gar nicht so scheues, britisches Bambi geschwängert hat.

»Er wird Vater, und ich bin nicht die Mutter.«

»Oh.« Roswitha fragte nicht weiter, sondern nippte vornehm an ihrem Glas, dann strahlte sie mich an: »Ein wunderbares Fest, nicht?«

»Ein wunderbares Fest.«

Die Begrüßungsrede meiner Mutter:
»Liebe Gäste, ich bin hocherfreut, dass ihr meiner Einladung gefolgt seid, heute zusammen mit mir in diesem exquisiten Restaurant, von dem momentan ganz Köln spricht, meinen Geburtstag zu begehen …« Es war zu klar gewesen, dass sie das betonen würde. »Über das Alter möchte ich heute dennoch nicht sprechen …« Vor allem nicht über das eigene. »Aber über

das Leben.« Welche Einleitung. »Ich kann in meinem Leben nun auf einiges zurückschauen und hatte es wahrlich nicht immer leicht. Doch dann kamst du, mein lieber Albert ...« *Du meine Güte.* Ich trank das Glas Sekt, ich meine, Crémant, das vor mir stand, in einem Zug aus. »Du hast mir die Seiten des Lebens nahegebracht, die ich schon immer hatte kennenlernen wollen, das, worauf ich gewartet hatte. Ich danke dir, für die schönen Jahre und für dieses Fest. Und ich freue mich auf viele weitere, gemeinsame Jahre.« Die Gäste klatschten, und meine Mutter schien ergriffen von ihren eigenen Worten. Albert stand stolz neben ihr. »Und nun bitte ich euch zu Tisch. Auf uns wartet ein delikates Menü, das Tom Paulsen, der helle Stern am Kölner Restauranthimmel, für uns gezaubert hat ...« Ich hatte aufgehört zuzuhören und mich auf die Suche nach dem mir zugeteilten Platz begeben. Meine Mutter hatte natürlich nichts dem Zufall überlassen und sich eine Tischordnung überlegt.

Die Vorspeise:

»Deine Mutter hat mir schon viel von dir erzählt.« Ich lächelte gequält meinen Tischnachbarn an. Meine Mutter hatte mir *nichts* von Dr. Ulrich Albrecht, wie er sich vorgestellt hatte, erzählt. Möglicherweise hatte sie ihn und ihre Idee, uns nebeneinanderzusetzen, absichtlich verschwiegen, was ihr ohne Weiteres zuzutrauen war. Oder aber, und das hielt ich inzwischen für wahrscheinlicher, es gab einfach nichts über Dr. Ulrich Albrecht zu erzählen, weil er nichts von sich gab.

Gar nichts. Bis auf die ausgesprochen höfliche Vorstellung, die knappen Antworten auf meine Fragen – er war Alberts Neffe mütterlicherseits, Richter, wie alle in seiner Familie, lebte in der Familienvilla in Rodenkirchen und spielte in seiner Freizeit gerne Bratsche –, das »Guten Appetit« und nun dieser Satz.

»Köstlich, nicht wahr?« Meine Mutter stand neben mir, und ich war froh, um eine Antwort auf Ulrichs Kommentar herumzukommen. Die letzte Gabel des wirklich köstlichen Vorspeisensalats im Mund, nickte ich zustimmend brummend.

»Ihr habt euch sicherlich schon bestens bekannt gemacht?«

Sie hatte uns also doch bewusst zusammengesetzt. »Anne, Ulrich ist kurz davor, ans Oberlandesgericht berufen zu werden, und ist ein hervorragender Bratschist.«

Und ein Langweiler, der bestimmt noch nie eine Freundin hatte, so verklemmt, wie er neben mir saß, blass und farblos, die dunkelblonden Haare akkurat geschnitten, eine randlose Brille auf der Nase, mit weißem Hemd, dunkelblauem Anzug und passender Krawatte.

»Ist es nicht ein Zufall, dass du klassische Musik ebenso liebst, Liebes?« Fast hätte ich mich verschluckt. Was wurde das hier? Meine Mutter sah Ulrich an: »Anne hat mich heute mit zwei Karten für das Gastspiel der großartigen Wiener Philharmoniker in der Philharmonie überrascht. Sie hat es geschafft, an die sehr begehrten Tickets zu kommen, die innerhalb von zwei Stunden bereits ausverkauft waren.«

So wie meine Mutter es erzählte, hatte es den Anschein, ich hätte nachts vor dem Ticket-Laden campiert, um ihr Geschenk zu kaufen. Und was meine Liebe zu klassischer Musik betraf, war diese so stark ausgeprägt wie bei meiner Mutter. Nämlich gar nicht. Ich wusste, dass es sie nur des gesellschaftlichen Events wegen in die Oper oder in die Philharmonie zog. Gesehen und gesehen werden. Bei einem ausverkauften Gastspiel war das natürlich umso wichtiger.

»Ah«, war das Einzige, was Ulrich sagte.

»Ich will euch nicht länger stören und zurück an meinen Platz gehen. Albert möchte vor dem Hauptgang etwas sagen.«

Sprach's und weg war sie. Zurückgerauscht an ihren Platz. Ulrich sagte nichts. Ich auch nicht. Dafür schenkte ich mir Wein nach und fragte mich, wo seine Manieren waren. Wenn man seine Tischnachbarin schon nicht unterhielt, war man als Gentleman doch wohl zumindest dafür zuständig, darauf zu achten, dass sie genug zu trinken hatte.

Der Hauptgang:
Gegrilltes Rehrückenfilet mit Hagebuttenmarmelade und Orangenhollandaise, Erbsen-Rhabarber-Mousse und Kartoffel-Espumas, dazu: Schweigen. So hatte ich wenigstens in Ruhe genießen können.

Der Nachtisch:
Ein leerer Teller vor mir. Vielleicht noch ein halbes Stündchen, einen Digestif oder einen Espresso, und es war überstanden. Nicht das Essen, das war köstlich. Die Tischgesellschaft neben mir weniger.

»Anne.« Ulrich? Ich hatte vergessen, wie seine Stimme klang, »Nun hatten wir eine Weile Zeit, uns auszutauschen …« Uns auszutauschen? »Und ich fand unser Gespräch sehr bereichernd.« Irritiert sah ich ihn an und lehnte mich zurück. Das waren über zehn Worte. Rekord.

»Deine Mutter und mein Onkel haben mir von deiner misslichen Lage berichtet. Ich habe die Angelegenheit und die Situation bedacht, und ich bin bereit, mit dir auszugehen.«

»Entschuldigst du mich bitte einen Augenblick?« Ich musste dringend um die Ecke. Um laut loszulachen. Um vor Entsetzen groß zu gucken. Um meine Fassungslosigkeit in die Welt zu schreien. Schon war ich in Richtung der Damentoilette verschwunden.

Die zwei Minuten Einsamkeit brachten mich nicht weiter. Ich konnte nicht ewig auf der Toilette bleiben. Aber ich hatte noch nicht entschieden, wie und was ich antworten sollte. Lieber ein höfliches »Ulrich, ich schätze dein Angebot sehr, lehne dein Gesuch aber ab« (das Maß meiner Verzweiflung wird nie so hoch sein)? Oder: »Es tut mir leid, wenn meine Mutter und Albert dir ein falsches Bild des Ganzen vermittelt haben, aber ich möchte gar nicht ausgehen« (schon gar nicht mit dir, eher bleibe ich alleine und werde eine schrumpelige, alte Jungfer!)? Ich sah ein, dass das Höfliche nicht unbedingt eine Option war, weil ich nicht sicher war, ob ich mir die deutlicheren Zusätze verkneifen konnte. Also vielleicht etwas direkter: »Wie auch immer du auf die Idee kommst, dass ich in Erwägung ziehen könnte, mit dir auszugehen, ist mir ein Rätsel, das die Welt nicht mehr lösen wird«? Oder: »Ich habe dein Schweigen deinen Worten vorgezogen«? Was hielt er von sich? Und was dachte sich meine Mutter dabei?! Wobei ich die Antwort auf die zweite Frage kannte. Richter, aussichtsreiche Position am Oberlandesgericht, Familienvilla in Rodenkirchen … Die Punkte langweilig, öde, uninteressant, charmebefreit, humorlos, fad hatten in ihrer Sicht der Welt natürlich nicht das geringste Gewicht. Es brachte alles nichts, ich musste zurück. Ich schnaufte durch und öffnete die Tür. »Ich habe die Angelegenheit und die Situation bedacht, und ich bin bereit, mit dir auszugehen …« Kopfschüttelnd vor mich hin murmelnd lief ich in Tom.

»Jetzt? Wo deine reizende Mutter ein so gelungenes Geburtstagsjubiläum feiert?« Er schmunzelte, und ich sah ihn fragend an, weil ich seinen Kommentar nicht verstanden hatte. »Na, du hast doch gesagt, dass du bereit bist, mit mir auszugehen.«

»Erstens ist meine Mutter nicht reizend, sondern ein Besen, die Feier ist zweitens der Horror. Das heißt, ich klammere natürlich das Menü aus. Das war göttlich. Was man von meinem Tischnachbarn leider gar nicht sagen kann. Und drittens galt das nicht dir.«

»Dann dem Traum eines Mannes von heute Morgen oder dem Alptraum der Frauenwelt da drüben am Tisch?« Tom deutete in den Raum, wo sich die Gäste mittlerweile erhoben und munter durchmischt hatten, einen Espresso in der Hand. Ulrich saß nach wie vor.

»Das geht dich viertens gar nichts an.«

Ulrich hatte mich entdeckt, war aufgestanden und kam auf mich zu.

»Schnell, lass mich einfach verschwinden. Bitte ...«

Tom öffnete eine Tür, auf der *Privat* stand, und ich stand in einer kleinen Kammer voller Besen und Putzmittel. Er schloss die Tür hinter sich. Den Wischwagen zwischen uns drehte er sich breit grinsend zu mir um.

»Frag nicht.«

»Heute Morgen der junge Lover, heute Nachmittag das genaue Gegenteil. Anne, das ist ein ganz schöner Verschleiß für einen Tag.«

Vielleicht war seine Bemerkung pointiert und lustig gemeint gewesen, ich wurde trotzdem wütend. »Erstens ...«

»Oh, kommt jetzt wieder eine Aufzählung?«

»Oh ja, jetzt kommt wieder eine Aufzählung! Erstens ist der junge Mann heute Morgen nicht mein Lover, und ich habe ihn mir zweitens selbst ausgesucht, was man drittens von meinem Tischnachbarn nicht sagen kann. Neben dem hat mich meine Mutter platziert. Und viertens weiß ich noch immer nicht, was dich das alles angehen sollte.«

»Na, ich bin hier doch wohl schließlich der edle Retter.« Das Grinsen wollte einfach nicht aus seinem Gesicht verschwinden.

»Weißt du was? Ich kann mich ganz gut selbst retten. Den edlen Retter kannst du dir für deine Freundin aufheben!«

»Ach ja?«

»Ach ja!« Ich versuchte am Wischwagen und ihm vorbeizukommen, was gar nicht so leicht war. Tom bewegte sich kein Stück zur Seite und schien immer noch bestens gelaunt. Schließlich gelang es mir, ich öffnete die Tür und stand vor meiner Mutter, der ein überraschtes »Anne?« entfuhr. Tom erschien hinter mir. Meine Mutter guckte ein wenig irritiert: »Ich habe Tom für das köstliche Essen gelobt und dafür, dass alles so wunderbar war.«

»Hast du das?« Konnte Tom nicht endlich aufhören zu grinsen? Ich ging über seine Frage hinweg. »Ja. Dazu mussten wir noch klären, wer sich um die Blumen und die Post unseres Vermieters kümmert, während er verreist ist«, fügte ich hinzu. Meine Mutter lutschte den Drops und sagte mit der ihr eigenen Selbstverständlichkeit: »Dann kannst du das doch übernehmen. Herr Paulsen ist ein so beschäftigter Mann, und du hast doch Zeit.« Sie strahlte Tom an und klimperte wieder mit ihren Augen. »Herr Paulsen, ich muss mich meiner Tochter anschließen, alles war vorzüglich und perfekt und zu meiner vollsten Zufriedenheit. Entschuldigen Sie, aber ich muss wieder zu meinen Gästen. Die ersten sind im Begriff, sich zu verabschieden.«

»Das freut mich sehr. Empfehlen Sie uns gerne weiter und kommen Sie natürlich gerne wieder«, entgegnete Tom zuvorkommend.

Im Blick meiner Mutter las ich, dass sie hin und weg war. Dann wandte sie sich wieder mir zu. »Und jetzt komm. Ulrich hat schon nach dir gefragt.« Also gut. Ich würde spontan entscheiden, auf welche Weise ich ihm absagen würde.

Ich hatte es wirklich zunächst höflich versucht. »Ulrich, ich schätze dein Angebot, aber ich finde, dass es keinen Sinn macht, zusammen auszugehen. Ich meine, wir hatten nichts, über das wir uns heute unterhalten haben.«

Ulrich hatte mich verständnislos angesehen. »Ich weiß das, was relevant ist.«

»Das, was relevant ist?«

»Du bist auf der Suche nach einem neuen Partner, der für deine drei Kinder und dich sorgen kann, und hast Erfahrung im Führen eines Haushalts. Dazu bist du repräsentativ und hast gute Manieren.«

Das war die Stelle, an der es gekippt war, und ich erneut bei Aufzählungen angekommen war.

»Erstens bin ich nicht auf der Suche nach einem neuen Partner, zweitens kann ich sehr wohl alleine für meine drei Kinder und mich sorgen, drittens habe ich nicht das geringste Interesse daran, deinen Haushalt zu führen, und viertens sind deine Manieren vielleicht vorbildlich, aber fünftens bist *du* mir nicht repräsentativ genug, und dann weiß ich nicht, wie du sechstens auf die Idee kommen konntest, wir hätten uns unterhalten, weil ich mich siebtens selten in meinem Leben so fürchterlich gelangweilt habe und mir achtens unendlich viele andere Sachen einfallen, die ich lieber machen würde, als noch einmal deiner Gesellschaft ausgesetzt zu sein.«

»Anne!« Meine Mutter hatte plötzlich neben uns gestanden, und der Schock war ihr ins Gesicht geschrieben gewesen. »Wie kannst du nur?«

Ich war leider in Fahrt gewesen: »Wie kann ich nur?! Anstatt gleich wieder die Schuld bei mir zu suchen, könntest du dir die Mühe machen und nachfragen, was passiert ist.«

»Liebe Margarethe, du entschuldigst mich. Es war ein wundervolles Fest«, hatte sich Ulrich eingeschaltet, und ich hatte ihn fassungslos angestarrt. »Ich habe mir wirklich Mühe gegeben. Und es tut mir leid, dass mein Entschluss fest steht; ich werde deine Tochter nicht wiedersehen.« Ich glaube, mein Mund hatte offen gestanden.

»Ist schon gut, Ulrich«, hatte meine Mutter um Fassung gerungen. »Ich schätze den Versuch sehr.« Er hatte ihr einen Handkuss gegeben und war verschwunden. Meine Mutter hatte mich streng angesehen. »Und er hätte so wunderbar gepasst.«

»Ja, in *deinen* Rentner-Tanztee oder in *deiner* Bridge-Runde oder zu *deiner* Perlenkette, dem Perserteppich auf *deinem* Parkett, den Brokatkissen auf *deinem* Sofa, den goldenen Barockrahmen in *deinem* Wohnzimmer und *deinen* Chippendale-Möbeln.«

»Anne, zügele dich. Es ist der Ehrentag deiner Mutter!« Albert hatte seine imposanten Augenbrauen bedrohlich zusammengezogen und die Ermahnung an meine Adresse gepoltert. »Wir haben es nur gut gemeint. Ulrich ist eine sehr gute Partie.«

»Seid ihr nie auf die Idee gekommen, euch zu fragen, warum diese gute Partie immer noch zu haben ist? Ich habe jedenfalls nicht vor, mein Dasein als repräsentative Haushaltshilfe eines gehemmten Schweigers zu fristen!«

Ich wusste, dass ich damit zu weit gegangen war, aber ich hatte keine Szene gemacht, sondern ich war ruhig geblieben und hatte in keinem Moment laut geschrien, geschweige denn lauter gesprochen. Meine Mutter hatte mich eine Weile mit zusammengekniffenen Augen angesehen und dann kalt gefragt: »Wie konntest du mir so mein Fest ruinieren?« Dann hatte sie sich umgedreht und war reizend lächelnd zurück zu ihren verbliebenen Gästen stolziert, um diese formvollendet zu verabschieden.

In eine Decke eingewickelt saß ich auf meinem Balkon, guckte in den Himmel, der langsam zu dämmern begonnen hatte und dachte über alles nach. Über Freitagabend, über die Nacht und über den heutigen Tag. Ich hatte ein gutes Gefühl, die Situation mit Hannes geklärt zu haben, und bereute keinen Moment des gestrigen Abends und der Nacht. Dazu hatte sich alles zu gut angefühlt und mir einfach nur gutgetan. Und ich bereute ebenso wenig das, was ich Ulrich gesagt hatte oder meiner Mutter. Zwischen ihr und mir würde erst einmal Funkstille herrschen, was nicht weiter schlimm war; zwei, drei Wochen vorwurfsvolles Schweigen meiner Mutter konnten eine Wohltat sein.

Trotz Decke wurde mir langsam kalt. Ich hatte genug Action gehabt für dieses Wochenende. Morgen kamen die Kinder wieder. Den Gedanken an London hatte ich weit weggeschoben und weigerte mich, ihn wieder nach vorne zu lassen und ihm Raum zu geben. Ich würde jetzt einfach ins Bett gehen und das Wochenende Wochenende sein lassen. Auch Melli würde warten müssen, die vor Neugier platzte, zweimal auf die Mailbox gesprochen und drei Nachrichten geschrieben hatte. Ich würde heute gar nichts mehr machen und nur noch schlafen.

29.

Anne, du bist mein Held!« Melli lief neben mir durch den Grüngürtel. Als das klingelnde Handy am Morgen erneut ihre Nummer angezeigt hatte, war ich drangegangen und hatte mich bereitschlagen lassen, laufen zu gehen. Wie hatte es Melli formuliert? An der frischen Luft könne sie sich viel besser auf meine bestimmt aufregenden Erzählungen konzentrieren. Sicherlich hatte ich Aufregendes zu berichten, aber Mellis dringender Wunsch, laufen zu gehen, hatte mit Sicherheit weniger mit ihrem Drang nach sportlicher Betätigung zu tun als vielmehr mit der Tatsache, dass sie spontan beschlossen hatte, nun doch in einem Traum von Weiß heiraten zu wollen. Bisher hatte sie steif und fest behauptet, ein normales, schönes Kleid täte es auch, doch nun hatte sie einen Termin in eineinhalb Wochen in einem Brautmodengeschäft ausgemacht.

»Hey« – sie stupfte mich an – »ich bin stolz auf dich. Ganz schön verwegen, einen jungen Kerl abzuschleppen.«

»Ich finde ja, dass nicht genau geklärt werden kann, wer hier wen abgeschleppt hat«, gab ich zurück.

»Wie auch immer, nachdem du mir in epischer Breite erzählt hast, wie ihr verblieben seid. Jetzt will ich aber doch endlich die Details.« Sie sah mich vergnügt an. »Die dreckigen.«

»Ich ziehe es vor, zu genießen und zu schweigen.«

»Ach komm. Sieht Hannes nackt genauso aus, wie das, was

sich unter seiner Kleidung abzeichnet, vermuten lässt? Und war er gut?«

»Melli! Ich hänge dich gleich extra ab.«

»Ich bin so neugierig, dass ich dich ratzfatz wieder eingeholt habe. Also?« Sie riss erwartungsvoll die Augen auf.

»Ich sage nur so viel, dass ich mich viel zu lange nicht mehr *so* gut gefühlt habe und dass das Gefühl immer noch anhält.«

»Wenn es so gut war, warum willst du es dann nicht doch wiederholen?«

Abrupt blieb ich stehen und sah sie an. »Zum letzten Mal: Weil ich nicht in Hannes verliebt bin.«

»Ja, aber so als kleine Affäre, eine klitzekleine?«

»Wie lange kennst du mich?«

Melli nickte. »Und du bist dir sicher, dass du dich nicht in ihn verlieben könntest?«

Ich schüttelte den Kopf. »Es hat sich nichts geändert daran, dass wir in zwei unterschiedlichen Lebensphasen sind, die nicht zusammenpassen, und ich keine Lust habe, mich auf sein Leben einzulassen, geschweige denn ihn in meines zu lassen.« Ich begann, weiterzulaufen.

»Ich weiß, du bist keine Heidi Klum.« Melli schloss auf.

»Genau.«

»Es tut mir leid. Ich fand das alles nur so prickelnd.«

»Das war es auch. Ganz schön prickelnd. Aber nur weil es mit Hannes nicht mehr auf diese Weise prickeln darf, heißt das ja nicht, dass das Prickeln wieder so lange Pause haben muss.« Ich grinste, und Melli stupfte mich lachend erneut in die Seite.

Eine Weile liefen wir schweigend nebeneinanderher.

»Haben die anderen eigentlich mitbekommen, dass Hannes und ich zusammen verschwunden sind?«, fragte ich schließlich, was mir schon eine Weile durch den Kopf gegangen war.

Melli schüttelte den Kopf. »Nadja hat ihre Schmach nicht ertragen und ist von der Tanzfläche aus dem *Dos Equis* gerauscht. Die anderen haben vor lauter Menschen nichts gesehen. Das glaube ich jedenfalls, und ich habe einfach erzählt, du hättest dich schon vor einer Weile verabschiedet, wegen des Geburtstags deiner Mutter am nächsten Tag. Und Hannes sei sicherlich mit einem Freund weitergezogen, den er getroffen hatte.«

»Du bist ein Schatz.«

»Ach komm, da nicht für. Wie war eigentlich der Geburtstag deiner Mutter?«

Dass wir nicht mehr viel weiterkamen, lag nicht daran, dass wir nicht mehr gekonnt hätten, sondern daran, dass meine beste Freundin geschüttelt von Lachkrämpfen nicht in der Lage gewesen war, auch nur ein Bein vor das andere zu setzen. Das, was auf der Geburtstagsfeier meiner Mutter passiert war, musste ich ihr auf einer Parkbank im Grüngürtel zu Ende erzählen.

Das Flugzeug war vor einer Viertelstunde gelandet, und ich wartete sehnsüchtig darauf, dass die Schiebetür aufging und ich meine Kinder wieder in die Arme schließen konnte. Ich fühlte mich ein bisschen wehmütig. Heute Nachmittag hatte ich bei Karen und Tobi und Lena und Mark vorbeigeschaut. Es war vertraut wie immer gewesen, und doch fühlte es sich anders an, nun mit dem Fahrrad zu ihnen zu fahren, anstatt einfach schnell durch die eigene Haustür rüberzuhuschen. Alex' Kollege war inzwischen eingezogen, und es war seltsam gewesen, neue Vorhänge in den alten, vertrauten Fenstern und andere Räder und Spielsachen vorm Haus zu sehen. Auf dem Weg zum Flughafen hatte ich darüber nachgedacht, warum es mich traurig machte, wo ich doch froh war, umgezogen zu sein und ein neues Kapitel begonnen zu haben. Aber es waren die schönen Erinnerungen, die mit dem alten Zuhause verbunden waren, und trotz Freude über den Neustart vermisste ich das Vertraute des alten Lebens in unserem ehemaligen Heim doch auch ein wenig. Ich sah auf die Uhr. Schon eine halbe Stunde, seit der Bildschirm angezeigt hatte, dass die Maschine aus London gelandet sei.

»Mamaaaaaaaaa!« Da kamen sie, zusammen mit einer nett aussehenden Dame von der Fluggesellschaft. Schon hatte ich alle drei um den Hals und fühlte mich gleich viel besser. »Schön, dass ihr wieder da seid!« Ich drückte allen Küsse auf die Wuschelköpfe. »Auf geht's nach Hause.«

Unterwegs plapperten sie aufgeregt durcheinander und erzählten von der großen Stadt, den vielen Autos, den roten Doppeldecker-Bussen, dem großen Palast und den Riesendinos im Naturkundemuseum, aber auch von der neuen Wohnung mit einem großen Zimmer für sie drei, der neuen Playstation und dem Riesenfernseher, der im Wohnzimmer an der Wand hing, dem Trampolin im Garten, von Alex und von Naomi, die »ganz okay« war. Und von dem Baby, das in einigen Monaten kommen würde. Äußerlich strahlte ich sie an und lachte fröhlich mit, innerlich wurde ich jedoch immer geknickter. Während die Kinder sich, zu Hause angekommen, darüber stritten, welcher Dinosaurier am coolsten gewesen war, schloss ich mich kurz auf der Toilette ein, um durchzuatmen. Ich wollte nicht die verbitterte, verlassene Ehefrau sein, die ihren Kindern gegenüber schlecht über den Vater spricht. Ich wollte nicht, dass es mir so viel ausmachte. Und wenn es mir schon was ausmachen musste, wollte ich nicht, dass die Kinder es mitbekamen. So war das jetzt eben. Ich war die Mama für den Alltag, und Alex war der Papa für die Wochenenden und die Ferien. Ich war die Mama, die sie morgens aus dem Bett schmiss und aus dem Haus zur Schule trieb, die sie nachmittags zu ihren Terminen kutschierte, die ein Auge auf die Schule hatte, zu Elternabenden ging, mit ihnen für Klassenarbeiten lernte, die mit Ben den wöchentlichen Rechtschreibförderungsstreit ausfocht, die sich weigerte, sie zu viel Fernsehen gucken zu lassen, und die in der Woche und auch am Wochenende auf die Zubettgehzeit achtete. Alex war der Papa, der sie am Flughafen abholte und in ein spaßiges Wochenende mit ihnen startete, voller toller Programmpunkte, voller Zeit. Dazu war er der Papa mit dem Riesenfernseher und der Playstation. Einen kurzen Moment hätte ich am liebsten losgeheult, so elend und ungerecht behandelt fühlte ich mich.

»Mama?« Ben klopfte an der Tür. »Der Pizzabote hat geklingelt.«

»Ich bin sofort da, Schatz. Einen kleinen Moment noch. Kannst du ihm die Pizzas bitte schon einmal abnehmen?«

»Mach ich.«

Ich spülte, drehte den Wasserhahn auf, blickte in den Spiegel und versuchte, mich aufmunternd anzulächeln, während ich im Flur lautes Geschrei hörte: »Theo, lass das, du schmeißt die Kartons noch hin. Theo. Lass! Das!« *Du packst das, Anne.* Ich atmete durch und öffnete die Tür.

»So, Licht aus. Morgen ist Schule.« Ich machte Theos Nachttischlampe aus, deckte ihn zu und gab ihm einen Gutenachtkuss. Seine kleinen Arme umschlangen mich. »Ich lieb dich so doll, dass ich es gar nicht sagen kann.«

»Und ich lieb dich so doll, dass ich es gar nicht sagen kann, mein Theo-Bär.«

»Mama«, die blauen Augen sahen mich groß an, »da war es mir zu laut … Und du warst ja auch gar nicht da.«

Ich lächelte ihn voller Liebe an und strich über seinen Kopf: »Aber ich bin hier.«

Theo nickte, und kuschelte sich an mich: »Zu Hause. Und zu Hause ist es am schönsten.«

»Genau.«

»Mama, darf ich heute bei dir schlafen?«

Gerade hatte ich Theo, der in die Bettdecke eingewickelt, quer liegend und friedlich schlafend im Begriff war, mein Bett nach und nach komplett zu erobern, wieder in Position geschoben, mir einen Teil der Decke zurückerobert und dabei war, selbst einzuschlafen, als ich Emmas vertraute Schritte über den Flur in mein Zimmer tapsen hörte. Meine Tochter kroch unter meine Decke, schlang ihren Arm fest um mich und war sofort wieder eingeschlafen. Ich genoss ihre Nähe, atmete ihren vertrauten Geruch ein. »Mama?« – eher ein leises Weinen als ein lautes Rufen. Vorsichtig wand ich mich aus Emmas Umarmung. Ich hatte richtig gehört, Ben lag still schluchzend in seinem Bett.

»Hey … Schscht, mein Großer.« Ich kletterte zu ihm ins Hochbett und nahm ihn in die Arme. »Schscht. Ist doch schon gut …«, flüsterte ich tröstend.

»Nein!«, schluchzte Ben, »gar nichts ist gut. Mama, es tut mir so leid.«

Ich drückte ihn fest an mich. »Ben, dir muss nichts leidtun. Papa und mir tut es leid.«

Auch mir schossen Tränen in die Augen, und so lagen wir leise weinend nebeneinander und hielten uns gegenseitig.

»Theo und Emma sind bei mir im Bett. Möchtest du auch

bei mir schlafen?«, flüsterte ich nach einer Weile, und Ben nickte: »Ich lieb dich, Mama.«

»Und ich dich, Großer.«

Es war weit nach Mitternacht. Ich lag im Bett und hatte maximal dreißig Zentimeter meiner Matratze für mich, während meine glücklich und zufrieden schlafenden Kinder sich entweder breitgemacht oder sich ganz eng an mich gekuschelt hatten. Der Wecker würde in etwas mehr als fünf Stunden klingeln, und das allmorgendliche Chaos würde seinen Lauf nehmen, der Alltag starten. Alle würden wir müde, verschlafen und nicht ausgeschlafen sein und wie so oft zu spät aus dem Haus hetzen. Anders als noch vor ein paar Stunden zauberte mir der Gedanke daran keine Tränen in die Augen, sondern ein glückseliges Lächeln ins Gesicht. Ich hatte den guten Teil abbekommen, nicht Alex. Ich war das Zuhause.

30.

Der Montag war nicht mein Wochentag. Er war einfach nicht mein Freund. Nicht annähernd. Nicht nur dieser Montag, das galt für die Montage im Allgemeinen. Für diesen aber im Besonderen:

Meine glückselige Stimmung der Nacht hatte sich leider nicht in das hektische Morgenchaos retten lassen.

6.53 Uhr:

»Mama? Haben wir verschlafen?«

Ein Blick auf den Wecker, der, Gott weiß warum, nicht geklingelt hatte, und ich war hellwach. »Scheiße! Kinder, schnell aus dem Bett und ins Bad.«

7.35 Uhr:

»Theo, zum dritten Mal: Es regnet in Strömen und ist heute gar nicht warm. Du kannst nicht in kurzer Hose und T-Shirt in die Schule!«

»Ich hasse aber Jeans!«

»Das ist mir herzlich egal. Du ziehst dir jetzt trotzdem eine Jeans an. Wir müssen los.«

»Ich ziehe keine Jeans an!«

»Theo!«

7.37 Uhr:

»Mama, weißt du, wo meine Jacke ist? Die hing gestern doch noch da.«

»Ben, ich ziehe deine Jacken nicht heimlich an.«

»Aber sie hängt nicht an der Garderobe.«

»Hast du schon in deinem Zimmer geguckt?«

»Da ist sie nicht. Die hing hier.«

Entnervt guckte ich selbst an die Garderobe und in sein Zimmer. Keine Jacke. »Wo hast du sie denn das letzte Mal angehabt?«

»Bei Papa.«

Wieder rauschte ich in sein Zimmer und durchwühlte den Koffer, den sie mit bei Alex in London gehabt hatten. Keine Jacke. Ben stand hinter mir. »Ich glaube, ich habe sie bei Papa im Auto vergessen.«

»Na toll! Mensch Ben, das ist deine einzige Regenjacke.« In Gedanken verfluchte ich Alex. Hätte er nicht gucken und aufpassen können? Wahrscheinlich war es ihm noch gar nicht aufgefallen, dass die Jacke seines großen Sohnes noch immer auf dem Rücksitz seines Wagens mit durch London fuhr.

7.42 Uhr:

Theo heulend, aber in Jeans, Ben, ohne Regen-, aber in Sweatshirtjacke, einen Regenschirm in der Hand, Emma, in Jeans und Regenjacke, und ich, ungeduscht, gestresst und schlecht gelaunt, aber nicht so spät wie befürchtet, traten durch die Haustür in den Regen.

»Moment! Ich habe Leonies Freundebuch vergessen.«

»Kannst du ihr das nicht auch morgen geben? Wir müssen los.« Doch Emma war schon wieder die Treppe nach oben gelaufen. »Ich hab's ihr aber versprochen.«

7.43 Uhr:

»Scheiße! Scheiße! Scheiße!«

»Mama?«

»Mein Rad ist platt. Wir fahren mit dem Auto.«

Es gab nichts Schöneres, als mitten im Berufsverkehr unter Zeitdruck mit dem Auto durch Köln zu müssen.

7.52 Uhr:

Unser Vorwärtskommen verlief gegensätzlich zum Verstreichen der Zeit. Je schneller die Minuten vergingen, desto langsamer kamen wir voran.

»Oh Mann, ich habe meinen Hausschlüssel auf dem Schreibtisch vergessen.«

Ich drehte mich genervt um: »Mensch Emma. Zum Glück hat Ben ja auch einen.«

Doch Ben schüttelte den Kopf: »Der ist in meiner Regenjacke.«

Einatmen. Ausatmen. »Ist nicht so wild. Euer Hausschlüssel ist eh für den Notfall. Wenn ihr kommt, bin ich ja schon da.«

8.02 Uhr:

Auf dem Weg ins Klassenzimmer der 10er kam mir Nadja entgegen. Wenn Blicke töten könnten, wäre ich augenblicklich umgefallen.

»Guten Morgen«, grüßte ich freundlich.

Nadja stolzierte ohne eine Antwort an mir vorbei. Egal.

8.50 Uhr:

Unbeholfen standen Hannes und ich uns einander vor meinem Klassenzimmer gegenüber.

»Hallo.« Er lächelte.

»Hallo.« Ich lächelte zurück und fühlte mich nicht wohl. Irgendwie hatte ich es mir leichter vorgestellt, ihn wiederzusehen. Nun fühlte ich mich, wie ich mich das letzte Mal mit sechzehn gefühlt hatte, als ich montags in der Schule Micha wiedergesehen hatte, mit dem ich am Samstag zuvor auf einer Party wohl geknutscht hatte, woran ich mich aber nicht mehr erinnerte oder aber nicht hatte erinnern wollen. An die Nacht mit Hannes erinnerte ich mich, und ich wollte mich auch daran erinnern, aber sich nun so gegenüberzustehen, war seltsam. Auch Hannes wirkte befangen. All die Leichtigkeit zwischen uns war verschwunden.

»Wie war dein Wochenende?« Eine dümmere Frage hätte ich nicht stellen können.

»Ich hatte einen super Freitag. Samstag und Sonntag waren nicht so toll.« Er lächelte noch immer, als er es sagte, aber seine Augen lächelten nicht.

»Hannes, ich …«, unternahm ich einen Versuch, wurde jedoch von Michelle unterbrochen.

»Warum hatten Sie keinen tollen Samstag und Sonntag, Herr Warnke?«

»Michelle, weißt du, manchmal läuft es im Leben nicht so, wie man das vielleicht möchte.«

Ich fühlte mich elend. *Eigentlich hast du gewusst, dass das am Freitag keine gute Idee gewesen ist, Anne …*

Michelle guckte mitfühlend: »Das Leben kann echt so voll beschissen sein.«

»Das kann es. So voll beschissen war mein Wochenende aber gar nicht. Ich hatte nämlich einen super Freitag, an den ich dann einfach gedacht habe und immer noch denke. Gerade jetzt.« Hannes' Blick fiel auf mich, und er grinste unverschämt, ganz der Alte.

»Gut.« Ich fing mich wieder. »Da jetzt geklärt zu sein scheint, dass das Wochenende von Herrn Warnke doch nicht so schlecht war, schlage ich vor, dass wir mit Geschichte loslegen.«

Michelle verdrehte die Augen: »Was hab ich gesagt? Das Leben kann manchmal echt voll beschissen sein.«

9.35 Uhr:

Ich hatte gehofft, noch einmal mit Hannes reden zu können, aber er war mit dem Klingeln in die Sporthalle geeilt. Dafür traf ich im leeren Lehrerzimmer auf Nadja, die mich böse anfunkelte. »Eigentlich wollte ich es nicht ansprechen, aber weißt du was, Anne? Ich finde es erbärmlich, wie du dich am Freitag an Hannes rangeschmissen hast.«

Ich setzte mich an meinen Platz. »Findest du?«

»Das finde ich, und alle anderen finden das auch.«

Klar.

»Ich glaube, ich lasse das einfach so stehen und kommentiere das, was du und *alle* anderen finden, besser nicht.« Ich fand mich nobel, dass ich meine Gedanken für mich behielt. Sollte sie doch denken, was sie wollte. Meinetwegen konnte sie es sendungsbewusst in die Welt posaunen.

Nadja schnaufte und machte einen fassungslosen Eindruck. Sie schüttelte den Kopf: »Ich hoffe, dass ich nie so verzweifelt sein werde wie du.«

Alles hatte seine Grenzen. »Hm«, begann ich ruhig, »jetzt habe ich ein Verständnisproblem. Wie kannst du nie so verzweifelt werden wollen wie ich, wenn du dich doch jetzt schon weit verzweifelter benimmst«, schloss ich, immer noch ruhig.

»Frau Hansen?« Unsere Konrektorin stand in der Tür, »Herr Dröge ist im Sekretariat und bittet um ein Elterngespräch mit Ihnen.«

9.41 Uhr:
Herr Dröge, Selinas Vater, saß mir im Elternsprechzimmer gegenüber.

»Frau Hansen, Selina hat erzählt, dass sie, so wie es aussieht, eine Zwei im Zeugnis bekommt?«

»Genau.« Ich nickte und wusste genau, in welche Richtung dieses Gespräch gehen würde.

»Im letzten Schuljahr hatte sie aber ja eine Eins im Zeugnis.«

»Ich weiß, Herr Dröge, und in diesem Schuljahr hat Selina eine gute Leistung erbracht.« Ich finde, ich hatte es freundlich und auch verständlich formuliert. Ich hätte schließlich auch sagen können: »Ihre Tochter meldet sich zwar, als hätte sie eine nervöse Zuckung, aber das, was sie sagt, hat einfach nicht das Niveau, was andere bringen, auch wenn sie das selbst natürlich meint.«

Herr Dröge war der Meinung seiner Tochter. »Selina ist enttäuscht über ihre Note und findet es nicht fair, dass andere, die sich weniger beteiligen, eine Eins haben.«

»Es sind zwei Schüler, die eine Eins haben. Rege Beteiligung ist natürlich gut für die mündliche Note, darum hat sie ja auch eine Zwei, aber ich muss das, was gesagt wird, inhaltlich bewerten und vergleichen.«

»Aber im letzten Schuljahr …«

»… hatten wir das letzte Schuljahr, und jetzt haben wir ein anderes Schuljahr.«

»Für Selina ist die Note sehr wichtig. Sie wird sich mit dem Zeugnis bewerben.«

Ah, jetzt versuchte er es auf die Tour. Aber ich konnte froh sein, dass er mir gegenübersaß. Seine Frau war noch eine ganze Nummer anstrengender.

»Selina wird ein schönes Zeugnis bekommen. Und eine

Zwei in Geschichte ist eine tolle Note, von denen es in der Klasse nicht viele gibt.«

»Und wenn sie ein Referat hält?«

»Herr Dröge, Selinas Note ist eine glatte Zwei, die lässt sich mit keinem noch so guten Referat in eine Eins ändern.«

»Sie geben meiner Tochter also keine Chance?«

»Ich gebe meinen Schülern immer eine Chance.«

»Dann kann sie ein Referat halten?«

»Nein. Zum einen gibt es in den letzten Wochen keine Möglichkeit, ein Referat sinnvoll in den Unterricht einzubauen, und zum anderen würde selbst ein Einser-Referat nichts an ihrer Zeugnisnote ändern.«

»Also doch keine Chance!«

»Herr Dröge ...«

10.34 Uhr:

Am Kopierer anstehende Lehrerinnen und Lehrer: Frau Seipel, Herr Dressler, Frau Langen, Frau Menzer, Frau Hansen und Herr Warnke. Ergo: keine Chance, mit Hannes zu reden.

12.14 Uhr:

Mein Handy klingelte.

»Hansen.«

»Frau Hansen, hallo, Claudia Berner hier, Theos Klassenlehrerin. Theo hat sich leider den Daumen in der Klassenzimmertür eingeklemmt, und der Daumen ist recht angeschwollen. Können Sie ihn bitte abholen kommen?«

15.57 Uhr:

Ich saß mit Theo in der Chirurgie vor dem Gipsraum, und wir warteten darauf, dass wir endlich aufgerufen wurden, nachdem wir schon Stunden vor dem Untersuchungszimmer, vor dem Röntgenraum und wieder vor dem Untersuchungszimmer gewartet hatten. Der Daumen war gebrochen, aber Theo hielt sich ganz tapfer.

»Mama, wie kommen Ben und Emma eigentlich ins Haus?«

An meine beiden Großen und ihre vergessenen Schlüssel hatte ich in all dem Krankenhauschaos gar nicht mehr gedacht. Ich sah auf die Uhr. »Hoffen wir, dass wir endlich gleich an der Reihe sind und dann schnell nach Hause können.«

16.38 Uhr:

Ich hatte vergeblich versucht, erst Melli zu erreichen, um sie zu bitten, Ben und Emma zu informieren und mit zu sich zu nehmen, dann Karen, dann Lena, dann war mein Akku alle. Und nun steckten Theo und ich wieder im Feierabendverkehr.

17.19 Uhr:

Ich stürmte ins Haus und die Treppe hinauf und fand vor der Wohnungstür keine zwei Kinder, so wie ich es eigentlich erwartet hatte. Noch nicht einmal die Ranzen standen vor der Tür. Hatte Emma vielleicht doch an ihren Schlüssel gedacht? Doch auch in der Wohnung war von beiden keine Spur.

»Wo die wohl sind?«, fragte Theo hinter mir.

»Das wüsste ich auch gerne.«

Auf dem Anrufbeantworter war keine Nachricht. Ich steckte das Ladekabel in mein Handy, aber auch die Mailbox war leer, bis auf einen Anruf von Alex, der nichts auf der Mailbox hinterlassen hatte, und eine Nachricht von Melli, die nachfragte, was ich denn gewollt hätte. Ich rief bei Karen und Lena an, die auch keine Ahnung hatten, wo meine Kinder waren. Langsam machte ich mir Sorgen. *Ruhig, Anne. Sie sind bestimmt zu an-*

deren Freunden gegangen. Ich suchte die Klassentelefonliste. Vielleicht waren sie bei Felix? Nein. Bei Zoé? Nein. Auch Theo war nun angespannt. Ich rief zur Vorsicht in der Schule an. Vielleicht waren sie zurückgegangen, doch außer dem Anrufbeantworter war niemand mehr zu erreichen, was um diese Uhrzeit auch kein Wunder war. Wo waren meine Kinder?! Bei Merle? Nein. Janis?

Es klingelte. Ich sprang auf und öffnete die Tür.

»Du bist da?« Tom, Ben und Emma neben sich. Mir fiel ein Stein vom Herzen.

»Wo wart ihr?«

»Ich habe sie auf der Treppe gefunden und mit nach oben genommen.«

Ich war erleichtert und wütend: »Und auf die Idee, mir vielleicht einen Zettel zu schreiben und an die Tür zu kleben, seid ihr nicht gekommen? Mensch, ich habe mir so Sorgen gemacht. Und wo ich alles angerufen habe.«

»Wo warst du?« Meine beiden Großen klangen mindestens genauso vorwurfsvoll, und es tat mir leid.

»Guckt mal!« Theo hielt stolz seinen blauen Gips hoch, den eingegipsten Daumen nach oben gestreckt.

»Theo?!« Schon belagerten ihn seine Geschwister mit tausend Fragen. Zu dritt verschwanden sie im Flur.

»Danke«, wandte ich mich an Tom. »Ich war mit Theo in der Chirurgie, und die Kinder hatten ihre Schlüssel vergessen, dann habe ich meine Freundinnen nicht erreicht, und dann war auch noch mein Akku alle und …«

»Ist doch alles gut.« Seine Worte ließen mich ruhiger werden. »Was ist Theo passiert?«

»Er hat es geschafft, sich selbst den Daumen in der Tür einzuklemmen …«

Tom schüttelte lächelnd den Kopf. »Theo … Aber er sieht schon wieder ganz munter aus.«

Das Telefon klingelte. »Ben Hansen … Mama, eine Frau Dröge.«

»Wir sehen uns«, Tom hatte sich bereits umgedreht, dabei hätte ich gerne noch länger in seine Augen geschaut.

21.39 Uhr:

Gute Nacht.

31.

Zu hoffen, der nächste Tag würde besser, war verlorene Liebesmüh. Ich hoffte lieber auf einen warmen Sommer, mit blauem Himmel und goldenem Sonnenschein, der die Stadt in zauberhaftes Licht tauchte, oder von einer weißen Weihnacht und einem Winter, der die Stadt und den Dom mit einer schneeweißen Decke zudecken würde; und das, obwohl in Köln sowohl die Wahrscheinlichkeit auf einen Sommer mit blauem Himmel und Sonne als auch auf einen weißen Winter gegen null ging. Es erschien mir schlicht und ergreifend ein Traum, nach weniger vertaner Zeit.

Warum?

Darum:

»Alex, du kannst doch nicht einfach deinen Urlaub mit den Kindern buchen, ohne mit mir zu sprechen.« Wie immer in solchen Situationen schwieg Alex, was mich nur noch wütender machte. »Das war anders abgesprochen. Dass Melli heiratet, steht seit Monaten fest, und wir haben mehrfach darüber gesprochen!«

»Ich kann meine Urlaubstage nicht mehr umlegen, Anne. Der Urlaubsplan ist fix.«

»Wie? Der Urlaubsplan ist fix? Mellis Hochzeit ist auch fix.« Ich war fassungslos.

»Als ob die Kinder auf die Hochzeit wollen …«

»Was weißt du denn schon? Im letzten Jahr haben sie Melli und Simon wahrscheinlich mehr gesehen als dich! Und Emma ist Blumenmädchen!«

Wieder schwieg er.

»Du buchst den Urlaub um!«

»Das geht nicht.«

»Und wie das geht!« Ich war in Fahrt, »Sonst kommen sie gar nicht.«

»Anne, ich habe genauso ein Recht auf die Kinder wie du. Ich bin ihr Vater. Und sie werden in den Sommerferien drei Wochen bei mir sein. Sicher hätte ich die Reise vorher mit dir absprechen sollen, aber du hast mich ja auch nicht zurückgerufen.«

»Oh, es tut mir leid, dass die Zeiten vorbei sind, in denen ich dich sofort sehnsüchtig zurückgerufen habe, wenn deine Nummer auf meiner Anruferliste war. Wenn du das nächste Mal unbedingt zurückgerufen werden möchtest, dann klingele doch einfach bei Bambi an. Wenn du aber möchtest, dass ich mich melde, dann hinterlasse gefälligst eine Nachricht!«

»So macht es keinen Sinn, mit dir zu telefonieren.« Wie immer; wenn es richtig unterhaltsam wurde, zog er sich zurück und machte auf überlegen, was mich nur noch fuchsteufelswilder machte, aber die Genugtuung, die er fühlen würde, wenn ich wütend auflegte, gönnte ich ihm nicht und versuchte, mich zu zügeln.

»Genau wie du natürlich ein Recht auf Zeit mit ihnen hast, weil du ihr Vater bist, habe ich das Recht darauf, dass die Zeiten, die sie bei dir sind, mit mir abgesprochen werden. Ich bin nämlich die Mutter. Ich bin die Person, die ihren Alltag und ihr Leben regelt und die Person, deren Alltag und Leben am meisten von ihnen bestimmt sind.«

Wieder Schweigen, und ich wusste, dass ich ihn getroffen hatte. Dieses Mal ließ ich ihn schweigen und tat ihm nicht den Gefallen, nicht reagieren zu müssen.

»Es tut mir leid«, sagte er schließlich, »ehrlich, Anne. In Zukunft werde ich alles mit dir absprechen. Ich dachte nur, dass es in den sechs Wochen Ferien egal sei, wann die Kinder bei mir wären. Und Mellis Hochzeit habe ich echt vergessen. Aber ich bekomme meine freien Tage wirklich nicht mehr umgelegt. Auch die Kollegen haben schon ihre Urlaube gebucht …«

»Mama …« Emma klopfte an meine Schlafzimmertür, die ich für das Telefonat geschlossen hatte, und steckte den Kopf ins Zimmer. »Kommst du endlich Nacht sagen?«

»Ich komme sofort. Alex, ich muss auflegen und den Kindern Nacht sagen.«

»Wünschst du ihnen auch von mir eine gute Nacht?«

»Ehrlich gesagt bin ich gerade so wütend auf dich, dass ich dazu keine sonderliche Lust habe.«

»Danke.«

»Wofür jetzt danke?«

»Danke, dass du deine verständliche Wut auf mich vor ihnen zurückhältst.«

»Das kannst du dir sparen. Das tue ich nicht für dich. Bestimmt nicht.«

»Mama?!«

»Ich komme! … Tschüss.« Bevor Alex antworten konnte, hatte ich aufgelegt.

»Papa lässt euch eine gute Nacht und schöne Träume ausrichten.« Alle drei kuschelten zusammen in Emmas Bett.

»Bleibst du lange oben bei Tom?«, fragte Ben.

Ich zuckte mit den Schultern und sah auf die Uhr. Es war schon fast halb neun, und Tom hatte zu acht Uhr eingeladen.

Vorhin war ich schon beinahe aus der Wohnungstür gewesen, als Alex angerufen hatte. »Ich bin schon viel zu spät. Ich hoffe, es ist noch was zu essen übrig, wenn ich jetzt komme.«

»Bestimmt!« Theo war zuversichtlich. »Und Tom hat versprochen, dass wir was vom Nachtisch abbekommen.«

»Aber nicht heute. Morgen. Und jetzt Abmarsch in eure Betten.«

Als ich bei Tom klingelte, war ich noch immer wütend auf meinen Exmann. Wie konnte er einfach den Urlaub buchen, ohne die Wochen mit mir abzusprechen?

Tom öffnete schwungvoll die Tür: »Willkommen, schöne Frau.« Selbst das half meiner Laune nicht über den Berg. *Danke, Alex!*

»Ich hoffe, ich bin nicht schlimm zu spät, und ihr seid schon beim Nachtisch?«

Er schüttelte den Kopf und führte mich in die Küche. »Dein Timing ist perfekt. Du hilfst dafür eben später beim Abwasch.« Tom grinste, und ich bemerkte: »Sonst bin ich immer die, die Strafarbeiten aufgibt. Davon abgesehen ist das vielleicht auch besser. Ich kann nämlich gar nicht kochen.«

Willi saß am großen Holztisch und begrüßte mich herzlich. Es war nur für drei Personen gedeckt. »Sind wir vollzählig?«

»Jessi hat einen Nachtdreh und schafft es nicht«, erklärte Willi, und meine Laune wagte einen kleinen Anstieg.

»Möchtest du ein Kölsch?«, fragte Tom, und Willi ergänzte: »Passend zum Kölschen Menü, das ich mir gewünscht habe.«

»Ein kölsches Menü à la Monsieur Paulsen, dem hellsten Stern am kulinarischen Himmel Kölns. Da bin ich gespannt.«

»Du darfst Tom zu mir sagen.« Meine Bemerkung schien ihm unangenehm, was mich amüsierte.

»Dann, Tom, nehme ich sehr gerne ein Kölsch. Es riecht übrigens köstlich. Darf ich einen Blick in die Töpfe werfen?« Schon hatte ich meine Hand am ersten Deckel und verbrannte mir die Finger.

»Na, na, Frau Hansen, nicht so neugierig. Hier« – er drückte mir eine kalte Flasche Kölsch in die Hand – »das kühlt.«

»Du darfst Anne zu mir sagen.«

»Dann, Anne, setz dich doch bitte, damit ich die Vorspeise anrichten kann und nicht weiter auf dich aufpassen muss.« Touché.

»Ganz schön streng, der Herr Maître«, raunte ich dem lachenden Willi zu, als ich mich neben ihn setzte.

Während Tom mit der Vorspeise beschäftigt war, erzählte Willi fröhlich von seinen schönen Wochen in München. Ich hörte ihm zu, musste aber immer wieder zu Tom blicken. Seelenruhig und gelassen arbeitete er in der Küche, und das Ergebnis verriet, dass er ein Meister war. Willi und ich staunten, als er die kunstvoll angerichtete Vorspeise servierte.

»Matjestatar auf Rievkooche«, erklärte er. Genauso wunderbar, wie es aussah, schmeckte es, ganz anders als die fettigen Reibekuchen oder die fischigen Matjes, die es in Kölschkneipen gab.

»Ihr sagt ja gar nichts«, erkundigte sich Tom.

»Weil wir genießen«, erklärte Willi. »Es ist köstlich.«

»Mhmmmm«, war mein zustimmender Kommentar. Dieses Matjestatar schmeckte auch nach Fisch, sogar intensiv, aber viel feiner. Und der Reibekuchen? Knusprig und weich und kartoffelig und gar nicht fettig. »Ich weiß, dass es ein Restaurantkritiker anders ausdrücken würde, aber: mhmmmm.«

Als Hauptgang servierte Tom Sauerbraten mit Knödeln, und wieder fiel mir nichts anderes ein, als dass das, was auf meinem

Teller war, weder optisch noch geschmacklich etwas mit Sauerbraten und Knödeln zu hatte, wie ich sie bisher gekannt hatte.

»Weißt du, dass du mich verdorben hast?« Tom blickte mich fragend an. »Es ist so köstlich, dass ich nie wieder in einer Kneipe oder in einem Brauhaus Reibekuchen, Matjes oder Sauerbraten bestellen kann.« Er lachte zufrieden. Willi pflichtete mir bei.

Wir unterhielten uns überaus gut; natürlich übers Essen – Willi mochte am liebsten Hausmannskost, ich liebte die italienische Küche, am allermeisten eine Bolognese –, über das Weltgeschehen, Klatsch und Tratsch. Tom fragte Willi, wie das Leben im Haus früher gewesen war, und er erzählte, wie er in unserem Haus aufgewachsen war. Ich erkundigte mich bei Tom nach seinem Leben im Ausland, und Willi wollte wissen, ob die heutigen Schüler wirklich so unverfroren waren, wie man es überall lesen konnte. Ich hatte gerade meine BDSM-Ronny-Geschichte zum Besten gegeben, und Willi lachte Tränen. Vor uns standen leere Nachtischteller, auf denen kein Krümel Schmalzkringel und kein bisschen Apfelkompott und Karamellsoße übrig geblieben waren, als er auf die Uhr schaute. »Kurz vor zwölf. Zeit für mich, schlafen zu gehen.« Willi blickte in der Küche umher, und Tom erriet seinen Gedanken. »Du kannst ohne schlechtes Gewissen ins Bett gehen. Anne hat sich vorhin bereit erklärt, beim Aufräumen zu helfen.« Hatte ich das?

»Nun denn, ihr Lieben, danke für den wunderbaren Abend. Ich werde von Schmalzkringeln träumen.« Willi war aufgestanden. »Warte, ich bringe dich zur Tür.«

»Bleib ruhig sitzen. Ich finde den Weg. Gute Nacht.« Willi klopfte auf den Tisch und ging.

»Gute Nacht, Willi«, rief ich ihm hinterher.

Wir hörten, wie er die Wohnungstür leise hinter sich schloss, und saßen uns schweigend gegenüber. War die Küche eben noch von munteren Unterhaltungen und Lachen gefüllt, fehlten uns nun plötzlich die Worte. Tom sah mich an, ich wich seinem Blick aus. »Möchtest du einen Espresso?«, fragte er schließlich. Ich nickte und musterte ihn, wie er das Sieb ausklopfte, frischen Kaffee mahlte und den Espresso zubereitete. Die schönen Hände, seine Oberarme, die breiten Schultern, die sich unter dem schwarzen T-Shirt abzeichneten. Ich hätte ihn stundenlang ansehen können. Die dichten, braunen Haare mit dem besonderen Schimmer, durch die ich gerne gestrichen hätte. Er hatte einen schönen Nacken … Tom drehte sich um, und unsere Blicke trafen sich. Ich fühlte mich ertappt und blickte rasch zur Seite. Tom hatte eine Freundin, und ich hatte kein Interesse. So sah es aus.

»Bitte.« Er reichte mir meine Tasse, und unsere Hände berührten sich leicht. Tom lächelte, und seine klaren Augen zogen mich an, so kam es mir jedenfalls vor. »Schön, dass du noch nicht gegangen bist.«

»Das sagst du doch nur, weil du einen Abwaschsklaven brauchst.«

Er schüttelte den Kopf. »Nein. Es ist einfach schön, dass du da bist.« Dann blickte er in die volle Spüle. »Wobei ich die Aussicht auf einen Abwaschsklaven natürlich auch verlockend finde.«

Über den ersten Teil ging ich hinweg – *Er hat eine Freundin, und du hast kein Interesse* –, den zweiten Teil kommentierte ich damit, dass ich aufstand und ihm das Spültuch entgegenwarf. »Dann los, an die Arbeit.«

Nebeneinander standen wir an der Spüle und redeten nicht viel. Tom machte den Abwasch, ich trocknete ab. Irgendwie berührten sich dabei immer wieder unsere Hände, und ich versuchte das Brausepulvergefühl zu unterdrücken. Er hatte eine Freundin, und ich hatte kein Interesse. Und selbst wenn ich vielleicht doch ein kleines bisschen Interesse haben sollte, er hatte eine Freundin. Nein, ich hatte kein Interesse. »Anne?« Tom sah mich an und zurück aus meiner verworrenen Gedankenwelt teilte mir mein Unterbewusstsein mit, dass er mich etwas gefragt hatte. »Entschuldige, ich war gerade in Gedanken. Was hast du gefragt?«

»Wie lange ist es noch bis zu den Sommerferien?«

»Zweieinhalb Wochen.«

»Und was sind deine Pläne?«

»Ich habe keine Pläne. Die Kinder werden die ersten drei Wochen bei Alex sein, aber ich bin hier. Das heißt doch: Mein Plan für die Zeit ist es, meine Freiheit zu genießen und …«

»Und in Ruhe und nicht heimlich Zeit mit deinem Freund zu verbringen. Oder wissen die Kinder schon von ihm?«

Jetzt sah ich ihn fragend an. »Ich hatte ›… und dabei am meisten meine Kinder vermissen‹ sagen wollen. Wie kommst du jetzt auf einen Freund?« Irgendwie war sein Grinsen gerade schief.

»Ihr seid heute zusammen nach Hause gekommen. Das muss dir mir gegenüber nicht unangenehm sein. Ich sage den Kindern nichts.« Sein Grinsen war zu schief.

Trotz der späten Stunden verstand ich, was er dachte. Hannes war nach der Schule mit zu mir gekommen, und wir hatten zusammen die neue Unterrichtsreihe geplant. Er war gegangen, bevor die Kinder kamen, aber nicht, weil sie ihn nicht hatten sehen sollen, sondern weil wir fertig gewesen waren. Nachdem ich zunächst versucht hatte, ihm in der Schule so gut es ging aus dem Weg zu gehen, und unsere Treffen ungelenk und seltsam gewesen waren, war es heute Nachmittag zwischen uns endlich wieder entspannt gewesen, was mich beruhigt hatte und glücklich machte. Und was überhaupt nicht hierher gehörte.

»Das war Hannes. Er ist nicht mein Freund, er ist mein Referendar. Wir haben Unterricht vorbereitet.«

»Sexualkunde?« Toms Grinsen war viel zu schief, und der Kommentar vollkommen unpassend.

»Weißt du was? Das geht dich nicht das Geringste an. Und mich geht dieser Abwasch hier nicht das Geringste an!« Ich schleuderte mein Küchentuch auf den Tisch. »Nur so viel: Ich hätte kein Problem, von meinem Freund zu erzählen, wenn ich denn einen hätte, was bei dir offensichtlich anders ist.« Dann ließ ich ihn einfach stehen.

Eine Etage weiter unten lag ich wütend in meinem Bett und starrte die Decke an. Was nahm er sich raus? Und selbst wenn Hannes mein Freund wäre, ginge es ihn nichts an. Er hatte eine Freundin, und die ging mich nichts an. Ich hatte ihm auch nicht gesagt, dass ich es mehr als seltsam fand, dass er sie heute Abend kein Mal erwähnt hatte, selbst dann nicht, als er von New York erzählt hatte. Und ja, Hannes war ein Mal über Nacht geblieben. Tom hatte es mitbekommen. Natürlich konnte er daraus schließen, dass wir die Nacht miteinander verbracht hatten. Und was für eine. Als Mann konnte man sich vielleicht nicht vorstellen, dass es Gründe gab, so eine Nacht, selbst wenn sie großartig gewesen war und man die Gelegenheit dazu hatte, nicht zu wiederholen, man aber trotzdem weiterhin Kontakt haben konnte. Gut, dieser Kontakt war nach wie vor ein bisschen befangen, aber Hannes und ich wurden wieder lockerer miteinander und waren auf einem guten Weg. Und natürlich konnte ich nachvollziehen, dass er auf die Idee gekommen war,

Hannes wäre mein Freund, nach der Verabschiedung neulich morgens im Treppenhaus … Aber dieses blöde schiefe Grinsen, diesen doofen Tonfall und die gänzlich unpassenden Kommentare konnte er sich sparen. Von sich musste er nicht auf mich schließen. Ich würde meinen Freund nicht verheimlichen. Ich hatte einen egoistischen Exmann, der eine neue Freundin hatte, die er auch erst verheimlicht hatte. Und ich hatte einen Nachbarn, der eine Freundin hatte, von der er zwar nicht erzählte, die seit unserer Begegnung im Treppenhaus jedoch nicht mehr heimlich war. Einen Nachbarn, der, auch wenn er viel zu schief grinste, viel zu unpassende Sachen sagte und mich viel zu wütend machte und einfach viel zu anziehend war. Und im Grunde ärgerte mich das am meisten.

32.

Hallo und herzlich willkommen bei *Jolie Brautmoden*, ich bin Cornelia. Wer von Ihnen ist die glückliche Braut?« Cornelia, Ende vierzig, schlank, sehr gepflegt, über die Rundbürste geföhnter blonder Bob, in dunkelblauem Kostüm, hellblauer Bluse und mit Perlenohrringen und passender Kette, kam uns irgendwie entrückt freudestrahlend gleich in dem Moment entgegen, als wir den Laden betraten. Melli, vierunddreißig, kurz vor der Heirat, etwas rundlich, braune kurze Haare, große dunkelbraune und fröhliche Augen, in einem roten Kleid mit weißen Punkten und mit großen, bunten Baumelohrringen im Ohr und meine Freundin, hob die Hand und antwortete ebenso irgendwie entrückt freudestrahlend: »Das bin ich. Und das ist meine Trauzeugin.«

Cornelia schüttelte uns überfreundlich die Hände. »Wie wunderbar. Darf ich Ihnen ein Gläschen Prosecco anbieten, bevor wir uns die traumhaften Kleider anschauen und das perfekte Brautkleid für Sie finden?«

»Sehr gerne.« Wir nickten.

»Dann bin ich gleich wieder da«, flötete Cornelia und verschwand in den Nebenraum. Melli und ich sahen uns um. *Jolie Brautmoden* sah aus, wie ich mir das Privatgemach einer Prinzessin vorstellte. Kronleuchter an der stuckverzierten Decke und die Wände mit altrosa Barocktapete tauchten den Laden in ein gedämpftes Licht. Auf dem polierten Parkett lagen cremefarbene, makellos saubere Teppiche. Die großen Spiegel mit opulenten Goldrahmen an den Wänden ließen den Raum größer erscheinen, als er war, und Melli und ich spiegelten uns bestimmt hundertmal darin. An einer der Wände stand ein dunkelrotes Samtsofa. Im Hintergrund hörte ich Michael Bublé schmachten, und der Riesenstrauß Lilien, der auf dem Verkaufstresen stand, verströmte einen betörenden Duft. Mellis Augen leuchteten, und ich erinnerte mich daran, wie ich vor über zehn Jahren mit ebenso leuchtenden Augen in einem Brautmodengeschäft gestanden hatte, das ähnlich ausgesehen hatte. Nur hatte ich immer von einer Hochzeit in einem weißen Prinzessinnenkleid geträumt, während meine Freundin bis vor ein paar Wochen steif und fest behauptet hatte, bestimmt nicht in einem Traum von Weiß heiraten zu wollen. Ich musste schmunzeln, als ich sah, wie ihre großen braunen Kulleraugen funkelten. Und wie recht ich gehabt hatte, dass wir Frauen doch alle von diesem Prinzessinnenmoment träumen. Melli hatte meine Gedanken gelesen: »Verkneif dir deinen Kommentar.«

»Voilà, da bin ich wieder.« Es hätte nicht besser passen können; natürlich auf einem Silbertablett servierte Cornelia drei Gläser Prosecco samt Flasche. »Dann auf die zukünftige Braut und das perfekte Kleid«, säuselte sie und hob ihr Glas. Jetzt wusste ich, woher das entrückte Strahlen kam. Montags bis freitags von zehn bis neunzehn Uhr und samstags von zehn bis sechzehn Uhr ließ sich die puschelige Atmosphäre und das Geschmachte Michael Bublés bestimmt nicht anders ertragen. »And I'm feeling good«, sang der Herr Bublé, und: »I am feeling good«, dachte Cornelia sicherlich, wenn sie am Prosecco nippte. Ach was. Ich war gemein. Ich war schließlich seit

Jahren Lehrerin und schaffte es auch noch immer ohne Flachmann in die Schule.

»Was für eine Vorstellung haben Sie denn von Ihrem Traumbrautkleid?«, wandte sich Cornelia an Melli.

»Also ehrlich gesagt wusste ich vor ein paar Wochen noch gar nicht, dass ich überhaupt in einem weißen Kleid heiraten möchte«, antwortete Melli ehrlich. »Ich weiß nur, dass ich nicht aussehen möchte wie ein weißes Knallbonbon oder ein Michelin-Männchen in Spitze und Tüll und Volants.«

Cornelia musterte Melli, das heißt, ihr Blick wirkte eher so, als würde sie sie vermessen. »Ich habe da schon etwas im Kopf«, sagte sie dann. »Kommen Sie bitte mit in die Umkleidekabine.« Schon war Melli hinter schweren roten Samtvorhängen verschwunden. Cornelia huschte durch das kleine Geschäft und lud sich zielstrebig ein Kleid über den zierlichen Arm und verschwand ebenfalls in der großen Kabine. Ich ließ mich auf das Sofa fallen und harrte der Dinge, die da kamen.

»Und?« Cornelia hatte den Vorhang zur Seite geschoben, und Melli stand in einem opulenten, weißen Volanttraum vor mir. Sie las in meinem Blick. »Danke, dein Blick sagt das, was ich denke.« Melli wandte sich an Cornelia: »Das ist genau *nicht* das, was ich suche. Ich möchte auf meiner Hochzeit nicht mit einer übergroßen, mächtigen Hochzeitstorte verwechselt werden.«

Ich musste kichern. Cornelia nickte bedächtig, schwirrte sogleich wieder von Kleiderstange zu Kleiderstange und kam mit einem anderen Kleid in die Kabine. Melli zog kopfschüttelnd den Vorhang zu. »Heieiei, das kann ja was werden«, hörte ich sie murmeln. »I just haven't met you yet«, sang der Herr Bublé.

»Wie war eigentlich euer Essen gestern Abend?«, rief Melli

und steckte den Kopf durch den Vorhang, während Cornelia an ihr zu schnüren schien.

»Frag nicht.«

»Ich frage aber.« Der Vorhang ging auf, und ich sah Melli in ein weißes, enges Kleid gepresst.

»Gar nicht gut.«

»Der Abend oder das Kleid?«

»Das Kleid ist gar nicht gut, und der Abend war nicht so gut.«

Melli betrachtete sich im Spiegel, dann fiel ihr Blick auf Cornelia: »Genau das war es, was ich meinte, als ich sagte, ich will nicht wie ein Michelin-Männchen aussehen.« Ihr Blick fiel wieder auf mich, während sie den Vorhang erneut zuzog, dieses Mal energisch: »Was meinst du mit ›nicht so gut‹?« Ja wohl nicht das Essen.«

Während Cornelia mit dem dritten Kleid in der Umkleidekabine verschwand, schilderte ich Melli den Abend, nicht so ganz ausführlich und im Detail, weil ich mir bewusst war, dass Cornelia bestimmt zuhörte, aber doch so, dass Melli verstehen konnte.

»Das ziehe ich gleich wieder aus«, hörte ich Melli entschieden sagen, bevor Cornelia auch nur den Hauch einer Chance hatte, den Vorhang aufzuziehen. Irgendwie war das entrückte Strahlen aus ihrem Gesicht verschwunden, als sie aus der Kabine kam und erneut zwischen den Kleiderständern verschwand. Vielleicht sollte ich ihr Prosecco nachschenken »It's a beautiful day and I can't stop myself from smiling …«, sang der Herr Bublé.

»Ich kann verstehen, dass er auf den Gedanken kommt, dass Hannes dein Freund ist«, hörte ich Melli.

»Das kann ich auch. Aber selbst wenn es so wäre, geht es ihn nichts an.«

Cornelia sah mich an, als sie, ein weiteres Kleid über den Arm, wieder in die Umkleidekabine huschte, und ich beschloss, die Erzählungen meines gestrigen Abends nicht weiter auszuweiten.

»Ich finde, du hast ein bisschen überreagiert. Klar war das frech von ihm, aber was richtig Schlimmes hat er auch nicht gesagt.«

Bevor ich etwas antworten konnte, ging der Vorhang wieder auf. Melli sah einfach wunderschön aus. Cornelia hatte im vierten Anlauf das perfekte Kleid gefunden. Ein schlichtes Kleid, das zwar enger geschnitten war, aber ihre weiblichen Kurven wunderbar betonte. Es war ärmellos und hatte einen raffinierten Ausschnitt, der ihr Dekolleté in Szene setzte und trotzdem mit schlichter Spitze bis zum Hals geschlossen war.

»Das ist es.« Melli strahlte mich zufrieden und überglücklich an.

»Du siehst wunderschön aus!« Hatte ich eben noch etwas Beleidigtes entgegnen wollen, war ich hin und weg vom Anblick meiner Freundin. »Simon wird sich gar nicht wieder einkriegen vor Freude.«

»Er weiß noch gar nicht, dass es nun doch ein weißes Kleid wird.«

»Du hast es ihm nicht gesagt?«

»Nö.« Melli grinste frech. »Das wird meine Überraschung.« Ich musste lachen, weil ich wusste, dass sich beide immer wieder in die Haare gekommen waren, weil er sich so eine Braut in Weiß wünschte, und Melli auf einem normalen Kleid beharrt hatte. Bis jetzt.

Das entrückte, freudestrahlende Lächeln hatte zurück in Cornelias Gesicht gefunden. »Es gibt immer das perfekte Kleid.« »After all I'm excited«, sang der Herr Bublé.

33.

Samstagabend, kurz vor zwölf, eineinhalb Wochen später, sang nicht der Herr Bublé, sondern uns klang Moloco entgegen, als wir uns ins volle *Päff* schoben. Melli trug kein weißes Brautkleid, sondern ein schwarzes T-Shirt, auf dem in Gold *Braut* prangte. Da sich Susi nicht von ihrer Idee hatte abbringen lassen, trug der Rest von uns ebensolche schwarzen T-Shirts, auf denen in Gold *Braut Security* stand. War es mir zu Beginn des Abends noch zu blöd gewesen, in einer solch offensichtlichen Junggesellinnenabschiedsuniform durch Köln ziehen zu müssen, war ich mit dem Voranschreiten des Abends immer entspannter geworden, was vielleicht etwas mit dem Voranschreiten meines Angeschickertsein-Grades zu tun hatte. Egal. Wir hatten bei einem kleinen Italiener an der Zülpicher Straße sehr lecker gegessen und uns wunderbar unterhalten; wir, das waren Melli, die »Braut«, Susi, Katrin, Mellis alte Schulfreundinnen Conni und Jana und ich, die »Braut Security«. Melli hatte den Korb Rosen inzwischen verkauft – die Kondome hatte ich abwenden können; noch ein Grund, warum ich meinen Frieden mit den T-Shirts gemacht hatte –, dabei waren wir durch verschiedene Kneipen gezogen, in denen Melli auch das eine oder andere Schnäpschen ausgegeben wurde. Ich hatte derweil ein Repertoire an Antworten auf Sprüche wie »Und was droht mir von der Security?« oder »Von dir würde ich auch gerne mal beschützt werden!« oder »Machst du nur Security oder kann ich dich auch für ganz andere Sachen buchen?«, letzterer war bisher mit Abstand der schmierigste und fieseste Kommentar gewesen. Nun waren wir im *Päff* gelandet, laut Melli »auf ein letztes Kölsch«, und schon hatte ich ein Glas in der Hand. Wir alle waren in Feierlaune, und ich war nicht so sicher, ob es wirklich das letzte Getränk des Abends sein würde. Susi, Katrin, Conni und Jana waren ein Teil der tanzenden Menge geworden. Melli umarmte mich und legte ihren Kopf auf meine Schulter. »Das ist ein *so* feiner Abend, Anne!«, rief sie selig in mein Ohr. »In sechs Tagen bin ich schon verheiratet.«

»Mit deinem Simon.«

Sie nickte und strahlte mich an, dann wurde ihr Blick ernst: »Meinst du, er ist der Richtige für mich?«

Ich musste lachen. Dass Simon einfach *der* Mann für Melli war, stand außer Frage. »Das fragst du jetzt nicht im Ernst?«

»Doch. Hast du dich das vor der Hochzeit nicht auch gefragt?«

»Nein. Aber vielleicht hätte ich es sollen, denn jetzt bin ich geschieden. Das heißt, dass ich vielleicht nicht als Expertin gelte, wenn es darum geht, den Richtigen zu finden.« Ich stupste sie in die Seite, doch sie blieb ernst.

»Ich meine, du hast doch auch gedacht, Alex wäre der Richtige.«

»Alex ist ein Arschloch.«

»Vielleicht ist Simon auch ein Arschloch.«

»Simon ist nicht Alex.«

Ihre Augen strahlten wieder. »Das stimmt. Simon ist mein Simon.« Melli umarmte mich. »Und du bist meine beste Freundin. Und so weise.« Melli war in der Tat ein wenig mehr als beschickert.

»Hey ihr, kommt endlich tanzen!« Katrin zog uns in die tanzende Menge.

Katrin, Conni und Jana hatten sich vor einer halben Stunde verabschiedet, aber Susi und ich hatten über Mellis Kopf hinweg beschlossen, zu feiern, bis es wieder hell wurde. Melli würde bei mir übernachten, denn morgen stand der zweite Teil ihres Junggesellinnenabschieds an, eine Schifffahrt auf dem Rhein, so wie sie es sich gewünscht hatte. Es war eng und laut, und mir war heiß, aber wir waren im Tanzrausch. Es war Ü30-Abend; noch etwas, das ich mir eigentlich vorgenommen hatte, nie im Leben zu besuchen, genauso wie ich nie eine Junggesellinnenabschieds-Uniform hatte tragen wollen, aber ich hatte schon ewig nicht mehr so viel getanzt und mitgesungen. »Freak the Funk Funk Funk Freak Freak the Funky Funker« und »I'm gonna get myself, I'm gonna get myself, I'm gonna get myself connected« und »Right about now, the funk soul brother, check it out now, the funk soul brother« …

»Anne«, rief Melli plötzlich in mein Ohr, »ist das da drüben nicht dein Koch?«

»Wo?« Tom? Ich wusste nicht warum, aber mir wurde plötzlich noch heißer.

Melli deutete mit ihrem Kopf in die Menge, aber sosehr ich auch guckte, ich konnte keinen Tom zwischen all den vielen Menschen erkennen und schüttelte den Kopf.

»Dann habe ich mich wohl verguckt.«

Trotzdem sah ich mich weiter unauffällig um. Vielleicht hatte sich Melli ja doch nicht vertan. Ob es nun an ihrer eventuellen Sichtung meines Nachbarn lag oder daran, dass ich zu lange getanzt hatte, ich brauchte etwas zu trinken und schob mich durch die vielen Körper, die sich zur Musik bewegten, in

Richtung Bar, wo es definitiv nicht leerer war. »Ein Wasser bitte!«

»Ich wusste ja, dass man sich vor dir besser in Acht nehmen sollte, aber dass du in deiner Freizeit jetzt auch als Security arbeitest, ist mir neu.« Tom! Neben mir. Unverschämt grinsend und unverschämt gut aussehend. Seine Lippen eben noch an meinem Ohr. Sein Gesicht jetzt ganz nah mir zugewandt.

»Und wenn du jetzt noch die Frage anhängst, ob ich neben der Security nicht auch Lust hätte, ganz andere Sachen zu machen, lasse ich dich hier einfach stehen.«

»Das bin ich von dir gewöhnt.« Er blickte im übervollen *Päff* umher. »Wobei heute sämtliche Fluchtwege abgeschnitten sind.«

»Okay. Frieden.« Ich streckte ihm eine Hand entgegen. »Ich bleibe hier und reagiere nicht über.« Er hielt noch immer meine Hand, einen Moment länger, als man sich normalerweise die Hand gab. Sein Blick machte mich unruhig, und ich schob: »Aber nur, weil ich keine andere Wahl zu haben scheine« hinterher und: »Du machst dafür keine unpassenden Kommentare«.

Er hatte losgelassen. Mit seiner Hand. Nicht jedoch mit seinem Blick. »Ich wollte dich nicht aufziehen. Ich dachte einfach, er sei dein Freund.«

Ich schüttelte den Kopf. »Du kannst gerne dezent sein und nichts über dein Privatleben erzählen. Ich bin anders. Hannes ist nicht mein Freund … und wir haben keine Bio-Stunde miteinander vorbereitet, geschweige denn geübt, sondern Geschichte. Das heißt, sein Besuch hatte nichts mit Sexualkunde und allem, was dazugehört, zu tun. Das hatte es nur ein Mal, und das ist Geschichte.« *Anne!* Wann lernte ich es endlich, in den richtigen Momenten den Mund zu halten?

Tom sagte nichts. Er lächelte, doch nicht spöttisch, wozu er allen Grund gehabt hätte, seine klaren, blauen Augen musterten mich jetzt auf eine andere Art, und ich senkte den Blick, trank einen Schluck Wasser und ärgerte mich über mich und meine Unbeholfenheit. Jemand quetschte sich unsanft neben mich an die Bar, so dass ich eng an Tom gedrückt wurde. Meine Stirn berührte sein Kinn, und seine Arme schlossen sich schützend um mich. »›tschuldigung«, lallte der Drängler in unsere Richtung und bestellte zwei Kölsch, »bin gleich wieder weg.« Meinetwegen hätte er bleiben können, denn es fühlte sich gut an, Tom so nah zu sein. Für einen kurzen Moment schloss ich die Augen und atmete ihn ein, dann war der Moment vorbei, und der Drängler mit seinen zwei Kölsch verschwunden. Tom war jedoch immer noch da. Ganz nah. Näher. Wieder fing sein Blick mich und ließ mein Herz flattern. Spätestens jetzt konnte ich es nicht länger leugnen. Ich war dabei, mich unsterblich in Tom Paulsen zu verlieben. Und so gut sich das Flattern auch anfühlte, so ging es nicht. Tom Paulsen hatte eine Freundin. Ich löste mich aus seiner Nähe und von seinen Augen.

»Anne, ich …« Doch bevor Tom weiterreden konnte, stand Melli vor uns, und »angeschickert« war zu harmlos, wenn es um die Beschreibung ihres Zustands ging. »Du bist Annes Nachbar. Also doch! Ich wusste, dass ich richtig geguckt habe … Auch wenn mir das Gucken im Moment nicht so ganz leichtfällt.« Sie grinste entzückt. »Ich bin Melli. Annes beste Freundin.« Dann drückte sie mich an sich. »Und Anne ist meine Trauzeugin. Ich heirate in einer Woche!« Sie zeigte auf ihr T-Shirt. »Und heute schlafe ich bei ihr, hab nämlich Ausgang. Anne auch. Die Kinder sind in London.«

Tom hob den Daumen. »Wenn die Hochzeit so toll wird wie der heutige Abend, dann steht einer glücklichen Ehe doch nichts im Weg. Ich bin Tom.«

Er wollte ihr die Hand geben, aber sie umarmte ihn. »Ich wusste, dass du ein Guter bist. Selbst wenn du eine Freundin hast.«

»Melli«, es war mehr als an der Zeit, dass ich mich einschaltete, wer wusste, was sie sonst noch alles ausplappern würde. Betrunken wurde Melli immer zur vertrauensseligen Plaudertasche. »Meinst du, es ist an der Zeit zu gehen?

»Aber warum?« Sie sah mich mit weit aufgerissenen Augen an. »Es ist doch gerade so schön … Und Tom ist auch da.«

»Genau, ich bin auch da.« Tom grinste mich an und schien richtig Spaß zu haben.

»Ja, aber du bist doch bestimmt mit jemandem hier, der sich schon fragt, wo du bist.«

»Nö.« Er amüsierte sich bestens. »Philip, mein Sous-Chef, ist vorhin gegangen, und Melli und ich führen gerade ein so spannendes Gespräch.«

»Ha! Genau. Ich verstehe so langsam, was Anne …«

»Soll man nicht immer gehen, wenn es am schönsten ist?«

»Mein Zukünftiger heißt Simon.« Melli ignorierte mich einfach.

»Simon ist ein Glückspilz.« Toms Antwort ließ meine sehr beschwipste Freundin wie einen Atompilz strahlen. Ich hingegen fühlte mich stocknüchtern. Es hieß, Schaden zu vermeiden oder zumindest zu begrenzen. Wo war Susi? Ich sah mich um. Im *Päff* war es nach wie vor rappelvoll. Überall Menschen, aber keine Susi. In meinem Kopf arbeitete es. Ich konnte Melli schlecht mit Tom alleine lassen. Jetzt, wo sie ihn ins Herz geschlossen hatte, gab es die hohe Wahrscheinlichkeit, dass ihr imaginäre Flügel wuchsen und sie ihm mehr erzählte, als ich wollte. »Melli, weißt du, wo Susi ist?«

»Susi tanzt«, antwortete sie knapp, dann sah sie wieder zu Tom. »Anne hat mir schon viel von dir erzählt.«

Tom grinste mich an und ließ mich nicht aus den Augen. »Ist das so?«

»Ich weiß nicht, ob es ich es als viel bezeichnen würde, eher als das Nötigste.« Ich hatte mich wieder gefangen. Melli hatte angefangen, sich mit der Barfrau zu unterhalten.

»Und was ist das Nötigste?«

»Dass du über mir wohnst, dir ein sehr gut gehendes Restaurant gehört, du fast nie zu Hause bist und meine Kinder schon zweimal gerettet hast«, sagte ich möglichst gelangweilt.

»Dass sie findet, dass du humorvoll und charmant bist und blendend aussieht, hat sie in ihrer Aufzählung vergessen.« Melli! Und so was nannte sich beste Freundin. Ich hätte es wissen und besser auf sie aufpassen müssen. Wer hätte aber ahnen können, dass wir heute Abend Tom über den Weg laufen würden.

»Mädels, ich muss doch ab nach Hause. Ich kann nicht mehr. Wie sieht's bei euch aus?« Susi stand vor uns, und ich wiederstand dem Verlangen, ihr vor Erleichterung dankbar um den Hals zu fallen. »Wir kommen mit«, sagte ich schnell.

»Du kannst gerne noch bleiben. Tom hat doch die gleiche Richtung.« Mellis imaginäre Flügel flatterten entzückt.

»Nicht, dass du heute Abend nicht auch diese Richtung hättest. Melli, du übernachtest doch bei mir.«

»Das stimmt auch wieder.«

»Tschüss Tom. Es war super, dich endlich mal kennenzulernen und mit dir so schön zu plaudern.«

»Melli, das finde ich auch. Ein wirklich interessantes und aufschlussreiches Gespräch.« Ich lächelte bemüht. Er sah mich an. »Hast du noch einen kurzen Moment?«

»Den hat sie. Wir können auch schon vorgehen.«

»Ne, ne, ihr könnt warten.«

Melli sah mich an, und ich war mir auf einmal nicht mehr so sicher, ob sie wirklich so angeschickert war, wie es schien. »Wir warten draußen.« Dann bahnte sie sich mit Susi einen Weg zum Ausgang.

»Der kurze Moment ist fast vorbei.« Ich wollte hinterher. Die Nähe, die wir brauchten, um uns bei der Lautstärke zu verstehen, machte mich nervös. Tom lehnte sich vor. Seine Lippen berührten fast mein Ohr, und ich konnte seinen Dreitagebart spüren. Plötzlich wollte ich gar nicht mehr nach draußen, sondern vor Brausepulver übersprudeln. »Die Zeit, die ich vom Moment noch habe, reicht, um dir zu sagen, dass …«

»Herr Paulsen?« Ich nahm eine Frauenstimme wahr. »Das gibt es doch nicht, dass ich Sie hier treffe!« *Nein! Nicht jetzt! Bitte!* Doch eine große, schlanke Frau mit kurzen schwarzen Haaren stand neben uns und wirkte enthusiastisch. »Lara de Groot von *Inside Köln.* Wir haben in der letzten Woche miteinander telefoniert. Es ging um einen Bericht über das *Pauls* zusammen mit einer Homestory in unserem Magazin. Ich habe Sie gleich erkannt.«

»Hallo, Frau de Groot, ich grüße Sie.« Tom reagierte professionell.

»Das nenne ich einen Wink des Schicksals.« Sie schenkte ihm ihr strahlendstes Lächeln, und mir war klar, wohin sie das Schicksal für sich deutete. Lara de Groots Blick fiel auf mich. »Und Sie sind?« Sie musterte mich, doch bevor ich antworten konnte, klimperte sie wieder Tom an und fuhr fort. »Ich will natürlich nicht stören.«

»Natürlich nicht …«, antwortete ich zuckersüß – was sie konnte, konnte ich schon lange, »Anne Hansen, ich bin Tom Paulsens Nachbarin.«

»Wie interessant. Vielleicht sollte ich dann als Erstes Sie interviewen, wenn ich an Hintergrundinfos kommen möchte, wie zum Beispiel die Frage, ob Herr Paulsen liiert ist.«

»Das ist wirklich eine interessante Frage, auf die ich auch gerne eine Antwort wüsste. Ich fürchte, das müssen Sie ihn selbst fragen.«

»Dann sind Sie also ein geheimnisvoller Mann, Tom Paulsen.« Sie nippte an ihrem Cocktail und warf ihm einen tiefen Blick zu. »Als Journalistin mag ich nichts lieber als das.« Als Journalistin? War klar.

Tom lächelte sie charmant an. Er war ganz Profi. »Gerne lade ich Sie ins *Pauls* ein und spreche mit Ihnen über meine Karriere, aber die Homestory habe ich am Telefon bereits abgelehnt, wenn ich mich richtig an unser Telefonat erinnere.«

»Vielleicht überlegen Sie es sich ja noch anders. Ich will Sie gerne überzeugen.«

Lara de Groot hatte Sitzfleisch, wobei Sitzfleisch nicht so richtig passend war, sie verstand es, um es treffender zu formulieren, trotz ihrer Modelfigur ein extremes Maß an Dickfälligkeit an den Tag zu legen. »Darf ich Sie auf einen Cocktail einladen?«

»Danke für die Einladung, aber ich war gerade am Gehen. Ich muss morgen früh raus. Das *Pauls* ruft. Gerne revanchiere ich mich bei unserem Interview mit einem Kaffee.« Tom bliebt zuvorkommend und höflich.

»Das ist jammerschade.« Lara de Groot zog tatsächlich eine kleine Schnute. »Aber dann sehen wir uns ja bald. Und darauf freue ich mich sehr.«

Sie drückte zum Abschied einen Kuss auf seine Wange und blickte ihm noch einmal tief in die Augen, bevor sie sich kurz mir zuwandte: »Sollte Ihnen noch das ein oder andere

Geheimnis über Herrn Paulsen einfallen, dürfen Sie mich sehr gerne anrufen.« Sie lachte affektiert. Tom nahm meinen Arm und führte mich nach draußen.

Melli lehnte an einen Laternenpfahl, Susi war schon los. Als sie Tom sah, guckte sie überrascht. »Kommst du mit, Tom?«

»Ja«, entgegnete er locker und sicher. So locker und sicher hätte ich mich gerne gefühlt, aber seine Gegenwart hatte eher die gegensätzliche Wirkung auf mich; und doch fühlte es sich gut an, ihn neben mir zu haben.

»Wisst ihr was? Dann ändere ich den Plan und gehe nach Hause.«

Melli machte einen Schritt und stolperte fast.

»Nichts da. Du kommst mit zu mir«, lachte ich, hakte mich stützend bei ihr ein und winkte nach einem Taxi.

»Wie du meinst.« Melli sah Tom vertrauensvoll an. »Das ist mir ganz schön peinlich. Normalerweise bin ich nicht so. Und eigentlich wollte ich einen guten Eindruck machen, wo Anne dich so mag.«

Ich stieß ihr unsanft meinen Ellenbogen in die Seite, und sie verstummte. Tom sagte nichts, grinste aber wieder sein unverschämtes Tom-Grinsen. Ich hatte beschlossen, auch lieber nichts dazu zu sagen, und Mellis Kommentar einfach so stehen zu lassen, denn ich spürte Toms Hand auf meiner Schulter, als wir ins Taxi stiegen.

»Liebeleins, so 'n Junggesellinnenabschied ist was ganz schön Anstrengendes. Ich heirate nur einmal«, stöhnte Melli, als Tom und ich ihr halfen, die Treppe zu erklimmen.

»Also, in meinen Augen ist dein Simon der perfekte Mann für dich«, erwiderte Tom, der inzwischen Mellis und Simons komplette Geschichte kannte. Melli hatte im Taxi in epischer

Breite berichtet, und ich war froh gewesen, dass sie sich auf ihr eigenes Liebesglück konzentriert und die imaginären Flügelchen darüber vergessen hatte.

»Mein Simon« – Melli blieb stehen und strahlte Tom an – »der ist auch ein Guter. Und er hat keine Fr …«

»Genau«, warf ich schnell ein, bevor Melli ihren Satz zu Ende formulieren konnte. »Und ich hoffe doch wohl ganz stark, dass du aus Liebe mit Simon zusammenbleibst und nicht aus Angst vor einem zweiten Junggesellinnenabschied.«

Wir waren vor meiner Wohnungstür angekommen. »So, da wären wir«, sagte ich mehr zu mir selbst und war ein bisschen überfordert; die sturzbetrunkene Melli, die ins Bett musste, Tom, von dem ich mich noch nicht verabschieden wollte … Melli nahm mir den Schlüssel aus der Hand. »Sagt ihr euch ruhig noch in Ruhe Tschüss, ich gehe schon mal ins Bett.« Unbeholfen fummelte sie am Schlüsselloch und schaffte es nicht, den Schlüssel ins Schloss, geschweige denn die Tür aufzubekommen. Ich sah ihr an, dass es ihr trotz ihres Rausches mehr als peinlich war. Zu Recht. Ich nahm ihr schließlich den Schlüssel aus der Hand und schloss auf. »Gute Nacht. Lass dir ruhig Zeit. Ich finde alleine ins Bett.«

Ich drehte mich zu Tom, der lässig am Treppengeländer lehnte und bemerkte: »Das nenne ich einen gelungenen Junggesellinnenabschied.« Wenn er lächelte, lächelte alles an ihm, vor allem seine Augen.

Ich nickte. »Wobei ich Melli in dem Punkt vollkommen zustimme, dass sie mit Simon verheiratet bleiben muss, weil auch ich keinen zweiten Junggesellinnenabschied mitmachen würde.«

Das Licht im Treppenhaus ging aus, und einen Moment standen wir im Dunkeln. Unsere Hände berührten sich, als wir gleichzeitig auf den kleinen, leuchtenden Schalter drückten, und es war wieder hell. Tom stand vor mir, und es wirkte, als wüsste der selbstsichere Herr Paulsen gerade auch nicht genau, was er sagen oder tun sollte. »Anne …«

In meiner Wohnung rumpelte es. Lachend sahen wir uns beide an. »Ich habe es nicht so mit dem Timing.«

»Das Timing …« Obwohl ich nichts mehr wollte, als zu erfahren, wie sein Satz zu Ende gegangen wäre, hörte ich mich fortfahren: »Ich sehe besser nach, ob mit Melli alles in Ordnung ist.« Ich zeigte auf mein T-Shirt.

»Ich weiß, du bist für ihre Sicherheit verantwortlich.«

»Nicht auszudenken, ihr würde etwas passieren.« Wieder standen wir im Dunkeln. Leicht strich er mir über die Wange. Es rumpelte erneut, ich drückte auf den Lichtschalter, und tat einen Schritt in meine Wohnung, obwohl ich gerne noch länger im dunklen Treppenhaus gestanden hätte, meine Wange in seiner Hand.

»Gute Nacht.«

»Gute Nacht. Und meinen Satz führe ich zu Ende. In Ruhe und mit besserem Timing …« Er lächelte, als er sich umdrehte und die Treppe nach oben ging.

Ich wusste, dass mir das gleiche Lächeln im Gesicht stand, als ich die Wohnungstür hinter mir schloss und ins Schlafzimmer ging. »Melli?!« Noch immer vollkommen angezogen, lag Melli tief und friedlich schlafend auf meinem Bett, lediglich die Schuhe hatte sie ausgezogen und durch das Zimmer geworfen. Einer lag vorm Schrank, der andere hinter der Tür. Das Rumpeln.

Typisch Melli, erst beschwipst, dann in Sekunden eingeschlafen und, ich sah auf die Uhr, in ein paar Stunden glockenwach.

Als ich kurze Zeit später zu ihr ins Bett kroch, schnarchte sie leise und selig vor sich hin. Ich sah an die Decke. Dort oben schlief Tom, in genau dem Zimmer, in dem auch ich schlief. Ob er wohl ebenso über den Abend nachdachte? Und über das Ende? Das Timing … Aber wir wurden besser.

Heute hatte mein Abend mit einem Cliffhanger aufgehört, und so wie ich es bei großen TV-Serien-Staffelfinalen nicht erwarten konnte, bis die neue Staffel endlich anlief, konnte ich es nicht erwarten, Tom wiederzusehen und zu erfahren, was er mir hatte sagen wollen.

34.

Wie? Du hast bei Papa deinen Wochenplan nicht zu Ende gemacht?« Normalerweise hätte mich Bens nebensächliche Bemerkung an einem Sonntagabend um halb neun mindestens aus dem Konzept gebracht, wenn nicht sogar wütend gemacht, hatte ich mit Alex doch darüber gesprochen, dass Ben noch Aufgaben zu erledigen hatte, doch ich war noch immer beseelt vom gestrigen Abend. Weder die sich übergebende Melli an der Reling des wirklich gar nicht schaukelnden und sich gemütlich vorwärtsbewegenden Schiffes der Köln-Düsseldorfer-Flotte noch ein Anruf von Herrn Walter, der mich darüber informieren wollte, dass Familie Sambet um ein weiteres Gespräch bat, noch das Sonntagabendchaos mit aus London zurückgekehrten, aufgekratzten Kindern, die wild durch die Wohnung wuselten, ihre Ranzen packten, eigentlich ins Bett mussten und ganz nebenbei mitteilten, dass sie noch Hausaufgaben zu erledigen hatten, hatten diese Seligkeit vertrieben. In meinem Gesicht stand noch immer das Lächeln, mit dem ich ins Bett gegangen war.

»Gib mir den Stift wieder!«

Ich hatte Tom heute zwar nicht gesehen, aber würde einfach wach bleiben und das Licht im Wohnzimmer anlassen.

»Gibt mir jetzt endlich den Stift wieder!«

Vielleicht würde er dann ja noch klopfen.

»Theo! Gib! Her!«

Bei dem Gedanken schlug mein Herz schneller. Oder ich würde morgen bei ihm klingeln, wenn ich aus der Schule zurück war, eine Flasche Crémant in der Hand. Wieder schlug mein Herz schneller.

»Ahhhhhh, Mamaaaaaaa, Emma hat mich gekratzt!«, holte mich Theo kreischend aus meinen Gedanken.

»Ich hab dich gewarnt. Mama, Theo hat mir meinen Füller weggenommen!« Emma funkelte ihn wütend an, und Theo kniff bedrohlich die Augen zusammen.

»Theo, du kannst dir doch nicht einfach Emmas Sachen nehmen, wenn sie es nicht möchte«, schaltete ich mich ein, zwar umsonst, aber noch immer beseelt.

»Ich will auch mit Füller schreiben!«, schrie Theo.

»Das darf man erst in der zweiten Klasse!«, schrie Emma zurück.

»Du hast den gerade doch gar nicht benutzt!«, wieder Theo.

»Ist aber meiner!«, Emma.

Ben stand daneben und wirkte bestens unterhalten.

»Emma! Theo! Jetzt ist gut!«, versuchte ich dazwischenzukommen, bevor Theo sich auf sie stürzen würde. Oder auf Ben, dem ein böser Kommentar auf den Lippen lag, das konnte ich genau erkennen. Es klingelte. »Beruhigt euch!«, ermahnte ich alle drei und ging noch immer lächelnd zur Tür.

Ben: »Typisch Mädchen!«

Emma: »Du bist soooo dooooof!«, in Bens Richtung geschleudert, und in Richtung Theo: »Und bei dir dauert das eh noch, bis du mit ’nem Füller schreiben darfst, so wie du schmierst!« Sie stürmte an mir vorbei in ihr Zimmer.

Ich öffnete die Haustür, gleichzeitig schrie Theo laut und

wütend und energisch: »Du Zicke!«, und genauso laut und wütend und energisch knallte Emmas Tür.

Und mein glückseliges Lächeln war weg. Verschwunden. Nicht hinter der zugeknallten Tür, sondern im Treppenhaus, denn da stand Schneewittchen und lächelte mich an, nicht im blau-gelben Kleid und roter Haarschleife, sondern in einer engen Röhrenjeans, die ihre langen Beine so aussehen ließ, dass Gisele Bündchen hätte neidisch werden können, und einem zarten Spitzentop und mit Haaren, die perfekt gewellt über die zarten Schultern fielen. Neben Schneewittchen stand kein Zwerg, sondern ein Rollkoffer. Linda.

»Guten Abend. Ich wollte nicht stören«. Sie schenkte mir ein hinreißendes Lächeln. »Ich habe kurzfristig frei und möchte Tom überraschen. Aber ich habe gerade gemerkt, dass ich meinen Schlüssel wohl in New York vergessen habe. Haben Sie vielleicht einen Zweitschlüssel?«

»Nein. Aber unser Vermieter. Nur ist er verreist. Aber ich denke, ich kann Ihnen trotzdem helfen«, hörte ich mich sagen, nahm Willis Zweitschlüssel vom Schlüsselbrett und ging vor ihr die Treppe hinab. Ich wusste, wo Willi die Schlüssel hatte, einen meiner Schlüssel hatte ich ihm schließlich auch zur Sicherheit gegeben,[7] und bevor ich bei seiner Abreise in Richtung Mittelmeer-Kreuzfahrt seinen Blumen- und Postdienst übernommen hatte, hatte er mir auch die Schlüssel erklärt. »Für den Notfall«, wie er gesagt hatte.

»Oh, das ist wunderbar.«

Ich lief auf Autopilot, schloss Willis Wohnung auf und nahm Toms Schlüssel aus dem kleinen Flurregal.

»Ich danke Ihnen, Anne.« Linda nahm den Schlüssel an sich. »Ich will Sie nicht weiter stören. Haben Sie einen schönen Abend.«

Elegant schritt sie die Treppe vor mir nach oben. Verglichen mit ihr, fühlte ich mich gerade eher wie Rumpelstilzchen. In mir kochte es. Ich war stinksauer und enttäuscht und aufgeregt und beleidigt und gekränkt und geladen und schlecht gelaunt und … und am meisten war ich wütend. Auf Tom, der sich seine Komplimente sonst wohin stecken konnte, Gleiches galt für seine blauen Augen und sein wunderbares Lächeln. Veralbern konnte ich mich allein. Und das war genau der Punkt. Am meisten war ich wütend auf mich selbst, darauf, wie blauäugig ich gewesen war. Und das, obwohl ich doch gewusst hatte, dass er eine Freundin hatte.

»Ganz gleich, was du sagst, ich bleibe dabei, Tom Paulsen gehört zur Gruppe der Arschlöcher!«

Es war Dienstag, und Melli und ich saßen nach unserer allwöchentlichen Runde durch den Grüngürtel im Biergarten am Aachener Weiher.

Melli wirkte nachdenklich: »Ich verstehe das nicht, er hat dich am Samstag so strahlend angesehen …«

»Für dich hat am Samstag alles gestrahlt«, bemerkte ich leicht schnippisch.

»Danke für den Seitenhieb, aber ich bin nach wie vor eine der Guten. Hast du ihn danach noch mal gesehen?«

Ich schüttelte den Kopf. »Mir ist gestern früh nur Linda im Treppenhaus über den Weg gelaufen, die zurück nach New York musste. Sie hat mir zuckersüß für meine Hilfe gedankt und erzählt, wie *sehr* sich Tom gefreut hat.« Ich verdrehte die Augen und wurde dann aber wieder ernst, weil sich meine Gedanken neu sortiert hatten. »Weißt du, sie ist extra für eine Nacht hierhergeflogen, um ihn zu überraschen und bei ihm zu sein, und er hat sich gefreut. Vielleicht habe ich verknallte Kuh das alles einfach falsch verstanden und interpretiere etwas in Worte, Blicke und Gesten, das anders gemeint ist.«

Melli sagte nichts, und ich fasste zusammen: »Entweder er ist ein Arschloch und nicht viel anders als Alex, oder ich leide an einer emotionalen Wahrnehmungsstörung, was ohne Weiteres sein kann.«

Melli musste herzhaft lachen. »Dass du gestört bist, weiß ich schon lange.«

»Haha«, kommentierte ich und trank einen Schluck von meiner Apfelschorle.

»Und was machst du jetzt?«

Ich zuckte mit den Schultern.

»Mit ihm reden?«, fragte Melli nach.

»Tom, ich habe da eine Frage: Bist du ein Arschloch, oder bin ich gestört?«

»Du weißt genau, was ich meine.«

»Ich weiß es nicht. Ich habe kein Bedürfnis, bei ihm zu klingeln und mich nach der Art und Weise unseres nachbarschaftlichen Verhältnisses zu erkundigen. Fakt ist, er hat eine Freundin.«

»Ist das alles kompliziert …«

»Nur, weil ich es kompliziert mache. Und weißt du was?« Ich hatte einen Entschluss gefasst. »Darauf habe ich keine Lust mehr! Morgen gibt es Ferien, und am Wochenende heiratest du, und wir feiern ein rauschendes Fest!«

»Das will ich meinen. So gefällst du mir schon viel besser.«

»Ich habe keine Lust, mir von meinem Gefühlschaos die Zeit und die Ferien vermiesen zu lassen. Außerdem habe ich genug daran zu knabbern, dass die Kinder drei Wochen nicht bei mir sein werden.«

Melli legte ihre Hand auf meine. »Und ich bin auch noch auf

Hochzeitsreise und gar nicht da«, sagte sie und sah mich entschuldigend an.

»Hey, jetzt reicht es aber. So war das nicht gemeint«, lachte ich. »Du hast mit deinem Simon ganz viel Spaß in der Karibik und machst dir keine Sorgen um deine verquere Freundin in Köln. Ich werde es mir schön machen und die Ruhe genießen.«

Mellis große braune Augen blickten skeptisch, und ich wusste, dass sie mir das mit dem Ruhegenießen nicht abnahm, weil sie mich kannte und eine genaue Vorstellung davon hatte, wie ich die Kinder vermissen würde.

»Nun mach dir keine Sorgen. Ich weiß, dass es nicht leicht wird, aber ich muss mich daran gewöhnen. Und vielleicht tut es mir nach all Hin und Her und all dem Chaos des letzten Jahres und vor allem der letzten Monate auch mal gut, mich alleine aushalten zu müssen.«

Melli verstand, dass ich das, was ich gesagt hatte, ehrlich meinte.

»Und was Tom betrifft, ist Schluss mit der Schwärmerei. Er ist vergeben.« Ich seufzte. »Irgendwann taucht für mich auch *der* Mann auf; groß, gut aussehend (versteht sich von selbst), mit einem einnehmenden Lächeln, männlich, humorvoll und charmant, sportlich, interessiert, zuverlässig und treu, ehrlich, mit genug Grips in der Birne, kein konfliktscheues Schaf, finanziell unabhängig, vom Alter her passend, kinderlieb, er darf auch ruhig eigene Kinder haben, solange er keine Frau oder Freundin mehr hat, und dann schmeiß ich Konfetti und feiere mich selbst.«

Melli lachte. »Wenn du das auf *PaarMatch* setzt, mit einem Foto von dir zusammen mit deinen drei Süßen, rennen die Männer dir die Tür ein, dass du dir beim Karnevalsprinzen die Konfettikanone ausleihen musst.«

Ich schnitt ihr eine Grimasse. »Ich brauche keine Männer, mir würde einer reichen.«

»Und der kommt«, sagte Melli beschwingt und voller Überzeugung. »Der *wird* kommen, so wahr ich Melli Weber heiße.«

»Hah!«, entgegnete ich. »In drei Tagen heißt du Fischer.«

Melli verdrehte die Augen. »Ein konfliktscheues Schaf darf es bei dir in der Tat nicht sein.«

35.

Ich saß auf einer Bank und blickte auf den Rhein, der leise und still dahinfloss, während in mir alles laut dahinrauschte und ich es nicht mit mir aushielt, mich aber aushalten musste. Und das, obwohl ich gerade diese Tage unsagbar gerne mochte. Den letzten Schultag, wenn man die unbändige Vorfreude auf die großen Ferien im ganzen Schulhaus spüren konnte und selbst die grumpeligsten Schüler und Lehrer ein glückliches Strahlen im Gesicht trugen. Die ersten Ferientage, die sich so unbeschwert, federleicht und frei anfühlten, wenn man vom Rhythmus her noch gar nicht in den Ferien angekommen war und das Ende und der Alltag so weit weg erschienen. Doch schon der letzte Schultag hatte einen Vorgeschmack darauf gegeben, dass es in diesem Jahr anders werden würde. Wenn ich meine ersten Ferientage Revue passieren ließ, waren meine Sommerfeien bisher alles andere als unbeschwert und federleicht gestartet.

Mittwoch, kurz nach Schulschluss. Alle Schülerinnen und Schüler waren so schnell aus dem Schulhaus verschwunden wie an keinem anderen Tag im Jahr. Hannes hatte sein Fahrrad neben mir aufgeschlossen. Hatten wir uns eben noch unbeschwert schöne Ferien gewünscht und uns in den Arm genommen, hatten wir uns nun befangen gegenübergestanden, und all die Lockerheit, die in den letzten Wochen doch zurückgekommen war, war verschwunden. »Genieß die Zeit«, hatte ich gesagt, und Hannes' Gesichtsausdruck hatte sich verändert. Er hatte mich ernst angeblickt. »Ich weiß, dass es mir schwerfallen wird, dich sechs Wochen nicht zu sehen, genau wie es mir schwerfällt, dich zu sehen.«

Ich hatte einen Schritt zurückgemacht. »Hannes, ich …«

Er hatte den Kopf geschüttelt: »Du musst nichts sagen. Ich habe verstanden, dass du nicht in mich verliebt bist, und damit muss ich klarkommen. Ich dachte einfach, das wäre leichter.« *Scheiße.* »Aber dich jeden Tag zu sehen und zu wissen, wie es sich anfühlt, dich zu küssen, zu streicheln und im Arm zu halten, ist einfach verdammt schwer.«

Riesenscheiße. Ich hatte tief durchgeatmet. »Ich wollte das nicht.«

»Hey«, hatte er leise gesagt und mich angelächelt, »ich wollte es. Und du musst dir keine Vorwürfe machen. Es ist wunderschön, dass es passiert ist. Dass der Rest nicht geht, ist mein Problem. Und ich schaffe das schon. Aber vielleicht sollte ich im kommenden Schuljahr Volker bitten, meine Betreuung zu übernehmen.«

Ich hatte genickt und mich einfach nur schlecht und egoistisch gefühlt, weil ich nicht nur unsere gemeinsame Nacht genossen hatte, sondern ebenso die kleinen Flirtereien, die es nach wie vor zwischen uns gegeben hatte. Ich war unsagbar gerne in Hannes' Nähe, genoss es, von ihm angesehen zu werden, und ich würde lügen, wenn ich das Begehren nicht immer wieder in seinen Augen gesehen hätte.

»Frau Hansen, haben Sie einen kurzen Moment Zeit?« Ich hatte zur Seite geblickt und Frau Dröge auf uns zukommen gesehen. »Schöne Ferien, Anne«, hatte Hannes gesagt, sich aufs

Rad geschwungen und war verschwunden. Ich war neben mir gestanden, Frau Dröge samt Selina inzwischen vor mir. Selinas Mutter hatte meinen fragenden Blick, der weder ihr noch ihrer Tochter galt, zweifelsohne auf sich bezogen. »Ich muss mit Ihnen über das Zeugnis meiner Tochter reden.«

»Selinas Zeugnis?« Langsam hatte ich mich wieder gefangen.

»Genau!« Sie hatte energisch mit dem Kopf genickt, und Selina hatte überlegen grinsend neben ihr gestanden. »Wir sind mit der Geschichtsnote nicht einverstanden. Selina ist besser, und sie hat eine Eins verdient.«

»Frau Dröge« – ich hatte ein Lächeln aufgesetzt – »Ihre Tochter hat ein sehr schönes Zeugnis, das steht außer Frage, und auch eine Zwei ist eine gute Note. Und diese Note ist vollkommen gerechtfertigt, wie ich Ihrem Mann bereits erklärt habe.«

»Aber Selina ist eine Einserschülerin!«

»Ich verstehe, dass Sie als Mutter Ihre Tochter so sehen, dennoch muss ich Ihre Tochter objektiv benoten und darf auf Sympathie keine Rücksicht nehmen.«

Wenn ich das täte, hätte Selina bei Weitem keine Zwei.

»Sie hat nur eine Zwei, weil Sie das Referat verweigert haben.«

»Ich habe das Referat nicht verweigert, ich habe es nur nicht als notwendig angesehen, weil es die Note nicht hätte anheben und verbessern können.« Langsam war es mir zu blöd geworden.

»Das heißt, Sie bleiben bei der Zwei?!« Frau Dröges Stimme hatte sich fast überschlagen.

Und wie ich bei der Zwei bleibe. »Ja, das tue ich, aus den Gründen, die ich Ihnen und Ihrem Mann ebenso wie Selina bereits mehrfach erörtert habe. Die Zwei entspricht Selinas

Leistungen, und diese Leistungen lassen sich anhand der gesammelten und dokumentierten Noten belegen.«

»Dann wollen Sie, dass ich mich ans Schulamt wende?!«

Ah, jetzt wurde also gedroht.

»Das scheinen Sie zu wollen«, entgegnete ich ruhig und gefasst.

»Genau! Das werden wir.«

»Das ist Ihr gutes Recht. Ich werde meine Noten gerne ein weiteres Mal erklären und mit den Leistungen der anderen Schülerinnen und Schüler in Relation setzen. Sie entschuldigen mich? Ich muss meine Kinder von der Schule abholen. Haben Sie schöne Ferien.«

Frau Dröge hatte geschnauft, Selina nicht mehr ganz so überlegen geschaut, ich mich in aller Seelenruhe auf mein Rad gesetzt und war losgefahren, obwohl ich Frau Dröge am liebsten einen langen Vortrag über die Begrenztheit ihrer Tochter oder ihre eigene Borniertheit gehalten, oder ihr zumindest gerne gegen das Schienbein getreten hätte.

Mittwoch, zwanzig Minuten später: »Frau Hansen, gut, dass ich Sie erwische. Haben Sie einen Moment für mich? Ich hatte Ihnen auf den Anrufbeantworter gesprochen.« Mist, Herr Walter hatte mich abgefangen und seine Schulsozialarbeiterklauen nach mir ausgestreckt. Es hatte den Anschein erweckt, als habe er sich hinter der Stellwand versteckt, so schnell hatte er mir im Weg gestanden, als ich auf den Flur von Theos Klassenzimmer gebogen war.

»Herr Walter, ich habe es eigentlich eilig, weil ich Ben und Emma auch noch abholen muss. Die Kinder fliegen heute zu ihrem Vater, und wir müssen noch die restlichen Sachen packen.«

»Genau darüber möchte ich mit Ihnen reden. Ich habe den Eindruck, dass Theo sehr unter der neuen Situation leidet, gerade nach dem, was mir Frau Sambet geschildert hat.«

»Bevor Sie anfangen, mir weiter Ihren Eindruck zu schildern, habe ich die Frage an Sie, warum Sie den Schilderungen von Frau Sambet ein solches Gewicht beimessen.«

»Sie müssen mir gegenüber nicht feindselig sein. Mein Wunsch ist es, zu helfen und zu unterstützen.«

»In dem hier einfach mal aufgrund von Fremdschilderungen pauschalisiert wird?« Ich hätte mich besser zusammenreißen sollen, das war mir klar gewesen, aber es war nicht anders gegangen.

»Wollen wir nicht lieber in mein Büro gehen?«, hatte Herr Walter vorgeschlagen.

»Herr Walter, ich habe nicht viel Zeit und denke, dass es sich auch wunderbar hier klären lässt. Warum also haben Sie den Eindruck, dass Theo besonders unter der neuen Situation leidet?«

»Seine Entschuldigung bei Cornelius war recht kurz und knapp, und Ihr Sohn hat dabei gegrinst.« *Ja und? Sollte er auf Knien im Dreck rutschen und herzergreifend flennend um Verzeihung winseln?* »Frau Sambet hat es nicht als überzeugend empfunden.« *Natürlich sollte es das sein in Cordulas Augen.* »Und auch ich hatte den Eindruck, dass es Theo zu sehr auf die leichte Schulter nimmt. Frau Sambet ist zudem besorgt, weil Cornelius zu Hause geäußert hat, er hätte Angst vor Theo. Und solche Ängste muss man ernst nehmen, ich als Schulsozialarbeiter natürlich im Besonderen. Meine Vermutung ist, dass Theo seine Wut über seine zerbrochene auf die heile Familie von Cornelius projiziert.«

Genug war genug. »So, jetzt hören Sie mir mal zu: Erstens

ist unsere Familie nicht kaputt, sondern mein Mann und ich haben uns getrennt, was heißt, dass es uns als Ehepaar zwar nicht mehr gibt, sehr wohl aber als Eltern. Zweitens hat mein Sohn Cornelius um Entschuldigung gebeten. Dass er dazu noch eine Oscar-würdige schauspielerische Höchstleistung hätte liefern sollen, davon war nie die Rede gewesen. Drittens sollten Sie sich vielleicht eher mit der Frage beschäftigen, inwiefern Cornelius mit seinen permanenten Angebereien andere Kinder tyrannisiert. Viertens ist es in keinster Weise professionell, vorschnelle Urteile zu fällen und voreilig zu pauschalisieren und in Schubladen zu denken. Sollten Sie als Pädagoge da nicht differenzierter handeln? So dass sich mir fünftens die Frage nach Ihrer letztendlichen Qualifikation stellt. Und sollten Sie sechstens jetzt in Ihr gängiges Denkmuster zurückfallen und von der Mutter auf den Sohn schließen, dann empfehle ich Ihnen siebtens vielleicht auch bei Frau Sambet ein bisschen genauer hinzuschauen, und achtens ist es mir egal, was Sie von mir oder meinem Sohn denken, solange Sie so einseitig urteilen. Sollten Sie jedoch neuntens einen reflektierten neuen Versuch unternehmen, sich der Sache problemorientiert und an einer letztendlich vernünftigen und pädagogisch maßvollen Lösung interessiert zu nähern, werde ich zehntens selbstverständlich kooperativ sein. Schöne Ferien!«

Ich war an ihm vorbei in Theos Klassenzimmer gegangen. Als wir zu zweit aus dem Zimmer in den Flur getreten waren, hatte sich Herr Walter bereits verdrückt.

Mittwoch, später Nachmittag, Flughafen Köln/Bonn: Beim Packen, während der Fahrt, jetzt. Ich hatte mir die Tränen verkniffen. Theo hatte an mir gehangen, Emma meine eine Hand fest gedrückt. So fest, dass es manchmal wehgetan hatte. Ben, der in der Öffentlichkeit inzwischen eher vermied, mir zu nah zu kommen, hatte immer wieder meine andere Hand genommen. Alle vier waren wir angespannt gewesen. Die Kinder hin- und hergerissen zwischen der Aufregung über die drei Wochen Urlaub und der Tatsache, zum ersten Mal in ihrem Leben drei Wochen ohne mich zu sein. Und ich ob der Tatsache, sie drei Wochen gehen lassen zu müssen. Und alleine zu sein. Die Flugbegleiterin war gekommen und hatte sie abgeholt. Ein letztes Drücken von Ben, nur zögernd hatte Emma meine Hand losgelassen, ein »Liebste Mama der Welt, und ich lieb dich« von Theo, und alle drei waren in Richtung Abflugbereich verschwunden gewesen. In Richtung Alex. In Richtung andere Familie. Ich hatte mich umgedreht, Tränen in den Augen, war in Richtung zu Hause verschwunden, unsicher, ob es sich ohne die Kinder noch nach Zuhause anfühlen würde.

Donnerstag: Ich alleine in der Wohnung. Es war viel zu leise und viel zu leer gewesen. Das ganze Haus war viel zu leise und viel zu leer gewesen. Jessi hatte zwei Wochen drehfrei und war auf Ibiza, Willi schipperte durchs Mittelmeer, und von Tom war nichts zu hören gewesen. Weder am Morgen noch am Abend. Erst ganz spät, ich hatte nicht einschlafen können, hatte ich Schritte über mir gehört. Der Blick an die Decke. Ob er auch merkte, wie viel zu leise und viel zu leer das Haus war? Wie viel zu leise und viel zu leer es bei mir war? Der Samstagabend war mir wieder eingefallen. Er hatte bisher nicht bei mir geklingelt. Ich auch nicht bei ihm. Warum auch? Ich hatte mein Buch genommen und gelesen, hatte mich nicht konzentrieren können und war unruhig geworden. Wegen Samstag. Und weil es in mir viel zu leise und viel zu leer gewesen war.

Freitag, mittags, im alten Historischen Rathaus. Melli hatte freudestrahlend neben mir gestanden und immer wieder ihren Simon angesehen, der stolz ihre Hand gehalten hatte. Wir hatten an einem ovalen Tisch in einem alten Saal mit gotischem Gewölbe gesessen, uns gegenüber Herr Metz, ein gemütlicher Standesbeamter mit roten runden Wangen und spitzbübischen Augen. »Dann habe ich die Ehre und das Vergnügen, Ihnen als Erstes zur Hochzeit zu gratulieren. Liebe Frau Fischer« – er hatte Melli die Hand gereicht, die ein einziges, großes Strahlen gewesen war – »lieber Herr Fischer« – der große Simon hatte den gleichen überglücklichen Glanz in den Augen gehabt – »möge Ihre Ehe genauso fröhlich sein wie Sie beide. Wenn ich Sie so anschaue, bin ich da mehr als guter Dinge.«

Ich war ergriffen und glücklich gewesen und hatte Tränen in den Augen gehabt. Vor Rührung und der Gewissheit, dass Simon Mellis große Liebe war und Melli Simons. Dass es passte. Und dass es halten würde. Und dass es genau so sein sollte. Und musste.

Zurück an den Rhein, der leise und still dahinfloss, während in mir alles laut dahinrauschte und ich es nicht mit mir aushielt, mich aber aushalten musste. Es war später Nachmittag. Ich wusste nicht, wie lange ich schon auf der Bank saß. Jogger liefen an mir vorbei, ein oranger Reinigungswagen, der das Kopfsteinpflaster fegte, Fußgänger, Radfahrer, auf dem Weg irgendwo hin, zu einem Termin, nach Hause. Die Sonne spiegelte sich auf den Wellen, brach sich in immer neues Funkeln. Ein Lastkahn schob dich dunkel dazwischen, und Wolken schoben sich vor die Sonne. Es wehte, und der Wind spielte mit den Blättern der Platanen. Ich schloss die Augen, und lauschte in mich. Ich hörte nichts. Das Rauschen war verschwunden.

Und ich sah nichts, keinen Film, nur das Sonnenlicht, das die Wolken verdrängt hatte, durch meine geschlossenen Lider schimmerte und mich wärmte. Ich stand auf, stieg auf mein Rad und fuhr nach Hause.

36.

Vor Glück und unbändiger Freude strahlend standen Melli und Simon vor der Kirche, als Mann und Frau. Der Traugottesdienst war wunderschön gewesen, und meine Freundin und ihren Simon so beseelt zu sehen, hatte meine Melancholie vertrieben. Ihr Glück und ihre Freude hatten mich mitgerissen. Melli sah in ihrem Kleid traumschön aus, und Simon konnte gar nicht genug von ihrem Anblick bekommen. Es war Zeit für das Familienfoto, und es würde spannend werden. Würden Simons Eltern es schaffen, gemeinsam für ein Foto zu posieren? Ich wusste, wie angespannt das Verhältnis zwischen Simons Mutter und seinem Vater immer noch war, und das, obwohl beide seit über zwanzig Jahren getrennt waren und neue Partner hatten. All die Anspannung der Beziehung seiner Eltern spiegelte sich plötzlich in Simons Gesicht. Herr Fischer, ein Baum von einem Mann und ganz und gar meinem natürlich komplett vorurteilsfreien Bild von einem Ur-Bayern entsprechend, stand jovial lachend neben Mellis Mutter, die ebenso klein war wie ihre Tochter und ebenso große, braune, lebendige Augen hatte. Mellis Vater, groß und schlaksig, wirkte irritiert, dass dieser Mann bei ihnen stand und nicht neben Simon, an dessen Seite seine Mutter, herausgeputzt im Festtagsdirndl und mit hübsch ondulierten blonden Haaren, die ein verkrampftes Lächeln aus ihrem Gesicht zu pressen schien. »Siggi«, wandte

Melli sich freundlich, aber bestimmt an ihren Schwiegervater, »kommst du bitte neben Ursel.« Ihr Tonfall duldete keinen Widerspruch, gelernt war gelernt. Wer eine Horde wilder, pubertierender Bestien unter Kontrolle hatte, würde auch mit einem sturen Bayern fertigwerden. Der große Siggi zögerte, doch der Blick der kleinen Melli kannte keine andere Botschaft, als dass er sich bewegen musste, was er schließlich auch tat, auch wenn sein Unwille mit jeder seiner Bewegungen deutlich wurde. Schließlich stand er neben seiner Exfrau, deren Lachen noch verkrampfter geworden war. Zwischen beiden klaffte eine Lücke von einem halben Meter. »Jetzt reicht's!«, fuhr Simon seine Eltern an. »Ich werde es nur einmal sagen: Ihr werdet es schaffen, euch heute zusammenzureißen.« Beide rückten näher aneinander, und siehe da, das mit dem Lächeln klappte auch ansehnlicher. Jetzt war es Simon, der damit kämpfte, den Ärger nicht in sein Gesicht zu lassen, aber das Foto war immerhin im Kasten. Ich schwor mir, dass es zwischen Alex und mir nie so weit kommen würde. Wir mussten es hinkriegen und besser machen. Ich wollte auf der Hochzeit meiner Kinder neben ihm stehen können, stolz und glücklich und nicht angespannt und verbittert.

»Anne, kommst du?« Melli riss mich aus meinen Gedanken. »Für das Foto mit den Trauzeugen?«

Simons Vater war in die eine Richtung des Kirchvorplatzes verschwunden, seine Mutter in die andere, Mellis Eltern standen nach wie vor selig lächelnd am Rand und strahlten ihre Tochter an.

Das Brautpaar in der Mitte, platzierte die Fotografin Jens, Simons besten Freund und Trauzeugen, und mich daneben. »Und jetzt alle einmal hierher gucken und lächeln«, rief sie in unsere Richtung. Melli legte die Hand um meine Schulter und raunte mir zu, so dass es Simon hören konnte: »Sei doch so lieb und komm deiner Trauzeuginnenpflicht nach und verpass Simon heimlich Hasenohren. Nicht, dass seine Gesichtszüge irgendwann auch so festgezurrt sind wie die seiner Mutter, wenn er weiterhin so angespannt lächelt.« Simon tat entrüstet und räusperte sich, dann sagte er: »Ich habe da eine andere Idee«, riss die verdutzte Melli an sich und gab ihr einen filmreifen Kuss. Klick, klick, klick machte der Auslöser der Fotografin. Melli und Simon in knutschender Hollywood-Pose und Jens und ich vergnügt lachend das frisch getraute Paar einrahmend.

Ich stand vor der großen Tafel mit der Sitzordnung und suchte meinen Platz. Am Brautpaartisch saßen die Eltern. Na, das würde ein Spaß werden, wobei ich fand, dass sich Simons Eltern nach seiner Zurechtweisung zusammenrissen. Melli und Simon hatten ihre Familien munter gemischt, und so gab es viele bunt zusammengewürfelte Tische. »Ja woos? Da hocken wir mit Praiße am Disch«, wie es ein Onkel von Simon kommentierte.

»Hallo, ich bin Sebastian«, sagte jemand neben mir, während ich noch immer meinen Platz suchte. Dieser Jemand war recht attraktiv und hatte ein nettes Lächeln. »Wir sitzen nebeneinander.« Er zeigte auf meinen Namen an Tisch drei. »Und da es nur eine Anne gibt, kannst das nur du sein. Ich habe mir deinen Namen in der Kirche gemerkt.«

Sebastian war mir auf Anhieb sympathisch, und ich fühlte mich geschmeichelt, dass er sich an meinen Namen erinnerte. »Hallo.« Wir gaben uns die Hand.

»Ihr habt euch schon bekannt gemacht?« Simon stellte sich zu uns. »Sebastian ist einer meiner besten alten Freunde. Er hat sich die letzten Jahre leider ganz rar gemacht hat«, klärte er mich auf. »Und Anne ist Mellis beste Freundin«, folgte die Erklärung für Sebastian.

»Was heißt rar gemacht?«, fragte ich nach.

»Ich habe die letzten Jahre in Amerika gelebt und bin erst vor ein paar Wochen nach Köln gezogen.«

»Ich sehe schon, dass ihr euch bestens um euch selbst kümmern könnt, und schau mal, ob meine Familie die richtigen Tische gefunden haben. Nicht dass sie sich, stur wie sie sind, einfach dahin setzen, wo sie wollen.«

»Ich nehme sehr gerne den mir zugeteilten Platz«, lachte Sebastian, und ich empfand es als Kompliment.

Susi, Katrin, Peter und Volker und zwei Kollegen von Simon saßen zusammen mit Sebastian und mir an Tisch drei. Melli und Simon feierten in der Bastei, direkt am Rhein gelegen. Der Blick auf den Dom war traumhaft schön, das Essen köstlich, ebenso der Wein, und die Stimmung war ausgelassen. Wir lachten viel und unterhielten uns bestens. Sebastian hatte einen wunderbaren Humor und passte perfekt in unsere Runde. Er war Chemiker und hatte zehn Jahre in Amerika als Wissenschaftler gearbeitet. Vor zwei Monaten hatte er eine Professur in Köln angenommen.

»Nach zehn Jahren zurückzukommen stelle ich mir gar nicht so einfach vor. War Amerika nicht inzwischen dein Zuhause?«

Sebastian schüttelte den Kopf. »Nein. Ich habe mich drüben sehr wohl gefühlt und hatte eine tolle Zeit, wissenschaftlich und überhaupt, aber Zuhause fühlt sich anders an. Für mich war es immer klar, dass ich irgendwann zurückwollte.«

Ich nickte und fragte mich was »wissenschaftlich und überhaupt« bedeutete. Hatte er eine Freundin?

Er hatte begeistert von Leben in Pasadena erzählt, von den gewaltigen und beeindruckenden National Parks, der Landschaft, dem Leben, das er geführt hatte, aber eine Frau hatte er nicht erwähnt. Was nichts zu heißen hatte, wie ich ja wusste. Ich beschloss, einfach nachzufragen.

»Du willst mir jetzt aber nicht erzählen, dass dein Leben nur aus Wissenschaft und Ausflügen in die Natur bestanden hat. Es hat doch bestimmt eine Freundin gegeben oder es gibt sie immer noch?« Das war direkt. Und als ich die Frage gestellt hatte, fand ich sie selbst unangemessen und schob darum ein: »Tut mir leid, du musst nicht antworten«, hinterher.

»Nein, das ist in Ordnung. Ich war verheiratet und bin seit drei Jahren geschieden. Meine Exfrau Lauren ist Amerikanerin. Beruflich haben wir noch Kontakt, sie ist auch Chemikerin, aber das war's. Ich bin Single.«

»Ich wollte nicht zu neugierig sein.«

»Ach was.« Er grinste. »Dann kann ich jetzt ohne ein schlechtes Gewissen die gleiche Frage stellen.« Ich lehnte mich zurück und musterte ihn. Flirtete er hier etwa mit mir? Und flirtete ich mit ihm? Sebastian war ein wenig größer als ich. *Aber nicht so groß wie Tom.* Er hatte eine sportliche Figur. *Aber anders als Tom, schmaler.* Er hatte dunkle, kurze Haare und braune Augen. *Keine tiefblauen Augen, die so intensiv gucken konnten.* Er war humorvoll und charmant. *Aber* … Tickte ich noch richtig? Da saß ich neben einem Mann, der meiner virtuellen Kontaktanzeige hätte entspringen können, der neben all dem gerade Erwähnten auch noch gut aussehend war und ein einnehmendes Lächeln hatte, der interessiert war und definitiv genug Grips in der Birne hatte, der vom Alter her passte … und ich verglich ihn mit Tom?

»Anne?« Sebastian sah mich fragend an.

»Entschuldige.« Ich fand wieder zu mir und beschloss, Tom Paulsen aus meinen Gedanken zu verbannen und dass es gar nicht stimmte, dass sein Lächeln so viel einnehmender war. »Ich bin geschieden. Beruflich haben mein Exmann und ich keinen Kontakt, er ist Pilot, aber privat. Wir haben drei gemeinsame Kinder, die gerade die ersten drei Ferienwochen bei ihm und seiner neuen Freundin verbringen.« Bei Tom hatte ich die Kinder verschwiegen, heute spielte ich mit offenen Karten und war gespannt, wie Sebastian reagieren würde.

»Kinder waren einer der Gründe, warum Laurens und meine Ehe nicht funktionieren konnte.« Jetzt wurde es interessant. »Sie wollte generell keine Kinder, um sich ganz auf ihre Karriere konzentrieren zu können, ich hingegen schon.« Er mochte Kinder. *Tom auch, jedenfalls meine. Anne!!!* Sebastian erkundigte sich nach meinen Kindern, und ich erzählte fröhlich von den dreien. Er war mir zugewandt und seine ganze Aufmerksamkeit war auf mich gerichtet, was mir gefiel, auch wenn es kein Brausepulvergefühl in mir auslöste.

Melli und Simon hatten den Partyteil der Hochzeit längst mit ihrem Ehrentanz eröffnet, und auf der Tanzfläche herrschte inzwischen ein reges Treiben. »Sollen wir?«, fragte Sebastian. Ich nickte und nahm seine Hand. Er war ein toller Tänzer, und es machte Spaß, mit ihm zu tanzen. Geschickt führte er mich über die Tanzfläche und unterhielt mich währenddessen bestens. Seine Augen suchten immer wieder die meinen, seine Hand lag auf meinem Rücken, und er war mir nah. Eigentlich wäre es das perfekte Brausepulver-Timing gewesen. Aber nichts. Ich schaffe es einfach nicht, Tom Paulsen aus meinen Gedanken zu verbannen, und musste immer wieder daran denken, wie es sich anfühlte, wenn seine Augen die meinen suchten, seine Hand auf meinen Rücken und er mir nah war.

Ich saß neben Melli auf einem der Barhocker. Sie hatte ihre Schuhe ausgezogen und tanzte seit Stunden barfuß.

»Ihr scheint euch sehr gut zu verstehen, Sebastian und du. Da hat Simon den richtigen Riecher gehabt. Er wollte euch unbedingt nebeneinandersetzen.«

Ich musste schmunzeln. »Der Simi.«

»Ich fand, dass ihm die Flügelchen wunderbar gestanden haben. Auch wenn es die kleinen, rosafarbenen Flügel aus plüschigen Federn waren, die sonst immer ich trage.«

»Verschone mich. Jetzt habe ich ein Bild im Kopf, das nicht in meinem Kopf sein sollte.«

»Und?«

»Was und?«

»Hat mein Engelchen das gut gemacht?«

»Sebastian ist wirklich sehr nett und genauso nett ist es, sich mit ihm zu unterhalten.«

»Sehr nett klingt nicht nach Hals über Kopf.«

»Aber Hals über Kopf ist vielleicht auch überbewertet.«

»Ich weiß nicht. Er scheint dich hingegen mehr als wirklich sehr nett zu finden, und ich kann dir versichern, dass er keine Leichen im Keller hat.«

Ich musste lachen.

»Ehefrau, du kannst mich doch nicht einfach so lange alleine lassen.« Simon war zu uns gekommen.

»Du hast mich den Rest deines Lebens am Hals, da werde ich doch wohl kurz mit meiner besten Freundin sprechen dürfen.«

»Das meine ich aber auch!«, pflichtete ich ihr scherzhaft bei.

»Genug geratscht, jetzt wird getanzt!« Simon nahm Mellis Hand und zog sie auf die Tanzfläche. »Ehefrau zu sein, ist ganz schön anstrengend«, rief sie mir zu und war in der Menge verschwunden.

Um halb drei verabschiedete sich das glückliche Brautpaar, für das es morgen früh in die Flitterwochen ging, und die Hochzeitsgesellschaft löste sich langsam auf. Es war ein rauschendes Fest gewesen. Sebastian und ich standen uns vor der *Bastei* am Rhein gegenüber. Zwei Taxis warteten.

»Es hat mir mehr als gut gefallen, so eine wunderbare Gesellschaft gehabt zu haben«, sagte er und lächelte mich wirklich sehr nett an. *Wirklich sehr nett? Anne! Mensch!* Eigentlich war es mehr als ein wirklich sehr nettes Lächeln. Es war offen und ehrlich, zufrieden und strahlend, glücklich, und es passte perfekt in sein attraktives Gesicht.

»Das Kompliment kann ich so zurückgeben«, entgegnete ich ehrlich. Wir hatten uns auf Anhieb verstanden und uns über alles Mögliche unterhalten. Es war nie langweilig gewesen, und wir hatten sehr viel zusammen gelacht und Spaß gehabt. *Aber …* Genau dieses Aber hatte ich einfach nicht aus meinem Kopf bekommen. Selbst wenn ich das Aber nicht mehr zu Ende führte, war die Person, die für das Aber verantwortlich war, trotzdem noch in meinem Kopf. Auch wenn ich es gar nicht wollte.

»Anne, ich würde dich sehr gerne wiedersehen.«

»Ich …«

Sebastian hörte das Zögern. »Hier hast du meine Nummer.« Er drückte mir eine Visitenkarte in die Hand. »Ruf mich einfach an, wenn du auch Lust auf eine Verabredung hast. Ich würde mich wirklich sehr darüber freuen.« Er gab mir einen Kuss auf die Wange und stieg ins Taxi. Ich hob die Hand und winkte dem Taxi nach, dann setzte ich mich in das andere. »In die Turmstraße 5 bitte.« Ich sah ich auf die Karte in meiner Hand; *Prof. Dr. Sebastian Langenberg* stand darauf, *Universität zu Köln*. Vielleicht ein bisschen altmodisch, aber ich mochte es. Handynummern austauschen konnte jeder. Und ich mochte ihn. Ich schüttelte den Kopf und ärgerte mich wieder über mich selbst. Warum hatte ich gezögert und nicht einfach Ja gesagt? Wir hatten einen wirklich sehr netten Abend gehabt. Wieder das »wirklich sehr nett«. Aber was war schlimm daran? Es musste doch nicht immer gleich aufregend anfangen.

Das Taxi hielt. Ich zahlte und stieg aus. Das Haus war dunkel, in keinem der Fenster brannte Licht. Ob Tom zu Hause war? *Anne, jetzt reicht es endgültig!* Weil ich immer wieder an Tom hatte denken müssen, hatte Sebastian keine richtige Chance gehabt. Warum ging es nicht in meinen Kopf, dass Tom eine Freundin hatte und auch abgesehen davon gar nicht zur Disposition stand? Da traf ich einen so netten Mann, der zudem wirklich humorvoll und charmant war und attraktiv, und dann dachte ich immer wieder an meinen Nachbarn. Das konnte nicht sein! In meiner Wohnung zog ich mir die hohen Schuhe aus und pfefferte sie wütend durch den Flur. Das festliche Kleid landete auf dem Bett. Ich zog mir mein weites Schlaf-T-Shirt über und, noch immer wütend, auf mich und auf Tom, schminkte ich mich ab, wusch mich und putzte mir die Zähne. Dann stampfte ich ins Bett, löschte das Licht und zog mir die Decke über den Kopf. Ich wollte mich nicht weiter ärgern, sondern lieber an das wunderschöne Fest denken, an das Strahlen in Mellis und Simons Augen, daran, dass ich einen tollen Abend gehabt hatte, an Sebastian. Ich dachte an das wunderschöne Fest, an Mellis und Simons Strahlen, an meinen tollen Abend, an Sebastian. Aber auch an Tom. Unwirsch machte ich das Licht wieder an und griff nach dem skandinavischen Krimi, den Lena mir in der letzten Woche geschenkt hatte, bevor sie in den Urlaub gefahren war. Vielleicht konnte ich den Gedanken an Tom Paulsen im düsteren Norwegen um die Ecke bringen.

Als ich die Augen wieder aufschlug, brauchte ich eine Weile, um mich zu sortieren. Es war nicht mehr dunkel, und das Licht schien durch die Jalousie. Ich sah auf meinen Wecker. Neun Uhr. Wie konnte ich wach sein, obwohl es so schwer war, die Augen aufzuhalten und ich das Gefühl hatte, eigentlich noch zu schlafen? Langsam sickerte etwas in mein Bewusstsein. Es hatte geklingelt. Ich stöhnte, stand langsam auf und schleppte mich noch immer im Halbschlaf zur Tür.

Tom. Auf einmal war ich hellwach. Und der Ärger auf mich und auf ihn von gestern Nacht fand ihren Weg zurück aus Norwegen.

»Morgen«, sagte er und lächelte sein Tom-Lächeln.

»Auch den Schlüssel vergessen und auf der Suche nach einer Doofen, die die Tür aufschließt?«, hörte ich mich fragen.

Er überging meinen Kommentar. »Darf ich reinkommen?«

»Eigentlich schlafe ich noch.«

»Nur kurz. Dann kannst du wieder ins Bett. Ich habe in der letzten Woche ein paarmal bei dir geklingelt und nie Glück gehabt. Ich muss dir etwas erklären.«

Er musste mir etwas erklären. Meine Haare standen in alle Richtungen, mein Gesicht war wahrscheinlich genauso zerknittert wie mein Schlaf-T-Shirt, aber ich öffnete die Tür ganz und ging vor in die Küche. »Möchtest du auch einen Kaffee?«

»Gerne.« Tom schloss meine Wohnungstür und kam hinter mir her. Ich holte zwei Tassen aus dem Regal, die Milch aus dem Kühlschrank und überließ meinem Kaffee-Vollautomaten die Arbeit.

»Vielleicht nicht so liebevoll zubereitet wie dein Kaffee, aber bestimmt auch nicht schlecht.« Er saß am Küchentisch, ich stellte seinen Kaffee vor ihn auf den Tisch, setzte mich ihm gegenüber und sah ihn an. Was auch immer er sagen wollte, sollte er sagen.

»Danke.« Tom trank einen Schluck. »Süß siehst du aus, so verstrubbelt.« Den Kommentar konnte er sich sparen, genau wie das Blitzen in seinen Augen und das unverschämte Lächeln.

»Es interessiert mich nicht, was du von meinen Haaren hältst. Sag das doch besser deiner bezaubernden Freundin.«

»Linda und ich sind kein Paar mehr.«

Kurz irritierte mich seine Aussage, dann war ich wieder auf Spur. »Ach … Dabei hat sie sich vor ein paar Tagen doch noch so darauf gefreut, dich zu überraschen«, bemerkte ich ironisch.

»Ich verstehe ehrlich, dass du sauer auf mich bist. Ich hätte viel früher von Linda erzählen müssen«, reagierte er ernst. »Zwischen uns hat es schon eine ganze Weile gekriselt. Dass sie in New York lebt und ich hier in Köln war nur einer der Gründe. Als sie Ende Juni zu Besuch war, haben wir uns getrennt. Am letzten Wochenende war sie hier, um mich zu überzeugen, unserer Beziehung doch noch eine Chance zu geben. Aber es hat keinen Sinn. Es ist vorbei.«

Er sah mich an, und mein Herz klopfte. Ich trank einen Schluck Kaffee und hielt mich an meiner Tasse fest, denn von seinem Blick wollte ich mich nicht halten lassen. Dazu war ich zu unsicher.

»Wie lange wart ihr zusammen?«, fragte ich schließlich.

»Fünf Jahre. Wobei wir uns nie viel gesehen haben. Wir arbeiten beide viel. Das hat es nicht unbedingt leichtgemacht. Sie ist viel unterwegs. Ich habe das *Pauls* … In ihren Augen hatte unsere Beziehung nie eine richtige Chance, weil das *Pauls* immer vorging. Was vielleicht auch stimmte …« Er machte eine Pause und sah mich aufrichtig an. »Ich wollte dir letzten Samstag schon sagen, dass Linda und ich kein Paar mehr sind und dass du einen Anteil an dieser Entscheidung hattest.«

Obwohl es sich unsagbar gut anfühlte, was er sagte, und ich mich im hellen Blau seiner Augen verlieren wollte, war mir gerade etwas klargeworden. So sehr ich auch beschlossen hatte, Linda nicht zu mögen, sie hatte recht. Tom war fast nie zu Hause. Und wenn er dann zu Hause war, schlief der Rest der Welt, jedenfalls der Rest der Welt mit einem normalen Tagesrhythmus. Und zu diesem Rest der Welt gehörte auch ich. Tom liebte seinen Beruf leidenschaftlich, sein Restaurant war sein Leben. Wie sollte in dieses volle Leben eine Frau passen? Oder Kinder? Es war, als hatte sich in mir ein Puzzle zusammengesetzt, und auch ich musste zu ihm ehrlich sein. Jetzt. Weil es sich nicht ändern ließ. Ich sah ihn an. »Mein Herz klopft gerade wie wild und wie gerne würde ich dir etwas anderes entgegnen« – ich atmete tief durch – »aber Linda hat recht.«

»Linda hat recht?« Tom sah mich fragend an.

»Wie sollen unsere Leben zusammenpassen? Du lebst für dein Restaurant. Das *Pauls* ist dein Traum, dein Leben. Mein Leben sind meine Kinder. Unsere Leben passieren zu unterschiedlichen Zeiten.« Er wollte etwas entgegnen, aber ich redete weiter. »Tom, ich muss ständig an dich denken und ich fühle mich sehr zu dir hingezogen, aber wenn ich mich für einen neuen Mann entscheiden würde, dann für einen Mann, der Zeit hat. Für mich. Und für meine Kinder. Der in unser Leben passt. Und wir in seins. Anders geht es nicht. Ben, Emma und Theo sind das Wichtigste, was ich habe. Um sie geht es. Sie brauchen mich, und ich muss und möchte für sie da sein. Nach all dem, was sie in den letzten Monaten durchmachen mussten, und wegen all dem Neuen, an das sie sich gewöhnen müssen. Und auch ich muss zur Ruhe kommen.« Irgendetwas lag in seinen Augen, das ich nicht deuten konnte. Es war, als hielte er etwas zurück, aber er sagte nichts, und so fuhr ich fort: »Meinst du, wir kriegen es trotzdem hin, einfach richtig gute Nachbarn zu sein?« Ich wusste selbst nicht, ob ich es hinkriegen würde, schlug es aber vor, weil ich es in diesem Moment ehrlich wollte.

Tom schwieg eine Weile, dann nickte er. »Vielleicht hast du recht.« Sein Handy klingelte. Er zögerte.

»Du kannst ruhig drangehen«, sagte ich.

»Philip? … Ich bin gleich da.« Tom legte auf und sah mich entschuldigend an: »Ich muss leider los.« Er stand auf. »Danke für den Kaffee. Und die Zeit für das Gespräch.«

Im Flur standen wir uns gegenüber, und ganz war das Brausepulvergefühl nicht verschwunden. Es wollte sich einfach nicht zurückziehen.

»Also dann«, sagte er und war einfach nur unverschämt anziehend. Doch es war Sonntagmorgen, halb zehn, Tom musste ins *Pauls*, wie jeden Sonntag, jeden Samstag, jeden Tag, außer Montag. Da war kein Platz für mich. Für uns.

Wir umarmten uns, und ich schmiegte kurz meinen Kopf an seine Brust. Dann sah ich auf, und unsere Blicke trafen sich, was ich einfach für den Moment anhalten lassen wollte. Doch genau dann war dieser Moment plötzlich vorbei. Ich wusste nicht warum, aber gleichzeitig taten wir einen Schritt zurück.

»Richtig gute Nachbarn«, sagte Tom schließlich.

»So richtig gute«, antwortete ich lächelnd und zog mein T-Shirt lang. Er öffnete die Tür.

»Frau Nachbarin, in deinem Nachthemd siehst du ganz schön scharf aus.« Das unverschämte Grinsen war zurück.

»Das ist jetzt doch wohl ganz schön keck, Herr Paulsen.«

»Als richtig gute Nachbarn darf man sich so was sagen.«

»Sieh zu, dass du ins *Pauls* kommst. Dein Leben ruft.«

»Du kannst mir glauben, dass ich es eben ganz laut habe rufen hören.«

Die Frage, wann genau eben gewesen war und was er damit meinte, konnte ich nicht mehr stellen, weil Tom schon die Treppe hinab war.

37.

Alle waren verreist. Willi schipperte noch immer übers Mittelmeer und würde erst übermorgen wiederkommen, Melli und Simon flitterten in der Karibik, Hoffmans und Diemers waren im Familienurlaub, meine werten Kollegen waren ebenso unterwegs, sogar meine Mutter, die wieder mit mir sprach, hatte sich für drei Wochen mit Albert auf Studienreise nach Italien verabschiedet. Und Alex und die Kinder tobten in Thailand über den Strand, kletterten auf Palmen und plantschten im warmen Wasser, während ich mich so trübe fühlte, wie es heute draußen aussah. Thailand … Hätte es Holland nicht auch getan? Oder Italien? Nein, Alex trumpfte ganz dick auf und war mit ihnen nach Thailand geflogen. Ich hatte vorhin mit Ben, Emma und Theo geskypt, und sie hatten begeistert davon erzählt, dass sie auf einem Elefanten geritten waren, Affen gesehen hatten und es überall ganz viele Geckos gab, die die Wände hochlaufen würden. Alex hatte im Hintergrund einen Cocktail in der Hand gehalten und entspannt ins Bild gewunken. Toll … So richtig toll. Ich trank Tee. Dem Wetter angemessen. Draußen regnete es, und der Sommer machte eine Pause und gönnte sich ein kleines Tief. Das gleiche Tief gönnte ich mir auch. Ich war frustriert und gelangweilt, hatte zu nichts Lust und ein kleines bisschen Liebeskummer, obwohl ich wusste, dass an dem, was ich zu Tom gesagt hatte, nichts zu rütteln war. Abgesehen von der Tatsache, dass wir im gleichen Haus wohnten, hatte unser alltägliches Leben keine weitere Schnittmenge. Diese Schnittmenge war mir aber enorm wichtig. Es konnte einfach nicht funktionieren, wenn die Leben nebeneinander und versetzt abliefen. Und dieses Mal würde ich mich im Griff haben und nicht den gleichen Fehler machen, der mir mit Hannes passiert war. Ich wollte nicht, dass es zwischen Tom und mir komisch und kompliziert wurde und die Leichtigkeit zwischen uns verschwand und einer schweren Befangenheit Platz machte.

Was konnte ich tun, damit der Tag vielleicht doch noch mein Freund würde? Lesen? Lenas Krimi war durch, und das andere Buch, das sie mir geliehen hatte, lag unberührt auf meinem Nachttisch. Laufen? Der innere Schweinehund war heute zu nichts zu überzeugen, erst recht nicht dazu. Ausgehen? Ich glaubte kaum, dass es meine Stimmung heben würde, alleine im Kino oder an einer Bar zu sitzen, das hatte so was Frustriertes und Verzweifeltes. Fernsehen? Da kam nichts. Eine DVD? Ich hatte nur Kinderfilme und Liebeskomödien und danach war mir überhaupt nicht. Ich ging in die Küche und öffnete eine Flasche Rotwein. Ein Glas in der Hand schlumpte ich zurück ins Wohnzimmer, machte Musik an, kuschelte mich aufs Sofa und klappte mein Notebook auf. Vielleicht ließ sich in der Mediathek ein Film finden. Eine Anzeige poppte dezent an der Seite auf und fand doch meine Aufmerksamkeit. *PaarMatch.* Hatte Katrin nicht auf dieser Seite ihren neuen Freund gefunden? Und Mellis Freundin Conni hatte auf dem Junggesellinnenabschied doch auch erzählt, ihren Ehemann über *PaarMatch* kennengelernt zu haben. Ich hatte das Gefühl, ich würde vor Langeweile Staub ansetzen, und war Single, Tom und ich waren nur Nachbarn, gucken konnte ich ja mal. Zumindest würde es mich ablenken. Von der Langeweile. Und von den Gedanken an Tom. Also: Ich bin? Eine Frau. E-Mail-Adresse? Eingegeben. Passwort? Ausgedacht. Und auf *Jetzt anmelden* geklickt. »Herzlich willkommen auf *PaarMatch*. Vielen Dank für Ihre Anmeldung. Der erste Schritt in eine glückliche Partnerschaft ist gemacht«. Aha. Weiter. Ein Fragebogen. Ich möchte in einer größeren Stadt wohnen und wünsche mir jemanden, der eine Anziehungskraft auf mich ausübt. Die ersten zwei Kreuze waren geklickt. Als Erstes sprach mich sicherlich der Humor eines Mannes an, da machte ich klar ein Kreuz, aber warum wollten die jetzt wissen, was ich dachte, wenn ich mich für ein Fest fertigmachte? Wie dem auch sei, ich machte ein Kreuzchen bei der Antwort, die am wenigsten abwegig erschien. Warum ich noch nicht den Partner fürs Leben gefunden habe? Es gab kein Feld »Weil mein Mann, sorry Exmann, sich entschieden hat, lieber Bambi zu schwängern«. Bei Liebeskummer das Essen vergessen oder zulegen? Was waren das für Fragen? *Welche Aussage über sexuelle Treue in einer Beziehung entspricht Ihrer Ansicht an ehesten?* Natürlich absolute Treue, ohne jedwede Ausnahme! Ich hatte schon fünfzehn Prozent geschafft. Jetzt ging es um mich. Wie wollte ich von anderen gerne gesehen werden? Fünf Punkte durfte ich auswählen. Heiter, humorvoll, natürlich, kinderlieb und tolerant. Was die Menschen, die mich kannten, am meisten über mich dachten? Vielleicht am ehesten *Gewinnt dem Leben die heiteren Seiten ab?* Auch heute. So ein Fragebogen war zumindest unterhaltsam. In meiner Freizeit las ich gerne und ruhte mich gerne aus. Wirkte das jetzt langweilig? Aber es gab kein Feld »Ich habe keine Freizeit, sondern ich bin alleinerziehend und habe drei Kinder und einen Beruf«. Gut, das Feld hätte meine Chancen auf *PaarMatch* wahrscheinlich weiter eingeschränkt als das Image des Couchpotato. Ich kreuzte dazu an, dass ich mich gerne mit meinen Freunden traf. Ob ich gerne kochte? Ich konnte nicht kochen, musste aber. Wie oft ich Sport trieb? Einmal in der Woche. Im Urlaub war ich am liebsten am Meer. Über die Frage, wie warm ich es in meinen Wohnraum am liebsten hatte, musste ich dann doch lachen. Und ob ich bei offenem Fenster schlief? Das war alles doch sehr strukturiert. Du meine Güte. Ja, ich schlief gerne bei offenem Fenster, aber der Charakter war mir doch wichtiger, als dass der potenzielle Kandidat Frischluft der warmen Raumluft vorzog. Aber ich hatte mir vorgenommen, den Fragebogen durchzuziehen. Ich trank einen Schluck Wein und grinste, denn jetzt wurde es tiefenpsychologisch; ich durfte mir aus verschiedenen Bildern das aussuchen, was mir am besten gefiel. Hey, die Hälfte war geschafft, ich wurde gelobt. So gefiel mir das als Pädagogin. Weiter ging es mit meinen Gewohnheiten. Ich kleidete mich am liebsten? Praktisch. Passte am besten, auch wenn es langweilig klang, und ich mich nicht langweilig fand, aber modisch oder elegant? Nein, doch besser leger. Praktisch klang so nach Jogginghose. Obwohl ich gerade eine trug. Ich hörte gerne Rock und Pop, und ich mochte nicht, wenn Menschen die ganze Zeit an ihrem Handy hingen oder sich damit beschäftigten. Ja, ich war mit meinem Äußeren im Großen und Ganzen zufrieden und glaubte an das Gute im Menschen, Ordnung war nicht unwichtig, aber auch nicht überbewertet, ich wollte niemanden mit wechselhaften oder schlechten Stimmungen, ein familiäres Zuhause und gute Freunde waren mir wichtig, und es war geschafft.

Ich schenkte mir Wein nach, öffnete mein Profil und begann meine Daten einzugeben, dabei fühlte ich mich ein wenig seltsam. Aber wo ich schon mal so weit gekommen war. Außerdem war ich gespannt auf die Matches, die mir das System anbieten würde. Ein Foto? Okay, ein Foto. Aber keines in Jogginghose auf dem Sofa. Das war weder leger noch praktisch, das ging gar nicht. Also huschte ich ins Bad, machte mich schnell ein bisschen zurecht, zog mir ein frisches, weißes T-Shirt über, legte mir ein buntes Tuch um den Hals und band meine Haare zu einem lockeren Pferdeschwanz. Ein Blick in den Spiegel? Ja, das war ich. Wenn meine Schülerinnen es schafften, dauernd Selfies von sich zu knipsen, würde ich das ja wohl auch schaffen. Wobei die ersten Fotos mehr als daneben waren. Zu nah. Verwackelt. Zu doofer Blick. Blödes, künstliches Lächeln. Falscher Ausschnitt. Es dauerte eine ganze Weile, bis ich mit dem Ergebnis wirklich zufrieden war. Schließlich hatte ich es geschafft, ein Selfie zu machen, das nicht zu sehr nach Selfie aussah und auf dem ich mir gefiel. Schnell war es hochgeladen, und mein Foto-Ich lächelte mich an.

Als Nächstes sollte ich zwei Fragen für mein Profil beantworten. Nahm das denn gar kein Ende? Also gut. Ich entschied mich erstens für *Eines meiner positiven Merkmale ist …* und zweitens für *Drei Dinge, die mir wichtig sind*. Erstens: Humor. Und zweitens: meine Kinder. Fertig. »Herzlichen Glückwunsch, Frau Hansen, das war der zweite Schritt in Richtung einer glücklichen, neuen Beziehung«, las ich, »ein aussagekräftiges Profil macht es leichter, den Einen zu finden. Nehmen Sie sich ein paar Minuten Zeit und machen Sie es zu Ihrem Profil. Je persönlicher, desto besser.« Nun denn, ich sah es ein und nach einer weiteren Weile fand ich, dass ich meine Interessen und das, was ich wollte, im Leben und in einer Partnerschaft, durchaus klar rüberkamen, ich aber auch nicht zu viel preisgegeben hatte. Wäre ich ein Mann, auf den meine Kriterien passten und auf dessen Kriterien ich passte, ich würde mir glatt schreiben. *Prost Anne, auf das, was da vielleicht kommt*. Ich war gespannt darauf.

»Sehen Sie Ihre Matches«. Genau das wollte ich. Arno, 39, Informatiker, liebevoll, einfühlsam und zärtlich, war mir auf den ersten Blick zu gefühlsduselig und der Blick auf das Foto votierte ebenso für keinen zweiten Blick. Bei Manuel, 49, Geschäftsleiter, offen für Neues, an Abwechslung interessiert, erfahren, fragte ich mich, wie *PaarMatch* auf die Idee gekommen war, uns als Match zu sehen. Der lüsterne Blick auf seinem Profilfoto ließ keine Zweifel, in welche Richtung man offen für alles, an Abwechslung interessiert und erfahren zu deuten hatte. Arne, 41, Pharmazeut, humorvoll, kinderlieb, unternehmungslustig, sprach mich hingegen an. Aber: »Wenn ich nichts zu tun habe, mache ich Folgendes: Auto fahren«. Auto fahren? Ich las weiter: »In meinem alten Käfer durch die Eifel. Zeit und Raum für mich. Da kann ich abschalten. Alleinerziehend mit Kindern wird einem klar, wie wunderbar sich Stille anfühlt.« Okay, jetzt konnte ich die Antwort nachvollziehen und sah mich neben Arne im Käfer lächelnd schweigend durch die Eifel fahren.

Während ich meinem Tagtraum, der zugegebenermaßen nicht ganz meinem momentanen geistigen Zustand entsprach, eine kleine Weile nachhing, machte es *pling*. Was war das? »Jemand hat dir ein Lächeln geschickt.« Ich drückte auf den lächelnden Smiley, der oben rechts in der Ecke aufblinkte. »Lukas, 36, Ingenieur, sportlich, humorvoll, fröhlich, hat dir ein Lächeln geschickt. Klicke hier und sieh dir sein Profil an. Schick ihm ein Lächeln zurück.« *Gut, wollen wir uns doch mal das Profil anschauen.* »Lukas freut sich, dass du zurücklächelst«. Wie? Ich hatte doch nur auf den Button gedrückt, um mir das Profil anzuschauen, von zurücklächeln war bei mir noch gar nicht die Rede gewesen, wobei ich eingestehen musste, dass Lukas was hermachte, und ich lächelte, als ich mich durch seine Fotogalerie klickte. Er war sehr attraktiv. Ich sah ihn beim Skifahren, beim Wandern, beim Beachvolleyball-Spielen mit nacktem Oberkörper – aber hallo! –, beim Karneval als Clown … Dass er mir ein Lächeln geschickt hatte, ließ meine Laune besser werden.

Wieder machte es *pling*. Dieses Mal meldete sich mein Mailpostfach. »Er, gefühlvoll, Maler-und-Lackierer-Meister, schickt Ihnen eine persönliche Nachricht, möchte Sie kennenlernen und gibt sein Foto für Sie frei. Klicken Sie hier, um die Nachricht zu lesen.« Ich folgte dem Link.

Du siehst heiß aus. Ich bin voll heiß auf dich. Schreib zurück, wenn du Lust auf 'nen heißen Hengst und 'ne heiße Nacht hast.

Mit großen Augen las ich die Nachricht ein zweites und ein drittes Mal. Was war das jetzt? Ohne zu überlegen tippte ich:

Such dir jemand anderes und lern vorher lesen, damit du nicht wieder auf einem falschen Profil landest.

Ich bereute es schon, als ich auf Antworten gedrückt hatte. Seine Antwort kam prompt:

Ich steh drauf, wenn du so abweisend bist.

Dieses Mal war ich schlauer, drückte auf löschen, fand sogar eine Blockier-Funktion und schloss die Seite. Genug *PaarMatch*-Erfahrung für heute. Vielleicht sollte ich wirklich lieber einen Film gucken.

Zu sagen, ich hätte den Abend nicht mehr in meine Mails oder auf *PaarMatch* geschaut, wäre gelogen gewesen. Im null Komma nichts war ich in den folgenden Tagen zu einer Expertin geworden und wusste schnell, wann ich zurücklächelte und welche Nachrichten ich direkt löschte. Auf zwei sehr nette hatte ich sogar geantwortet. Wobei ich allerdings eher die Taktik wählte, nicht zu schnell und zu viel von mir zu erzählen. Für jemand Fremdes interessant und reizend zu sein, gefiel mir aber, und ich war überrascht, wie leicht es war, sich über das Internet auszutauschen, und wie schnell man auf eine persönliche Ebene kam. Lukas hatte mich angeschrieben, und wir hatten uns mehrere Nachrichten geschickt. Er arbeitete als Ingenieur bei der Stadt und schrieb amüsant, es gelang ihm in jeder Nachricht, mich zum Lachen zu bringen. Er hatte sich nach meinen Kindern erkundigt und davon geschrieben, dass er stolzer Patenonkel seiner kleinen Nichte war. Auch mit Erik, 38, Tischler, lustig, offen, lebensfroh, schrieb ich. Er besaß in Sülz eine eigene kleine Tischlerei, war geschieden und hatte zwei Kinder. Seine Frau und er lebten in einer Straße und teilten sich das Sorgerecht und die Kinderzeiten. Erik wirkte warmherzig, lieb und humorvoll.

Pling machte mein Messenger, und das Chat-Fenster öffnete sich. Lukas.

> Liebe Anne,
> bitte nicht erschrecken. Ich weiß, dass ist jetzt womöglich ein bisschen schnell, aber ich bin gespannt auf dich und möchte dich gerne persönlich kennenlernen. Und was haben wir zu verlieren? Ich bin ein Mann von Tat und frage dich tollkühn, ob du mich genauso gerne treffen möchtest wie ich dich, und schlage morgen Abend vor, um acht, im El Gato an der Engelbertstraße.
> Lukas
> PS: Und ich akzeptiere kein Nein ☺

Morgen um acht im *El Gato*? War das nicht wirklich ein bisschen schnell? Wir schrieben uns seit fünf Tagen. Gut, teilweise mehrfach am Tag und gestern Abend hatten wir die Nachrichten im Ping-Pong-Tempo hin- und hergeschickt. Aber sich treffen? Jetzt schon? *Was haben wir zu verlieren?* Nichts, war die Antwort. Manchmal musste man Sachen wagen und Dinge tun, die einen vielleicht selbst überraschten. Warum also nicht?

Lieber Lukas,
tollkühn gefällt mir gut. Ich komme gerne und freu mich, dich kennenzulernen.
Liebe Grüße
Anne

Gesendet. Mit ein wenig Herzklopfen.

Es klingelte. Ich klappte mein Notebook zu und öffnete beschwingt die Tür.

»Wenn ich mich richtig erinnere, schulde ich dir den noch.« Tom stand in der Tür, eine Flasche Crémant in der Hand. »Lust auf Gesellschaft, natürlich rein nachbarschaftlich?« Mein Herz klopfte noch immer – oder schon wieder? Ich schob es auf mein Date mit Lukas.

»Na, dann kommen Sie doch rein, Herr Nachbar.« Ich machte die Tür weit auf, und Tom spazierte schnurstracks in die Küche, wo er die Flasche öffnete, und ich zwei Gläser aus dem Büfettschrank nahm. Jeder ein Glas Crémant in der Hand setzten wir uns auf meinen kleinen Balkon. Der Tag war heiß gewesen, und auch der Abend war noch warm. Es roch endlich wieder nach Sommer.

»Auf den Sommer«, sagte Tom und hob sein Glas in meine Richtung.

»Auf den Sommer.« Unsere Gläser klangen in die Stille des Sommerabends. Sein Blick war auf mich gerichtet, und es fiel mir schwer, mich zu lösen, aber ich schaffte es. Wir waren Nachbarn. Ich sah in den Garten und trank einen Schluck.

»Endlich ist er wieder da«, sagte ich schließlich.

»Wer?« Tom sah mich fragend an.

»Na, der Sommer. Das Grau der letzten Tage war ja nicht auszuhalten. Ich will noch keine Jeans und Pullis anziehen und Tee trinken. Das hier« – ich hob mein Glas – »gefällt mir besser als Tee.«

»Mir auch.« Er sah mich an. »Und? Wie sind deine Ferien?«

»Halten wir jetzt nachbarschaftlichen Small Talk?«

Er nickte. »So sieht's aus. Was hast du schon Aufregendes erlebt?«

»Nichts.« Was nicht ganz stimmte, trotzdem fuhr ich fort. »Ich schäme mich jetzt echt dafür, das zu sagen, aber mir ist oft langweilig.« So ganz gelogen war es ja auch nicht.

»Langweilig?« Tom sah mich überrascht an. »Warum?«

»Ich bin es nicht mehr gewöhnt, alleine und ohne die Kinder zu sein. Ein Wochenende schon, aber drei Wochen? Und es sind erst eineinhalb Wochen rum. Noch dazu sind alle meine Freunde im Urlaub. Alle.« Ich riss theatralisch die Augen auf.

Tom lächelte mich an. »Du kannst einem ganz schön leidtun mit all der freien Zeit.«

»Im Ernst, mir ist so langweilig, dass ich mich sogar über einen Besuch meiner Mutter freuen würde, doch selbst die ist auf Reisen.« Vielleicht war das jetzt ein bisschen übertrieben, weil mir seit fünf Tagen gar nicht mehr so langweilig war. *Paar-Match* war ganz unterhaltsam und konnte auch aufregend sein. Den Punkt behielt ich lieber für mich, aber im Grunde genommen stimmte es. Ich schenkte uns beiden nach.

»Das klingt, als wären Besuche deiner Mutter sonst nicht so gefragt.«

»Darauf trinke ich.«

»Ich fand deine Mutter und deinen Vater reizend. Richtig alte Herrschaften.«

Ich musste lachen. »Erstens ist meine Mutter nicht reizend, sondern die fleischgewordene Besserwisserei, zweitens ist Albert nicht mein Vater. Grundgütiger, bei der Vorstellung muss ich mich schütteln. Und drittens wusste ich gar nicht, dass man dich so leicht um den Finger wickeln kann.«

Er sah mich fragend an, und ich führte das liebend gerne und amüsiert weiter aus. »Herr Paulsen, es war alles so wunderbar. Das Essen war ein Traum, ach was, ein Fest für jeden Gaumen, und Sie sind ein Meister Ihres Fachs.« Dabei klimperte ich ihn hingebungsvoll an.

Tom tat entrüstet und musste doch lachen. »Deine Eltern sind getrennt?«, fragte er.

»Lenkst du ab?«

»Kann sein. Und es interessiert mich.«

»Mein Vater ist vor Jahren gestorben, da waren beide aber schon eine ganze Weile getrennt.«

»Das tut mir leid«, sagte er mit aufrichtigem Bedauern.

Ich lächelte ihn an. »Ich war ein totales Papa-Kind und habe nie ein richtig gutes Verhältnis zu meiner Mutter gehabt. Nach der Trennung habe ich bei ihm gelebt. Meine Mutter hatte schnell ihren Albert, der viel besser zu ihr passt. Für das Leben, das mein Vater ihr bieten konnte, war sie sich immer zu schade. Nichts konnte er ihr recht machen. Und das Gleiche gilt für mich. Kind, kannst du dich nicht gepflegter anziehen? Du müsstest mal wieder zum Friseur. Wie konntest du es zulassen, dass dich dein Mann für eine andere verlässt? Deine Kinder gehören besser erzogen!«, machte ich meine Mutter nach. »Die Krönung war dann der wunderbare Verkupplungsversuch auf ihrem Geburtstag.« Ich erzählte Tom die ganze Geschichte, und er lachte sein lautes, warmes Tom-Lachen. »Und du Schuft warst alles andere als ein edler Retter.«

»Du bist in der Lage, dich wunderbar selbst zu retten.«

»Wie sind deine Eltern?«

Tom trank einen Schluck und blickte in den dunklen Garten. »Ich denke, sie würden sich wunderbar mit deiner Mutter und ihrem neuen Partner verstehen. Muss ich mehr sagen?«

»Ich habe ein ungefähres Bild vor Augen.«

»Dass ich Koch werden wollte, haben beide gar nicht verstanden. Mein Vater war ein hohes Tier bei Bayer, meine Mutter war zu Hause. Wobei sie ihre Tage viel öfter in ihrem Tennis- und Golfclub oder auf schicken Stehpartys verbracht hat als zu Hause. Sie sind vor ein paar Jahren nach Florida ausgewandert, und wenn ich sagen würde, dass wir viel Kontakt hätten, würde ich lügen. Meine Schwester ist wahrscheinlich am ehesten meine Familie.«

»Du hast eine Schwester?«

Tom nickte. »Sie studiert in Berlin. Obwohl wir uns sehr nah stehen, sehen wir uns zu selten.«

Eine Weile saßen wir schweigend nebeneinander.

»Ob es die wirklich heile Familie überhaupt gibt?«, fragte ich nach einer Weile in die Stille.

»Ich finde, dass Ben, Emma, Theo und du eine heile Familie seid.«

»So heile man eben sein kann, wenn der Vater eine neue heile Familie gründet.« Meine Antwort klang ironisch.

»Ich lass mich nicht davon abbringen: Du bist ihr Zuhause.«

»Das ist lieb. Danke.« Ich sah ihn an und lächelte.

Mit Tom war alles leicht und unbeschwert, selbstverständlich. Der Sommerabend, die Sommerluft, die Stimmung, das Nebeneinandersein, unser Gespräch. Die Flasche Crémant war alle. »Einen französischen Crémant habe ich leider nicht, aber einen spanischen Rosé.«

»Sehr gerne.«

Ich stand auf, ging in die Küche und holte den Rosé aus dem Kühlschrank. Noch immer musste ich lächeln. Es war schön, mit Tom auf meinem Balkon zu sitzen und zu reden. Es fiel leicht und fühlte sich selbstverständlich an. Ich mochte seine Nähe. Sein Lächeln. Die kleinen Lachfalten um seine tiefblauen Augen, die so intensiv gucken konnten. Die kühle Flasche, zwei Weingläser und den Korkenzieher in der Hand, fiel mein Blick beim Hinausgehen auf die aktuelle *Inside Köln*, die ich mir vor ein paar Tagen vom Büdchen um die Ecke mitgenommen hatte, in der festen Absicht, nach Veranstaltungen und Unternehmungen zu schauen.

»War inzwischen eigentlich dein Interview mit dieser Redakteurin aus dem *Päff*?«

Tom nickte. »Das Interview war letzten Freitag.« Er nahm mir den Wein und den Korkenzieher ab, und unsere Hände berührten sich. Einen Moment länger. Ich zog meine Hand rasch zurück und stellte beide Gläser auf den Tisch. Nachbarn. Tom sah mich an, und sein ruhiger Blick ließ mich unruhig werden.

»Welche Geheimnisse hat sie dir in ihrem investigativen Eifer entlockt? Dass sie dafür alles gegeben hat, steht außer Frage.« Ich wagte die Flucht nach vorn.

Tom öffnete die Flasche und schenkte den Wein in die Gläser. Er ließ sich Zeit mit seiner Antwort.

»Sie war mehr als zufrieden, als sie wieder ging.« Er grinste, als er es sagte. »Und ich auch.«

Sein Nachsatz passte mir gar nicht, und mein: »Na, dann ist es doch fein, wenn alle so zufrieden sind«, klang vielleicht leicht schnippisch.

Sein Grinsen wurde breiter. »Weißt du Anne, ich bin nicht nur gut darin, mich von älteren Damen um den Finger wickeln zu lassen, ich kann auch ganz gut selbst um den Finger wickeln.«

»Ich habe es bildhaft vor Augen. Erst hast du ihr einen Espresso ausgegeben, dazu hast du vielleicht noch eins dieser traumhaft köstlichen Desserts kommen lassen und dann hast du deinen Tom-Charme angeknipst.«

Er grinste noch immer, den Blick geradeaus auf mich gerichtet. »Funktioniert in der Regel ganz gut.«

»Dann gehört das zu deiner Masche?«

Er hob ertappt die Hände.

»Wusste ich's doch. Du Frauenflüsterer.«

Tom lehnte sich zurück und verschränkte die Arme hinter seinem Kopf. Er musterte mich eindringlich. »Klappt leider nicht bei jeder.«

Ich tat schockiert. »Das kann ich mir beim besten Willen nicht vorstellen.«

»Doch.« Noch immer sah er mich an. »Gerade wenn mir die Frau wirklich wichtig ist, gelingt es mir einfach nicht.«

»Dann gebe ich dir den Tipp, deinen Tom-Charme nicht so zu verpulvern, sondern für die Frau aufzuheben, bei der du wirklich Eindruck hinterlassen möchtest.« Er sagte nichts und sah mich einfach weiter an. Die Intensität machte mich nervös.

»Du hast erzählt, dass das *Pauls* im Sommer zwei Wochen Urlaub nimmt. Wir haben Sommer. Wann startest du in die Ferien?«, fragte ich schließlich und fühlte mich gleich entspannter.

»In einer Woche.« Er wandte seinen Blick ab und blickte in den dunklen Garten. »Und es wird auch Zeit.«

»Höre ich da etwa Erschöpfung und den ganz deutlichen

Wunsch, frei zu haben? Wer sind Sie? Was haben Sie mit meinem Nachbarn gemacht?«

Tom lächelte und wurde dann ernst. »Die letzten Jahre waren voll und schnell und rasant. So viel ist passiert. Aber das letzte Jahr war extrem.«

Er trank einen Schluck, und ich musterte ihn von der Seite. Nachdenkliche Falten zogen sich fein über seine Stirn, während er weitersprach. »Manchmal frage ich mich, wo die Zeit geblieben ist. Und ob es richtig ist, alles ins *Pauls* zu investieren.«

Er sah mich an, ein leichtes Lächeln war zurück in seinem Gesicht, die feinen Sorgenfalten waren jedoch noch immer da. Sein Blick war ehrlich.

»Die Frage, wo die Zeit geblieben ist, kenne ich«, hörte ich mich drauflosplappern und sah mich ihm nachschenken. »Eigentlich stelle ich sie mir jeden Abend, wenn ich ins Bett gehe. Gerade bin ich aufgestanden, und schon ist der Tag wieder rum. Gerade hat man aufs neue Jahr angestoßen, verabschiedet man es schon wieder als das alte. Und dazwischen soll dann noch das eigene Leben passen. Soll ich dir sagen, was die ungeschminkte Realität ist?«

»Ich bin gespannt.«

»Irgendwann ist man alt, tatterig und runzelig, und es kommt einem wahrscheinlich so vor, als hätte man, bis das Leben rum ist, nur dreimal geblinzelt.«

»Danke, jetzt geht es mir gleich besser.« Tom musste lachen.

»Ach, da nicht für. Und ich hab sogar den passenden Soundtrack.« Ich stand auf und holte mein Handy aus der Küche. »Bereit?«

»Bereit. Für was auch immer.«

Ich wählte Gloria und ihren Song »Das, was passiert«. Seit

Tagen trug mich die wunderbar melancholische und ehrliche Stimme Klaas Heufer-Umlaufs durch meine Ferien. *Leben ist das, was passiert, wenn du woanders so beschäftigt bist, wenn du den Wagen lenkst und dabei dein Ziel vergisst. Es ist auch das, was passiert, wenn du schon lange aufgegeben hast, wenn du die Tage sprengst, bevor du Zeit verschenkst.*

»Als Stimmungs-DJ bist du eine vollkommene Versagerin.« Ich guckte ihn entrüstet an, und Tom musste lachen. »Jetzt lässt du mal DJ Tom nach Musik gucken.«

DJ Tom nach Musik gucken zu lassen, führte dazu, dass wir nicht nur gemeinsam mit Robbie Williams »*Feel*« in der Dunkelheit zum Besten gaben, sondern auch zu Chambawambas »Tubthumber« lauthals singend durch meine Küche tanzten und im Wohnzimmer mit Dave Gohl und seinen Foo Fighters einen Luftgitarrenwettbewerb veranstalteten, wobei Tom ein besonders begnadeter Luftgitarrist war, und ich vor lachen um Atem ringend nicht mehr konnte. Zum Glück kam Willi erst morgen, und Jessi erst Ende der Woche wieder.

Irgendwann saßen wir nebeneinander vor dem Sofa, zwei Rotweingläser vor uns. Im Hintergrund lief BOY. Unsere Schultern berührten sich, und mir war ganz warm. Angenehm warm. Eine Wärme, die aus meinem Bauch kam und durch meinen gesamten Körper strahlte.

Ich trank einen Schluck Wein, bewegte das Glas und sah dem Rotwein zu, wie er seine Kreise zog, sich drehte und drehte. Plötzlich hatte ich das Gefühl, dass sich die Welt um mich auch leicht zu drehen begann, und mir wurde schwindelig. Ich hatte über den Tag nicht viel gegessen, dafür am Abend zu viel getrunken. Ich stellte das Glas zurück auf den Tisch, schloss kurz die Augen und konzentrierte mich auf die Berührung unserer

Schultern. *Es dreht sich nichts. Alles ist an seinem Platz. Dort, wo es hingehört. Du sitzt neben Tom. Nah neben ihm. Schulter an Schulter …* Stopp. Bevor mein Unterbewusstsein anfangen konnte, meine kleine Selbstberuhigung in die falsche Richtung zu deuten – als Nachbarn konnte man sich selbstverständlich so unsagbar wohl in der Nähe des anderen fühlen, das zeichnete eine gute nachbarschaftliche Beziehung aus, und dass zu dem Drehen ein ganz anderen Drehen gekommen war, ein leichtes Drehen, wie Fliegen, tat nicht das Geringste zur Sache und hatte einzig und allein damit zu tun, dass ich zu viel, viel zu viel, getrunken hatte … –, lenkte ich mich ab und begann lieber wieder ein Gespräch.

»Ein Jammer, dass es mit deinem Restaurant geklappt hat«, sagte ich und wandte mich Tom zu. In dem Moment ging mir auf, dass er mich die ganze Zeit von der Seite angesehen haben musste, und um mich drehte sich alles wieder schneller. Vollkommen entspannt lächelte er mich an. *Ruhig, Anne …* Ich fand meinen Fixpunkt in seinen Augen, die mich fragend musterten. »Du hättest eine großartige Karriere als Luftgitarrist haben können.«

»Du meinst mit ausverkauften Tourneen, wilden Partys und ganz vielen Groupies?«

Ich nickte.

»Woher kennst du den Traum meiner schlaflosen Teenie-Nächte?«

»Ich kann Gedanken lesen.«

Er beugte sich zu mir. »Auch das, was ich jetzt denke?« Die Intensität seines Blicks war nicht auszuhalten.

»Ich will meine Gabe nicht überstrapazieren.«

»Bist du etwa feige?« Er war ganz nah. Ich musste mich losreißen, zu sehr hielt mich sein Blick. Ich schüttelte den Kopf und setzte mich auf. »Glaub mir, meine Gabe ist viel zu gefährlich, als dass ich sie leichtfertig einsetzen würde.«

Tom lehnte seinen Kopf ans Sofa. »Du bist feige.«

»Hör mal, nur weil ich zu deinem Wohl nicht in die tiefsten Tiefe deiner Gedanken vorstoßen möchte, bin ich noch lange nicht feige. Wer eiß, was ich da finden würde?«

»Eben. Feige.« Er sah mich herausfordernd an, und ich wusste nicht, was in mich gefahren war, aber ich nahm einfach das erste Sofakissen, das ich zu greifen bekam, und schmiss es ihm an den Kopf. Tom guckte so hinreißend verdutzt, dass ich anfangen musste zu lachen.

»Na warte ...« Seine Augen funkelten übermütig und angriffslustig.

»Du willst doch wohl nicht eine wehrlose Frau ...« Weiter kam ich nicht, denn schon hatte er nach einem Kissen gegriffen und zurückgeworfen.

»Als ob du wehrlos wärst ...« Ich hatte ihn erneut getroffen, und wir waren mitten in einer Kissenschlacht. Albern wie kleine Kinder und vollkommen losgelöst lieferten wir uns einen wilden Kampf. Wie genau es dazu gekommen war, konnte ich nicht mehr rekonstruieren, jedenfalls lagen wir auf einmal atemlos lachend auf dem Teppich, und Tom hielt meine beiden Hände fest. Er war stark, und ich hatte nicht den Hauch einer Chance, an eines der Kissen, die im ganzen Wohnzimmer verteilt waren, zu kommen. Fester als sein Griff hielt mich sein Blick. Von jetzt auf gleich war es ruhig. Gleichzeit waren wir verstummt. Mein Herz schlug bis zum Hals, und das nicht, weil ich von der Kissenschlacht außer Puste war. Toms Nähe raubte mir den Atem, und ich fühlte mich schlagartig nüchtern. *Mach nicht den gleichen Fehler wie bei Hannes. Nachbarn, Anne! Nachbarn!* Plötzlich ließ er mich los und setzte sich auf.

»Ich hab gewonnen«, sagte er, und schien genauso atemlos wie ich.

Ich brauchte einen kleinen Moment, um mich zu sammeln. »Das könnte dir so passen.« Ich setzte mich ebenfalls auf und zupfte mein T-Shirt zurecht. »Nach Punkten geht der Sieg ganz klar an mich, denn erstens hab ich deutlich öfter getroffen und zweitens hattest du nur eine Chance, weil du deine Muskelkraft ausgespielt hast, was drittens gemein und unfair ist und viertens die Rote Karte gibt.«

Tom lächelte. »Immer das letzte Wort.«

»Sag nicht, du warst nicht gewarnt.«

»Das heißt, ich werde jetzt vom Platz gestellt?« Bevor ich antworten konnte, fuhr er fort »Wobei es wirklich längst weit über die Zeit ist, für mich zu gehen.« Er stand auf. »Dich erwartet morgen nachdem du ausgeschlafen hast, dein langweiliges Lotterleben, ich muss in« – er sah auf seine Uhr – »fünf Stunden aufstehen und ins *Pauls*.«

»Dein Leben ruft.« Ich war ebenfalls aufgestanden.

»Laut. Aber nicht so, wie du's meinst.« Er lächelte, und strich mir sanft über die Wange. »Frau Nachbarin, das war ein sehr schöner Abend.«

»Danke für deinen Besuch, Herr Nachbar. Das sollten wir wiederholen. Nächsten Montag? Wenn du Zeit hast.«

»Nächsten Montag. Bei mir.« Er öffnete die Wohnungstür. »Schlaf gut.«

Am liebsten hätte ich ihn umarmt. Fest. Meinen Kopf an seine Brust gelegt und ihm ganz nah. »Schlaf gut. Wir sehen uns.« Dann schloss ich die Tür und stand eine Weile im Flur. Orientierungslos. Tom und ich hatten einen tollen Abend gehabt. Einen sehr lustigen Abend. Rein nachbarschaftlich. Und dass ich ihn fast geküsst hatte, tat nichts zur Sache. Wir waren

Nachbarn. Was anderes ging nicht. Zurück im Wohnzimmer, legte ich die Kissen auf Sofa und Sessel, nahm die leeren Weingläser, ging in die Küche und räumte sie in die Spülmaschine. Nachbarn. Gute Nachbarn. Das war das Beste. Und es hatte sich auch so gut angefühlt. Auf dem Küchentisch lag mein Handy. Ich hatte eine neue Nachricht.

Für dich bin ich gerne tollkühn.

Lukas. Ich musste lächeln. Lukas war nicht mein Nachbar. Lukas war mein Date.

Ich mag tollkühn.

Ein Häkchen. Meine Antwort war raus. Ein zweites Häkchen. Und sie war angekommen.

38.

Jeans und das bestickte Top oder das graue, geblümte Kleid? Oder doch lieber die schwarze Hose und das schwarze T-Shirt mit Wasserfallkragen? Oder das rote Kleid? Nein, nicht das rote Kleid. Das war für das erste Date zu … zu rot. Ich stand vor meinem Kleiderschrank, einen Berg Kleidung auf dem Bett verteilt, und konnte mich nicht entscheiden. Die helle Hose und die bunte Kurzarmbluse? Zu bieder. Letztendlich entschied ich mich für Jeans und das bestickte Top. Ich drehte mich vorm Spiegel. Ja, das war am meisten ich. Fehlte nur noch der Feinschliff. Ich ging ins Bad. Meine Haare hatten heute einen guten Tag und waren freundlich. Anstatt sich, wie eigentlich immer, nicht anders als zusammengebunden bändigen zu lassen, wellten sie sich heute sanft federnd, so dass ich sie offen ließ. Ich betrachtete mich im Spiegel. Selbsthypnose. *Anne, du bist nicht aufgeregt. Du bist gar nicht aufgeregt. Du hast nur gleich dein erstes Date seit fünfzehn Jahren.* Gut, das mit der Selbsthypnose funktionierte nicht unbedingt so, wie ich es mir vorgestellt hatte. Die Aufregung nahm eher zu. Über was würden wir uns unterhalten? Und was würde ich machen, wenn Lukas sich als Katastrophe entpuppen würde? Ich hatte keinen Back-up-Plan. In Filmen rettet dann immer eine Freundin mit einem Erste-Hilfe-Anruf. Alle meine Freundinnen waren verreist. *Ruhig, Anne. Lukas ist nett. Es ist nur ein erstes Treffen, und du bist eine erwachsene Frau. Du schaffst das.* Also weiter im Programm. Hieß schminken. Heute mal nicht nur getuschte Wimpern, sondern dazu einen Lidstrich, der ganz bewusst betont ausfiel, und Lippenstift. Abgesehen von Labello benutzte ich so gut wie nie Lippenstift, aber heute war mir danach. War das rote Kleid zu rot gewesen, passte der rote Lippenstift super zum Top und meinen roten Ballerinas. Ich war fertig. Jetzt noch die passenden bunten Baumelohrringe und einen Spritzer Parfum. Ach was, zwei Spritzer. Ein Blick auf die Uhr. Es war zwanzig nach sieben. Ich würde trotzdem losfahren. Mein Plan war, nicht im *El Gato* zu warten, sondern im nahen Rathenaupark in Ruhe die Aufregung abzulegen und entspannt fünf Minuten zu spät in das Lokal zu spazieren.

Ich nahm meine Tasche und den Schlüssel und öffnete die Tür.

»Anne. Hallo. Ich wollte gerade bei dir klingeln.«

»Hallo, Willi!« Braun gebrannt und mit einem erholten Strahlen im Gesicht stand Willi vor mir. »Du bist schon zurück? Ich dachte, du würdest erst in der Nacht wiederkommen.«

»Das Schiff lief überpünktlich in den Hafen ein, weshalb ich vorhin schon angekommen bin.«

»So wie du aussiehst, hattest du einen wunderbaren Urlaub.«

Er nickte. »Eigentlich wollte ich dich fragen, ob du Lust hast, ein Ankommens-Kölsch im Garten mit mir zu trinken, aber« – er lächelte mich an – »es scheint, als hättest du Besseres zu tun, als mit einem alten Mann im Garten zu sitzen und zu plaudern.«

»Ich sitze gerne plaudernd mit dir im Garten, nur heute Abend …«

»Hast du ein Rendezvous«, endete Willi, und seine Augen

leuchteten spitzbübisch. »Und der Herr hat großes Glück bei einer so hübschen und charmanten Begleitung.«

»Das ist lieb«, musste ich antworten, weil Willi einfach lieb war.

»Welcher Herr hat großes Glück?« Tom stand plötzlich hinter Willi. »Hey, Willi, schön, dass du wieder da bist.«

»Der Herr, mit dem sich Anne heute trifft. Hallo, Tom.«

Toms Blick veränderte sich, und er musterte mich von oben bis unten.

»Du gehst aus?«, fragte er mich.

Ich nickte leicht und entgegnete: »Was machst du denn schon hier?«

»Ich dachte, ich hätte mein Leben nach mir rufen hören. Aber da habe ich mich wohl getäuscht.«

Ich blickte ihn fragend an und wollte nicht über seine Antwort nachdenken. Ich wollte ihm auch nicht hier und jetzt im Treppenhaus gegenüberstehen. Eigentlich wollte ich längst entspannt durch den kleinen Rathenaupark spazieren, nur fühlte ich mich gerade alles andere als entspannt.

»Ihr entschuldigt mich? Ich muss los. Willi, ein anderes Mal sehr gerne«, war, was ich sagte.

»Hab einen wunderbaren Abend«, rief Willi mir hinterher, während ich die Treppe nach unten ging. Tom sagte nichts.

Was das um fünf Minuten zu spät kommen betraf, lag ich voll im Plan, was das ruhig und entspannt ins Lokal spazieren betraf, nicht wirklich.

Meine Aufregung hatte auf dem Fahrrad leider zugenommen, dazu hatte ich Toms Kommentar die komplette Fahrt nicht aus dem Kopf bekommen, was mich ärgerte. Nun stand ich hibbelig vor dem Restaurant, hatte ein seltsames Gefühl im

Bauch und überlegte, vielleicht doch einfach wieder umzukehren. Ach was, ich würde das jetzt durchziehen. *Auf, Anne! Es wird bestimmt ein schöner Abend.* Und schon war ich durch die Tür und stand inmitten von lebhaftem Stimmengewirr im gut gefüllten Lokal. Ich entdeckte Lukas an einem der Tische am Fenster. Er bestellte gerade etwas zu trinken. Die Fotos hatten nicht gelogen. Er war sehr attraktiv. Schon auf den Bildern hatte er mich ein wenig an Bradley Cooper erinnert. Jetzt fand ich, dass die beiden Brüder hätten sein können. Breite Schultern, trainierte Arme, dunkelblonde kurze Haare, strahlend blaue Augen, ein leicht schiefes Lächeln, groß … Groß … Lukas hatte mich gesehen und war aufgestanden. Wenn er der Bruder von Bradley Cooper war, dann der kleine. Lukas war maximal, optimistisch maximal so groß wie ich, und heute hatte ich höhere Schuhe an, das hieß, er ging mir bis zur Stirn. Ich war eins fünfundsiebzig groß, ohne Schuhe, Lukas maximal eins fünfundsechzig.

»Hallo, Anne!« Lukas begrüßte mich fast überschwänglich mit drei Küssen auf die Wangen, dazu musste er sich strecken.

»Hallo, Lukas.« Ich kämpfte noch immer damit, mir die Irritation über seine Größe nicht anmerken zu lassen, und wunderte mich, dass es mir etwas ausmachte. »Entschuldige, dass ich ein wenig zu spät dran bin.«

»Ach was. Wie sagt man? Je später der Abend, desto schöner die Gäste.« Lukas lachte herzhaft über sein eigenes spaßiges Kompliment. Ich lächelte ihn an und nahm Platz auf dem Stuhl, den er mir, ganz der *kleine* Gentleman, zurechtrückte. *Anne!* Ein Kellner stand neben unserem Tisch. »Was möchte die schöne Frau denn trinken?«, fragte Lukas. »Ich empfehle dir den Caipirinha. Wobei, vielleicht hast du ja mehr Lust auf Sex on the Beach?« Lukas fand seine Bemerkung richtig lustig.

Meine Irritation ließ nicht nach. »Einfach nur ein Kölsch. Danke schön«, wandte ich mich an den Kellner.

»War nur ein kleines Späßchen. Du hast also Ferien.«

Ich nickte. »Noch fünf Wochen.«

»Wahnsinn. Wo ihr doch nachmittags immer frei habt.«

»Du hast das *Und morgens immer recht* vergessen«, entgegnete ich in der Hoffnung, ihm damit zu vermitteln, dass ich sein letztes kleines Späßchen gar nicht spaßig gefunden hatte, doch Lukas amüsierte mein Einwurf noch mehr.

»Ich sehe, das wird ein lustiger Abend!«, verkündete er voller Überzeugung.

Na, das konnte was werden.

Es war Viertel nach neun. Wir hatten gegessen und vor mir stand ein zweiter Mojito. Doch konnte ich mir Lukas weder lustig noch größer trinken. Ich hatte viele Anekdoten und Schenkelklopfer zu hören bekommen, und meine Gesichtsmuskeln taten langsam weh vom verkrampften, höflichen Lächeln. Lukas' Laune war nach wie vor prächtig, nur leider nicht ansteckend. Wie konnte jemand schriftlich so amüsant und in natura so unlustig sein? Er riss einen Witz, genauer einen vermeintlichen Witz nach dem anderen und redete und redete und redete. Man sieht ihn nicht, aber hört ihn, kam mir in den Kopf, und ich musste zum ersten Mal wirklich lachen. Das wäre doch ein viel besserer Künstlername für die Bütt als *Lukas, die Spaßrakete*. Neben exzessivem Sport liebte Lukas den Karneval und hielt Büttenreden. Er hatte mir vorhin eine Kostprobe gegeben.

Ich fragte mich, wie *PaarMatch* auf die Idee gekommen war, in uns ein Match zu sehen, und machte mir Sorgen über das, was meine Antworten über mich aussagten. Wobei – hatte

Lukas mich nicht einfach nur virtuell angelächelt? Stand er überhaupt auf meiner Match-Seite? Während Lukas sich weiterhin bestens unterhielt, rief ich mir meine Profilseite in Erinnerung, und tatsächlich, Lukas und ich waren kein Match. Nachdem ich nun auch den wissenschaftlichen Beweis dafür hatte, dass er, selbst wenn er aussah wie Bradley Cooper, also Bradley Cooper in Klein, nicht zu mir passte und es nicht nur an seiner Größe lag, dass es bei mir nicht klickte, begann mein Hirn darüber nachzudenken, wie ich am besten aus diesem Date rauskam. Sollte ich mich plötzlich unwohl fühlen? Nein. Zum einen wäre es nicht ehrlich, und zum anderen stünde dann noch immer die Option eines zweiten Treffens im Raum, und dieses zweite Treffen, jedenfalls nicht als Date, würde es von meiner Seite aus nicht geben. Wie dann? Ich würde es schon hinkriegen. Ich war Hauptschullehrerin. Ich war geübt darin, unangenehme Punkte feinfühlig, aber deutlich zu verpacken. »Lukas.« Er sah mich an und verstummte. »Ich finde dich sehr attraktiv, deine strahlend blauen Augen, dein Lächeln, und es ist faszinierend, wie viele Geschichten du erzählen kannst. Deine gute Laune ist wirklich ansteckend, und ich kann dir sagen, dass ich der festen Überzeugung bin, dass du deine Karriere als Büttenredner unbedingt vorantreiben musst. Aber ich werde jetzt trotzdem gleich gehen, weil es bei mir leider nicht gefunkt hat.«

»Du meinst, du bist kein Funkenmariechen?« Die Späßchen hatte ich ihm nicht verdorben. Er schien es also gut zu verkraften. Ich schüttelte den Kopf. »Nein. Aber ich hatte trotzdem sehr viel Spaß heute Abend. Und bin mir sicher, dass du dein Funkenmariechen findest.« Das mit dem Spaß war vielleicht nicht ganz wahr, aber dass es irgendwo eine kleine große Karnevalistin geben musste, die sich Hals über Kopf in Lukas verlieben würde, stand für mich tatsächlich außer Frage. Ich war aufgestanden.

»Na dann, mach et joot.« Wieder gab mir Lukas einen Kuss auf die Wange und musste sich dabei erneut ein wenig strecken.

»Tschüss«, sagte ich, drehte mich um, zahlte an der Theke und ging. Draußen atmete ich kurz durch. Nannte man das jetzt in die Hose gegangen? Ich hatte immerhin lecker gegessen, und die Cocktails waren auch köstlich gewesen. Und eigentlich zählte es ja auch gar nicht als erstes *PaarMatch*-Date, schließlich war Lukas gar kein Match gewesen. Auf dem Rad wägte ich ab, ob ich mich erneut auf ein Date einlassen würde. Ja? Oder Nein? Als ich mein Fahrrad zu Hause anschloss, war ich bei Ja angekommen. Ich würde einfach selbst aktiv werden. Lektion eins hatte ich gelernt: Man füllte diesen Fragebogen nicht umsonst aus und darum sollte man am besten darauf achten, dass man sich mit einem Mann verabredete, der passte; nicht nur von der Größe. Blieb die Frage, wann. Jetzt! Was haben wir zu verlieren, hatte Lukas gefragt, und in diesem Punkt gab ich ihm nach wie vor recht. Was hatte ich zu verlieren? Ich klappte mein Notebook auf und fand eine liebe Nachricht von Erik, in der er davon schrieb, wie er den heutigen Tag mit den Kindern im Schwimmbad verbracht hatte und dass er, wieder zu Hause, einfach das Bedürfnis gehabt hatte, mir zu schreiben. Erik war ein Match, und ich hatte jetzt einfach auch das Bedürfnis, ihm zu schreiben.

Lieber Erik,
ich bin noch nicht lange auf *PaarMatch* und weiß eigentlich gar nicht, wie man das alles hier am besten macht, ob man sich sofort trifft oder ob man sich erst

eine ganze Weile schreibt und dann erst miteinander telefoniert, aber ich weiß, dass ich dich gerne kennenlernen würde. Vielleicht hast du ja auch Lust. Ich würde mich sehr darüber freuen. Wenn du magst, können wir ja telefonieren und schauen, ob und wie es weitergeht …

Ich tippte meine Telefonnummer und schickte die Nachricht ab. Eine Viertelstunde später klingelte mein Telefon, und ich hatte ein Date für den kommenden Freitag.

39.

Ah, das ist Marit. Stört es dich, wenn ich rangehe?« Ich schüttelte den Kopf, und Erik verschwand mit dem Handy am Ohr vor der Tür. Marit … Das war kein Zweier-Date, das war ein Dreier-Date, denn Marit war den ganzen Abend dabei. »Weißt du Anne, das ist mein erstes Date. Erst dachte ich, ich sei noch nicht so weit, weil die Trennung von Marit noch nicht so lange her ist …« Das erste »Marit« nach fünf Minuten, obwohl Marit sich vor drei Jahren von ihm getrennt hatte und inzwischen mit einem anderen Mann zusammen war, der allerdings in Berlin wohnte. »Wir stehen uns nach wie vor sehr nah und sind beste Freunde. Das klappt wunderbar.« Das wunderbare Klappen sah meines Erachtens so aus, dass Marit die neue Freiheit mit neuem Freund wunderbar genoss, und Erik trotzdem wunderbar parat stand, wenn sie nur mit dem Finger schnipste; um den Rasen zu mähen, um auf die Elternabende und Schulfeste zu gehen, um den Kindern bei den Hausaufgaben zu helfen, um mal schnell die Spülmaschine zu reparieren, um sonntags den *Tatort* zusammen zu gucken, wenn Marit die Decke auf den Kopf fiel und sie sich langweilte … »Marit ist eine wundervolle Frau und Mutter, meine beste Freundin. Sie ist warmherzig und liebevoll …« Mir kam sie eher egoistisch und ichbezogen vor, aber das hatte ich für mich behalten.

»Tut mir leid.« Erik war zurück. »Sie wollte wissen, wie

unser Date ist und ob sie mich vielleicht retten kommen soll.« Lächelnd setzte er sich wieder mir gegenüber.

»Und? Muss sie dich retten kommen?«, fragte ich und trank meinen letzten Schluck Wein.

»Nein«, Erik strahlte mich an. »Ich habe ihr gesagt, dass ich den sehr netten und schönen Abend mit dir genieße, und sie hat sich sehr darüber gefreut. Ich soll dich grüßen.« Hatte ich auch einen sehr netten und schönen Abend? Während Erik zwei Espresso bestellte, dachte ich über die Frage nach. Er war zuvorkommend, sympathisch und charmant, sah wirklich gut aus und war an mir und meinem Leben interessiert. Wir hatten viele Gemeinsamkeiten.

Sein Handy klingelte erneut. Wieder Marit. Erik stand wieder auf und ging nach draußen. Der Kellner brachte zwei Espresso. Marit. Und das war der Punkt. Ohne Marit hätte ich mich bestimmt zu Erik hingezogen gefühlt. Er hatte warme braune Augen, war groß und schlank, hatte dunkles, dichtes Haar. Er erzählte mit strahlenden Augen von seinen Kindern und ihrem Leben, das meinem Leben in so vielem glich, bis auf den Punkt, dass Marit eben auch zu seinem Leben gehörte und einen großen Teil davon ausmachte. Ich hatte gar nichts dagegen und fand es bewundernswert, wenn man sich mit seinem Ex-Partner gut verstand, vielleicht würde ich es irgendwann auch hinbekommen, in Alex einen Freund zu sehen, aber Marit war in Eriks Leben einfach zu präsent. Alleine heute Abend kam es mir so vor, als hätte sie den ganzen Abend mit am Tisch gesessen.

Erik war zurück. »Entschuldige. In ihrem Arbeitszimmer sitzt eine große Spinne an der Decke, und Marit hat panische Angst vor den Viechern. Ich werde später noch mal schnell vorbeigucken.«

Ich nahm meine Tasche. »Erik, ich weiß, dass du am liebsten jetzt schon zu ihr möchtest, um sie vor der Spinne zu retten, und das ist okay für mich.«

»Nein. Anne, ich …« Er schüttelte den Kopf.

»Ich wünsche dir, dass du es schaffst, dich von ihr zu lösen. Sie mag eine wundervolle Frau und Mutter sein, aber wenn sie wirklich deine beste Freundin wäre, würde sie dich loslassen und nicht immer wieder für sich beanspruchen und ausnutzen. Dann würde sie sich freuen, dass du heute zum ersten Mal seit Jahren wieder mit einer Frau aus bist, und nicht zweimal anrufen, schon gar nicht wegen einer Spinne. Panik hin oder her. Sie würde am nächsten Tag gespannt auf deinen Anruf warten oder später am Abend deinen Anruf annehmen und sich gemeinsam mit dir über ein Schmetterlinge-im-Bauch-Date freuen oder zusammen mit dir über ein Katastrophen-Date lachen.«

»Heißt das, wir hatten ein Katastrophen-Date?«

»Nein. Auf keinen Fall. Ich hatte einen schönen Abend. Aber eben nicht mit dir alleine. Wenn man jemand Neues kennenlernt und sich verabredet hat, möchte man diesen Jemand kennenlernen und nicht das Gefühl haben, die Ex sitzt mit am Tisch.«

»War es so extrem?«

Erik hatte ein schlechtes Gewissen und hatte seinen ganzen Charme in seinen Blick gepackt, so dass ich ihn anlächeln musste.

»Du hast genauso viel von ihr erzählt wie von dir, und trotzdem hatte ich einen feinen Abend, nur leider ohne Schmetterlinge.«

»Danke, dass du so ehrlich bist.«

Er half mir in meine Jacke, und ich bedauerte wirklich, dass er immer noch vergeben war. Ohne Marit, wer weiß, wäre der Abend vielleicht ganz anders verlaufen.

Vor dem Restaurant gaben wir uns die Hand. »Ich wünschte, ich wäre schon weiter«, sagte er. Ich lächelte ihn aufmunternd an. »Alles Gute, Erik.« Dann ging er zu seinem Auto, und ich schloss mein Rad auf. Sein Handy klingelte. Ich bekam nicht mehr mit, ob er abnahm.

Zurück zu Hause saß ich noch eine Weile auf meinem Balkon und hing meinen Gedanken nach. Meine zwei ersten Dates nach Ewigkeiten ließen sich nun wahrlich nicht als Volltreffer bezeichnen, das erste war sogar recht nah am Katastrophen-Date gewesen, aber der heutige Abend mit Erik war trotz Marits Anwesenheit nett gewesen, und ich hätte den freien Erik sehr gerne kennengelernt. Nicht Unterschiede, sondern Gemeinsamkeiten hatten überwogen. Ähnliche Leben. Bis auf Marit. Ich dachte an den gemeinsamen Abend mit Tom, an die Gespräche, die Kissenschlacht, das Brausepulver, daran, dass ich ihn fast geküsst hätte, wenn er sich nicht aufgesetzt hätte, und war froh, dass es nicht dazu gekommen war. Mir war es wichtig, dass es, sollte ich mich wieder auf jemanden einlassen, eine Perspektive gab, dass dieser Jemand ein paralleles Leben führte. Auch wenn es kein Schmetterlinge-im-Bauch-Date gewesen war, hatte mich der heutige Abend darin bestärkt, dass Tom und ich wirklich nichts anderes als Nachbarn sein konnten.

»Hallo, Herr Nachbar!« Es war Montag, und eine Flasche Rotwein in der Hand stand ich vor Toms Tür.

»Heute Abend Zeit und kein Rendezvous?« Seine Begrüßung, sollte sie denn eine sein, klang leicht bösartig. Ich ging über seinen Kommentar hinweg, drückte ihm die Flasche in die

Hand und marschierte in die Wohnung. Tom ging vor in die Küche, und ich folgte ihm. »Nicht, dass du was verpasst.« Wieder dieser Unterton.

»Wenn es dir nicht passt oder du keine Lust hast, dann sag es gleich, und ich gehe wieder. Ich habe gute Laune und mich auf heute Abend gefreut und kein Interesse, mir die Laune vermiesen zu lassen.«

»Rotwein?« Seine Frage klang wie ein Versöhnungsangebot, und ich ging darauf ein. »Sehr gern.«

»Hast du heute schon zu Abend gegessen?«, fragte er während er die Flasche öffnete und den Wein in zwei Gläser goss.

»Drei Toast. Ich bin nicht so der größte Koch, und wenn die Kinder nicht da sind … Wobei das jetzt nicht heißen soll, dass ich nicht gerne gut esse. Ich kann nur nicht kochen.«

»Aber ich.« Das Lächeln, das ich so mochte, hatte den Weg zurück in sein Gesicht gefunden.

»Was du nicht sagst«, tat ich überrascht und froh, dass die komische Stimmung verschwunden war.

»Lust auf frische Pasta mit einem Ragù alla Bolognese?«

Ich sah ihn mit großen Augen an. »Ich liebe Ragù alla Bolognese.«

»Ich weiß«, antwortete er. »Hier!« Tom warf mir eine Küchenschürze zu.

»Weißt du, auf was du dich da einlässt?«, fragte ich ihn, damit er nicht sagen konnte, ich hätte ihn nicht gewarnt. Schließlich war es mit meinen Kochkünsten wirklich nicht weit her, doch er lachte nur, drückte mir eine Zwiebel und ein Holzbrett in die Hand, bedeutete mir, mich neben ihn zu stellen, und begann, eine andere Zwiebel zu schälen. »Watch and learn.«

Ich war fasziniert, wie schnell und sicher und selbstverständlich er seine Zwiebel in wunderbar kleine und feine Stücke geschnitten hatte, während ich gerade damit fertig war, die Schale zu entfernen. Tom zeigte Erbarmen. »Komm, ich zeig's dir.« Er stellte sich hinter mich, legte seine Hände auf meine und führte mir Messer und Finger. Leicht glitt das Messer durch die Zwiebel. Seine Nähe war unerwartet, und fühlte sich gut an, vertraut. Bevor ich jedoch weiter darüber nachdenken konnte, war meine Zwiebel ebenso perfekt zerkleinert, wie seine.

»Traust du dir zu, Karotten in kleine Würfel zu schneiden?«, fragte er, und ich fühlte seiner Nähe nach.

»Das sollte machbar sein.«

Wenn Tom kochte, war er ganz bei sich. Jede Bewegung saß, und ich spürte die Leidenschaft, die er dafür empfand. Sogar im Gemüsezerkleinern steckte Liebe. Ich war dazu übergegangen, mein Glas Wein in der Hand, neben ihm zu stehen und ihm beim Kochen zuzusehen.

»Das Geheimnis ist Zeit«, sagte er.

»Das Geheimnis wovon?«

»Ein gutes Ragù bracht Zeit. Und guten Wein.« Er schüttete etwas von dem Rotwein in den großen, schweren Topf. »Kannst du vom Balkon bitte etwas Thymian ernten?«

Mit drei Zweigen in der Hand kam ich zurück in die Küche. »Danke. Und jetzt zupfst du bitte die kleinen Blättchen ab.«

»Alle?«, fragte ich entgeistert, und Tom lachte sein warmes, tiefes Tom-Lachen. »Nein. Pass auf, ich zeig's dir.« Er fuhr mit zwei Fingern über einen der Zweige und hatte alle Blättchen in der Hand. »Riech mal.« Er hielt mir seine geöffnete Hand unter die Nase. »Nichts im Vergleich zu getrockneten Kräutern.«

Das Ragù köchelte auf dem Gasherd vor sich hin, und wir saßen nebeneinander am großen Küchentisch. Im Hintergrund lief leise Musik.

»Wann kommen Ben, Emma und Theo wieder? Die drei Wochen müssten doch so langsam vorbei sein.«

»Übermorgen!« Ich strahlte ihn an. »Endlich«, setzte ich hinterher.

»Waren ganz schön lange drei Wochen, nicht?«, fragte Tom verständnisvoll, und ich wusste, dass ich nichts sagen musste, weil er die Antwort kannte. »Sie freuen sich bestimmt mindestens so darauf, wieder zu Hause bei dir zu sein, wie du.«

»Das hoffe ich«, antwortete ich ehrlich. Seit sie aus Thailand zurück und bei Alex und Naomi in London waren, hatten wir nur zweimal kurz miteinander telefoniert. So sehr ich mich bemüht hatte, aus den Worten meiner Kinder etwas über London und Naomi zu schließen, das ich in meine Richtung und gegen Naomi hätte deuten können, hatten die drei nach wie vor fröhlich gewirkt, obwohl mir alle drei versichert hatte, sich unheimlich auf zu Hause zu freuen.

»Sind sie jetzt bei deinem Exmann in London?«

Ich nickte. »Und bei seiner neuen Freundin in ihrem neuen Zuhause.« Meine Antwort hatte kühl geklungen.

»Kennst du sie?«

»Wen? Bambi?« Tom guckte irritiert, und ich musste lachen. »Ich weiß, ich muss aufhören, sie Bambi zu nennen. Kennen ist übertrieben, aber ich habe Bambi, also Naomi, einmal gesehen. An dem Tag, an dem Alex und ich geschieden wurden. Als wir aus dem Gericht kamen, ist sie ihm theatralisch um den Hals gefallen.« Bei der Erinnerung an ihren Auftritt musste ich den Kopf schütteln. »Honey, I've waited for such a long time …«, äffte ich sie nach und versuchte, ihren Tonfall zu treffen. »Und jetzt stell dir vor, ich hätte lange, rote Haare, einen Porzellanteint, ewig lange Beine, eine Wespentaille und die Aura einer Fee und würde dich mit meinen riesengroßen grünen Kulleraugen so anklimpern.« Ich gab mein Bestes, und Tom musste herzlich lachen. »Ich habe ein ungefähres Bild im Kopf.« Dann wurde er ernst. »Das klingt nicht nach einem entspannten Verhältnis.«

»Ich habe mir aber vorgenommen, dass es das irgendwann wird. Weißt du, es gibt so viele ehemalige Paare, die keinen Weg finden, miteinander umzugehen, und wenn ich ehrlich bin, habe ich schon Momente, in denen ich Alex komplett aus meinem Leben streichen möchte. Aber wir haben drei Kinder, und darum müssen wir einen Weg finden. Das ist nicht leicht, gerade wenn man diejenige ist, die im Glauben war, eine gute Ehe zu führen und eine heile Familie zu haben, während die bessere Hälfte nicht nur beruflich über den Wolken unterwegs, sondern mit Bambi auf Wolke sieben war.«

Tom nickte. »Ich weiß nicht, wie ich die Frage genau formulieren soll, aber bedauerst du es? Oder tut es noch immer weh?«

Ich schüttelte den Kopf. »Nein, ich bedauere es nicht. Alex und ich hatten eine wunderbare Zeit und haben zusammen wunderbare Kinder bekommen. Natürlich hat es wehgetan, und manchmal tut es noch immer weh. Aber nicht, weil ich Alex und unsere Familie zurückhaben möchte, sondern weil ich Respekt und Angst vor der neuen Situation habe; nicht davor, hier mit den Kindern ein neues Leben begonnen zu haben, aber vor dem Teil meines Lebens, den ich akzeptieren muss, auch wenn ich es nicht möchte, nämlich, dass Naomi eine Rolle im Leben meiner Kinder spielen wird.«

»Naomi ist die neue Partnerin ihres Vaters. Du bist ihre Mama.«

»Ich weiß. Auch dass wahrscheinlich ein gewisses Maß an verletzter Eitelkeit mit reinspielt, oder nicht loslassen und alles unter Kontrolle haben wollen, und dass diese Angst im Grunde genommen albern ist.«

»Das ist nicht albern.« Mehr sagte er nicht, sondern legte einfach den Arm um mich. Ich lehnte meinen Kopf an seine Schulter und wunderte mich darüber, dass ich mich nicht wunderte. Hier neben Tom zu sitzen, seinen Arm um mich und meinen Kopf an seiner Schulter, fühlte sich leicht, selbstverständlich und vertraut an – ihm das zu erzählen, was ich mir selbst gegenüber nur schwer eingestehen konnte. Eine Weile schwiegen wir, Toms Kinn auf meinem Kopf, schließlich sagte ich »Danke«. Er sagte nichts, aber ich fühlte, dass er lächelte. »Was würde ich nur machen, wenn du nicht mein wundervoller Nachbar wärst und jemand anderes über mir wohnen würde?«

»Dann würdest du heute Abend Toast essen.« Vorsichtig zog er seinen Arm weg, stand auf und ging an den Herd. »Das Ragù ist fertig. Magst du den Tisch decken?«

Eigentlich hätte ich gerne noch eine Weile so sitzen gemocht. Seinen Arm um mich. Meinen Kopf an seiner Schulter. Aufgehoben. Einfach nur im Moment. Kurz spürte ich dem wohligen Gefühl nach, dann nickte ich. »Wo finde ich Teller und Besteck?« Er deutete auf einen Schrank. »Tom?« Er sah mich fragend an. »Ragù ist viel besser als Toast.«

Das Ragù alla Bolognese war ein Traum, und ich fühlte mich wie in Italien. Es war spät geworden. Tom hatte eine weitere Flasche Rotwein geöffnet, und die leeren Teller vor uns saßen wir uns gegenüber.

»Wir haben noch gar nicht auf deine freien Tage angestoßen. Was sind deine Pläne?«

»Ich habe keine großen Pläne. Ich werde morgen für ein paar Tage zu meiner Schwester nach Berlin fahren, und ansonsten ist mein Plan, einfach mal zu Hause zu sein und die freien Tage zu genießen.«

»Ich finde, das klingt nach dem perfekten Plan.« Den Gedanken, ihn ganz oft zu sehen, fand ich ebenso perfekt.

»Und du?«, fragte er.

»Sommer, Sonnenschein, Schwimmbad, See. Also, ab übermorgen. Ich habe das böse S vergessen … Morgen bleibt mir nichts anderes übrig, als sauberzumachen und die Wohnung wieder auf Vordermann zu bringen, sonst denken die Kinder noch, ich würde verwahrlosen, wenn sie nicht da sind.«

»Das böse Saubermachen …«

»Wem sagst da das?«, bemerkte ich leicht theatralisch.

»Sollte ich dir heute Abend dann vielleicht anbieten, heldenhaft den Spüldienst zu übernehmen?«

»Ich stehe ja auf Helden.«

Tom grinste. »Auch, wenn sie Nachbarn sind?«

»Na ja, ich dachte eher so an Viggo Mortensen als Aragorn oder Robert Downey jr. als Ironman oder …«

»Danke. Sehr charmant«, kam es beleidigt, doch das amüsierte Lächeln um seinen Mund verriet, dass er nur so tat. »Du hattest deine Chance. Jetzt bleibt mir nichts anderes übrig, als dich wieder zum Abtrocknen zu verdonnern.«

»Womit du vollends die Heldenmöglichkeit vertan hast.«

»Damit komme ich klar.«

Die Küche war aufgeräumt, und es war weit nach Mitternacht.

»Danke, für das köstliche Essen und den schönen Abend.«

»Danke für deine Gesellschaft. Auch wenn ich mit meinen Superhelden-Kräften nicht punkten konnte.«

»Oh doch. Deine Kochkunst ist eine gefährliche Supermacht. Der kann man verfallen.«

Tom grinste. »Dann komm doch nächsten Montag wieder zum Abendessen. Mit Ben, Emma und Theo.«

»Sehr gerne. Deinen Kochkünsten bin ich nämlich längst verfallen.«

»Am Rest arbeite ich noch.«

»Nicht, dass du dir die Finger verbrennst.«

»Immer das letzte Wort.«

Wir standen uns im Treppenhaus gegenüber.

»Viel Spaß bei deiner Schwester. Wann kommst du wieder?« Irgendwie vermisste ich ihn schon jetzt.

»Samstag. Und dir ein ganz tolles und fröhliches Wiedersehen mit den drei Rabauken. Ich freu mich auch darauf, dass sie wiederkommen.«

»Das ist lieb.« Ich lächelte ihn an, sagte schließlich: »Wir sehen uns«, und ging die erste Stufe hinab.

»Wir sehen uns.« Tom blieb oben auf der Treppenstufe stehen, bis ich in meiner Wohnung verschwunden war. Lässig hatte er am Geländer gelehnt, als er mir noch einmal gewunken hatte. Nachbarn.

40.

Mamaaaaaaaaa!« Ben, Emma und Theo kamen auf mich zugeflitzt und stürmten in meine ausgebreiteten Arme. Pures Glück und ein überfließendes Herz. Zuhause.

»So schön, dass ihr endlich wieder da seid.« Sechs Kinderarme drückten mich fest.

»Hallo, Anne.« Ich blickte aus meinem Kuschelknäuel auf. »Alex?«

Er sah gut aus. Braun gebrannt. Erholt. Glücklich.

»Ich habe bis Freitag beruflich in Frankfurt zu tun und bin mit ihnen geflogen.«

Emma verdrehte frech die Augen. »Nicht, dass wir das nicht schon mal alleine gemacht hätten.«

Alex zerstrubbelte ihr die Haare. »Ganz schön vorlaut und altklug, Madame. Aber so kennen wir dich.« Emma streckte ihm die Zunge raus und kuschelte sich an ihn.

Ich war aufgestanden. »Ich muss los«, sagte er, »mein Anschlusszug … Also tschüss, ihr Bestien«, fuhr er liebevoll fort, und beim Blick in seine Augen sah ich, wie schwer es ihm fiel, sich von ihnen zu verabschieden. Ich hatte Mitleid mit ihm und wunderte mich. Aber in den letzten drei Wochen hatte ich einen ganz anderen Alltag gehabt, einen Alltag, der so gar nicht gepasst hatte. Ben, Emma und Theo gehörten in mein Leben, waren mein Leben, genau wie sie sein Leben waren, nur dass er sie viel weniger in seinem Leben hatte. Selbst wenn er für diese Situation verantwortlich war, konnte ich nachempfinden, was in seinem Blick lag.

»Bleibt es beim letzten Septemberwochenende?«, fragte er an mich gerichtet. Ich nickte. Alex würde sie sechs Wochen nicht sehen. Die letzten drei Wochen Sommerferien gehörten mir, und die ersten beiden Wochenenden im neuen Schuljahr waren bei mir voll mit Schulprogramm, auf Alex' Seite stand der Geburtstag von Naomis Eltern an.

»Papa, das ist so lang.« Theo sah ihn mit seinen großen blauen Augen an. Alex atmete tief ein. »Jetzt habt ihr erst einmal noch drei ganz phantastische Ferienwochen mit Mama, und wenn die Schule dann wieder angefangen hat, sehen wir uns schon ganz bald wieder.« Er drückte die drei fest, die Augen geschlossen. »Ich lieb euch drei so doll, dass ich es gar nicht sagen kann.« Unser Familiencode. Früher hatte er genau das auch zu mir gesagt. Und ich zu ihm. Dann stand er auf. »Mein Anschlusszug.« Er sah mich an. »Tschüss, Anne.«

»Mach's gut, Alex.«

Eine letzte Umarmung der Kinder, Alex nahm seinen schwarzen Rollkoffer und war in der Menschenmenge verschwunden. Obwohl mir eigentlich leicht ums Herz hätte sein müssen, brauchte ich einen kleinen Moment, bis ich die Leichtigkeit wiedergefunden hatte. Den Kindern schien es ähnlich zu gehen. Ohne ein Wort zu sagen, schmiegten sie sich an mich.

»Was meint ihr? Ab nach Hause?«

»Ab nach Hause!«, war die einhellige Antwort.

»Mama, das Meer war so warm wie eine Badewanne und das Wasser türkis.«

»Und der Strand ganz weiß.«

»Auf dem Elefanten hat es so geschaukelt, und ihre Haut ist so rau. Aber die waren so lieb und hatten so freundliche Augen.«

»Ja, und ganz süße kleine Schwänzchen.«

»Ich bin auf Palmen geklettert und habe Kokosnüsse geerntet, die Papa dann aufgeschlagen hat.«

»Schlangen haben wir gesehen. Sooooooooooo große.«

»Quatsch, so groß waren die gar nicht, Theo.«

»Wohl! Und wenn so ein Gecko die Wand hochläuft, macht es plopp, plopp, plopp.«

»Klar.« Ben verdrehte die Augen. »Und überall gibt es kleine Affen. Einmal haben wir uns einen Tempel im Dschungel angeschaut, und da ist auf einmal ein ganz großer Affe von einem Baum gesprungen. Mama, der war so groß.« Emma und Theo nickten. »Und im Baum saß seine ganze Horde. Die haben uns angeguckt«, erzählte Emma weiter, »und wenn da ein Tiger aus den Büschen gekommen wäre, hätte ich mich nicht gewundert.«

»Und Papa und ich sind Banana-Boat gefahren. Die anderen hatten Angst.«

»Nur keine Lust«, stellte Theo klar.

»Weißt du, da gibt es so lustige kleine Mofa-Autos. Die haben einen ganz lustigen Namen. Tuk-Tuk.«

»Einmal waren wir mit so einem Tuk-Tuk auf einem Markt, da gab es so viel leckeres Obst. Ananas und Mangos und so. Und ganz viel buntes Pulver. Papa hat gesagt, das waren Gewürze.«

Ich hatte Pizza bestellt, und wir saßen um den Küchentisch. Die Kinder sprudelten einfach über vor Reiseeindrücken. Begeistert hörten sie gar nicht wieder auf zu erzählen. Ich war einfach nur froh, sie wiederzuhaben, so dass ich ihnen gerne zuhörte. Es überraschte mich, dass es mir nicht schwerer fiel, sie mit leuchtenden Augen von einem beeindruckenden Abenteuer erzählen zu hören, bei dem ich nicht dabei gewesen war. London hatten sie bisher ausgeklammert, dabei war ich schon gespannt, wie ihre letzte Ferienwoche gewesen war, auch wenn ich Angst davor hatte, dass sie genauso begeistert von Naomi erzählen könnten wie von Thailand.

»Und wie war's bei Papa und …« – ich riss mich zusammen – »Naomi in London?« Dabei versuchte ich, möglichst nebensächlich zu klingen.

»Gut. Papa hat im Garten ein Tor aufgestellt, und wir haben viel Fußball gespielt«, begann Ben.

»Und auch viel unternommen«, ergänzte Emma den Satz ihres Bruders.

»Wir sind mit diesem riesigen Riesenrad gefahren. Aber da musste ich kotzen. Auf Naomis Schuhe.« Theo. Ben und Emma lachten sich kaputt. »Das fand die gar nicht so lustig. Dabei sieht die ihre Füße bei dem Bauch doch fast gar nicht mehr.« Jetzt musste auch ich lachen. Das Bild, dass sich mein kleiner Sohn sich auf die wahrscheinlich polierten Schuhe von Bambi übergab, gefiel mir ausgesprochen gut. »Hört mal, das ist aber nicht nett, sich über schwangere Frauen lustig zu machen«, unternahm ich einen eher halbherzigen Versuch, erzieherisch das Richtige zu sagen, und flog direkt auf. »Du lachst doch auch«, bemerkte Ben trocken.

»Ich höre schon auf.« Dann fragte ich, natürlich wieder ganz nebensächlich: »Wie ist Naomi denn so? Abgesehen davon, dass sie hochschwanger ist.«

»Okay«, lautete Bens Antwort.

»Die ist eigentlich ganz nett. Aber so anders.«

»Was meinst du mit anders, Emma?«, fragte ich nach.

»Na ja, sie redet so komisch.«

»Englisch, Emma«, kommentierte Ben breit grinsend. »Haha, wie lustig …« Emma streckte ihrem Bruder die Zunge raus und fuhr dann fort, »Sie spricht ganz gut Deutsch, aber alles ist immer lovely. Der Tag ist lovely. Das Wetter ist lovely. Wenn wir zusammen Fußball spielen, sind wir lovely. Meine Haare sind lovely. Wenn Theo mit Ben ringt, ist es lovely. Wenn Papa mit Theo *Star Wars*-Karten anguckt, ist es lovely. Alles ist immer lovely. Und sie isst immer nur Salat oder Fisch und trinkt so komische grüne Säfte.«

»Mit Spinat.« Theo schüttelte sich.

»Ich hoffe, dass es für euch nicht nur Salat, Fisch und komische, grüne Säfte gab.«

Ben schüttelte den Kopf. »Zum Glück nicht! Papa hat gekocht. Eigentlich haben wir sie auch gar nicht so richtig kennengelernt, weil sie sich immer ausruhen musste.«

»Papa hat gesagt, dass das Baby Naomis Energie zum Wachsen braucht«, erklärte Theo fachkundig. »Ich denke, dass das dann ein ganz schön großes Baby werden wird.«

Ich musste lachen, und mein kleiner Sohn sah mich mit großen Augen an. »Was? Mama, echt. Der Bauch ist schon total groß. Ich habe ihr gesagt, dass sie sich besser nicht weiter ausruhen soll, damit das Baby keinen Meter groß wird.«

»Und was hat sie zu deinem Vorschlag gesagt?«

»Lovely«, antwortete Emma, und wir lachten alle vier.

Ben, Emma und Theo neben mir, lag ich in meinem Bett, selig und zufrieden, sie wiederzuhaben. Ich musste über Theos Rat an Naomi, sich lieber weniger auszuruhen, denken und grinste bei dem Gedanken, dass Bambis Bauch enorm sein musste. Laut Emma trug sie trotzdem Stöckelschuhe, was bei meiner

Tochter zu dem Urteil führte, dass sie nicht wegen des Bauchs, sondern wegen des falschen Schuhwerks nicht hatte mit Fußball spielen können. Ben hatte es seltsam gefunden, dass sie Honig zu Alex sagte und ihn immer so komisch ansah. Ich hatte es bildlich vor Augen. Bambi klimpert mit ihren grünen Augen, »Honey, ich bin sooo erschöpft und brauche Ruhe«.

Alex hatte mit den Kindern viel unternommen. Sie waren im Zoo gewesen, wieder bei den Riesendinos im Naturkundemuseum, sie hatten eine Bootsfahrt auf der Themse gemacht und viel im Garten Fußball gespielt. Ich war beruhigt, dass meine Kinder nicht voller Begeisterung von Naomi erzählt hatten, sondern dass es fast ausschließlich um ihre Erlebnisse mit Alex gegangen war. Naomi war *okay*. Damit kam ich klar. Ich war nämlich mehr als okay.

Ich löschte das Licht und kuschelte mich an meine wilde Meute, die gleich wieder Leben in die Wohnung und ins Haus gebracht hatte. Auch mit nur wenig Platz im Bett würde ich heute wunderbar schlafen.

»Ben, du willst immer nur Räuber sein, und das ist blööööd«, zickte Emma wütend.

»Ja, weil das Spiel sonst scheiße ist, und ich die andere Rolle hasse«, brüllte Ben zurück.

Hatte ich mich vorvorgestern gar nicht an der Lautstärke meiner Kinder satthören können, suchte ich nun nach der Ruhe meiner inneren Mitte. Wenn es da denn ruhig wäre. Es war kurz vor eins, und die Kinder stritten in einem fort. Mal alle miteinander, dann Ben mit Theo, oder Theo mit Emma und nun Emma mit Ben. Dabei hatte der Tag eigentlich wunderbar entspannt begonnen. Gestern Abend waren wir mit Hoffmanns bei Diemers zum Grillen eingeladen gewesen, was ein wirklich sehr netter und fröhlicher Abend gewesen war. Aus dem Urlaub zurück hatten alle viel zu erzählen, so dass es spät geworden war, und wir heute Morgen in Ruhe ausgeschlafen hatten. An Schlafmangel konnte der momentane Anflug schlechter Laune auf Seiten meiner Kinder also nicht liegen. Ich beschloss, dass sie frische Luft brauchten. Das Wetter war famos. Der Himmel war blau, und die Sonne schien herrlich.

»Packt eure Schwimmsachen. Wir fahren an den See.«

»Jaaaaaaaa!« Aus ihrer Reaktion zu schließen, waren alle drei wieder einer Meinung. Während ich Decke, Sonnenmilch, mein Buch, einen Wasserball, das Beachball-Spiel, Getränke, die heute Morgen gekauften Brezeln und alles, was mir sonst in den Kopf kam, einpackte, stopften die Kinder Handtuch und Badehose oder Badeanzug in ihre Rücksäcke. Theo schleppte die riesengroße aufblasbare Robbe an, die er im letzten Sommerurlaub bekommen hatte, und kurz entschlossen quetschte ich sie auch noch in die blaue Ikea-Tüte. Die Kinder stürmten bereits ins Treppenhaus.

»Hey, da seid ihr ja wieder!«

Tom. Während ich beladen bis zum Gehtnichtmehr hinter meinen Kindern herkam, waren sie in ein fröhliches Gespräch mit Tom verwickelt.

»Hallo. Zurück aus dem hohen Norden?«, fragte ich, froh, ihn wiederzusehen.

Er nickte und fragte mit Blick auf die Riesentüte über meiner Schulter: »Ihr wollt doch wohl nicht wieder ausziehen?«

»Wir gehen an den See!«, riefen meine Kinder begeistert und einstimmig. Eben noch zerstritten, jetzt ein Herz und eine Seele.

»Die Sonne muss ausgenutzt werden, solange sie so wunderbar scheint. Das Schmuddelwetter kommt schon früh genug«, kommentierte ich lächelnd.

»Das klingt nach der perfekten Idee.«

»Dann komm doch mit«, hörte ich meinen Mini vorschlagen.

»Ja, komm doch mit«, stimmten die beiden Großen ein.

Tom sah mich fragend an. Bei den drei erwartungsfrohen Augenpaaren meiner Kinder musste ich lächeln. »Wenn du keine Angst vor wilden Wasserschlachten, Tunk-Aktionen oder ernsten Fußball- und Wasserballwettbewerben hast, kannst du gerne mitkommen.«

Vier Gesichter strahlten mich an.

»Dann gebt mir eine Minute, dass ich meine Tasche hochbringen und meine Schwimmsachen packen kann.« Schon war er an uns vorbei und in seiner Wohnung verschwunden. Ich hatte kaum das Taschen-Ungetüm abgestellt, da war er schon zurück und hatte sich meine Tasche über die Schulter geworfen, als wäre es ein Leichtes.

»Na, dann los. Der Wasserschlachten-Meister ist bereit.«

»Wart es ab. Die Chancen stehen gut, dass du deinen Meister gefunden haben könntest.«

Eine Dreiviertelstunde später waren wir am See angekommen und hatten uns auf der vollen Liegewiese einen freien Platz erkämpft, auf dem Tom und ich die Decke ausgebreitet hatten. Die Idee, den Sommer-Samstag zu genießen und sich im See eine Abkühlung zu gönnen, hatten nicht nur wir gehabt. Die Kinder hatten sich bereits umgezogen und wollten ins Wasser rennen.

»Stopp! Erst wird sich eingecremt.«

»Mama …«, kam es genervt zurück. »Können wir nicht erst ins Wasser und uns dann eincremen?«

»Nichts da. Erst eincremen, dann baden.«

»Ich puste in der Zeit das lila Ungetüm auf«, rettete Tom die Situation, so dass sie sich einschmieren ließen, zwar widerwillig, aber immerhin.

»So. Fertig.« Jauchzend verschwanden die drei, die Robbe im Arm, in Richtung Wasser. »Und Theo, du bleibst im eingegrenzten Bereich, bis ich gleich komme!«, rief ich ihnen hinterher.

»Och Mama, ich hab doch das Seepferdchen!«, tönte es genervt zurück.

»Du wartest!«

»Dann beeil dich.«

Während ich in der blauen Tasche nach meinem Bikini kramte, sah ich aus den Augenwinkeln, dass sich Tom Hose und T-Shirt ausgezogen hatte, und für einen Moment wurde mir wärmer, als mir ohnehin schon war. Mein Nachbar hatte den perfekten Körper. Jedenfalls in meinen Augen. Wohltrainiert, aber nicht aufgepumpt. Irgendwie musste er in seinem vollen und stressigen Alltag Zeit für Sport finden, denn ein derart definierter Oberkörper war nicht gottgegeben, für den musste man etwas tun. Dazu trug er keine enge Badehose, sondern Badeshorts. Enge Badehosen konnte ich nicht leiden, selbst bei sportlichen Männern. *Anne, auf Spur!* Mein Bikini. Da war er. Zum Glück hatte ich den Bikini mit den Push-ups eingepackt. Theo stand bauchtief im Wasser und gestikulierte genervt, ich solle endlich kommen. Ich fragte Tom: »Kannst du einen kleinen Augenblick auf Theo achten?«, und verschwand, als er nickte, rasch in Richtung Umkleidehäuschen.

Als ich umgezogen war, tobten die Kinder und Tom schon im Wasser und winkten nach mir.

»Puh, ist das kalt«, entfuhr es mir, als ich den Fuß ins Wasser gesetzt hatte.

»Ich kann dir helfen, dass es mit dem Ins-Wasser-Kommen schneller geht.« Tom grinste mich an.

»Wag es nicht, Tom Paulsen«, drohte ich, doch da hatte mich nicht Tom, sondern Ben schon nass gespritzt.

»Na warte, du Bestie«, rief ich laut lachend und stürzte mich in die kalten Fluten in Richtung meines großen Sohnes, der übermütig jauchzend versuchte, mir zu entkommen. Schnell hatte ich ihn eingeholt und tunkte ihn unter.

»Boah, Mama, du bist fies«, japste er, als er zwei Sekunden später wieder auftauchte. »Das schreit nach Rache. Ich brauche Verstärkung.«

Und schon hingen alle drei Kinder an mir und tunkten mich unter. Ich tauchte ab und hinter Ben wieder auf, der sich, als er sich umdrehte, so wunderbar erschreckte, dass wir alle lachen mussten. Mir nichts, dir nichts befanden wir uns bestens gelaunt in einer Wasserschlacht epischen Ausmaßes, in der ich irgendwann einfach Tom tunkte. »Das ist dafür, dass du mich fast nass gespritzt hast.«

Langsam tauchte er wieder auf, legte seinen Kopf leicht schief: »Das ruft nach Vergeltung.« Und ich war auf der Flucht. Die Kinder feuerten mich an. Ich war eine sehr gute Schwimmerin, und es war immer leicht gewesen, Alex abzuhängen, aber Tom kam näher. Fast hatte er mich. Ben, Emma und Theo johlten, als er mich zu fassen bekam. »Hiergeblieben«, hörte ich, und schon war ich unter Wasser. Prustend tauchte ich wieder auf und rächte mich, aber Tom hatte einfach seine Arme um mich geschlungen, und ich ging mit unter. Er hielt mich fest. Im klaren Seewasser sah ich, dass er grinste, dann tauchten wir beide wieder auf. »Unentschieden?« Er grinste noch immer, genauso wie er mich noch immer im Arm hielt.

»Tom hat gewonnen!« Die Kinder waren zu uns geschwommen, Theo auf der Robbe. Ben und Theo waren eindeutig auf Toms Seite, während Emma meine Ehre verteidigte. »Nein! Ganz klar Mama!« Tom ließ mich los. »Na, das gibt es doch wohl nicht.« Ich brachte mich wieder auf sicheres Terrain und einen Abstand zwischen uns. »Ihr seid meine Söhne! Wie könnt ihr mir nur so in den Rücken fallen?« Obwohl ich schwamm und an dieser Stelle des Sees nicht stehen konnte, hatte ich wieder Boden unter den Füßen.

»Ich bin objektiv«, bemerkte Ben altklug und trocken.

»Das ruft dann wohl nach einer Wasserball-Entscheidung. Mädchen gegen Jungs. Aber erst später. Jetzt brauche ich eine Pause«, sagte ich.

»Wer will ein Eis?«, fragte Tom, und die wilde Meute rief begeistert: »Ich!!!«

»Wettschwimmen. Der Verlierer gibt Eis aus?«, gab Tom vor und schwamm in aller Seelenruhe langsam los. Schon waren Ben und Emma an ihm vorbei, und Theo gab auf der Robbe sein Bestes. Ich beschloss, ihn anzuschieben, aber gegen seine Geschwister hatten wir keine Chance. Tom hingegen war dieses Mal gnädig, so dass Theo strahlend von seinem Aufblastier stieg und den dritten Platz wie einen Sieg feierte. »Der Verlierer gibt Eis aus! Der Verlierer gibt Eis aus!«, sang er lauthals.

»Na dann, los, auf zum Kiosk.« Ben, Emma und Theo waren losgerannt. »Möchtest du auch ein Eis?«, fragte Tom mich.

»Nein danke.« Ich schüttelte den Kopf und ließ mich auf die Decke fallen. »Ich werde die zwei Minuten Ruhe genießen.«

»Tom!!!«, rief die wilde Meute.

»Bis gleich«, sagte er und lief hinter ihnen her. Ich legte mich hin, verschränkte die Arme hinter dem Kopf, blickte in den blauen Himmel und seufzte tief zufrieden, denn ich fühlte mich wie dieser Sommerhimmel im August: strahlend und wolkenlos.

Tom und ich lagen nebeneinander auf der Decke, während Ben, Emma und Theo mehr oder weniger ohne sich zu streiten, neben uns Fußball spielten.

Ich lag auf dem Bauch, hatte die Augen geschlossen und genoss einfach den Moment. Es war schön, dass Tom dabei war.

»Sag mal, Anne? Bist du eingecremt? Dein Rücken sieht ein bisschen rot aus«, hörte ich ihn neben mir.

Ich setzte mich auf. »Das habe ich über die Toberei im Wasser vollkommen vergessen.«

»Soll ich? Dein Rücken kann Sonnenmilch vertragen.« Ich verfluchte meinen hellen Teint.

»Das wäre toll.« Wie selbstverständlich reichte ich Tom die Creme und legte mich wieder auf den Bauch. »Danke.« Als seine Hände mich berührten, bereute ich es, ihm so sorglos die Creme gegeben zu haben. Es fühlte sich zu gut an. Seine Hände waren weich und warm. Sanft strich er über meinen Rücken, und seine Hände fanden den Weg auch unter die Träger meines Bikini-Oberteils. Wenn ich eine Katze gewesen wäre, hätte ich zu schnurren begonnen. Ich hätte stundenlang so liegen können. Das Lachen der Kinder blendete ich aus und konzentrierte mich einzig und allein auf seine Berührungen. Viel zu schnell war es vorbei. »Fertig.« Tom hielt mir die Sonnenmilch entgegen. »Macht es dir was aus, dich zu revanchieren?«

Ein wenig mental derangiert setzte ich mich auf und versuchte, einen klaren Gedanken zu fassen. »Gerne«, sagte ich, und schon hatte ich Sonnenmilch auf den Händen. Tom wandte mir seinen Rücken zu. Zaghaft berührte ich seine nackte und warme Haut und begann, die Creme zu verstreichen. Er fühlte sich gut an. Weich und fest zugleich. Ich verteilte die Creme. Auf seinem Nacken. Seinen Schultern. Und Schulterblättern. Dem oberen Rücken. Dem unteren Rücken … *Anne, es kann nicht sein, dass das unschuldige Eincremen seines Rückens sich gar nicht unschuldig anfühlt.* Meine innere Stimme hatte recht. Ich hatte aus guten Gründen beschlossen, dass es zwischen Tom und mir nicht kompliziert werden würde. Seitdem war es so wunderbar unkompliziert zwischen uns, dass es nicht angemessen war, dass ich im Eincremen so aufging. Schnell wurde ich fertig und verstrich die restliche Creme auf meinen Armen.

»Bereit für ein Beachball-Match?«, fragte ich und stand auf.

»Da lasse ich mich nicht zweimal bitten.«

»223, 224, 225, 226, 227, 228 …«, zählten die Kinder im Wechsel. Hoch konzentriert spielten Tom und ich den Ball zwischen uns hin und her. Pong. Pong, Pong. Pong. Wir hatten uns in einen Rausch gespielt. »229, 230, 231, 232, 233, 234 …«, dann sprang mir der Ball quer vom Holzschläger.

»Rekord!«

Wir klatschten uns ab, und ich umarmte Tom spontan. Er erwiderte meinen spontanen Gefühlsausbruch. Er roch wunderbar nach Sommer. Ich ließ ihn schnell wieder los.

»Ist jetzt endlich das Wasserball-Spiel an der Reihe?«, fragte Ben ungeduldig, und Emma rief, bis in die Haarspitzen motiviert: »Ja, Mädchen gegen Jungs!«

»Wenn ihr euch wirklich traut, es mit Super-Emma und Super-Anne aufzunehmen?« Ich grinste und ließ meine Frage wie eine Warnung klingen.

»Was meint ihr, Jungs? Sind wir tapfere Helden?«

»Jaaaaaaa!« Die Kinder waren schon unterwegs ins Wasser.

Tom sah mich an. »Super-Anne?« Er schüttelte lächelnd den Kopf. »Passt.«

»Und wie das passt. Und lass dir vor dem Match einen wohlwollenden Rat geben: Leg dich besser nicht mit Super-Anne an.«

»Manchmal muss ein Held tun, was ein Held tun muss.« Tom spritzte mich nass.

»Du willst ein Held sein? Das nenne ich eher einen Schuft!« Ich spritzte zurück.

»Wie immer das letzte Wort«, entgegnete Tom lachend, dann drehte er sich zu den Kindern. »Super-Mädels gegen Helden-Jungs! Helden, lasst euch nicht becircen oder um den Finger wickeln und gebt euer Bestes. Die Super-Mädels darf man nicht unterschätzen.«

»Den Möchtegern-Helden zeigen wir's«, raunte ich Emma zu, die mir verschwörerisch zuzwinkerte. Und das Match begann.

Eine ganze Weile später lag ich erschöpft, aber rundum zufrieden auf der Decke und las ein wenig in meinem Krimi. Doch das winterliche, düstere Norwegen passte weder zu diesem strahlenden Sonnentag noch zu meiner mindestens ebenso strahlenden Laune, und ich schaffte es nicht, konzentriert der Handlung zu folgen. Tom spielte mit den Kindern Fußball, und alle vier hatten einen Riesenspaß. Die Wasserschlacht hatten Emma und ich ganz knapp verloren, obwohl wir einen großartigen Kampf geliefert hatten. Ihre erste Enttäuschung war verschwunden, weil sie bereits ein paar Tore gegen ihre Brüder geschossen hatte. Das Töchterchen war in ihrem Element. Ich war froh, dass Tom mitgekommen war. Einen so losgelösten und entspannten Familientag voller Lachen, Toben und Spaß hatten wir schon lange nicht mehr. Im letzten Jahr hatten die Kinder immer Mama oder Papa gehabt, und Mama-Tage sahen anders aus als Papa-Tage. Selbst wenn ich auch ganz groß im Toben und Balgen war, war es anders, als mit einem Mann zu toben und zu balgen. Dass Tom dabei war, genossen nicht nur die Jungs, auch Emma war ausgelassen und fröhlich. Er war einfach toll mit den Kindern, und daran, wie sie ihn ansahen und mit ihm tobten, erkannte ich, dass sie ihn sehr mochten. Genau wie ich.

Ich drehte mich auf den Rücken und guckte in den wolkenlosen Himmel. Ja, ich mochte Tom. Sehr. Und nach wie vor zog er mich an. Sehr. Aber ich wollte diese losgelösten und entspannten Tage nicht riskieren. Es war perfekt, wie es war. Nachbarn. Freunde.

Tom ließ sich neben mich auf die Decke fallen. Er grinste zufrieden.

»Was grinst du so?«

»Die alte Dame, die neben uns lag, hat mich eben zu meiner Familie beglückwünscht.«

Ich musste lächeln. »Schön, dass du mitgekommen bist«, sagte ich ehrlich. Tom nickte, drehte sich auf den Rücken, verschränkte die Arme hinter dem Kopf und schloss die Augen. »Ja«, erwiderte er, noch immer das zufriedene Lächeln im Gesicht.

Am nächsten Morgen wachte ich schweißgebadet auf. Ich hatte geträumt. Wild geträumt. Von Tom. Wir waren alleine am See gewesen. Nicht nur ohne Ben, Emma und Theo, auch sonst war niemand dort gewesen. Nur wir zwei. Und dieses Mal war unser kleines Tunk-Spiel anders ausgegangen. Ich meinte, seine Berührungen noch immer auf meinem Körper zu spüren.

Seine Arme, die mich hielten. Seine Hände, die sanft über meinen Körper strichen. Seine Lippen an meinem Hals. Der erste Kuss. Erst vorsichtig und zärtlich, dann immer fordernder. Und all das, was wir noch im Traum miteinander gemacht hatten. Entschlossen stand ich auf, tat den Traum als einen schlechten Scherz meines verqueren Unterbewusstseins ab und schlich ins Bad. Ich brauchte eine kalte Dusche.

Als ich aus der Dusche kam, plingte mein Handy, und ich hatte eine Nachricht von Melli.

Hey, Liebelein, wir kommen heute ganz spät am Abend wieder. Es war soooooooooo schön und romantisch und einfach nur gaaaaaaanz wundervoll. <3 Aber jetzt habe ich Sehnsucht nach dir. Ich hoffe, du auch nach mir. Wehe nicht!;-) Und dass du vor Langeweile nicht eingegangen bist. Wehe!;-) Aber inzwischen sollte die wilde Meute ja wieder eingefallen sein. Hast du morgen Abend Zeit und magst mit den Kindern zu uns kommen? Simon würde sich natürlich auch freuen. J Ich vermiss dich! Grüßchen!

Morgen Abend stand der Kochabend bei Tom im Kalender. Obwohl ich Tom eigentlich sehr gerne sehen wollte, hatte ich ebenso Melli-Sehnsucht, und nach dem Traum der letzten Nacht würde mir ein klein bisschen Abstand sicherlich guttun.

Wir kommen! Ich freu mich! Anne

PS: Du siehst/liest also, ich lebe noch.

Gesendet. Die Entscheidung war gefallen. Ich rubbelte die Haare mit dem Handtuch trocken. Melli kam zurück. Tom würde es bestimmt verstehen. Und unseren Kochabend konnten wir nachholen.

Emma tapste verschlafen ins Bad. »Guten Morgen, Schnupps.« Ich drückte ihr einen Kuss auf die verstrubbelte Mähne, und sie setzte sich auf die Toilette.

»Emma! Mach! Ich muss auch.« Ben kam hinterher.

»Immer mit der Ruhe«, war der Kommentar meiner Tochter, was Ben nicht unbedingt entspannter machte.

»Guten Morgen, Muffelpuff.« Ich umarmte ihn.

»Oh Mama!« Das war zwar die Antwort, mit der ich gerechnet hatte, aber dass Bens Kuschelbedürfnis seit einer Weile dabei war, weniger zu werden, wollte ich noch immer nicht richtig akzeptieren. Zumindest wenn wir alleine und zu Hause waren. Sonst hatte ich mich unter Kontrolle.

»Ich sag ja: Muffelpuff.«

»Emma!« Er würdigte mich keines weiteren Blickes.

»Ich habe Hunger.« Theo, seinen Kuschel-Yoda in der Hand, quetschte sich zu uns und ließ sich ausgiebig knuddeln. »Guten Morgen, Theo-Bär.«

»Mama, wann gibt's Frühstück?«

Ich stellte mich auf. »Solange keiner von euch mir lieb einen guten Morgen wünscht, wird es kein Frühstück geben.«

»Guten Morgen.« Emma spülte und drückte mir einen Kuss auf die Wange.

»Morgen«, murmelte Ben und lächelte mich glücklich an. Ich schob es nicht darauf, dass Emma endlich von der Toilette verschwunden war, sondern wertete es als reines Mama-Lächeln.

»Guten Morgen, Mama.« Theo schmiegte sich wieder an mich.

»Okay, dann will ich mal nicht so sein und gleich Brötchen holen gehen. Deckt ihr in der Zeit den Tisch?«

Kollektives Stöhnen aufseiten meiner Kinder.

»Das hab ich jetzt nicht gehört«, rief ich ihnen zu, als ich im Schlafzimmer verschwunden war, um mich anzuziehen.

Zwanzig Minuten später war ich mit einer Tüte Brötchen in der Hand zurück vom Bäcker. Doch anstatt die hungrige Meute, die hoffentlich den Tisch gedeckt hatte, glücklich zu machen, klingelte ich bei Tom, um für Montag abzusagen.

»Ah, Brötchen. Das wäre doch nicht nötig gewesen.« Er stand gut gelaunt in der Tür, das Telefon am Ohr.

»Ich muss dich enttäuschen. Die sind nicht für dich.« Ich blickte irritiert auf das Telefon.

»Mein Freund Jochen, der mich zu überreden versucht, morgen spontan mit ihm nach Schweden auf Kanu-Tour zu gehen«, erklärte Tom. »Warte einen Augenblick.« Dann sprach er wieder in den Hörer: »Jochen, kann ich dich später zurückrufen?«

»Du musst das Telefonat nicht wegen mir unterbrechen. Ich muss eh schnell wieder nach unten«, schaltete ich mich schnell dazwischen.

Tom sah mich fragend an. »Jochen? Es dauert doch nur einen Moment.«

»Ich habe total vergessen, dass Melli heute Nacht aus den Flitterwochen zurückkommt und ich morgen Abend bei ihr eingeladen bin«, log ich, wobei es ja eher eine Halblüge war. »Darum muss ich unsere Verabredung leider absagen.«

»Die zweite herbe Enttäuschung in weniger als zwei Minuten.« Er lächelte. »Vielleicht fahre ich dann doch mit nach Schweden«, fuhr er fort und schien zu überlegen. Waren seine Worte eine Frage an mich gewesen? Vielleicht bildete ich es mir auch nur ein. Tom lehnte lässig im Türrahmen, und ich hing an seinen Augen. Ich musste an meinen Traum denken.

»Du hast dir Urlaub verdient«, sagte ich schnell. »Ich muss runter. Bevor die drei wieder auf die Idee kommen, sich aus Hunger selbst Pfannkuchen zu machen.« Ich lächelte ihn an. »Wir kochen, wenn du aus Schweden zurück bist. Bestimmt.«

Tom hob die Hand zum Gruß, und ich hörte ihn: »Jochen, ich bin wieder da«, sagen, dann schloss er die Tür.

Der Traum hatte mich vollkommen durcheinandergebracht.

»Frühstück!« Ich öffnete die Wohnungstür, und die Brötchentüte fand sofort dankbare Abnehmer, die sogar den Frühstückstisch gedeckt hatten. Wo war eigentlich mein Problem? Genau. Es gab gar kein Problem.

41.

Aus Mellis großen braunen Augen kullerten die Tränen. Lachtränen. Simon und die Kinder guckten einen Film, während wir es uns auf ihrer Dachterrasse gemütlich gemacht hatten. Ich hatte ihr gerade ausführlich von meinen drei Ferienwochen Bericht erstattet. Offen und ehrlich und schonungslos. Das heißt, meine beste Freundin war jetzt voll und ganz im Bilde, was meine Dating-Versuche betraf. Von Tom hatte ich nicht so viel erzählt. Ich war mir sicher, dass sie fragen würde. Sobald sie sich eingekriegt hatte.

»Mensch Anne, da lässt man dich drei Wochen alleine und dann erlebst du so abgefahrene Sachen!« Sie lachte noch immer, wurde aber ruhiger, was an dem überaus amüsierten Ausdruck in ihrem Gesicht aber nichts änderte. »Eines musst du mir versprechen: Ich möchte bei deinem nächsten Date dabei sein. Inkognito am Nebentisch.«

»Ich weiß nicht, ob ich Lust auf ein weiteres Date habe.« Ich hatte mir seit meiner Verabredung mit Erik eine *PaarMatch*-Pause verordnet, das heißt, ich hatte zwar noch meine neuen Nachrichten gelesen, aber nicht geantwortet.

»Ach was, du hast einfach die falsche Auswahl getroffen. Jetzt bin ich ja wieder da und kann dir helfen.« Melli wuchsen wieder Flügel. Entschlossen stand sie auf und holte ihr Notebook auf die Terrasse.

»Willst du mir nicht lieber noch was aus deinen Flitterwochen erzählen?«

»Ein paar Geheimnisse behalte ich für mich, du kennst den ganzen Rest.«

»Ah, aber in meinen Geheimnissen wird gewühlt?«

Sie sah mich groß an. »Na, selbstverständlich. So.« Sie drückte mir das Notebook in die Hand. Auf dem Bildschirm war bereits *PaarMatch* aufgerufen, »und jetzt loggst du dich ein. Keine Sorge, ich gucke weg, dein Passwort darfst du für dich behalten.«

»Wie großzügig.«

Also gut. Melli war meine beste Freundin, und mein Händchen war bei der Auswahl meiner Dates bisher nicht sonderlich glücklich gewesen. Aber bis zum letzten Mal, als ich in mein Postfach geschaut hatte, war doch die ein oder andere wirklich nette Nachricht eingegangen.

»Voilà. Du kannst wieder gucken.«

Melli studierte die Seite. »Du hast ja über zwanzig Nachrichten.«

»Der Großteil sind doofe Standard-Nachrichten, die die Männer wahrscheinlich in einem Schwung an viele Frauen geschickt haben, und manche sind echt blöde und niveaulose Anmachen. Aber guck mal, die fand ich ganz gut.« Ich öffnete die Nachricht von Frank, 37, ehrlich, interessiert, humorvoll. Melli las den Brief und klickte sich fachmännisch zu seinem Profil.

»Sag einmal, weiß Simon, dass du dich so gut auf *PaarMatch* auskennst?«, fragte ich verwundert.

Melli erklärte stolz: »Ich habe Katrin beraten. Und das habe ich so gut gemacht, dass sie glatt jemanden gefunden hat. Meine Flügel sind erprobt.«

»Na dann.«

Sie studierte Franks Seite. Ich fand ihn attraktiv und sympathisch, doch Melli schüttelte den Kopf. »Nein, der ist nichts.«

»Warum?«, fragte ich überrascht.

»Der ist zu glatt und zu einseitig. Und er liest nicht gerne Bücher, außer Fachliteratur. Was macht er beruflich?« Sie scrollte wieder nach oben. »Ah, er ist Psychologe. Guck, und bei Interessen hat er auch Psychologie angegeben.«

»Ist doch schön, wenn jemand so in seinem Beruf aufgeht.«

»Ich gehe auch in meinem Beruf auf, aber dazu auch noch in anderen Sachen. Wenn du gerne ständig psychologisch durchleuchtet werden möchtest, dann nur zu.«

Skeptisch betrachtete ich Franks wirklich gutes Foto. Ich fand ihn noch immer nett. Melli klickte sich weiter durch meine Matches. Pascal, 45, abenteuerlustig, aktiv, interessiert, war in ihren Augen zu unstet, Robin, 35, treu, engagiert, einfühlsam, zu anhänglich, und Severin, 41, humorvoll, fröhlich, liebevoll, war Helene-Fischer-Fan. Ich sah ihr interessiert und belustigt dabei zu, wie sie gewissenhaft die Profile studierte und ihre Urteile begründete.

»Und was ist mit Felix, Landschaftsgärtner, 38, offen, tolerant, humorvoll? Ich mag seine Nachricht«, schaltete ich mich ein.

Melli las Felix' Zeilen und kontrollierte sein Profil. Als sie aufsah, verrieten ihre Augen, dass sie sich für Felix als Date Nummer 3 entschieden hatte. Das Telefon klingelte. »Ich bin gleich zurück.« Melli stand auf und verschwand in der Wohnung. Ich musterte Felix' Foto. Er schien groß zu sein, hatte ein wirklich einnehmendes Lächeln, dunkle Haare und dunkle Augen. Melli kam zurück. »Das war für Simon. Sebastian. Ich soll dich lieb grüßen.« Sie ließ sich wieder neben mich fallen.

»Danke.«

Melli musterte mich von der Seite.

»Was?«, fragte ich, obwohl ich genau wusste, was sie meinte.

»Ihr habt euch auf der Hochzeit doch toll verstanden.«

»Ja. Und er ist toll. Aber …« Ich suchte nach einer Erklärung, die nicht das Wort Tom enthielt.

»Aber?«

»Ich habe ihn den ganzen Abend mit Tom verglichen.« Also doch die ehrliche Antwort.

Melli lehnte sich nach hinten. »Mit Tom«, sagte sie nur.

»Sebastian hat mich gefragt, ob ich mit ihm ausgehen möchte, aber irgendwie kam es mir falsch vor.«

»Weil sich Tom immer wieder in deine Gedanken schiebt.«

»Geschoben hat.« Überzeugung klang anders.

Sie sah mich an.

»Okay, es hat zwischen uns hin und wieder ganz schön gefunkt, und ich war dabei, mich in ihn zu verlieben, aber dann habe ich beschlossen, dass es nicht geht«, unternahm ich einen Erklärungsversuch. Mellis Blick war fragend, und ich fuhr fort. »Erstens ist das *Pauls* sein Leben, und er arbeitet nur. Das bisschen Freizeit kann man nicht als Freizeit bezeichnen. Wie soll da eine Frau mit drei Kindern reinpassen? Zweitens möchte ich nicht denselben Fehler wie bei Hannes machen und unser wirklich gutes und unbeschwertes Verhältnis komplizieren, weil die Kinder ihn drittens auch sehr, sehr mögen.«

»Das heißt?«

»Das heißt, dass wir Nachbarn sind. Freunde.«

»Und das klappt?«, fragte sie skeptisch.

Ich nickte. »Als die Kinder weg waren, haben wir uns ein paarmal getroffen, und am Samstag waren wir zu fünft am See«, sagte ich möglichst unbedarft.

»Ich entscheide mich, besser nicht weiter nachzufragen.«

»Ich danke dir.« Bevor sie auf die Idee kam, doch weiterzufragen, fügte ich rasch hinzu: »Und du meinst, ich soll Felix zurückschreiben?«

»Felix?«

Ich deutete auf den Bildschirm.

»Wenn du dir sicher bist, dass du ihn nicht auch mit deinem Nachbarn vergleichen musst.«

»An mir hat es nicht gelegen, dass die ersten beiden Verabredungen in die Hose gegangen sind.«

»Na, dann spricht doch wirklich nichts dagegen.« Ihr Blick blieb prüfend.

42.

Die kommenden Wochen waren wie im Flug vergangen. Wunderbare Tage im Schwimmbad, am See, zu Hause auf dem Balkon. Der Sommer hatte sich von seiner besten Seite gezeigt. Ferientiefenentspannt hatte ich den Besuch meiner Mutter gar nicht als anstrengend empfunden und auch das Date mit Felix lächelnd als Erfahrung verbucht. Der Abend war weder ein solcher Reinfall gewesen wie meine Verabredung mit dem kleinen Bradley Cooper für große Karnevalisten noch hatte Felix an einer Exfrau oder Ex-Freundin gehangen; der Funke war einfach nicht übergesprungen.

Zweimal blinzeln, und es war Mitte September. Der Alltag hatte mich wieder. Das frühere Zubettgehen am Abend und das frühe Aufstehen am Morgen, an das weder die Kinder noch ich uns wieder gewöhnen wollten. Das Morgenchaos. Der Alltagstrubel mit vollen Tagen und zu kurzen Nächten.

Aufgekratzte Schüler, die sich viel zu erzählen hatten, auch während des Unterrichts. Kollegen, die ich während der Ferien vermisste hatte. Kollegen, die ich während der Ferien nicht vermisste hatte. Kollegen, bei denen ich ein wenig aufgeregt war, sie wiederzusehen. Hannes. Er hatte die Ferien zusammen mit Freunden am Atlantik verbracht, war braun gebrannt und hatte seine unbefangene Lockerheit zurück. Mir war bei unserer ersten Begegnung ein Stein vom Herzen gefallen. Er hatte mich herzlich in den Arm genommen und freudestrahlend von der Zeit in Frankreich erzählt. Und von einer gewissen Sara. Hannes hatte gestrahlt, und ich mit ihm. Nur Nadja hatte eine Fluppe gezogen.

Apropos Hals über Kopf. Katrin und ihr *PaarMatch*-Freund hatten im Urlaub in Las Vegas spontan beschlossen, zu heiraten. Wir waren alle baff gewesen. Sie war es gewesen, die mich überredet hatte, *PaarMatch* eine letzte Chance zu geben. Die letzte Chance hatte Paul, Arzt, 36, herzlich, treu, ehrlich geheißen. Paul war wahrhaftig ehrlich, treu und liebevoll gewesen; so ehrlich, dass er mir gleich erzählt hatte, er wohne noch bei seiner Mutter und würde auch dort wohnen bleiben, weil beide ein sehr inniges und liebevolles Verhältnis hätten. Ich hatte meine *PaarMatch*-Probemitgliedschaft nicht verlängert.

Seit Tom aus Schweden zurück war, hatte ich ihn kaum gesehen. Zwei-, dreimal im Treppenhaus. Immer war er in Eile und auf dem Sprung ins *Pauls* gewesen und hatte sich dafür entschuldigt. Eben waren wir uns kurz begegnet. Ich war ihm förmlich in die Arme gestolpert, eine riesige Schokokuss-Wurfmaschine im Arm. Die Kinder warteten schon vor dem Haus.

»Bist du unter die Erfinder gegangen?«, hatte er gefragt und mir geholfen, das Ungetüm nach unten zu tragen. »Wenn ich diese Wundermaschine erfunden hätte, würden Poster von mir in jedem Kinderzimmer hängen. *Und* auf den Dartscheiben ernährungsbewusster Erwachsener.« Tom hatte gelacht. »Und um was für eine Wundermaschine handelt es sich hier?«

»Um die Legende der Kinderpartys, um eine Schokokuss-Wurfmaschine.«

»Ich verstehe. Heute ist Theos Schulfest?«

Ich hatte genickt.

»Lande ich wegen der Wundermaschine jetzt auch auf der Dartscheibe von Maître Paulsen?«

»Nein, natürlich nicht.«

Er hatte mir geholfen, die Maschine irgendwie auf dem Gepäckträger zu befestigen. »Ich würde mir glatt ein Poster von dir aufhängen. An einem schönen Ort, wo ich es öfter sehen kann, ich sehe meine Lieblingsnachbarin nämlich zu selten.«

»Was nicht an mir liegt. Du bist nie zu Hause«, hatte ich erwidert und dabei gespürt, wie sehr ich ihn in letzter Zeit vermisst hatte.

»Ich weiß, es ist gerade zu viel los. Noch. Aber jetzt bin ich da.«

»Und ich muss los. Wir sind mal wieder zu spät dran.«

»Mama!«, hatte Theo ungeduldig gerufen. »Wir bekommen noch Ärger von Frau Berner! Willst du wieder zu Herrn Walter?« Theos – und meine – größte Sorge.

Tom hatte gelacht und gerufen: »Na, dann radelt ihr besser schnell los. Nicht, dass ihr beide wirklich wieder zu Herrn Walter müsst.« Ich hatte theatralisch die Augen verdreht, und die Kinder und ich waren losgefahren.

Eine Schokokuss-Wurfmaschine auf dem Fahrrad zu transportieren, war gar nicht so einfach, aber mit dem Auto wären wir auf alle Fälle zu spät gekommen. Gerade noch pünktlich schafften wir es in die Grundschule, und Theo flitzte zu seiner Klasse. Das offizielle Programm würde gleich losgehen. Ben und Emma hatten sofort Finn und Pauline gefunden. Ich sah mich im Elterngetümmel nach Hoffmanns und Diemers um, blieb mit der Schokokuss-Wurfmaschine im Arm einfach da stehen, wo ich war. Die Rektorin begrüßte in einer kurzen Ansprache alle Gäste, dann sang die erste Klasse, dann eine weitere Klasse, dann gab es einen kleinen Sketch. Die Wurfmaschine wurde langsam schwer. Dann tanzte die Tanz-AG, und dann sang Theos Klasse. Die Begeisterung, auf der Bühne ein Lied zu singen, war ihm förmlich anzusehen. Ironisch bemerkt. Theo stand neben Mats in der letzten Reihe, und beide blickten so ernst und gelangweilt, dass es schon wieder unterhaltsam war. Cornelius hingegen stand an vorderster Front in Reihe eins und zeigte wahres Show-Talent. Wetten, dass Cordula hier irgendwo in bester Position stand und alles filmte, das Zoom auf ihr überaus empathisches und soziales Kind.

»Ich finde ja, dass Theo der Coolste ist.« Irritiert blickte ich zur Seite, und Alex stand neben mir. »Ich hatte Kinder-Sehnsucht und konnte kurzfristig Flüge tauschen.«

»Hallo.« Ich war ein wenig perplex und nicht darauf vorbereitet, Alex so spontan zu sehen. War Bambi auch da? »Naomi ist in London.« Alex hatte meinen suchenden Blick bemerkt. Na dann. Sein Auftauchen hatte was Gutes. Ich drückte ihm die Schokokuss-Wurfmaschine in den Arm. »Hier, dann kannst du dich gleich nützlich machen.«

»Ahhh, Herr Hansen, schön, dass Sie auch kommen konnten. Das wird Theo aber sehr freuen.« Das Programm war vorbei, und Theos Klassenlehrerin Frau Berner kam mit einem Strahlen im Gesicht auf uns zu. Mir kam es so vor, als strahlte sie nur meinen Exmann an. »Hallo, Frau Hansen« – eine knappe Begrüßung in meine Richtung. Über die Ferien schien kein Gras über ihren Unmut mir gegenüber gewachsen zu sein. Ich lächelte sie fröhlich an, sagte »Hallo, Frau Berner« und dachte »Blöde Kuh«. Alex sonnte sich in ihrem Kommentar. »Ich wollte das Schulfest auf keinen Fall verpassen und habe es möglich gemacht, zu kommen.«

»Das freut mich. Engagierte Eltern sind uns immer im besonderen Maße willkommen und für ein gelungenes Fest ungemein wichtig.«

Ich hatte es auch möglich gemacht *und* ich hatte die Schokokuss-Wurfmaschine möglich gemacht. Wo, bitte, war mein Exmann schulisch engagiert?

»Papaaaaaaaa!« Wie aufs Stichwort fiel Theo Alex um den Hals, und Frau Berner lächelte. »Komm, ich zeig dir mein neues Klassenzimmer. Das kennst du noch gar nicht.« Theo nahm Alex' Hand und zog ihn hinter sich her. Genau, das Klassenzimmer kannte er *noch* gar nicht, schließlich war es das erste Mal, dass er sich nach der Einschulung im letzten Jahr an der Schule blicken ließ. Ich hatte wieder das Wurfmaschinen-Ungetüm im Arm. »Wir sehen uns bestimmt später noch einmal«, flötete Frau Berner in meine Richtung und begrüßte weitere Eltern.

»Anne, komm, ich helfe dir.« Karen kam auf mich zu. »Ich habe die ganzen Schokokuss-Kartons schon in unserer Ecke auf dem Schulhof gerichtet. Hab ich richtig gesehen, und das war eben Alex?«

Ich nickte. »Ist …« – Karen stockte und suchte nach Worten – »seine Freundin auch da?«, fragte sie behutsam.

»Nein. Er ist alleine. Hat Flüge umgelegt, weil er Sehnsucht nach den Kindern hatte.«

»Das ist lieb.« Gemeinsam trugen wir die Wurfmaschine nach draußen.

»Ich weiß. Bin trotzdem genervt. Die Berner hat ihm förmlich den roten Teppich ausgerollt.«

Karen rollte die Augen. »Ich kann's mir bildhaft vorstellen. Ärger dich nicht drüber. Freu dich lieber über den glanzvollen Auftritt unserer beiden überaus motivierten kleinen Sängerknaben.«

Ich musste grinsen. »Und schon habe ich wieder das extrem gewollt bühnenpräsente Kind aus der ersten Reihe im Kopf.«

»Das war mein Plan.«

Lachend stellten wir die Wurfmaschine an ihren Bestimmungsort, wo sich bereits eine kleine Schlange wartender Kinder gebildet hatte. Lena winkte nebenan vom Kinderschmink-Stand.

»Und? Wer von euch hat Lust auf eine richtige Schokokuss-Schweinerei?«

Begeisterte Zustimmung. Wenigstens hier wurden mein Einsatz und Engagement gebührend gewürdigt.

Das Schulfest war vorbei, und das große Aufräumen hatte begonnen. Alex hatte sich gerade verabschiedet. Zusammen mit Tobi und Mark hatte er hemdsärmelig beim Grillen geholfen. Die Kinder waren alle drei tiefglücklich gewesen, dass ihr Papa so spontan da gewesen war, und auch Alex schien ganz beseelt gewesen zu sein, von dem kleinen bisschen an Alltagsluft, das er mit nach London nehmen konnte. Kein Wunder bei dem Fan-Club. Frau Berner, die Kinder, Hoffmanns und Diemers hatten sich ebenso gefreut, ihn wiederzusehen, und einmal hatte ich zwischen zwei Schokokuss-Wurfgeschossen gesehen, wie Cordula sich affektiert lachend mit ihm unterhalten hatte. Der Krug war zum Glück an mir vorübergegangen.

»Welch eine Schweinerei, diese Maschine.« Bis jetzt. Da stand sie, in ihrer ganzen hergerichteten Pracht. Das Haar glänzend wie eh und je, die Fingernägel perfekt manikürt und rosé lackiert, passend dazu das edle T-Shirt und die weiße Jeans. Karen und ich standen ihr Schokokuss-verschmiert gegenüber. Wahrscheinlich hatten wir sogar Schokokuss in den Haaren.

»Aber ein großer Erfolg. Hallo, Cordula.« Karen schob sich

an ihr vorbei. »Du entschuldigst mich? Anne, ich hol schnell einen Eimer und Wasser.«

Ich nickte. »Hallo, Cordula.«

Cordula setzte ihr Cordula-Lächeln auf, das sie selbst vielleicht bezaubernd fand, das auf mich aber gekünstelt bis zum geht nicht mehr wirkte. »Wie wunderbar, dass es dein Mann« – sie machte eine kleine Pause – »ach, entschuldige, Exmann, einrichten konnte, heute bei Theos Schulfest dabei zu sein.«

»Du sagst es, wie wunderbar«, antwortete ich wahrscheinlich ebenso gekünstelt, wie sie noch immer lächelte.

»Theo hat auf mich heute einen sehr glücklichen Eindruck gemacht.«

Und Cornelius hat auf mich heute einen sehr überkandidelten Eindruck gemacht. Es fiel mir nicht leicht, mir diese Antwort zu verkneifen oder die Frage, wen es interessierte, wie sie meine Kinder wahrnahm, aber Herr Walter guckte gerade in unsere Richtung. Also antwortete ich äußerlich ruhig und lässig: »Es ist schön, wenn du Theo siehst, wie er ist«, was vielleicht auch nicht eine vollkommen ideale Antwort war, aber mehr war nicht drin.

»Was soll das heißen?« Ein leichter Anflug von Verstimmung zeigte sich auf Cordulas Gesicht.

»Das, was es heißt. Dass mich das freut.« Ich lächelte sie an. Ich würde meine Ruhe behalten. Wo blieb Karen? Dafür gesellte sich Ines zu uns, wie immer der gelebte und verinnerlichte Ibiza-Hippie-Traum. »Es ist so schön, zu sehen, dass ihr wieder friedvoll miteinander redet. Streit ist nicht gut fürs Karma. Ein so wunderbares Fest. Und dann das Wetter«, säuselte Ines. »Aber ich will euch nicht bei euerm Gespräch stören.«

Mein Karma litt gerade erheblich, Cordulas hatte Auftrieb.

»Du störst nicht, Ines. Wir haben uns darüber ausgetauscht,

wie toll es von Annes Exmann war, heute für Theo zum Schulfest zu kommen.«

Ines sah mich an. »Oh, es ist gut und wichtig, dass ihr einen Weg gefunden habt. Ich sage immer: Vertraue auf die Hand des Universums.« Dann rauschte sie davon. Sogar Cordula sah Ines einen kleinen Moment verwundert nach, dann wandte sie sich wieder an mich. »Alex sieht blendend aus. Es scheint ihm im London mehr als gut zu gehen.« Die zweite Spitze. Ich konnte Cordula Sambet nicht leiden, und sie mich offenkundig ebenso wenig. »Hast du seine junge Freundin schon kennengelernt? Die Kinder scheinen sie ja sehr zu mögen.«

Es reichte. Ich entschied mich für die offene, aber freundliche Variante und damit auch für mein Karma. Das brauchte nämlich keinen in beruhigenden Räucherstäbchendunst eingenebelten Harmonie-Wattebausch, mein Karma brauchte ehrliche Reinigung, Cleansing. Ich atmete tief ein. »Cordula, ein Interesse daran, dich vernünftig mit mir zu unterhalten, nehme ich dir nicht ab. Und ich habe, ehrlich gesagt, ebenso wenig Interesse, mich mit dir zu unterhalten. Unsere Kinder sind in einer Klasse, aber das war es. Reicht es nicht, wenn wir einfach Hallo und Tschüss zueinander sagen?«

Cordula tat pikiert. »Ich habe mich lediglich freundlich erkundigt.«

Ich blieb ruhig. »Und ich habe freundlich geantwortet. Du weißt, was ich meine.«

»Wenn das so ist.« Cordula drehte sich grazil um und schritt elegant weiter.

Karen war zurück. »Was war das denn?«

»Cleansing«, antwortete ich grinsend.

»Cleansing?«

»Man muss nur auf die Hand des Universums vertrauen.«

»Nur mit Vertrauen ins Universum wird unser Stand nicht wieder sauber«, lachte Karen kopfschüttelnd und stellte den Wassereimer mit Schwung auf den mit Schokokuss verschmierten Tisch.

43.

Happy Birthday, Simon!« Ich drückte ihn fest. »Und entschuldige, dass ich ein bisschen spät dran bin, aber Leonie, meine Babysitterin, hatte noch ein spätes Seminar und hat es nicht früher geschafft.«

»Alles in Ordnung. Melli hat gesagt, dass du ein bisschen später kommst.« Simon nahm mir meine Jacke ab. Mit dem Ende der Ferien schien sich der Sommer überlegt zu haben, vorbei zu sein. Draußen war es seit ein paar Tagen grau und nasskalt und Herbst. »Komm rein. Die Bude ist schon voll.«

»Gerne. Schau mal.« Ich überreichte ihm die Geburtstagskarte, die die Kinder für ihn gebastelt hatten. Er schlug sie auf und lachte. »Na, wenn das nicht mein Lieblingsgeschenk ist? Ein DVD-Abend mit Ben, Emma und Theo. Cool. Sagst du ihnen bitte, dass ich mich sehr auf den Abend freue?«

Beim Überlegen, was sie Simon schenken könnten, waren die drei sich ausnahmsweise sofort einig gewesen. Eigentlich hatte ich, seit der Alltag uns wiederhatte, eher das Gefühl, mitten im Kampfgebiet auf einer Frontlinie zu wohnen.

»Mach ich. Und das ist von mir.« Ein Buch. »Ich hab's in den Ferien gelesen und konnte es gar nicht wieder aus der Hand legen.« Simon mochte düstere, skandinavische Krimis genauso wie ich.

»Danke.« Er drückte mich. »Dann sind die dunklen Herbstabende gerettet. Was möchtest du trinken?« Wir gingen ins volle Wohnzimmer. »Ein Kölsch?«

»Gerne.«

Melli winkte mir vom anderen Ende des Raumes zu und kam auf mich zu. »Hallo, Liebelein. Schön, dass du da bist. Was möchtest du trinken?« Bevor ich antworten konnte, reichte mir Simon ein Kölsch.

»Danke, Simon.«

»Ah, mein umsichtiger und wunderbarer Ehemann war schneller.« Er gab ihr einen Kuss, dann wandte er sich wieder an mich. »Anne, ich kann nur die ganzen Köstlichkeiten in der Küche empfehlen, die Melli gezaubert hat.«

»Und charmant ist er auch noch.« Melli strahlte ihn an.

Essen war eine gute Idee. Zum einen hatte ich heute Abend noch nichts gegessen und den Kindern schnell Pfannkuchen gemacht, zum anderen konnte Melli wunderbar kochen, und genau darauf hatte ich spekuliert. »Dann lasse ich euch zwei Turteltauben mal alleine weiterturteln und schaue, welche Köstlichkeiten noch auf mich warten.«

In der Küche war es nicht leicht, sich zu entscheiden.

»Das indische Hühnchen ist besonders lecker.« Einen schon recht vollen Teller in der Hand drehte ich mich um, und Sebastian lächelte mich an. »Hallo, Anne«, sagte er.

»Hallo«, erwiderte ich und merkte, dass ich mich freute, ihn wiederzusehen. »Dann meinst du, ich kann mir ein kleines Stück davon noch mit auf meinen Teller tun, oder würde das zu gierig aussehen?«

»Ich kann dich beruhigen. Hier haben heute alle volle Teller. Aber …« – er beugte sich vertrauensvoll zu mir – »vor dem Schokoladenkuchen muss ich dich warnen.«

Ich hob die Augenbraunen und fragte betroffen: »Du meinst, Mellis berühmter Cheesecake ist gefährlich?«

Sebastian nickte. Ich lehnte mich ein wenig zurück und sah ihn skeptisch an. Sebastian blickte unschuldig, und doch blitzten seine dunklen Augen spitzbübisch.

»Ich glaube eher, er ist so gut, dass du ihn alleine haben möchtest.« Ich grinste.

»Lass es mich so formulieren. Der Cheesecake ist gefährlich gut. Und ich würde mich opfern, später noch ein Stück mit dir zusammen zu essen.«

»Vielleicht hast du ja schon Lust, mir nicht erst später, sondern schon jetzt Gesellschaft zu leisten? Gesetzt den Fall, dass es kein zu großes Opfer ist.«

»Im Gegenteil. Sehr gerne.«

Wir knüpften da an, wo wir auf Mellis und Simons Hochzeit aufgehört hatten. Sebastian war unsagbar charmant, er hatte einen feinen Humor, und er war wunderbar normal; keine schenkelklopfende Witzmaschine, keine Exfrau im Herzen, kein peinliches Schweigen, kein Muttersöhnchen, einfach wunderbar normal. Wie hatte ich Sebastian nur »wirklich nett« finden können? Er war weitaus mehr als wirklich nett.

Warum hatte ich ihn nicht angerufen und mich mit ihm getroffen? Tom war mir in die Quere gekommen. Das würde mir nicht noch einmal passieren. Nicht nur, dass Tom für mich inzwischen einfach mein Nachbar war, auch hatte ich ihn seit Wochen nicht mehr richtig gesehen, selbst montags war er fast nie zu Hause. Hier saß ich neben einem wirklich attraktiven Mann, mit dem man interessante Gespräche führen, aber auch herzlich lachen konnte, dessen Augen strahlten, der ein mehr als sympathisches Lächeln und geregelte Arbeitszeiten hatte, der charmant und interessant war. Und der mich mochte. Ich merkte es an seinen Blicken, daran, dass er meine Nähe suchte, und ich genoss diese Aufmerksamkeit. Mein Handy klingelte. Leonie. Es war fast halb zwölf, und ich hatte vollkommen die Zeit vergessen.

»Meine Babysitterin. Eigentlich wollte ich sie um elf auslösen.« Ich stand auf und überlegte, ob ich Sebastian nicht einfach fragen sollte, ob er Lust hätte, sich mit mir zu treffen. In dem Moment erhob er sich. »Ich muss morgen auf ein Meeting in Berlin, und mein Zug geht in aller Herrgottsfrühe. Ich gehe besser auch«, sagte er. Melli grinste breit, und auch Simon schmunzelte, aber keiner von beiden sagte etwas, sondern sie brachten uns zur Tür.

»Wir sehen uns morgen«, sagte ich zu Melli.

»Es war ein toller Abend«, verabschiedete sich Sebastian.

»Danke. Ebenso toll, dass ihr gekommen seid«, entgegnete Simon, und Melli flötete: »Tschö, ihr zwei.«

Schon standen Sebastian und ich alleine im Treppenhaus. Er reichte mir seinen Arm, und ich hakte mich unter. Unten vor dem Haus angekommen, fasste ich mir ein Herz: »Es war sehr schön, dich heute Abend wiederzusehen, und es tut mir leid, dass ich nicht angerufen habe, aber wenn du immer noch Lust auf eine Verabredung mit mir hast, würde ich mich wirklich freuen.«

»Ich möchte dich sehr gerne wiedersehen.« Sebastian lächelte, und ich war erleichtert.

»Vielleicht Freitag? Oder Samstag?«, fragte ich. Die Kinder waren am Wochenende bei Alex, denn ob Leonie so kurzfristig Lust hatte, noch mal auf die Kinder aufzupassen, wo ich heute so viel später als geplant nach Hause kam, war zu bezweifeln.

»Ich komme Freitag erst abends aus Berlin zurück, aber Samstag passt perfekt.«

Mein Handy klingelte. Leonie. »Ich muss dringend los. Ich melde mich.«

Schnell schloss ich mein Fahrradschloss auf, und wir umarmten uns zum Abschied.

»Bis Samstag!«, rief ich, eilig schon unterwegs nach Hause, aber voller Vorfreude und mit einem kleinen Kribbeln im Bauch.

Als Leonie gegangen war, suchte ich Sebastians Karte im Stapel auf dem Schuhschrank im Flur und simste ihm ein schnelles:

Damit du auch meine Nummer hast. LG Anne

Direkt abgespeichert. Danke für den sehr schönen Abend. Ich freu mich auf Samstag.

Ich mich auch. ☺
Schlaf gut.

Ich legte das Handy lächelnd zur Seite. Es war wirklich ein sehr schöner Abend gewesen.

44.

Es war kurz vor acht, und ich wartete ausgehfein auf Sebastian. Er hatte darauf bestanden, mich abzuholen, und es war mir nicht gelungen, ihm aus der Nase zu ziehen, wo es hingehen würde. Draußen regnete es in Strömen, doch das graue Wetter hatte keinen Einfluss auf meine gute Laune, und ich freute mich auf heute Abend. Es klingelte. »Ich bin gleich unten«, rief ich fröhlich in die Gegensprechanlage, nahm meine Jacke und meine Tasche und war aus der Tür. Sebastian wartete vor dem Haus, einen Regenschirm ausgespannt.

»Hallo, Anne.« Er strahlte, und sein Strahlen war ansteckend.

»Hallo.« Ich umarmte ihn. »Ist das ein Mistwetter.«

»Komm, schnell ins Auto.« Er legte seinen Arm um mich, und eng nebeneinander unter dem Regenschirm liefen wir zu seinem Wagen. Erst brachte er mich sicher ins Trockene, bevor er sich ans Steuer setzte. Der Regen prasselte aufs Autodach und auf die Windschutzscheibe.

»Sehr gut siehst du aus«, sagte er, und mir gefiel, wie er mich dabei ansah.

»Danke«, gab ich zurück. »Du auch. Und jetzt sag schon, wohin geht es?«

»Ins Belgische Viertel.« Er startete den Wagen und fuhr los. »Ich habe mit Glück noch einen kleinen Tisch in einem

Restaurant bekommen, das grandios sein soll. Im *Inside Köln* war im letzten Monat ein Artikel über den Koch.«

Ein Artikel über den Koch im *Inside Köln.* Wir fuhren ins *Pauls* … »Anne?« Sebastian sah mich fragend an.

»Eine sehr gute Wahl«, antwortete ich und wusste nicht so richtig, was mit mir los war. »Tom Paulsen, der Koch, wohnt über mir.«

»Ihr seid Nachbarn?«

Ich nickte. »Ja. Wir sind Nachbarn.«

»Na, das ist ja ein Zufall.«

Stimmt, in Köln gab es wer weiß wie viele Restaurants, und Sebastian führte mich ausgerechnet ins *Pauls* aus, das Restaurant meines Nachbarn, den ich zu lange nicht mehr gesehen hatte, heute Abend aber gar nicht sehen wollte.

»Dann bist du schon mal da gewesen?«

Wieder nickte ich. »Ein paarmal.«

Zu behaupten, diese paarmal wären jemals entspannt für mich gewesen, wäre eine glatte Lüge gewesen. Bisher hatte ich es immer geschafft, mich selbst in irgendeine skurrile Situation zu bringen. Und heute Abend wollte ich das auf keinen Fall. Heute Abend wollte ich einen perfekten Abend haben, ich war schließlich in Begleitung des perfekten Mannes. Während ich in Gedanken also dabei war, mir vorzunehmen, mein perfektes Date perfekt bleiben zu lassen, hatte Sebastian das Auto schon nah am *Pauls* geparkt, und wir waren ausgestiegen. Er öffnete mir die Tür zum Lokal, das sehr gut gefüllt war. Ich sah mich um, kein Tom, und atmete erleichtert auf, obwohl ich nicht wusste, warum ich überhaupt angespannt war. *Anne, du hast das perfekte Date!* Richtig, das hatte ich. Ein Ober führte uns zum letzten freien Tisch, einem kleinen Tisch am Fenster.

»Darf es ein kleiner Aperitif sein? Vielleicht ein Glas Crémant?«, fragte er aufmerksam.

»Sehr gerne.« Sebastian sah mich an. »Was möchtest du?«

»Ein Glas Crémant wäre wunderbar.«

Der Ober nickte und verschwand. Ich sah mich um, und mir fiel auf, dass ich noch nie am Abend im *Pauls* gewesen war. Die Lampen tauchten den Raum in ein warmes Licht, das dem Lokal eine ganz eigene und besondere Atmosphäre verlieh.

»Es hat sich gelohnt, vier Wochen auf den Tisch gewartet zu haben. Das Essen ist delikat«, hörten wir einen älteren Herrn im Tweed-Sakko am Tisch neben uns zu seiner Begleitung sagen. Ich lehnte mich zu Sebastian. »Wie hast du es geschafft, so kurzfristig einen Tisch zu bekommen?«

»Eigentlich waren alle Tische reserviert, aber unser Tisch ist ganz kurzfristig wieder frei geworden, und ich habe es geschafft, die Warteliste zu umgehen.«

»Wie?«

»Ich habe die Wahrheit gesagt.« Er guckte verwegen.

»Die Wahrheit?«

»Dass ich ein Rendezvous mit einer unsagbar tollen Frau habe und diesen Tisch einfach haben muss, um sie zu beeindrucken.«

Ich musste schmunzeln. »Das ist jetzt nicht dein Ernst? Du brauchst nämlich gar keinen Tisch im *Pauls*, um mich zu beeindrucken. Ich wäre mit dir auch Pommes oder Döner im Imbiss um die Ecke essen gegangen.« Und das stimmte.

Sebastian lachte. »Dann kann ich ehrlich sein. Dass ich ein Rendezvous mit einer unsagbar tollen Frau habe, stimmt, aber den Tisch hat mir der Bruder eines guten Freundes besorgt. Er ist hier Sous-Chef.«

»Es geht doch nichts über die richtigen Kontakte.«

»Wobei deine Kontakte ins *Pauls* noch besser sind.« Meine Kontakte ins *Pauls* … »Hätte ich gewusst, dass Tom Paulsen dein Nachbar ist, hätte ich dich gebeten, deinen Charme spielen zu lassen.« Ich wusste nicht, ob das eine gute Idee gewesen wäre, lachte aber.

Der Ober brachte unsere Aperitifs und die Karten.

»Santé.« Sebastian hob das Glas.

Wir stießen an und sahen uns dabei tief in die Augen. Aus den Augenwinkeln erkannte ich, dass die Tür zur Küche aufschwang, und Tom hinter die Bar trat. Auch Sebastian hatte Tom bemerkt. »Das ist er doch, Tom Paulsen, oder?«

»Ja, das ist er.« Ich trank einen zweiten Schluck meines Crémants und machte mir klar, dass es gar keinen Grund gab, in irgendeiner Weise angespannt zu sein. Der einzige Grund, aufgeregt zu sein, war mein Date mit Sebastian, selbst wenn ich in Sebastians Gegenwart nicht aufgeregt oder angespannt war. Tom blickte durch das Lokal und nickte einzelnen Gästen zu. Gleich würde sein Blick an unserem Tisch ankommen. Sebastian studierte bereits die Karte, doch bevor ich sie ebenfalls aufschlagen konnte, hatte Tom mich gesehen, und unsere Blicke trafen sich. Einen kurzen Moment wirkte er irritiert, ich versuchte ein Lächeln, dann hatte er sich wieder gefangen und kam zu uns.

»Das nenne ich doch eine mehr als schöne Überraschung. Guten Abend.«

»Hallo«, hörte ich mich sagen und fand, dass meine Stimme aufgesetzt klang. Tom musterte Sebastian, der ihn freundlich anlächelte. »Darf ich euch vorstellen?«, fuhr ich fort. »Sebastian, das ist Tom Paulsen, der Maître und Eigentümer des *Pauls* und mein Nachbar. Tom, das ist Sebastian Langenberg« – ich suchte nach den richtigen Worten – »ein … Freund.«

»Ein Freund.« Tom betonte beide Wörter und zog eine Augenbraue nach oben. Beide Männer gaben sich die Hand.

»Es freut mich, Sie kennenzulernen«, sagte Sebastian.

»Es freut mich auch.«

Während ich darüber nachdachte, wie ich Sebastian vorgestellt hatte, als einen Freund und nicht als mein Rendezvous, und wie ich ihn möglicherweise anders hätte vorstellen können, hatte Tom zu seinem Charme zurückgefunden. »Dann gratuliere ich zur Wahl des Lokals.« Er lächelte Sebastian mit seinem einnehmenden Tom-Lächeln an, und sein Blick fiel auf mich. »Und zu Ihrer hinreißenden Begleitung.« Bevor ich mich von seinen Augen losreißen konnte, hatte Tom uns einen wunderbaren Abend gewünscht und sich dem Nebentisch zugewandt, wo er mit Lob überschüttet wurde. Ich sah Sebastian an, der mich musterte, und fühlte mich ertappt, auch wenn mir nicht richtig klar war, wobei.

»Stimmt«, sagte er nach einer kleinen Weile.

»Stimmt?«

»Dass ich heute Abend eine hinreißende Begleitung habe.«

Ich lächelte ihn an, und er erwiderte mein Lächeln. »Dann wollen wir doch einmal testen, ob das *Pauls* und sein Chef dem ausgezeichneten Ruf gerecht werden.« Er blickte wieder in die aufgeschlagene Karte.

Ich schlug endlich die in schwarzes Leder eingefasste Karte auf, doch anstatt hineinzuschauen, suchten meine Augen Tom. Er stand drei Tische entfernt und war in ein Gespräch vertieft. Auch er sah zu mir. Unsere Blicke trafen sich, und wieder fühlte ich mich ertappt. Um nicht über das nachzudenken, was mir klar und deutlich durch den Kopf schoss, hob ich trotzig mein Glas Crémant, wandte mich Sebastian zu und sagte strahlend: »Schön, mit dir hier zu sein. Auf unseren Abend.«

Zum Hauptgang hatten wir eine Flasche teuren, dunklen und sündhaft köstlichen Rotwein ausgesucht, den der Sommelier empfohlen hatte und der das grandiose Essen unterstrich, und doch konnte ich die Zaubereien aus Toms Küche nicht richtig genießen, weil mein Magen sich irgendwie seltsam gebarte. Ich hielt mich also an den Wein. Mein perfektes Date mit Sebastian war wirklich sehr nett, weshalb es mir eigentlich hätte gelingen müssen, alles andere auszublenden und mich vollkommen darauf einzulassen. Eigentlich … Aber je mehr ich versuchte, ganz bei ihm zu sein, desto mehr wanderten meine Gedanken zu Tom, worüber ich mich immer mehr ärgerte. Anstatt in Sebastians dunklen Augen zu versinken, streunten meinen Augen immer wieder durch das Lokal. Und wenn sie unvermittelt Toms Augen trafen, verwirrte es meinen Magen noch mehr, so dass sich die traumhafte Tarte Tatin auf Karamell-Safran-Sauce mit Vanilleschaum und geeister Ingwer-Creme noch fast komplett auf meinem Teller befand, während Sebastian mit seinem Dessert, den Sorbets du Jour, bereits fertig war.

»Ist dein Dessert nicht auch köstlich?« Er sah mich fragend an.

»Doch, doch«, erwiderte ich schnell. »Nach den köstlichen Jakobsmuscheln und dem göttlichen Kabeljau ist nur leider nicht ausreichend Platz für die perfekte Tarte.« Ich lächelte ihn an, sah ihm in die Augen und aus den Augenwinkeln Tom in der Küche verschwinden. Ich trank einen Schluck Wein.

»Dann meinst du, das *Pauls* und dein Nachbar sind ihrem ausgezeichneten Ruf gerecht geworden?« Mein Nachbar …

Ich nickte. »Mehr noch als das habe ich einen ganz wunderbaren Abend«, hörte ich mich sagen.

Sebastian war mir zugeneigt, das Kinn auf eine Hand gestützt, die andere legte er auf meine. Sacht strich er über meinen

Handrücken. Ich ließ es zu. Die Küchentür schwang wieder auf, und gleichzeitig blickten wir in die Richtung. Ich hatte meine Hand weggezogen und nach meinem Weinglas gegriffen.

»Anne?«

»Ja?«

Sebastian sah mich seltsam an. »Du entschuldigst mich kurz? Ich bin gleich zurück.«

»Natürlich.« Ich nickte. Sebastian stand auf und ging in Richtung der Toiletten. Um nicht dorthin zu gucken, wo Tom eben aufgetaucht war, trank ich einen Schluck Wein und schloss für einen kurzen Moment die Augen. Was war mit mir los? Da hatte ich das perfekte Date und alles könnte so sein, wie es sein sollte und dann …

»Ich hoffe, es ist alles zu deiner Zufriedenheit?« Tom stand plötzlich neben mir. Mit Sebastian, mit dem Essen, mit dem Abend an sich war alles in Ordnung. Mit mir war etwas nicht in Ordnung! Warum fühlte ich *jetzt* Crémant-Prickeln? Warum hatte ich es nicht gefühlt, als Sebastian die Hand auf meine gelegt hatte? Warum in aller Welt jetzt?

»Ja.« Ich sammelte mich. »Das Essen war köstlich, und ich habe einen ausgesprochen wunderbaren Abend.«

»Mit einem Freund.« Er hatte das letzte Wort übertrieben betont, so dass es ein wenig spöttisch klang, und ich das Gefühl hatte, mich verteidigen zu müssen. Das Crémant-Prickeln war verschwunden.

»Ja, mit einem sehr guten Freund, den ich wirklich sehr gerne mag.« Ich trank einen Schluck Wein. Tom setzte sich mir gegenüber auf Sebastians Stuhl und sagte nichts.

»Außerdem weiß ich gar nicht, was dich das anginge«, hörte ich mich ruhig sagen, auch wenn die Art, wie ich es sagte, etwas Herausforderndes hatte und ich langsam wütend wurde. Auf

Tom und seine spöttischen Kommentare und auf mich. Am meisten auf mich.

»Deine vielen Freunde« – wieder hatte das Wort einen spöttischen Unterton – »interessieren mich nicht. Ich wollte mich lediglich erkundigen, ob alles recht ist.«

Das, was er über meine *vielen* Freunde gesagt hatte, war anmaßend! »Dann kann der Maître ganz beruhigt sein«, antwortete ich schnippisch und lächelte ihn zuckersüß an. »Es ist alles vorzüglich. Das Essen, der Wein, die Atmosphäre, mein wunderbares Rendezvous. Einfach alles.«

»Da schließe ich mich an. Das Essen war wirklich vorzüglich, und Ihr Sommelier hat ein exzeptionelles Händchen für den richtigen Wein.« Sebastian war zurück, und Tom stand auf. Alles Spöttische war aus seinem Blick verschwunden. Er lächelte Sebastian freundlich an und entgegnete zuvorkommend: »Das höre ich sehr gerne.«

»Bleiben Sie gerne bei uns. Wenn Sie sich die Zeit nehmen können«, sagte Sebastian ebenso zuvorkommend, und bevor ich etwas einwerfen konnte, saß Tom zwischen uns. »Ich bin heute Abend zwar ohne meinen Sous-Chef, aber ein kleiner Moment sollte möglich sein.«

Während der aufmerksame Ober mir Wein nachschenkte und ich ihn dafür dankbar anlächelte, führten die beiden Männer ihr Gespräch fort.

»Das ist schade. Ich hätte ihm gerne persönlich dafür gedankt, dass er uns die kurzfristige Reservierung möglich gemacht hat.«

»Meinem Sous-Chef?« Tom hob eine Augenbraue.

Sebastian nickte. »Philip ist der Bruder eines guten Freundes. Hätte ich allerdings gewusst, dass Anne Ihre Nachbarin ist, hätte ich sie gebeten, ihren Charme spielen zu lassen.«

Ich verschluckte mich an meinem Wein.

»Ihrem Charme hätte ich mit Sicherheit nicht widerstehen können.« Beide lachten, und ich fand, dass es aufgesetzt klang. Von Tom hatte ich nichts anderes erwartet. Aber Sebastians Lachen, das so anders war als bisher, irritierte mich. Ich spürte, dass Tom mich ansah, sah aber nicht zurück, sondern warf einen tiefen Blick in mein Weinglas.

»Mit Philip haben Sie ja bald einen Kompagnon, wie ich hörte.«

Sebastians Worte machten mich hellhörig. Toms Kompagnon?

»Das stimmt.« Tom nickte. »Vor einigen Wochen hat er um eine Auszeit gebeten, um durch Asien zu reisen und sich in Spitzenküchen umzusehen, weshalb ich noch mehr als sonst im *Pauls* war.« Darum also war er so wenig zu Hause. »Seit vorgestern ist er mit vielen neuen Ideen im Gepäck zurück. Sie haben also wirklich Glück gehabt, dass Sie ihn erreicht haben.« Er lachte einnehmend.

»Sie müssen nicht antworten, wenn Sie nicht wollen, aber haben Sie vor zu expandieren, wenn Sie als Maître Ihr Restaurant in Zukunft mit einem Partner führen?«

Plötzlich sehr interessiert blickte ich auf.

»Nein.« Tom schüttelte den Kopf und stand auf, und mir fiel der Stein vom Herzen, der sich gerade erst darauf geschoben hatte. »Ich investiere in meine Zeit.«

»In Ihre Zeit?«

»In den letzten Monaten habe ich verstanden, dass es mehr gibt als nur die Arbeit, und dafür brauche ich Zeit.«

»Dann wünsche ich Ihnen, dass das Mehr an Zeit auch hält, was Sie sich davon versprechen.« Sebastians Antwort klang knapp.

Tom antwortete nicht, stattdessen erhob er sich und sagte:

»Ich will nicht weiter stören. Darf ich Sie zu einem Espresso oder einem Digestif einladen?«

»Sehr gerne zu einem Espresso«, antwortete Sebastian.

Ich war verwirrt. In meinem Kopf wirbelten die Gedanken so wild durcheinander, dass es mir unmöglich war, einen klaren Gedanken zu fassen.

»Anne?« Beide Männer sahen mich an.

»Ich wusste gar nicht, dass du dir künftig mehr Zeit nehmen möchtest«, hörte ich mich sagen.

»Wir sind Nachbarn. Ich bin keiner von deinen Freunden.« Der Spott war zurück und klang fein in seiner Stimme, mehr noch funkelte er in seinen Augen. »Espresso oder Digestif? Gerne auch einen Crémant, um auf dein wunderbares Rendezvous anzustoßen?«

Ganz gleich, wie durcheinander mich das, was ich gerade erfahren hatte, gebracht hatte – Tom Paulsen konnte sich nicht einfach alles rausnehmen. Vor allem konnte er nicht so mir nichts, dir nichts in mein perfektes Date rauschen und das, was ich beschlossen hatte, über den Haufen werfen, um dann auch noch über mich zu spotten. Ich blickte ihm fest in die Augen und sagte kurz angebunden: »Ein Grappa wäre wunderbar. Danke schön.« Dann wandte ich mich zu Sebastian, schenkte ihm mein strahlendstes und charmantestes Lächeln, lehnte mich vor zu ihm und nahm ohne nachzudenken seine Hand. »Du hast ein wunderbares Restaurant ausgesucht. Mal schauen, ob ich für unsere nächste Verabredung ein ebenso wunderbares Restaurant finde.« Ich wusste, dass Tom hören konnte, was ich sagte, und ich sah seinen Blick auf meiner Hand, bevor er sich umdrehte, zur Bar ging und in der Küche verschwand.

»Anne.« Sebastian zog seine Hand zurück. »Was wird das hier?« Der Ober stellte den Espresso und den Grappa vor uns.

»Was?«, fragte ich zaghaft.

»Das mit dir und Tom Paulsen.«

»Tom und ich sind Nachbarn«, unternahm ich einen Versuch der Verteidigung, doch Sebastian schüttelte den Kopf.

»Das glaubst du doch selbst nicht, so flatterig, wie du wirst, wenn er nur durch die Tür kommt, und wie du seinen Blick suchst und er deinen. Wie ihr euch anseht.«

»Wirklich, Sebastian …« Ich startete einen weiteren Versuch, doch er fiel mir ins Wort. »Es abzustreiten, ist mir gegenüber nicht fair. Vielleicht hast du es bisher nicht wahrhaben wollen, aber es ist mehr als offensichtlich, dass du kein Interesse an mir, dafür aber an deinem *Nachbarn* hast.«

Ich wollte Interesse an Sebastian haben und Crémant-Prickeln spüren. Ich war einfach doof. Und beschränkt. Und dämlich. Und begriffsstutzig. Und blind. Und blöd. Aber er hatte recht.

»Es tut mir leid.«

»Die Rechnung?«, fragte er knapp.

Ich nickte. Sebastian winkte nach dem Ober und deutete ihm, dass wir zahlen wollten.

»Soll ich dich nach Hause fahren, oder möchtest du bleiben und eure Nachbarschaftsfehde bereinigen?« Sebastian war sauer, und ich konnte es verstehen.

»Es wäre sehr lieb, wenn du mich nach Hause bringen könntest.«

Sebastians Wagen parkte vor meinem Zuhause in der Turmstraße. Auf der Rückfahrt hatten wir geschwiegen. Er wahrscheinlich vor Enttäuschung und Ärger, ich vor schlechtem Gewissen.

Ich sah ihn an. »Danke für den Abend, und es tut mir wirklich leid, dass es nicht anders ausgegangen ist.«

»Gute Nacht«, sagte er kurz angebunden und startete den Wagen. Konnte ich es ihm verübeln? Wohl kaum. Ich verstand ihn.

»Gute Nacht.«

Ich schloss die Beifahrertür und winkte, während er davonfuhr. *Schön blöd, Anne.* Genau, schön blöd. Und blöd war noch harmlos ausgedrückt. Da fuhr es, mein perfektes Date, der perfekte Mann. Und ich? Ich war verliebt in meinen Nachbarn. Müde ging ich die Treppe nach oben, schloss die Tür zu meiner Wohnung auf, schmiss den Schlüssel auf den Schuhschrank, die Schuhe in den Flur und mich auf mein Bett. Ich war verliebt in Tom. Und das nicht erst seit eben. Ich dachte darüber nach, wann genau ich mich in ihn verliebt hatte. Während meines ersten Praktikumsbesuchs? Nach dem Pfannkuchen-Desaster meiner Kinder? Auf Mellis Junggesellinnenabschied? Während unserer Kissenschlacht? Beim gemeinsamen Kochen? Am See? Ich wusste nicht wann, ich wusste nur, dass mein Herz wild schlug, wenn ich an ihn dachte, und dass ich ihn unbändig vermisste.

Was nun? Tom hatte vorhin gesagt, dass er sich mehr Zeit wünschte. Für mich? Und Ben, Emma und Theo? Ab jetzt würde er mehr Zeit haben. In mir breitete sich ein wunderbares Crémant-Prickeln aus. Aber was, wenn er etwas anderes meinte? Wir hatten uns seit seiner Rückkehr aus Schweden und dem Ende der Ferien immer nur kurz gesehen und nicht richtig miteinander geredet. Er hatte keinerlei Andeutungen gemacht, und ich hatte ihm gegenüber immer wieder betont, dass wir nur Nachbarn waren. Vielleicht gab es einen anderen Grund. Fernweh? Oder eine andere Frau? Nein, keine andere Frau. Die hätte ich doch treffen müssen. Aber er war fast nie zu Hause gewesen. Vielleicht war er bei ihr? Quatsch. Er war in den letzten Wochen so selten zu Hause, weil er seinen Sous-Chef eingearbeitet hatte. Und ich hatte mir seine Blicke und die Spannung zwischen uns nicht eingebildet. Da war was. Und das war nicht nur da gewesen, das war immer noch da. Sonst hätte er sich heute wohl kaum so ruppig gezeigt. Ich seufzte und legte mich unter die Decke, weil mir kalt wurde, obwohl mein Herz schneller als sonst schlug. *Anne, geh zu ihm.* Und genau das würde ich tun. Ich würde einfach klingeln und ehrlich sein. Gleich nachher, wenn er nach Hause käme.

45.

Melli seufzte. »Der arme Sebastian.« Es war Sonntag, spät am Abend, die Kinder schliefen, und endlich hatte sie mich zurückgerufen.

»Ich habe ein total schlechtes Gewissen.«

»Das ist auch vollkommen gerechtfertigt. Aber er fängt sich bestimmt wieder. Es wundert mich nicht, dass der Abend so verlaufen ist.«

»Warum kann ich dir nichts vormachen, mir aber schon?« Melli lachte laut in den Hörer. »Ich kann noch nicht mal vorwurfsvoll sagen, du hättest nicht versucht, mir die Augen zu öffnen«, fuhr ich fort.

»Na, jetzt sind sie ja offen.«

»Aber Tom nicht zu Hause.« Zu Tom zu gehen, war einfacher als gedacht, ihn auch anzutreffen, unmöglich. Samstagnacht war ich irgendwann selig eingeschlafen, und weder Sonntagmorgen, noch am Mittag oder Abend hatte ich Erfolg gehabt. Mit klopfendem Herzen hatte ich vor seiner Wohnungstür gestanden und geklingelt, doch niemand hatte geöffnet. »Und du warst nicht zu erreichen. Ich war froh, dass Willi mich auf einen Kaffee eingeladen hat.«

»Und wenn du einfach zu ihm ins *Pauls* fährst?«

»Und sage *Hallo miteinander. Ich brauche gerade mal den Maître, um etwas mit ihm zu besprechen*? Nein. Ich platze doch nicht einfach so in sein Lokal. Das ist mir zu theatralisch.«

»Aber es wäre romantisch.«

»Je länger ich darüber nachdenke, desto unsicherer werde ich, was genau ich ihm sagen soll«, ging ich über Mellis Kommentar hinweg.

»Warum?«

»Vielleicht meinte er doch nicht mich. Ich meine …«

»Vielleicht habt ihr seit einer Weile keine Zeit mehr miteinander verbracht, aber so lange ist euer Gespräch auch noch nicht her. Wann war es? Das sind doch noch keine zwei Monate. Und gestern Abend hat er sich eifersüchtig benommen. Warum hätte er das tun sollen, wenn er frisch verliebt in einer neuen Beziehung wäre? Dann hätte er sich doch wohl eher für seine Lieblingsnachbarin gefreut und keine spitzen Bemerkungen gemacht.«

»Ich weiß ja«, entgegnete ich kleinlaut und müde. »Ich versuche es morgen einfach wieder. Da ist Ruhetag.«

»Das klingt nach einem Spitzenplan. Apropos Plan: Solltest du übermorgen Verstärkung brauchen, dann meldest du dich, ja?«

Übermorgen war Theos Geburtstag, und mein größter Alptraum wurde wahr: Alex kam. Mit Bambi. Und ich freute mich riesig. Nicht.

»Wenn der Tag geschafft ist, schmeiß ich Konfetti und feiere mich selbst.«

Melli lachte ihr dreckiges Melli-Lachen. »Soll ich gucken, ob ich eine Konfettikanone auftreiben kann? Das sollte in Köln einen Monat vor Beginn der Karnevals-Session doch kein Problem sein. Dann musst du kein Konfetti werfen. Dann kannst du im Konfettiregen tanzen. Im Idealfall mit deinem Koch.«

Ihr Lachen war ansteckend. »Wenn alles so liefe, wie ich es mir wünsche, spräche nichts gegen einen Konfettiregen.«

»Schau mal. Für dich.« Peters Blick sprach Bände, als er sich in der großen Pause im Lehrerzimmer zu mir setzte und eine Computertastatur auf den Tisch legte, der einzelne Buchstaben abhandengekommen waren. Der Tag ging also so weiter, wie er angefangen hatte. Zuerst nicht ein oder zwei, nein drei launische Kinder am Morgen, die meine bis dahin eigentlich recht gute Laune strapaziert hatten, dann zwei Stunden Geschichte in der 8b, die, ganz gleich was ich mir ausdachte, an Bocklosigkeit und Trägheit nicht zu überbieten war und meine zu dem Zeitpunkt nicht mehr ganz so gute Laune weiter strapaziert hatte, und nun das in keinem Fall vage Gefühl, einer meiner Zehntklässler könnte etwas mit der dubiosen Tastatur zu tun haben.

»Einer von meinen?«

Peter nickte. Meine Laune war dahin.

»Lass mich raten. Admir?«

»Mahmout.«

Ich verdrehte die Augen.

»Heimlich, still und leise, während die anderen an ihrer Powerpoint-Präsentation gearbeitet haben. Wäre er geschickter gewesen, hätte ich es nicht mitbekommen, aber nach Aufmerksamkeit heischend hat er mit den Tasten jongliert. Als ich ihm das Messer abgenommen habe, mit dem er sich an der Tastatur zu schaffen gemacht hatte, hat er seine Sachen zu Boden geschmissen und ist auf die Tastatur getreten. Er behauptet, sie wäre ihm aus Versehen runtergefallen.«

»Er hatte ein Messer?«, fragte ich erschrocken.

»Kein scharfes, ein stumpfes, normales Tafelmesser, das er wohl in Hauswirtschaft hat mitgehen lassen.«

»Aus Versehen …« Ich betrachtete die Tastatur, der man das, was ihr zugestoßen war, mehr als ansehen konnte.

»Ich hab's schon eingetragen und im Rektorat gemeldet. Wir sollen die Eltern informieren und ihn abholen lassen.«

»Zum …« – ich zählte in Gedanken nach – »vierten Mal, seit er im September an unsere Schule gekommen ist.«

»Und ich soll dir von der Schulleitung ausrichten, dass du bitte eine Klassenkonferenz einberufen sollst.«

»In Ordnung.«

»Soll ich anrufen oder willst du?«

»Ich mach schon. Aber danke für das Angebot.«

Peter stand auf und klopfte mir aufmunternd auf die Schulter, bevor er in Richtung Kopierraum verschwand.

»Anne!« Nadjas Stimme war schneidend. Im Mantel hatte sie sich vor mir aufgebaut. »Ich habe drei von deinen beim Rauchen erwischt! Außerhalb des Schulgeländes! Das geht nicht!«

Anne, einatmen … und ausatmen … Erst dann antworten. »Nadja« – noch einmal einatmen … und ausatmen … – »ich weiß sehr wohl, dass das nicht geht, und gehe davon aus, dass du ihnen das gesagt hast.« Man konnte es nicht wissen. Womöglich hatte sie sich irgendwo durch die Büsche geschlagen und dort versteckt. Kollegin Eller versuchte stets, Konfrontationen mit Schülern aus dem Weg zu gehen.

»Trägst du sie dann bitte ins Klassenbuch ein und sagst ihnen, dass das nicht geht?«, fuhr ich fort und war die Ruhe selbst. »Die Eltern kann ich informieren. Ich muss eh bei Mahmout anrufen.« Ich musste nicht fragen, wer die drei gewesen waren; es waren einfach immer die gleichen, und Mahmout gehörte garantiert dazu.

»Eigentlich muss ich in den …«

»Danke.« Ich war zum Glück schneller, drückte ihr mein Klassenbuch in die Hand und ging zum Telefon.

Nach drei Telefonaten, die mir richtig Freude bereitet hatten, kam ich, zehn Minuten zu spät, in meine Klasse.

»Mahmout, packst du bitte deine Sachen? Dein Vater kommt dich gleich abholen.«

»Mich?!« Die Rolle Unschuldslamm beherrschte er perfekt.

»Dich.«

»Warum?« Er legte noch eine Schippe Betroffenheit darauf.

»Ich bin mir sicher, dass dir absolut klar ist, warum. Und ehrlich gesagt habe ich weder Zeit noch das Bedürfnis, es dir zu erklären, weil ich weiß, dass Herr Marks das bereits in aller Deutlichkeit erledigt hat.«

»Eine Scheiß-Schule ist das hier!« Mahmout war wieder Mahmout und nahm Fahrt auf. In der Klasse war es mucksmäuschenstill.

»Die wievielte Schule ist das, die du scheiße findest?«, fragte ich nach. »Die vierte? Oh nein!« Ich wurde theatralisch, was nicht gut war. »Die fünfte! So langsam solltest du vielleicht überlegen, ob es wirklich die Schulen sind, die scheiße sind.« Wenn es an einem Tag rund lief, lief es einfach rund. In dem Moment, als der Satz raus war, wusste ich, dass das mehr als gar nicht gut gewesen war. Ich war nicht nur wütend auf Mahmout, ich war gerade mindestens so wütend auf mich. *Anne!* Immerhin hatte ich es nicht direkt ausgesprochen.

»Sie sagen, dass *ich* scheiße bin?«

»Nein.« Ich zwang mich, ruhig zu werden und Gelassenheit auszustrahlen. »Das habe ich nicht gesagt. Ich habe gesagt, dass du darüber nachdenken sollst, warum du alle Schulen scheiße findest.«

»Das weiß ich!« Er war aufgestanden.

»Du wirst es uns sicherlich mitteilen.« Zwar war ich jetzt wieder auf dem Boden, aber die Situation eskalierte trotzdem.

»Weil ihr Lehrer alle scheiße seid!« Gut, das nahm ich ihm nicht übel. Wir waren quitt. »Und weil ihr Lehrer nicht gastfreundlich seid. Ja, seien Sie doch mal gastfreundlich! *Sie* sind am allerwenigsten gastfreundlich!« Nicht gastfreundlich? Ein interessanter Ansatz. Das hatte ich auch noch nicht gehört. Mahmout schwang seinen Rucksack über die Schulter und kam auf mich zu. »Wissen Sie was? Sie können mich mal!« Manchmal würde ich schon gerne einfach gegen ein Schienbein treten dürfen. Mit großen, entschiedenen Schritten ging er zur Tür. Also gut. Wenn er Gastfreundlichkeit forderte, würde ich gastfreundlich sein.

»Mahmout, hab einen wunderbaren Tag und sei doch bitte so freundlich und mach die Tür leise zu. Ich danke dir.«

Raus war er. Die Tür knallte, und ich atmete zum Ich-weiß-nicht-wie-vielten-Male an diesem Tag tief durch, bevor ich mich zu meiner Klasse drehte und in 17 Schülergesichter blickte, die mich alle mit großen Augen ansahen. Ich musste grinsen. »Hat noch jemand Bedarf an einer besonders gastfreundlichen Behandlung? Ihr könnt mir gerne sagen, dass ihr mich scheiße findet, aber dass ich nicht gastfreundlich bin, lasse ich mir nicht vorwerfen.«

»Ey, Frau Hansen, ich feier Sie!«, Scharin.

»Ja, voll. Frau Hansen, Sie sind der Babo!«, schloss Ayla sich ihr an.

»Ich weiß nicht, ob ihr mich noch immer feiert, wenn ich euch darum bitte, die Gedichtanalyse, die Hausaufgabe war, rauszuholen.«

Ein Stöhnen ging durch die Klasse, und die eben noch großen Augen blickten zum großen Teil beschämt nach unten.

»Ich weiß, das ist jetzt nicht der beste Moment, aber ich habe die Analyse nicht«, beichtete Mert. Der Großteil der Klasse schloss sich leider an.

»Das ist jetzt nicht euer Ernst, dass nur sechs die Hausaufgabe gemacht haben? Wir schreiben Donnerstag die Deutscharbeit.«

Eigentlich liebte ich meinen Beruf ja, war unsagbar gerne Lehrerin und mochte meine Schüler von Herzen. Aber jetzt gerade konnte ich sie nicht leiden. Wenn's lief …

Meine letzten beiden Unterrichtsstunden waren besser gelaufen. Vielleicht war mir der Ruf meiner heutigen explosiven Stimmung auch einfach vorausgeeilt, aber als ich auf dem Rad saß und nach Hause fuhr, war meine Laune fast wieder so einigermaßen wie am Morgen. Es regnete mal nicht, der graue Himmel über Köln war aufgerissen, und die Sonne schien und ließ die ersten gelben Blätter golden an den Bäumen tanzen. Dazu hatte ich Rückenwind, und genau dieser Wind würde mich gleich die Treppe hoch vor Toms Haustür wehen. Heute musste er einfach zu Hause sein. Heute war das *Pauls* geschlossen. Mein Herz schlug schneller, und ich war aufgeregt. Ich parkte mein Rad, versuchte, nicht zu hibbelig zu werden, und suchte den Hausschlüssel in meiner vollen Schultasche.

»Ich schließe schon auf«, sagte jemand, und ich drehte mich. Eine junge Frau stand hinter mir und lächelte mich freundlich an. »Hallo, ich bin Luisa«, stellte sie sich fröhlich vor, und ihre blauen Augen strahlten. »Anne«, entgegnete ich verdutzt. Sie schloss die Tür auf und ließ mir den Vortritt. »Schön, dich kennenzulernen, Anne. Ich habe schon viel von dir gehört.« Mein

Gesicht war ein Fragezeichen. Während ich darüber nachdachte, wer sie war, kam ich nicht umhin zu bemerken, dass sie bildhübsch war. Ihre dunklen Haare, die sie als Bob trug, ließen die blauen Augen nur blauer wirken. Sie trug Jeans, Boots, ein graues Shirt, darüber eine Lederjacke und sah sehr lässig aus. Luisa hatte meinen verwunderten Blick richtig gedeutet. »Ich gehöre zu Tom«, klärte sie mich wie selbstverständlich auf und schüttelte die Hand, die ich ihr entgegengestreckt haben musste.

»Freut mich auch«, hörte ich mich sagen.

»Na, wir sehen uns in der nächsten Zeit bestimmt noch öfter. Das hoffe ich jedenfalls sehr.« Sie strahlte mich an.

Ich zwang mich, zurückzulächeln, nuschelte: »Das kann schon sein, dann auf bald«, und machte mich an meinem Briefkasten zu schaffen.

Ich hörte, wie Luisa die Treppe hinaufging. Ich hatte ein Déjà-vu. Und es war kein schönes Déjà-vu. Ich setzte mich auf die unterste Stufe und starrte auf die schwarz-weißen Fliesen. Wenn's lief …

»Danke, dass du hier warst. Die Kinder hätten sonst wahrscheinlich ihre Sachen gepackt und wären morgen direkt mit nach London gezogen.« Melli stand im Mantel im Flur und wollte gerade wieder gehen. Nachdem ich bei ihr angerufen hatte, hatte sie beschlossen, einen Melli-Einsatz zu haben, und war gekommen. Und das war gut so. Meine Laune war ein wenig angestiegen, zwei leckere Geburtstagskuchen waren gebacken und dekoriert, die Küche präsentierte sich wunderbar aufgeräumt, Luftballons, Luftschlagen und die Happy-Birthday-Wimpelkette hingen in der Wohnung, und Theo hatte es inzwischen geschafft vor lauter Aufregung doch einzuschlafen.

»Sieh's so, der Tag ist fast vorbei.«

»Nicht, dass der morgige Tag besser werden würde …«

»Ich mag es, wenn du so optimistisch an Sachen herangehst.« Ich musste lachen. »Du rockst das morgen«, fuhr sie überzeugt fort. »Und was den Nachbarn betrifft? Whatever!«

»Whatever!«, wiederholte ich.

»Genau. Tschüss Liebelein.« Sie umarmte mich und drückte mir einen Kuss auf die Wange.

»Tschüss. Bis übermorgen.«

Ich schloss die Tür, löschte die Lichter und ging ins Bad. Beim Zähneputzen betrachtete ich mich im Spiegel. *Was ein Tag …* Ich wollte nur noch ins Bett, schnell die Augen zumachen und einschlafen. Doch ans Einschlafen war nicht zu denken. Ich war noch immer wütend. Ich hatte es verbockt. Vor knapp zwei Monaten schon. Und dann war ich auch noch so doof gewesen mir einzubilden, Tom hätte sich mehr Zeit für mich in seinem Leben gewünscht. *Whatever, Anne, whatever!* Okay. Zum letzten Mal an diesem Tag atmete ich durch. Whatever! Ich sah auf die Uhr. Es war kurz vor zwölf. Wenn es doch schon morgen Abend um halb zwölf wäre. Auf der anderen Seite: Wenn ich jetzt das Gute am morgigen Tag benennen sollte, so war es, dass ich wegen Naomi bestimmt nicht an Tom denken würde. Ich machte Fortschritte. Das war doch nun wirklich optimistisch gedacht. Und morgen wurde mein Mini acht, was gar nicht mehr so mini war. Theo hatte einen tollen Geburtstag verdient, mit einer gut gelaunten Mama. Wenn ich ganz ehrlich zu mir war, hatte ich eigentlich gar keinen Grund, schlecht gelaunt zu sein. Ich hatte schließlich meine drei wunderbaren Kinder. Wütend auf mich war ich trotzdem. Und auf Tom. Whatever!

46.

Es klingelte an der Haustür. Da waren sie also. *Anne, das packst du. Der Tag war bisher ein guter Tag, und er wird ein guter Tag bleiben.* Das stimmte. Theos Geburtstag war bis jetzt rundum gelungen gewesen. Nicht Theo, sondern der vorsorglich auf acht gestellte Wecker hatte mich am Morgen geweckt, so dass ich den Tag einigermaßen ausgeschlafen begonnen hatte. Ben, Emma und ich hatten das Geburtstagskind mit *Happy Birthday* aus dem Schlaf geholt und noch eine Weile mit ihm gekuschelt, bis er doch zu aufgeregt gewesen war und unbedingt die Geschenke hatte auspacken wollen. Mit den *Star Wars*-DVDs hatte ich einen Volltreffer gelandet, und Theo hatte sich vor Freude fast nicht wieder eingekriegt. Vielleicht war mein Geschenk pädagogisch nicht glücklich, aber solange mein Kind glücklich war … und Theo war überglücklich. Ich hatte zum Frühstück Pancakes gemacht, wie mein Mini es sich gewünscht hatte, und anschließend hatten wir es uns im Schlafanzug vor dem Fernseher gemütlich gemacht und Episode I und II geschaut. Nun war ich *Star Wars*-Expertin und spürte die dunkle Bedrohung die Treppe hochkommen. Fünf Minuten zu früh. Theo hatte schon auf den Türöffner gedrückt und war ihnen mit seinen Geschwistern entgegengelaufen. Ich hörte sein glückliches Lachen. Also dann. Ich warf einen kurzen Blick in den Spiegel, machte mich innerlich über mich selbst lustig, weil ich mich heute bewusst mehr als sonst zurechtgemacht hatte, pustete eine Haarsträhne aus dem Gesicht und ging zur Tür, in der Alex strahlend stand, unser Geburtstagskind auf dem Arm.

»So, Großer, wir sind oben.« Er setzte Theo ab. »Hallo, Anne.«

»Hallo, Alex.«

Ich sah ihm an, dass er aufgeregt war. Neben ihm erschien Bambi, ich meinte Naomi. Ich hatte mir wirklich vorgenommen, nicht immer Bambi zu denken. Naomi trug ein hautenges schwarzes Kleid, das ihren Babybauch in Szene setzte, und hohe Stiefeletten, die ihre Beine endlos wirken ließen. Hätte sie nicht wenigstens ein bisschen Wasser in den Beinen haben können? Die roten Haare fielen perfekt über ihre Schulter, ihre sanft geschwungenen Lippen und die grünen Augen lächelten mich an. »Honey, willst du uns nicht endlich richtig vorstellen?« Erwartungsvoll sah sie Alex an.

»Natürlich.« Alex' linkes Augenlid zuckte nervös, was mich amüsierte. »Anne, das ist Naomi. Naomi, Anne.«

»Hello«, sagte Naomi in bestem Upper-Class-Englisch. »Ich bin froh, dich nun richtig kennenzulernen. Finally.«

»Hallo, Naomi.« Ich gab mir alle Mühe, dass mein: »Es ließ sich nicht länger vermeiden«, ebenso aufgesetzt klang, und ergänzte, weil das Zucken in Alex' Augenlid schlimmer wurde: »Darum willkommen. Kommt doch rein.«

»Sehr gerne.« Und schon stand Naomi mitten in meiner Wohnung und mitten in meinem Leben und sah sich um. »Lovely.«

Emma verdrehte die Augen. Fast hätte ich angefangen loszulachen, weil die ganze Situation einfach grotesk war.

»Das ist von Naomi und mir«, sagte Alex und überreichte

Theo ein kunstvoll verpacktes Geschenk. »Naomi hat es für dich verpackt.«

Und schon war die kunstvolle Verpackung in Schnipseln auf dem Boden und Geschichte.

»Yodas Laserschwert!« Theo war vollkommen aus dem Häuschen. »Du gut das ausgesucht hast. Cooles Geschenk das ist!« Er fiel seinem Vater um den Hals und ließ Naomi links liegen. *Fssssssscht, fssssssscht.* Theo bewegte das Laserschwert kunstvoll. Es klingelte wieder. »Theo, aufmachen du musst. Deine Gäste das sind«, stieg ich in sein Spiel ein. *Fsssssscht, fsssssscht,* machte das Schwert, die Tür öffnete sich, ein erster Teil der wilden Horde fiel ein und verschwand lauthals in Theos Zimmer.

»Einen Kaffee trinken ihr wollt?«, fragte ich, und Naomi wirkte nachhaltig verwirrt.

»Gerne. Das Zeitfenster vor der Kuchenschlacht genutzt werden muss«, antwortete mein Exmann lachend, doch das Lachen wurde leiser, als er in Naomis Gesicht sah. »Meister Yoda«, erklärte er.

»Honey, das ist nicht lustig«, war ihre knappe Antwort.

»Nein. Honey, nicht lustig das ist«, warf Ben grinsend ein, und Emma begann zu lachen. Meine Kinder. Am liebsten hätte ich sie fest gedrückt und für vorbildliches Verhalten gelobt, ich ging jedoch lieber vor in die Küche und machte Kaffee. Breit grinsend.

Alex und Naomi hatten um 14.45 Uhr geklingelt. Um 14.50 Uhr war Gast 1 gekommen, um 14.54 Uhr hatte ich die drei Kaffee fertig. Um 15.05 Uhr war die wilde Horde versammelt. Um 15.13 Uhr gab es den ersten Laserschwert-Ringkampf im Wohnzimmer mit sechs wilden Kerlen auf einem Haufen. Um 15.15 Uhr waren Kissen dazugekommen, und alle wilden Kerle kämpften über Sofa und Sessel, so dass ein erster Einwurf von meiner Seite nötig wurde. Um 15.22 Uhr: Kuchenschlacht. Die Klon-Kriege waren nichts dagegen. Naomi guckte so fassungslos, wie man nur fassungslos gucken konnte. Um 15.23 Uhr musste ich feststellen, dass Naomi sehr wohl noch fassungsloser gucken konnte. Um 15.30 Uhr prügelten sich sieben wilde Kerle vor Freude und Übermut lauthals lachend im Flur, einer aß friedlich weiter Kuchen, und Naomi musste im Wohnzimmer die Füße hochlegen. Um 15.33 Uhr hörte ich Alex einschreiten – »Damit wird nicht geworfen! Oskar, das Schnitzmesser kommt wieder zurück auf den Geschenketisch. Und hey, Maxi, mit dem Laserschwert wird nicht geschlagen!« –, während ich die Opfer der galaktischen Kuchenschlacht auf dem Küchenboden zu beseitigen versuchte. Um 15.34 Uhr war klar, dass die geplante Schatzsuche mehr als dringend losgehen musste. Um 15.35 Uhr klingelte Jessi und beschwerte sich über den Lärm, bei dem sie sich nicht auf ihren Text konzentrieren könne. Um 15.36 Uhr musste sich Naomi ausruhen, und Alex und ich hatten folgenden Wortwechsel: »Anne, kann Naomi sich vielleicht auf deinem Bett ausruhen?« »Das ist jetzt doch wohl nicht dein Ernst, dass du mich fragst, ob *deine* Freundin in *mein* Schlafzimmer und in *mein* Bett darf?! Es reicht, dass sie in meine Wohnung durfte!« Um 15.37 Uhr war Naomi ganz flatterig und unpässlich und nicht in meinem Schlafzimmer und wollte auf keinen Fall von Alex alleine gelassen werden. Um 15.38 Uhr stand fest, dass ich mit den Jungs alleine den Schatz suchen würde, den Ben und Emma gerade draußen versteckten, hoffentlich an der besprochenen Stelle. Um 17.06 Uhr waren wir zurück. Mit Schatz und vollkommen nass, weil es auf den letzten Metern begonnen hatte, in Strömen zu regnen. Das galt zumindest für mich. Die Kinder hatten ihre Jacken angehabt, nur ich hatte im Chaos des Aufbruchs lediglich meine Strickjacke übergeworfen. Schön blöd. Trotzdem war ich eigentlich wieder guter Dinge. An der frischen Luft hatte ich mich abgeregt, die Schatzsuche war bei der lustigen Partygesellschaft ein voller Erfolg gewesen, und der Schatz, ein Päckchen *Star Wars*-Karten für jeden, war nicht nur begeistert begrüßt worden, sondern würde den Rest des Geburtstags durch die sofort einsetzenden Tauschverhandlungen im Idealfall etwas ruhiger machen.

Aber zu Hause wartete die dunkle Seite der Macht auf mich. »Kind, wie siehst du denn aus?« Meine Mutter. Und Albert. In trauter Runde zusammen mit Alex und Naomi im Wohnzimmer. Gerade hatte es neue Hoffnung gegeben, da schlug das Imperium zurück. Wie hatte ich nur vergessen können, dass ich die beiden in einem Anflug von Leichtsinn auch zur Kinderparty eingeladen hatte? »Draußen wir waren, und einen Schatz gefunden wir haben«, klärte Theo sie auf.

»Was redest du so komisch, Theo?« Meine Mutter sah ihn groß an.

»Ich nicht Theo, ich Großmeister Yoda bin«, war seine Antwort. *Fssscht,* blitzte sein Schwert auf.

Sie riss sich zusammen. »Herzlichen Glückwunsch, Theo.«

»Auch von mir, junger Mann.« Albert schüttelte ihm die Hand, und meine Mutter überreichte ein Geschenk. Ich war froh, dass Theo: »Danke, Oma. Danke, Albert« gesagt hatte, bevor er das Geschenk aufgerissen, das Tierlexikon auf den Wohnzimmertisch gelegt hatte und zurück in sein Zimmer gegangen war.

»Ihr entschuldigt mich? Ich ziehe mir schnell was Trockenes an.« Die vier schien es nicht weiter zu stören, und ich ging in mein Schlafzimmer, wo ich die Tür hinter mir schloss, mich für einen kurzen Moment auf mein Bett setzte, die Augen schloss und durchatmete. Kurz darauf stand ich auf, zog das nasse Kleid aus und griff das erstbeste Shirt und die erstbeste Jeans aus dem Schrank. Dann platzte Theo in den Raum. »Mama, Nils und Marek prügeln sich, weil Marek Nils die abgetauschte Karte nicht wiedergibt, und wir haben mit Rücktausch und Wiedergabe getauscht.«

»Kann Papa nicht helfen? Ich würde mir die nassen Haare gerne schnell föhnen.«

»Papa macht Naomi einen Tee und hat gesagt, dass er gleich kommt, aber Marek hat schon Nasenbluten.«

Also blieben die Haare nass. Als ich hinter Theo in sein Zimmer kam, blutete Mareks Nase, und Nils heulte. »Jungs! Jetzt reicht's!« Ich packte meine gesamte Lehrerautorität aus.

»Aber Marek will mir Obi-Wan nicht wiedergeben«, schniefte Nils.

»Du hast dafür Mace Windu bekommen!«, wehrte sich Marek.

»Aber wir haben mit Rücktausch und Wiedergabe getauscht«, warf Oskar ein.

»Wisst ihr was?« Es war Zeit, dass klare Tauschregeln eingeführt wurden. »Wenn ihr tauscht, dann tauscht ihr. Ohne Rücktausch und Wiedergabe. Sonst macht das Tauschen keinen Sinn, und es gibt nur Streit.«

»Aber …«, warf Theo ein.

»So, Theo, wo muss ich helfen?« Alex kam durch die Tür.

»Mama sagt, wir dürfen nicht mehr mit Rücktausch und Wiedergabe tauschen.« Von wegen Yoda. Mein kleiner Sohn war Anakin und wandte sich gerade der dunklen Seite zu.

»Alles Weitere regelst einfach du.« Ich stand auf und ging an Alex vorbei in die Küche, wo er in der Zeit, in der ich auf großer Schatzsuche war, natürlich nicht aufgeräumt hatte, weil er wahrscheinlich unabkömmlich an der Seite von Naomi gewesen war. Die Küche zeigte nach wie vor deutliche Spuren der Kuchenschlacht, und ich machte mich daran, sie zu beseitigen, damit das große Hotdog-Wettessen beginnen konnte. Im Wohnzimmer lachten meine Mutter und Albert mit Naomi.

»Alles gelöst, Tränen getrocknet und Nasenbluten gestillt.« Alex kam in die Küche und war sehr zufrieden mit sich.

»Toll.« Die Ironie in meinem Kommentar ließ sich nicht als Unterton bezeichnen. Jeder Buchstabe war vielmehr ein ironisches Ausrufezeichen. Mein Exmann sah mich fragend an, und ich fuhr liebend gerne dort.

»Einen kleinen Streit lösen und meinen, der Held des Tages zu sein!« Wütend stopfte ich die dreckigen *Star Wars*-Pappteller in den Mülleimer. »Zumindest hier hättest du doch wohl aufräumen können, als wir draußen waren.«

Alex blickte schuldbewusst. »Du hast recht.« Er wischte den Tisch ab. »Tut mir leid, aber Naomi hatte einen kleinen Schwächeanfall.«

Einen kleinen Schwächeanfall? Ich stand kurz vor einem großen Wutanfall.

»Honey, thank you so much for the tea.« Auftritt Naomi. »That was lovely.« Sie schmiegte sich an ihn. Ich tat die Würstchen in den Topf.

»Könnt ihr bitte den Tisch decken?« Ich veränderte meine Taktik. Es brachte nichts, zu hoffen, sie würden von alleine darauf kommen, es bedurfte klarer Fragen, die nur eine Antwort duldeten.

»Sure«, sagte Naomi liebreizend, und ich hätte ihr liebend gerne die Teller an den Kopf geworfen, aber ich zwang mich zu einem reizenden »Lovely«. Alex blickte mich warnend an. Ich funkelte zurück.

»Warum stehen die Jungs auf so brutale Sachen?«, fragte sie, als sie die Teller auf dem Tisch verteilte. »Zum Glück bekommen wir eine little princess.«

Nicht nur Jungs standen auf brutale Sachen. Es war gut, dass ich in diesem Moment nicht das Laserschwert meines kleinen Sohnes in den Händen hielt. Emma kam in die Küche und nahm mich in den Arm. Perfektes Timing. Ich drückte sie fest.

»Emma, hat dein Daddy dir schon gesagt, dass du eine little sister bekommst?«, strahlte Naomi sie an.

»Aha«, war der trockene Kommentar meiner Tochter.

»Eine zweite princess für deinen Daddy.«

Emma zuckte mit den Schultern und ging aus der Küche in den Flur, wo, nach den Geräuschen zu urteilen, neue Laserschwert-Kämpfe stattfanden.

»Ich gehe wieder ins Wohnzimmer und setze mich hin. Ich bin anstrengend.«

»Du bist angestrengt«, verbesserte Alex sie lächelnd und gab ihr einen Kuss. Dann rauschte sie davon.

»Ich finde ja anstrengend passender«, rutschte mir heraus.

»Anne, jetzt reiß dich einfach zusammen und nimm Rücksicht. Naomi gibt ihr Bestes, es so angenehm wie möglich für dich zu machen.«

»Es so angenehm wie möglich für *mich* zu machen?! In meinem Wohnzimmer die Füße hochzulegen, sich von vorne bis hinten bedienen zu lassen und die ganze Zeit, deine Aufmerksamkeit zu beanspruchen, obwohl *dein* Sohn Geburtstag hat, das nennst du Rücksicht nehmen?«

Fssscht! Theo kam in die Küche. »Sind die Hotdogs bald fertig? Wir haben Hunger!!!!«

Ich riss mich zusammen und lächelte meinen kleinen Jedi-Meister an. »Du kannst deine Gäste holen. Das Abendessen ist fertig.«

»Jaaaaaaa! Es gibt Hotdogs!« Er verschwand *Fsssscht!*, um zwei Sekunden später als geballte Ladung wieder einzufallen. Der Lärmpegel in der Küche verfünfundzwanzigfachte sich. So kam es mir jedenfalls vor. Trotzdem verstand ich, dass Alex: »Margarethe und Albert scheinen sie zu mögen«, sagte, während ich die Brötchen aufschnitt, und er Apfelschorle in die Becher schenkte.

»Gleich und gleich gesellt sich eben gern.«

Es klingelte. Um sechs? Auf die Einladungen hatte Theo doch geschrieben, dass die Party bis halb sieben ging. Ich öffnete die Tür.

»Tom?«

»Tom!« Theo fiel ihm um den Hals.

»Hey, alles Gute, Theo. Ich hab's nicht früher geschafft. Und? Hast du eine rauschende Party?« Mein kleiner Sohn nickte.

»Nicht früher geschafft?«, fragte ich, und Theo klärte mich auf: »Ich habe Tom auch eine Einladung gebracht.«

Ich sagte ja, die dunkle Seite der Macht. Willi, Melli und Simon kamen Samstag zum Nachfeiern. Hätte das nicht besser gepasst? Wobei ich nicht wusste, ob Tom mir gerade überhaupt passte. Er passte mir weder heute noch Samstag.

»Hast du auch ein Geschenk für mich?«

»Theo!«, ermahnte ich ihn, doch Tom lachte nur. »Na klar.«

Schon war das Geschenk aufgerissen. »Wahnsinn. Mama, guck mal, ein *Star Wars*-Lexikon!« Theo war begeistert. »Danke Tom!«

»Wird etwa schon jemand abgeholt?« Alex kam aus der Küche in den Flur und blickte irritiert auf Tom.

»Nein, Theos letzter Gast ist gekommen«, klärte ich ihn auf und stellte beide einander vor. »Alex, das ist Tom. Unser Nachbar. Und Tom, das ist Alex, mein Exmann.«

»Hallo.«

»Hi.«

Mein Exmann und mein Nachbar gaben sich recht wortkarg die Hände. Ich bemerkte Alex' Blick, der von Tom zu mir und wieder zu Tom wanderte. »Na, dann kommen Sie doch rein.« Was sollte das? Ich sah Alex an. Das Platzhirsch-Gehabe konnte er sich sparen. Das zog vielleicht bei seinem kleinen Rehlein, aber das hier war meine Wohnung, in der er heute ausnahmsweise geduldet war. Ich warf ihm einen bitterbösen Blick zu, ließ beide im Flur stehen und ging zurück in die Küche, in der es nach Ketchup-Massakern klang.

»Herr Paulsen, wie schön«, hörte ich meine Mutter im Wohnzimmer flöten, während ich umgefallene Becher wieder aufstellte, mit einem Lappen die Schorle-Lachen vom Tisch wischte und die Becher wieder auffüllte.

»Ist dein Nachbar oft zu Besuch?«, fragte Alex scheinbar beiläufig.

»Ich wüsste nicht, was dich das anginge«, war meine weniger beiläufige und recht deutliche Antwort.

Die Horde war aus der Küche verschwunden und tobte wieder durch die Wohnung.

»Wenn Theo ihn einlädt, muss er ihn ja wohl kennen.«

»Ja und?!«

»Anne? Albert und ich machen uns jetzt auf den Weg. Wenn wir gewusst hätten, dass Herr Paulsen auch kommt, hätten wir unsere Termine anders gelegt.« In der Stimme meiner Mutter lag ein leichter Vorwurf, und sie meinte eher »Warum hast du uns nicht gesagt, dass Herr Paulsen auch kommt?«. Darüber hörte ich müde hinweg und freute mich, dass sie gleich gehen würden. »Wir haben noch Karten für die Oper.«

Ich mühte mir ein Lächeln ab und brachte beide zur Tür. Der kritische Blick meiner Mutter scannte mich von oben bis unten. Ich wusste, dass meine Haare wild waren und ich wahrscheinlich Ketchup-Flecke auf meinem T-Shirt hatte, aber ich hatte das Glück, dass sie das, was sie dachte, für sich behielt, das, was sie letztendlich sagte, war allerdings nicht viel besser: »Schade, dass du so wenig Zeit für die Gäste hattest. Aber wir haben uns trotzdem wunderbar unterhalten, nicht wahr, Albert?« Albert nickte. »Wir haben uns blendend mit Naomi verstanden.«

Ich riss mich zusammen, rang mir ein: »Na, das ist doch schön. Danke, dass ihr gekommen seid«, ab, schloss die Wohnungstür recht klangvoll hinter beiden und sah auf die Uhr. Zwanzig nach sechs. Nur noch ein kleines bisschen durchhalten, und ich hatte es geschafft.

»Anne, die anderen lassen mich nicht mitspielen.« Henry stand vor mir. »Ich komm schon«, entgegnete ich und folgte ihm in Theos Zimmer.

»Jetzt komm, Mats. Papa und die Geschwister fragen sich bestimmt schon, wo wir bleiben.« Alle anderen kleinen Gäste waren schon gegangen, nur Karen, Mats Mutter, war auf ein Glas Sekt geblieben. Mich hatte amüsiert, wie irritiert sie Naomi angesehen und bei der ein oder anderen Äußerung von ihr leicht den Kopf geschüttelt hatte. Tom war sie dagegen ausgesprochen aufgeschlossen begegnet, und ich hatte genau mitbekommen, wie sie ihn und mich im Auge hatte, was mich weniger amüsierte.

»Mama, noch ein bisschen …« Mats sah sie mit großen Augen an.

»Nichts da. Morgen ist Schule, und Anne ist bestimmt auch froh, wenn sie gleich ihre Ruhe hat.«

»Oh ja, das bin ich wohl.«

Mats zuckte mit den Schultern und kam aus dem Kinderzimmer. »Theo, das war 'ne coole Party!« Anerkennend klopfte er seinem besten Freund auf die Schulter. Theo und ich brachten beide zur Tür. Während die Jungs ihre Lichtschwertkämpfe im Treppenhaus ausfochten, grinste Karen mich an: »Zu Naomi sag ich nichts. Aber dein Koch ist wirklich total charmant.«

»Du musst gar nicht so grinsen. Theo hat ihn eingeladen. Und er ist nicht *mein* Koch. Er ist mein Nachbar«, wehrte ich ihren Kommentar verärgert ab. »Tom hat eine Freundin.«

Karen sah mich überrascht an. »Tut mir leid, wenn ich was Falsches gesagt habe, aber …«

»Tschüss Karen.« Alex war hinter mir erschienen, »grüßt du Tobi und die Kinder lieb?«

»Das mache ich. War schön, dich zu sehen. An deine neue Freundin muss ich mich, ehrlich gesagt, erst gewöhnen.« Karen war ehrlich. Immer. Und das, was sie eben zu mir gesagt hatte, war hiermit vollkommen ausgebügelt und vergessen.

Alex nickte, und nun war ich es, die grinsen musste. »Wir reden ein anderes Mal. In Ruhe«, sagte ich und umarmte sie.

»Bis ganz bald.« Karen drückte mich. »Also, tschüss Alex. Mats, auf geht's.«

Ein Stöhnen, aber Mats gehorchte und lief winkend hinter ihr die Treppe nach unten.

Ich schloss die Wohnungstür. Tom ließ sich von Theo alle seine Geschenke vorführen, und Naomi saß wahrscheinlich im Wohnzimmer auf dem Sofa und hatte die Füße hochgelegt. Alex stand vor mir. »Sorry, dass ich eben so unangemessene

Fragen gestellt habe. Es geht mich nichts an, mit wem du deine Zeit verbringst. Und die Kinder scheinen ihn sehr zu mögen.«

Ich nickte kurz und ging an ihm vorbei in die Küche. Er hatte wirklich schon den Großteil aufgeräumt. Immerhin.

»Na, Ben und Emma haben ihn genau so fröhlich begrüßt, wie Theo«, meinte Alex, der mir gefolgt war. Lag da ein klein bisschen gekränkte Eitelkeit in seiner Stimme? »Und du bist noch angespannter, seit er da ist.« Auch Alex konnte noch immer in mir lesen.

»Alex, Tom ist unser Nachbar«, stellte ich fest und fand, dass ich überzeugend geklungen hatte. Bevor Alex weiter bohren konnte, kam Naomi in die Küche, und ich war zum ersten Mal froh darüber, dass sie sich einfach immer in den Vordergrund spielen musste. »Honey, ich bin müde. Können wir gleich ins Hotel?«

Alex sah mich fragend an.

»Alles in Ordnung.«

Die Tür fiel hinter beiden ins Schloss. Das war also auch geschafft. Blieb der Nachbar; im wahrsten Sinne des Wortes, denn Tom war noch immer da. Seine Anwesenheit ließ mich nervös werden. Lässig lehnte er am Küchentisch und sah mich an, und ich kam nicht umhin, festzustellen, dass er blendend aussah. Aber das war egal. Whatever. Tom Paulsen hatte eine Freundin. Und war mein Nachbar. Und ich wollte endlich wieder die Kontrolle über diesen Tag haben.

»Es ist schon fast acht«, bemerkte ich.

»Ja?«

»Stand auf deiner Einladung nicht auch, dass die Party bis halb sieben geht?«

»Willst du mich etwa loswerden?«

»Weißt du was, Tom Paulsen?«

»Nein, aber ich bin mir sicher, dass du mich gleich ins Bild setzen wirst.«

»Ich habe heute so gar keine Lust mehr, mich zu streiten oder zu rechtfertigen. Die Heimsuchung von Honey und Bambi in Kombination mit meiner Mutter und Albert und Theos Kindergeburtstag reichen vollkommen. Ich möchte jetzt einfach meine Ruhe haben. Geh doch einfach zu deiner Freundin Luisa und lass mich mit deinen doofen Sprüchen alleine, ja?«

Tom hatte sich vom Tisch gelöst und kam auf mich zu. Kurz vor mir blieb er stehen, beugte sich zu mir und sah mich an. »An mir liegt es nicht, dass du immer meinst, dich streiten zu müssen.« Er sagte es ganz ruhig. Ich hingegen war meilenweit davon entfernt, ruhig zu sein. Bevor ich allerdings etwas entgegnen konnte, fuhr er ebenso ruhig fort: »Und Luisa ist meine Schwester.« Dann ließ er mich einfach stehen.

Tom hatte mich also einfach in der Küche stehen lassen, so kam es mir jedenfalls vor, auch wenn ich ihn wohl eher rausgeschmissen hatte. Ziemlich durcheinander war ich eine Weile dort gestanden, ebenso durcheinander hatte ich meine Kinder zum Duschen überreden und ihnen die Idee, am Abend noch gemeinsam Episode III zu gucken, ausreden müssen, ihnen vorgelesen, sie ins Bett gebracht und die Wohnung fertig aufgeräumt. Inzwischen schliefen Ben, Emma und sogar Theo, der behauptet hatte, seinen Geburtstag bis zur letzten Minute erleben zu wollen; nur ich lag, noch immer durcheinander, in meinem Bett und konnte einfach nicht einschlafen. Ich blickte an die Decke. Dort über mir war er irgendwo. Vielleicht im Wohnzimmer? Oder lag er auch schon im Bett? Vielleicht dachte er an mich?

Das war doch albern! Entschieden machte ich meine Nachttischlampe an und stand auf. Es war kurz nach elf, und ich würde jetzt zu ihm gehen und das loswerden, was ich loswerden musste. Mein Entschluss stand fest. Ohne weiter nachzudenken, zog ich mir schnell eine Strickjacke über, war aus der Wohnungstür und hatte schon bei ihm geklingelt.

»Anne?« Tom sah mich überrascht an. »Ist was passiert?« Er klang besorgt.

»Nein.« Mir wurde klar, wie ich, barfuß, in Schlaf-T-Shirt und Strickjacke, wirken musste, aber es war mir egal. »Hast du einen Moment?«

Er nickte und ließ mich hinein. Im Flur standen wir uns gegenüber.

»Ich hoffe, ich habe niemanden geweckt.«

Tom schüttelte den Kopf. »Luisa ist aus, und ich war noch wach.«

»Ich wusste nicht, dass sie deine Schwester ist.«

»Ich weiß zwar nicht, was das jetzt zur Sache tut, aber sie macht hier ein Praktikum und wohnt in den nächsten Monaten bei mir.«

»Das tut sehr wohl was zur Sache, weil ich davon ausgegangen bin, dass sie deine Freundin ist. Ich meine, sie hat zu mir gesagt, dass sie zu dir gehört. Was hätte ich da anderes denken sollen?«

Er grinste. »War es das, was du mir heute Abend unbedingt noch sagen musstest?«

»Nein. Ich bin noch nicht fertig. Und du musst jetzt gar nicht so grinsen. Es ist ja nicht so, dass du sehr offen von deinen Freundinnen erzählst.«

»Und du bist da anders?« Tom grinste nicht mehr.

»Ja, ich bin da sehr wohl anders!« Bisher verlief das Gespräch nicht so, wie es ich es gerne gehabt hätte. Er reizte mich wieder. Aber dieses Mal würde ich mich nicht von meiner Mission abbringen lassen. Ich suchte nach den richtigen Worten. »Ich bin in dich verliebt und hatte darum in den letzten Monaten ein paar Dates.« Das waren vielleicht nicht die richtigen Worte gewesen, aber ich hatte angefangen und redete einfach weiter. »Ich weiß, dass das jetzt vielleicht ein bisschen schräg klingt.«

»Das kann man wohl so sagen.«

Ich unternahm einen Erklärungsversuch: »Ich wollte mich nicht in dich verlieben und mir beweisen, dass es nicht so ist, wie es sich anfühlt, aber ich schaffe es einfach nicht, nicht in dich verliebt zu sein. Eher das Gegenteil ist der Fall. Es tut mir so leid, dass ich vor zwei Monaten so blöd war. Aber ich dachte, Nachbarn zu sein, wäre das Beste.« Ich machte eine kleine Pause und versuchte in seinem Blick zu lesen, aber Tom sah mich nur an, also fuhr ich fort, bevor mich mein Mut verließ und ich vielleicht anfing, darüber nachzudenken, was wäre, wenn … »Ich meine, ich bin nicht alleine. Ich bin für meine drei Kinder verantwortlich. Es geht nicht nur um einen Partner für mich. Und du warst nie da. Jedenfalls nie, wenn wir wach waren.« Ich atmete tief durch. *Weiter, Anne.* Tom sah mich noch immer an. »Ganz gleich, was ich versucht habe, mir vorzumachen, muss ich erstens immer wieder an dich denken, und das sind gar keine nachbarschaftlichen Gedanken. Zweitens vermisse ich dich, wenn du nicht da bist, und ich sehne mich danach, viel mehr Zeit mit dir …« Weiter kam ich nicht, denn Tom hatte mich an sich gezogen und küsste mich einfach. Und mein Herz explodierte wie ein Feuerwerk.

Atemlos sahen wir uns an. »Tom Paulsen, das war ziemlich kühn«, flüsterte ich, »ich war noch gar nicht fertig.«

»Immer das letzte Wort.« Lächelnd legte er mir seinen Zeigefinger auf die Lippen. »Erstens will ich dich schon viel zu lange küssen, mindestens seit du als Wasserleiche ins *Pauls* geschwemmt wurdest, aber du machst es einem ja nicht leicht«, sagte er und lehnte seine Stirn an die meine. »Zweitens kannst du davon ausgehen, dass ich dich jetzt nicht wieder gehen lasse, weil ich dich in meinem Leben haben will, und das ebenso gar nicht nachbarschaftlich, und drittens nehme ich dich sowieso nicht ohne Ben, Emma und Theo.«

Dieses Mal hatte ich nicht das letzte Wort, obwohl ich schon einiges hätte anmerken können, mindestens, dass ich es nicht alleine verkompliziert hatte. Stattdessen küsste ich ihn. Einfach so. Wie ich ihn ab jetzt immer küssen würde.

47.

Ich schlug die Augen auf und wusste im ersten Moment nicht, wo ich war, doch nicht lange, dann musste ich fröhlich grinsen. Neben mir lag Tom, seinen Arm um mich. Er schlief. Ich schmiegte mich an ihn und schloss die Augen. Ihn zu küssen und zu berühren, von ihm berührt zu werden, bei und mit ihm zu sein, war aufregend und neu und fühlte sich doch unsagbar vertraut und selbstverständlich an. Alles war leicht und klar. Bis zu dem Moment, an dem die ganz banale Frage, wie spät es eigentlich war, mein glückseliges Hochgefühl verdrängte. Schlagartig saß ich im Bett, weil meine innere Uhr ein »Zu spät« signalisierte.

»Anne?« Tom lächelte mich verschlafen an. Der Radiowecker auf seinem Nachttisch zeigte dreiundzwanzig nach sieben. Eine *viel* zu späte Uhrzeit. Du meine Güte. Sofort war ich aus dem Bett.

»Ich habe verschlafen. Total. In zwanzig Minuten müssen die Kinder und ich aus dem Haus sein.« Ich klang leicht panisch.

»Guten Morgen.« Toms Arme umschlossen mich, und er küsste mich. »So viel Zeit muss selbst bei zwanzig Minuten sein.«

Ich sah ihn an. Verliebt. Aufgeregt. Durcheinander. Angekommen. Und mein Gesicht leuchtete vor Glück. »Bis später«, sagte ich; bestimmt viermal, denn immer wieder musste ich ihn einfach küssen. »Bis später«, das fünfte Mal, und ich huschte, nein, ich schwebte eilig die Treppe nach unten.

»Guten Morgen, Mama.« Mein großer Sohn stand im Flur, putzte die Zähne und grinste mich dabei breit an.

»Guten Morgen«, Emma, komplett angezogen, kam aus dem Bad und musterte mich mit dem gleichen Grinsen, während ich mich fragte, ob alle Zehnjährigen schon solche Untertöne in ihre Worte legen konnten.

»Ihr seid schon wach?« Etwas Schlaueres fiel mir nicht ein, ich war einfach zu verdutzt. Dazu hatte ich eigentlich gehofft, sie würden noch schlafen, um nichts erklären zu müssen und in Ruhe zu überlegen, wie ich ihnen das mit Tom und mir erzählen konnte. »Ich war nur kurz oben bei Tom.«

»Kurz.« Zehnjährige konnten ihre Worte sehr wohl vollkommen bewusst mit genau verständlichen Untertönen unterlegen.

Fsssssssscht! Fsssssscht! »Mama, ich finde meine Poe-Dameron-Karte nicht.« Wenigstens ein Kind, das normal war. So normal man eben sein konnte, wenn man acht Jahre alt war und teilweise in einem *Star Wars*-Paralleluniversum zu leben schien. »Bist du jetzt eigentlich endlich mit Tom zusammen?« Bei drei Kindern hätte doch wenigstens eines normal sein können …

»Ich denke schon«, antwortete Ben, bevor ich irgendetwas sagen konnte. Wurde ich etwa gerade rot? Vor meinen eigenen Kindern?

»Hey, dann hat Emmas Plan geklappt!« Theo hüpfte durch den Flur.

»Emmas Plan?«, fragte ich irritiert.

»Na, Emma hatte die Idee, dass Theo Tom zu seinem Geburtstag einlädt«, klärte Ben mich auf.

Ich sah meine Tochter an, die breit grinsend neben ihren Brüdern stand und altklug fortfuhr: »Du bist doch schon eine ganze Weile in Tom verknallt, und er in dich. Wir konnten uns das nicht länger mitansehen, und …«

»… außerdem hatten wir Tom schon viel früher für dich ausgesucht«, beendete Ben ganz selbstverständlich den Satz seiner Schwester. Zwillinge.

Ich musste lachen: »Ach ja, das habt ihr also?«

»Als er uns bei den Pfannkuchen geholfen und geschworen hat, dass er nicht auf der dunklen Seite der Macht steht.«

Fssssscht!, machte Theos Laserschwert.

Es war fünf nach halb acht, und wir würden viel zu spät kommen, aber das war mir gerade egal. Mein Herz floss über vor Liebe. »Kommt mal her, ihr drei«, sagte ich, drückte meine drei Rabauken, warf in Gedanken Konfetti und feierte mich selbst.

Ach ja, und es fühlte sich wunderbar an, im Konfettiregen zu tanzen, in meinem eigenen, kunterbunt funkelnden Konfettiregen.